U0965554

大鱼

有爱的青春陪伴者

寄我某颗星

珩一笑 著

江苏凤凰文艺出版社
JIANGSU PHOENIX LITERATURE AND ART PUBLISHING

图书在版编目（CIP）数据

寄我某颗星 / 珩一笑著. -- 南京 : 江苏凤凰文艺出版社, 2025. 11. -- ISBN 978-7-5594-9881-6

Ⅰ. I247.5

中国国家版本馆CIP数据核字第2025M1W821号

寄我某颗星

珩一笑 著

责任编辑 王昕宁
特约编辑 欧雅婷
责任校对 言 一
责任印制 杨 丹
出版发行 江苏凤凰文艺出版社
南京市中央路165号，邮编：210009
网 址 http://www.jswenyi.com
印 刷 天津睿和印艺科技有限公司
开 本 880mm×1230mm 1/32
印 张 11
字 数 443千字
版 次 2025年11月第1版
印 次 2025年11月第1次印刷
书 号 ISBN 978-7-5594-9881-6
定 价 42.80元

目录

目录

第一章 冤家路窄

ji wo mou le xing

开学第一天，阮季星就遇到了意外——

她怎么也想不到，会碰见沈轲。

这事说来话长。

阮季星小时候上的私立国际学校，身边多数是富二代、官二代，一直不觉得家里很有钱。

他们家住的是一栋带车库、花园的三层楼小别墅，雇了两个阿姨，在她的同学当中，顶多算中等水平。虽然没到挥金如土的富裕程度，但她想要什么，父母基本都会满足她。

同一些慈父严母或慈母严父的家庭模式不同，在她眼里，父母恩爱，对她也是宠爱有加。

就是在阮家最祥和幸福的那几年，阮季星认识了沈轲。

他是住家阿姨之一赵若华赵阿姨的儿子。

母亲季曼告诉她，赵阿姨的丈夫很早就坐牢了，两人离了婚，她独自带大孩子。

“坐牢”这两个字，对一个认知尚未完全成熟的小孩子来说，冲击力是很大的。她很慌张地问，他是杀人了吗？

季曼说不是。至于具体的罪名，她模棱两可地带过去了，没有详说。

赵若华平时住阮家，周末回家一趟，她儿子都是自己照顾自己。于是季曼动了恻隐之心，想把他接来。

赵若华不肯，说已经受了他们家那么多恩惠，不好再占他们便宜。

季曼退让一步，说：“那偶尔带来玩玩吧，我记得跟星星差不多大？正好两个小孩有个伴。”

赵若华拒绝不掉，只好答应。

沈轲第一次来阮家，是中秋节。

阮季星被季曼叫下楼见人时，手里还拿着航天模型。她把他从头打量到脚，眼神赤裸裸的，说了一句：“你好矮啊。”

季曼轻扯她一下，低斥道：“星星，不许没礼貌。”

阮季星撇了撇嘴，朝男生伸出一只手：“你好，我叫阮季星，阮正荣的阮，季曼的季，一闪一闪亮晶晶的星。”

黄种人一般是棕色瞳仁，但不知是不是光线原因，他的似乎格外黑，里面没什么情绪，一眨不眨地看着她那只手。

阮季星腹诽，这人才没礼貌呢。正要收回手，被他握住。

他手心有微微的汗意，很热。她还没来得及感受更多，他就松开了。

“沈轲。”干巴巴的两个字。

她对他的初印象由此确立：不太好相处。

季曼是个宅心仁厚的人，感念于赵若华的勤恳踏实，此后常叫沈轲来家里过节、吃饭。

然而阮季星则是被宠坏的小姑娘，对他并不好。

有一次还发无名火，把阮正荣新送他的玩具摔到地上，砸得稀巴烂。

当时的阮季星觉得，人生顺遂的自己，是拿了电视剧女主角的剧本。后来才意识到，女主角的设定，通常是跌宕起伏的，有一个从低谷逆袭到顶峰的过程——从大城市别墅搬到县城老式小区房，生活发生翻天覆地的变化，她只能这么安慰自己。

阮正荣生意衰败，阮家破产，接着，她就再也没见过沈轲。

所以，为什么会在 A 大看见他？

九月开学，新生报到。

阮正荣和季曼觉得，女儿从来没有独自离家这么远这么久过，百般不放心，亲自陪同。

分到的是四人寝，阮季星掏钥匙开门时，里面已经坐了两个人。

一个短发女生，打扮偏中性风，身材高挑，是北方人，叫戚蓝；一个肤白个子小，鹅蛋脸，戴着圆框眼镜，蛮可爱的，叫谢晓羽。

拿到录取通知书后，阮季星就加入了新生群，上面热火朝天地讨论着军训所需物资、食堂菜色、专业课程等等。班助也拉了一个班级群，大家简单认识过。

戚蓝显然才到不久，还在收拾行李，指着她对面的床铺，说：“这个是你的。”

阮季星朝她一笑：“谢谢。”

谢晓羽看着他们大包小包的，说：“你的被子都是从家里带的啊？”

“嗯，我妈妈怕学校发的质量不好。”

夫妻二人分工，一个打扫卫生摆东西，一个铺床叠衣服。

阮季星就坐在旁边。

谢晓羽拆了一包薯片，问她：“你吃吗？”

“我不喜欢这个口味。”

谢晓羽有些尴尬，“哦”了一声，转过身子，没有再问。

收拾得差不多了，阮正荣拿出提前准备好的礼物分发给她们。

季曼温温柔柔地笑着：“星星不大懂事，以后在学校，还劳你们多多包容、照顾她了。”

谢晓羽和戚蓝面面相觑。

一个精致的礼盒，里面装着一份糕点、一支国产品牌护手霜、一支洁面乳。价格不高，但十分有心意了。

谢晓羽说："谢谢叔叔阿姨，以后我们都是朋友，你们放心吧。"

阮季星挽着季曼的胳膊："我陪你们在学校逛逛吧。"

路上，阮正荣担心她不通人情世故，叮嘱了许多。阮季星不爱听，噘着嘴说："我早就成年了，你们还把我当小孩子啊。"

季曼说："大学和高中不一样，你这性子，要是不圆融点，很容易受伤的。"

阮季星不以为然："你们破产了都没倒下去，作为你们的女儿，我能有那么脆弱吗？"

阮正荣说："我们就是把你宠坏了，让你不知道天高地厚，到时候可别动不动就哭鼻子。"

季曼维护她："你别说她，孩子成长要时间的嘛。"

阮季星附和："就是，有句话是说，种一棵树最好的时间是十年前，其次是现在，我很快就要在A大生根发芽啦。"

阮正荣笑了，揉了揉她的脑袋："钱不够了找爸爸要。"

"你还有几个钱啊？"

"再没钱也养得起你。"

揉变成拍，但不痛不痒的。

阮正荣为人太老实，生意是被人坑没的。夫妻俩商量，卖掉房产，带她回了老家。为求踏实，改做小生意，赚的都是血汗钱。

十几年没怎么干过活的季曼，原本柔嫩的手心，现在全是茧子。

阮季星一直不愿意接受家道中落的事实，心里有怨，有委屈，可看父母这样，又冒起酸泡泡。她推着他们："你们快回去吧，不用担心我。"

送走父母，阮季星取了快递，折返宿舍。

A大是百年历史的名校，这就意味着，宿舍楼的年头也很久了。

她住在东苑二栋，前两年里里外外都翻新过，但没有安装电梯，抱着一堆东西，爬到四楼就快要了她的命。

有个路过的女生好心地问："需要我帮你拿吗？"

"好……"阮季星立马改口，"不用了，谢谢。"

宿舍在顶楼六楼。

秋老虎凶猛，阮季星衣服都湿透了，把包裹一股脑儿扔到地上，想喝水，却想起饮水机在走廊外。

正拖着步子要出门，听见谢晓羽问："我们打算去营业厅办校园网，你要一块儿吗？"

"校园网？"

"对啊，听说开学第一天有优惠。不过，你流量要是够用的话，也不用办。"

阮季星压根没注意过这些，她用的是阮正荣的副卡。

她想了想，还是答应了："我和你们一起去吧。"

她们线上聊过，但线下初次见面，尚有些尴尬。不过谢晓羽比较自来熟，一直在抛话题。

"听说我们这届有个特别帅的男生，应该是我们院状元了，分数特别高，不知道怎么来A大经管，他那个分数完全可以去隔壁Z大医学院了啊。"

Z大医学院，特别是临床，在全国高校里名列前茅，比她们专业录取线高了不止三十分。

阮季星好奇地问："你怎么知道的？"

"新生群有人在扒。"

"有照片吗？"

"没，等后天开学典礼，不就看到了嘛。"

正说着，看到从营业厅门口排出来的长龙。

三个女生慢慢停住了脚步。

谢晓羽瞠目结舌："怎么这么多人？"

阮季星迟疑："那还排吗？"

戚蓝带头往前走："来都来了。"

谢晓羽冲阮季星努努嘴，小声说："她比较高冷。"

排了半个多小时才进去，里面同样人满为患。

尽管开着空调，阮季星还是闷出了一脸汗，刘海和鬓发被汗水打湿，贴在脸上，从耳根到脖子，一片通红。就是在如此狼狈的情况下，她看见被一群女生众星拱月般围着的沈轲。

他戴着一顶New Era的鸭舌帽，眉眼半隐半现，身上穿着黑色短袖、牛仔裤，岔腿坐在电脑后，熟练地操作鼠标。

第一眼她其实在怀疑是否看岔了，毕竟好几年未见了。

下一秒，她看到男生脖子下方，靠近锁骨的一颗小痣。

沈轲也有。

突然，她被人挤得一个踉跄。

"不好意思啊，能麻烦让让吗？"

阮季星回过神，忙低下头，扯了下谢晓羽的衣角："我有事先走了。"

"哎，好不容易排到这儿了，激活很快的，你要不然先办完吧。"

她摇头，没解释。

她自认为，她和沈轲绝不是他乡遇故交、两眼泪汪汪的关系，更甚者，应当是冤家路窄。还不如悄无声息地溜走，避开见面。

"要是之后出问题的话，可以找你吗？"

沈轲点点桌上贴着的二维码照片，言简意赅："直接扫。"

阮季星听到这声，心说，他那破性格还是没变。

她没看到的是，他的视线从电脑屏幕移开，准确无误地落到她身上，唇角小幅度地勾了下。

营业厅被围得水泄不通，阮季星费力地挤啊挤，终于呼吸到外面的新鲜空气。

她松了口气，刚提步，被人拽住。

阮季星心里"咯噔"一下，有种不好的预感。

她缓缓回头。

"阮季星。"沈轲推高鸭舌帽帽檐，露出完整的眉眼，一手拽着她的衣领，似笑非笑，“躲我干什么？”

阮季星看看易拉宝上印的校园卡套餐介绍，又看看墙上的Logo灯牌，就是不看面前的人。

“校园卡月费38元，每月送15G国内通用流量、30G省内流量、30G定向流量、300分钟通话时间……”

沈轲嘴皮子动得飞快，模式化地介绍完，屈着食指，叩了几下桌面，睨着阮季星，“要办吗？”

谢晓羽问：“那校园网呢？”

“160元一学期，送一张移动卡，卡内自带200元话费。”

戚蓝已经干脆利落地掏出身份证缴费了。

谢晓羽也不纠结价格了：“我也办吧。”见阮季星没反应，轻轻搡了搡她，“你呢？”

“啊？”阮季星的目光刚一触及沈轲，又迅速移开，“我，我跟你们一起。”

她想起几分钟前的事，实在觉得尴尬。

衣领被扯住，她不得不直面迎上他。

他问她躲他干什么。

能干什么？

当初家道中落，季曼念着赵若华勤恳工作几年的辛劳，硬挤出一笔钱给她当遣散费。

赵若华要带走的行李不少，两大袋衣物，还有一个背包，一个人提不动，沈轲便来阮家接她。

昔日的主雇两人站在门口依依惜别，才哭过一通，满脸泪痕，眼睛通红的阮季星远远看到少年挺秀的身影。

比之初见时，他个子高了不少，五官也长开了，但还是瘦瘦巴巴，跟杆子似的。

虽然看不清他的表情，可她就是觉得，他在看她的笑话。

毕竟过去她没少使唤他。欺负过自己的人遭遇不幸，换作是她，也必然暗自窃喜。

现在阮季星同样怀疑，他叫住她的行为里，多少有些戏弄的成分。她稳了稳心神，忽略路人投来的视线，故作镇定：“我刚刚都没看到你，里面太闷了，我出来透透气。”

尾音刚落，她就意识到话中的bug。

若没看见他，为什么多此一举解释她是从营业厅里出来的？

她发誓，他一定听出来了，不然眼里的笑意不会肉眼可见地加深。

但沈轲没揭穿，说：“要办卡？进去吧，人少了。”话罢，又压低帽子，转身往回走。

阮季星后知后觉地发现，他如今比她高了一个头，背也宽了，明明还是那张脸，看着却与当初那个少年的模样大相径庭。

她立在原地，半晌，才跟上去。

流程简单，激活很快，前后不过几分钟，她们就拿到卡了。

最后才轮到阮季星。

沈轲接过她不情不愿递来的身份证。

这是她换的第二张了，应该是高中时期拍的，刘海拨到一边，露出额头和耳朵，嘴巴抿着上扬，比现在的模样略多两分稚气。

他的目光多停顿了两秒，随即放到机器上。

办理完，沈轲说："电话卡已经可以用了，这两天校园网开通人数多，可能要晚上或者明天才能正常使用。"

谢晓羽说："好的好的，谢谢，那我可以加你微信吧？"

沈轲示意了一下二维码，让她自行添加，继续给下一个人办。

轻车熟路的样子，像是老手。

阮季星记得，他和她同届。他是没考上大学，早早出来打工了吗？还是因为缺钱，辍学了？

再去看他，眼神随之变了。不至于沦落至此吧……

沈轲的瞳色的确比常见的亚洲人要深，棕得几近全黑，淡淡地瞥向她时，莫名有些压迫感。

阮季星插上新卡，开了机就走了。

出了营业厅，谢晓羽终于憋不住了，激动地说："刚刚那个男生真的长得好帅啊，就是不知道他多大了，看起来和我们是同龄人呢。"

"帅吗？"

"我投'帅'一票，戚蓝你呢？"

戚蓝言简意赅："还行。"

阮季星撇撇嘴："脾气不好，帅有什么用。"

"也没有不好吧，就是不热情而已，估计应付了太多新生，倦了。"

果然，这是一个颜值至上的世界，谢晓羽尚且不认识沈轲，就帮他说上话了。

她们去了最近的食堂。

A 大一共分东南西北苑四个宿舍园区，各配一个食堂，据说每个食堂特色都不一样。

折腾了一上午，阮季星饥肠辘辘，很快忘了沈轲那茬。

她们各点了一份盖码饭。

谢晓羽见她碗里剩了不少饭菜，说："你就吃这么点啊？"

"不太喜欢。"

"我觉得还挺好吃的啊。"

阮季星叠了叠纸巾擦嘴巴："嗯，我比较挑食。"

谢晓羽没再说什么。

中午营业厅没什么人，沈轲终于能喘口气，拿着水瓶去饮水机接水。

一个同学开玩笑说："今天有一大半女生是冲你来的，你要不然去门口发传单，效果说不定更好。"

他单手叉腰立着，轻嗤道："你倒是打得一手好算盘，业绩到时全算你们的，我就拿十几块钱的时薪。"

另一个嘀咕说："现在我们业绩不就被你抢了嘛。"

沈轲睨着他："我坐这儿地都没挪一下，怎么'抢'？"

水接满，他一口气灌下去，水珠顺着颈线滑落，捏瘪瓶身，扬手一投，正正好一个"三分球"，落入垃圾桶中心。

本来是一个挺帅的操作，配上他那句不咸不淡的话，又变得欠揍了——

"我的脸难不成是磁铁吗？"

"扑哧！"

角落传出的笑声，令抱怨者越发难堪。

沈轲前两天才来这儿，没人了解他的性子，气归气，也不好跟他在明面上起冲突。

恰好老板拎着盒饭回来发，这事就揭过去了。

沈轲一只脚随意地勾着椅子，拖到桌边，坐下，左手持着手机，右手扒饭。

一上午加了上百个好友，一堆乱七八糟的消息，翻到尽头，才想起阮季星那会儿压根就没扫码。

他轻"啧"了声，扔了手机，又看向电脑屏幕上的开通校园网的名单。

他思索片刻，拿起鼠标。

下午，第四个室友冯清莹也到了。

她一头黑长直披肩，长相秀气，个子同阮季星差不多，像是高知家庭培养出来的、知书达理的女孩子，身上书卷气息很浓。

名副其实的白富美。

冯清莹往耳后勾了下头发，笑着朝她们打招呼："Hello！"

谢晓羽看向她的床位，惊讶道："你就这么点东西？"

"我家就在A市，周末可以回家。"

冯清莹又问："桌上的这个礼盒是谁送的吗？"

谢晓羽答得很快："阮季星爸爸妈妈，我们一人一份。"

冯清莹对阮季星说："谢谢你啦。"

过了一会儿，冯清莹拿出几张A4纸分给她们。

"我们大概率要相处四年，为了避免产生矛盾，应该遵守一定规则。这是我初拟的，你们有异议的话，可以再进行修改、增添。"

条约制订得十分详尽细致。

1. 宿舍内不得养宠物。

2. 熄灯时间不得晚于十一点（特殊情况除外），熄灯后保持安静。

3. 每周末大扫除，平时保持卫生整洁。

4. 禁止在宿舍内食用气味大且不易散的食物（比如螺蛳粉）。

…………

戚蓝率先说："我无所谓。"

谢晓羽拿不定主意，看了看她们："我……"

阮季星捏着纸，半晌没作声。

冯清莹问她："有什么问题吗？"

阮季星甩了个"随便吧"，就坐到自己位置上。

冯清莹说："既然大家没意见的话，那从今天开始，我们就按照这个执行吧。"

谢晓羽在QQ上私戳阮季星：你是不是有点生气啊？其实我也有点，为什么不事先问我们意见啊。

阮季星知道自己被父母宠坏了，养成大小姐脾气，从来是别人顺着她，哪忍得了一上来就一副领导者的姿态给她立规矩？

但今时不同往日，她没有任性的资本了。

阮季星回复说：没事。

报到第一天，还没什么事，十点半就熄灯了。

床不到一米宽，护栏矮，垫不了厚床垫，床板梆硬，阮季星翻来覆去地睡不着。

旁边床就是冯清莹，想到她的做派，又停止了翻身——不然老旧的床板会"嘎吱嘎吱"作响。

深夜容易催生伤感情绪，阮季星的心里像发酵中的酒酿，止不住地冒二氧化碳泡泡，冲得眼眶有些发酸。

她小心翼翼地下床，拿上手机和钥匙，轻手轻脚地出门。

走廊尽头有人在打电话，灯光不亮，夜风微凉，她和那人遥遥相望，望出了一种同病相怜的惺惺相惜感。

阮季星走到楼梯间，头靠着墙，等"嘟"声结束。

"喂？星星，还没睡呀？"

听声音，像是被她的电话从睡梦中吵醒。

"妈妈。"她一开口，就抑制不住地带了淡淡的哭腔。

季曼急了，连忙问道："怎么了宝贝？是不是不习惯？还是有人欺负你了？"

"没有，就是想你和爸爸了。"

季曼略略放下心，柔声安抚道："你从来没住过宿，有很多要适应的，要是想我们了，就给我们打视频。"

"好。"阮季星无意识地用手抠瓷砖缝，"你跟爸爸注意身体，不要太累了。"

"知道了，你听到你爸的鼾声了没？这都不醒，跟猪似的。"

阮季星破涕为笑。

季曼说："缺钱了跟爸妈说，我们再给你打点。平时不要委屈自己，爸妈活到这把岁数，该享受的已经享受够了，你过得好最重要，明白吗？"

"嗯。"

挂了电话，阮季星又陷入迷茫。

她不清楚家里具体的经济情况，但应该没什么钱。

季曼以前每个季度都要买好多衣服、首饰，但她已经两年没买过新的了，说是旧的够穿。

她抹了抹眼角的泪，慢慢地回到宿舍床上。哭过之后，反而更容易入睡了。
第二天早上，冯清莹很早就起了，连带着阮季星也醒了。
冯清莹喝了一杯温水，戴着发箍，在床下活络筋骨，小声问："我是不是吵到你了？"
这么一看，她又是个很善解人意的人。
阮季星摇摇头，去洗漱了。镜子里一看，眼皮有些浮肿。她用冷水冲了把脸。
上午的时候，班助来宿舍看她们。
班助是一位大三的直系学姐，叫裴颖。
"人都差不多到齐了，我们今天晚上七点半开个班会，辅导员也会来，大家互相认识一下，地点到时在群里通知。"
"好，我们一定准时到场。"
裴颖又问："校园网你们都办了吗？大一要刷很多网课视频，办一个方便一些。"
谢晓羽对回答这种事很积极："办了办了，我们昨天一起办的。"
"你们有什么问题，尽管找我或者副班助杜喆学长。"
"好，谢谢学姐。"
裴颖和她们简单聊了一会儿就走了。
阮季星一直没连上网，问："晓羽，你们能用校园网了吗？"
"昨天晚上就可以了啊。"谢晓羽凑过来帮她弄，但显示没开通，"你要不问一下昨天那个男生？"
沈轲？
阮季星说："我没加他。"
或者说，不想加。
谢晓羽不知道他们之间的渊源，已经开口："我推给你。"
谢晓羽：[个人名片]R136a1
阮正荣说，她是老天爷赐予他们的一颗星星，所以为她取名阮季星，或许就是因此，她从小对星空有超乎寻常的亲近感，也就知道，R136a1是目前人类已知的、最亮的恒星之一，它的亮度和太阳相比，就像太阳比月球。
但用这个当微信名也不罕见。
而他的头像则是《星际穿越》里的黑洞。
——这部电影她看过很多遍，从它上映起，至少一年重温一次，一眼就能认出来。
是巧合吗？她心里犯嘀咕。
直到中午，阮季星看着沈轲的微信名片，始终没有点添加好友。
算了。她想，钱都交了，总不至于不给她开通吧。
本来阮季星没打算去找沈轲，可下午的时候，冯清莹问她，能不能陪她去趟营业厅。她的说法是这样的："我刚来学校，还不太熟，正好你校园网也没开通，就一块儿去吧？"
阮季星想也没想，说："但我也不认路，你要不找晓羽吧。"
她话中的拒绝意味都这么明显了，换作谢晓羽，估计就退回去了，但冯清莹不。"没事，实在不行，我们路上找人问问。"

不得已，阮季星只好跟她一道出门。

幸好，沈轲不在。

不幸的是，一个业务员对阮季星说，找谁办的，就找谁问。

阮季星不死心，指向沈轲昨天坐的位置："就是那台电脑，你们不能帮我弄吗？"

"但你的数据归他管，我们不能动啊。"

她蔫了。

没想到这人还挺热心的，问旁人："昨天谁坐那儿值班的？"

"好像是沈轲吧，他今天去操场摆点了。"

"你没加他是吗？我给你他微信号。"

阮季星忙摆手："不用了不用了，谢谢啊。"

冯清莹很快办理好，说："你陪我白跑一趟，我请你喝杯奶茶吧。"

"没关系，小事而已。"

"那就当作是我的回礼，走吧。"

阮季星心里犯嘀咕，冯清莹看着文文静静，没想到性格却偏强势。

A 大里的奶茶店分布得比较零散。两人都不大认路，绕着绕着，到了篮球场，很多穿着短袖短裤的男生在打球。

冯清莹望了两眼，问："对了，星星，你有男朋友吗——我可以这么叫你吧？"

阮季星摇头，又点头："可以的。"

"我还以为像你这么漂亮的女生，会有很多男生追呢。"

阮季星反问："听起来你有？"

她俩是两种类型的长相，阮季星漂亮归漂亮，但有些"假"，脸小，眼睛大，像是精致的洋娃娃；冯清莹则像画中的仕女，有一种珠圆玉润的古典美。

冯清莹说："没，我爸妈在我高中时期管得很严，我就想大学至少谈两个。"

阮季星笑了："谈恋爱这事还有 KPI 啊？"

"新上手的东西，难免会有失败嘛。"

"那你有标准吗？"

"一米八以上，容貌中上，身材中上，最好是理科生，性格偏稳重温柔一点。"

阮季星感慨，好可怕的规划型人格。

说着，看见一家奶茶店。推门进去，正对面是一个穿着深蓝 T 恤、半靠着出餐台低头玩手机的男生。

他像是在发消息，手指翻飞着。因帽子压得很低，阴影遮下，只能看清嘴巴、人中一块。

但阮季星还是认出来是沈轲。

没办法，谁叫他脖子上那颗痣那么打眼。

店员打包好，放到他手边："您好，您的黑糖珍珠奶茶。"

"谢谢。"他头也不抬，一手拎起打包袋，一手打字。

门口小，就一条狭窄过道，他要出去，势必会路过阮季星她们。

阮季星正犹豫要不要叫他，他余光瞥到前方有人，不经意地扫了一眼，见是她，停住脚步。

她想着，既然碰到了，干脆直接问好了：“为什么我的校园网到现在还用不了？和我一起办的我室友就正常。”

“是吗？”沈轲轻描淡写，“不好意思，可能是昨天人太多，把你漏了。”听这副语气，完全没有抱歉的意思。

阮季星不由得呛到，问道：“你业务水平这么次，不会被投诉扣工资吗？”

“暂时还没有，你是第一个。”

人多，却偏偏漏了她？她不信有这么巧的事。

沈轲倒先笑了，他收起手机，饶有兴致地看着她的脸：“怎么，今天不怕我了？”

他个子高，也不妨碍阮季星直视他：“我作为消费者，维护自身的合理权益，凭什么怕你？”

“嗯，是这个理。”沈轲赞同地点点头，又问，“那么，同学，你想怎么解决？”

阮季星一时卡壳。

投诉他吧，万一害他丢了工作呢？他跟他妈妈也挺不容易的。赔钱？赔个几块十几块的，又没什么必要……

她懒得想了，说：“你给我弄好就行。”

“你学号、身份证号多少？”刚说完，沈轲又改口，“我还有事，发给我，我待会儿帮你开通。”

他转过手机，递到她面前，扬了扬下巴，示意她扫码。

几个人堵在门口也不是个事儿，阮季星被逼无奈，还是加了。

沈轲通过好友申请，似是很赶时间，擦着她的肩大步走了。

她冲着他的背影好一顿咬牙切齿。

这人以前就欠嗖嗖的，但估计忌惮于赵若华在她家帮佣，对她的坏脾气始终持容忍退让的态度，连季曼都常说，别总欺负小轲。

现在好了，没有那层束缚，就原形毕露了。

真是虎落平阳被犬欺。

沈轲拎着奶茶，重新回到操场附近的摆点。

他们是在人流密集的地方支摊位，不然营业厅就那么大点的地方，根本忙不过来。但一般人还是乐意待在店里吹空调，毕竟即使有帐篷遮阳，在外面一坐就是半天，也热得很。

负责摆点的一共三个人，新生报到的最后一天下午，人没那么多了，沈轲中途临时离开一会儿，也不影响。

玩手机的同事扭了扭脖子，见他回来，颇为惊讶地说：“你一个大男生的，居然爱喝这玩意儿啊？”

他反问：“有谁规定不可以吗？”

问话者一噎。

说话间，一个女生骑着单车经过，因为偷看他，一个没把稳，车身失了平衡，歪歪扭扭的，眼看着就要摔。

沈轲离得近，眼疾手快，上前扶住龙头。

惊慌中的女生被救下，尚心有余悸，又觉得丢脸，脸肉眼可见地红起来：“……谢谢。”

“小心点。”他丢下这句话，连个答谢的机会都没给对方留，捡起掉落在地、杯身破裂的奶茶扔掉，径直走到桌后坐下。

女生跟过去：“不好意思啊同学，我赔你一杯吧。”

旁观完全程的同事还在想，沈轲桃花运可真够好的，接着，就见他点开收款码，说：“八块钱。”

得，再桃花朵朵开，也被他掐得只剩一树枯枝了。

女生想借报恩而搭讪的心思死了，给了钱，就骑着单车走了。

同事说：“哎，你的手没事吧？”

沈轲看了一眼，事发突然，一时不防，估计被单车哪儿剐蹭到，虎口处多了道红痕。刚刚还没什么，这会儿渗出滴滴血珠来。

“没事。”他随意扯了一张纸巾按住伤口。

沈轲这人真是奇葩。

你说他刺头吧，但有什么事儿了，他不会坐视不理，会搭把手，人也勤快；你说他热心肠吧，又是一副谁都不待见的表情，让人想往他脸上砸两拳。

他身上有种特别的味道，劲劲儿的，掺杂着成年男性的荷尔蒙，又有十八九岁少年人的气质，莫名吸引人。不然，这两天也不至于那么多女生找他要联系方式。

同事曾不经意间瞥过他的手机，新消息提示的红点点也点不完，但除了业务相关，他基本没回。

更奇葩了。

血不再继续流了，沈轲团了团纸，向后靠着椅背，腿岔开，很闲适地坐着。

他收到几则新信息。

来自“寄星”。

他不急着查看，顺着头像点进朋友圈，略讶异地扬了扬眉。

居然没对他屏蔽。

当时，十几岁的学生用QQ多于微信，她朋友圈寥寥无几，最近一条是昨天刚到学校，拍了一张她和阮正荣、季曼的合照。

当年阮家破产，房车俱用以清还债务，他们一家也搬离了S市。据赵若华说，他们回了阮正荣老家，是南方一座生活成本低得多的小城市。

自那之后，沈轲再也没见过阮季星。

朋友圈很快翻到底，他这才折回聊天框。

她发了身份证号、学号等信息，最后是一句谢谢。

R136a1：收到。

沈轲扯了扯唇角，伸懒腰似的直起腰，将她的信息录入系统。

过了一会儿。

R136a1：试试看好了没。

寄星：可以了，谢谢。

以前的阮季星从来不会对他这么客气。

她想要他做什么，从来都是祈使句，理所当然地，仿佛他是她阮大小姐的随从、用人。

不过，是在他开始频繁出入阮家之后。

沈轲想，她的逻辑大概很简单，他在阮家吃好的喝好的，离开时也不空着手，那么，他就有偿还的义务。

其实这样也好。

他是单亲家庭的孩子，又处于自尊心最强的年纪，平白受他们的恩惠，多少觉得像是被可怜、施舍。成了阮季星的跑腿、陪读、陪玩……心里反而没那么难受，就当是用劳动换取报酬。

现在呢？家庭经历那么大的变故，加之过了法律和生理上的“成年”分界线，她也学会了体面的礼貌。

沈轲敛眸，睫毛在眼底打下一片阴影。

他回了个“不客气”。

裴颖在傍晚时发了召开班会的地点。

阮季星所在的工管二班一共三十个人，男生居多，但男女比例相对而言比较均衡。

今天是第一次全班正式见面，就是进行自我介绍。

冯清莹是第一个上台的。她在黑板上写下名字，恰到好处地微笑着，说：“同学们好，父母愿我如柳宗元写的‘清莹秀澈，锵鸣金石’那样，澄澈透明，又像金石一样铿锵作响，希望日后我能像愚溪一样得到大家的喜爱。”

单单这番发言，就足以令人印象深刻。

她太自信了，落落大方，仿佛讲台本就是属于她的主场。

谢晓羽小声和阮季星说：“我突然发现，她和我高中班长做派、说话腔调都特像。”

等冯清莹下台，她又凑过去问：“你打算竞选班长吗？”

“当然。”冯清莹笑了笑，“到时你们给我投票啊。”

“没问题。”

班会开到一半，辅导员姗姗来迟。

他叫徐睿诚，很年轻，三十出头的样子，戴一副黑框眼镜，笑起来很有亲和力：“不好意思啊，来晚了，一班那边也在开班会，把我拉过去看了会儿。”

裴颖说：“那我们请徐老师跟大家聊聊吧。”

“我也是今年刚来A大，所以你们是我带的第一届学生。你们呢，也不要有太大的压力，工管二班就是大家共同的家。接下来的四年，我们相互学习，共同进步。”

裴颖带头鼓起掌。

“你们继续吧，我就不占你们裴学姐的风头了。”

裴颖笑说：“我哪有什么风头啊。咱们漂亮女生这么多，我就是绿叶衬鲜花罢了。”

徐睿诚也开玩笑：“那到时候看我们班里能成几对，说不定以后老师还能喝上你们的喜酒。”

班会结束，走出一教楼，阮季星打开手机，收到好几条好友验证信息。

都是班里的男生，但她尚且不能将人名和脸对上号。

她光顾着回消息，没注意看路，不小心撞到一个人。

“不好意思，我……”

先道歉，才抬头，话一下子断在舌尖。

怎么又是沈轲？阮季星向左右看看，路这么宽，怎么就撞到他了？

她一出来，沈轲就看到她了。

她很喜欢穿浅色、亮色的衣服——这点从小就没变。

她的房间装修也都是鹅黄、浅粉，一进去，就像掉入了彩色棉花糖堆成的世界，有种夸张到不真实的梦幻感。

季曼大概真是当公主在养她。

今天也是浅色系，白色过膝长裙，在人群中十分显眼。

挡在她面前，就想看她什么时候能发现他，结果结结实实地撞上来了。更有意思的是，她一副见了鬼的表情。

接着，她意识到，自己是占理的一方，立马收了道歉，追他的责：“你干吗挡我路？”

沈轲说：“如果你面前是个坑，你还能这么好端端地和我说话吗？”

“那我还要谢谢你？”

他坦然地抬了抬下巴：“不客气。”

阮季星的脸生得特别小，五官却占得很满，不是紧凑，而是不留白，是直接的，不给人反应时间的，而且具有冲击力的美。

之前她的脸部线条要圆润一些，大抵是婴儿肥褪去了些，轮廓越发分明了。

她笑的时候，苹果肌饱满蓬润，显得可爱讨喜；面无表情的时候，又有几分居高临下的冷感——

譬如现在。

阮季星问：“你怎么在这儿？晚上还要上班吗？”

沈轲正要开口，旁边有人喊道：“沈轲，你还不走吗？”

他懒懒地掀起眼皮：“马上。”

阮季星一直低头看消息，加上出现的这个小插曲，令她与走在前面的室友的距离越拉越大。

“不跟你说了，拜拜。”她收了手机，小跑着去追她们。

谢晓羽才反应过来：“嗯？你怎么落得那么后？”

“没注意。”

拐弯时，阮季星往后瞥了一眼。

沈轲屈肘，搭着一个比他矮小半个头的男生的肩，朝另一个方向走了。

她腹诽，大晚上的戴什么帽子，装过了吧。

那边。

唐天和问："刚刚那女生不是我们班的吧？"

"不是，二班的。"

"可以啊你，沈轲，这么快就认识到妹子了。"

沈轲淡声道："旧识。"

"高中同学？"唐天和对漂亮女生难免起探究之心，"不会是前女友、白月光之类的吧？"说完，又自我推翻，"听你们语气，像是不熟。"

沈轲没作声。

回到宿舍，唐天和一屁股坐到椅子上，拿起手机，进入游戏，问对床的沈轲："你平时打王者不？"

"代打。"

"那你应该挺牛啊，跟我来一把呗，上号上号。"

另一个听了，也说要加入。

沈轲和他们加了好友，组队打 5V5，他打野。

男生凑在一起打游戏，最常见的场景就是，大呼小叫，国骂一句一句从口里蹦出来。但沈轲除了偶尔下指令，一声也不吭。

很快就赢了。

唐天和服了，服得五体投地："你操作真牛啊，我叫你哥，你带我升星呗。"

沈轲给手机充上电："我去洗澡了。"

他这才摘了帽子。

原本还因为赢爽了而激情澎湃的两个男生，不约而同地止住声了。

一般都说，发型是男生的第二张脸，像沈轲这样的，随便剃个平头，也差不到哪儿去。问题是，他头顶有一处近一指长的豁口。

伤已经愈合结痂了，但因头发还没长长，看着便有些可怖。

唐天和倒是心大如斗，好奇地问过，沈轲只说是不小心撞伤的。

怎么个不小心法，才能伤成那样？

刚开学两天，大家还不熟悉，不好再刨根问底，但或多或少有些猜测，于是觉得，沈轲这人估计挺狠，没事别惹他。

经管学院的学生基本安排住东苑，一栋和二栋是女生宿舍，三栋和四栋是男生宿舍。虽是一个园区，但因早年规划问题，实际相隔不近，要绕过一座山包，才能到女生楼。

厕所和浴室共用一间，旁边就是阳台和洗手池。

沈轲洗完出来，唐天和正靠着阳台栏杆抽烟，抽的是利群，普通学生负担不起的牌子。

他是那种一目了然的富二代，吃穿用度都是名牌，但也不是普通人接触不到的奢侈品。

加个更准确的限定词，小富家庭的富二代。

唐天和问："轲哥，来一支不？"

沈轲说："谢了，我不抽。"

唐天和也没勉强他，又问："你啥时候到的？怎么天天在外面兼职？我一开始还以为你留级的学长呢。"

“就比你们早到一天。”

“你很缺钱吗？”

沈轲在洗手池搓洗衣服，瞥他：“我看你是缺心眼。”

唐天和也不气：“叫你轲哥，听着像哥哥；叫沈哥呢，又奇怪。”

“干脆叫爸。”

“去你的。”

唐天和笑骂，搡了他一把，一下子力用猛了，把他推得撞到推拉玻璃门上。

沈轲“嘶”地倒吸一口凉气，眉心蹙得很紧。

“不至于吧，这么痛吗？”唐天和慌了，忙忏悔道，“爸，爸，我错了。”

“之前肩膀受了点伤，还没好透，没事。”

沈轲缓过劲来，说：“我开玩笑的，别瞎叫。”

“那我叫你什么？”唐天和灵机一动，“老沈吧，一听就像处了很多年的好兄弟，你说是不是？”

沈轲不置可否。

这厮是真缺心眼。

第二章 星星坠落

周一，学院举办迎新典礼。

天没亮就起来集合，参加升旗仪式，然后是领导发言。

阮季星困得眼睛都睁不开了，偏偏只能站着。

谢晓羽从兜里掏出几块单独包装的绿豆糕，戳了戳她："你吃不？"

"我拿一个就行。"阮季星接过来，"谢谢啊。"

"嗐，谢什么呀，本来就是你爸送的。"

仗着人多，不易被注意，谢晓羽拆开一块填进口里："大清早的，早餐都来不及吃，饿死了。"

戚蓝个子高，站在后头，谢晓羽想给她分，余光往隔壁班队伍一扫，顿住。

"哎，戚姐，你看那人是不是营业厅那帅哥？"

戚蓝向后瞥去，"嗯"了一声。

谢晓羽说："原来他也是工管班的啊。"

隐约听到这句，阮季星下意识地回头。

密密匝匝的都是人头，她随意环视了一圈，并没有看到熟悉的人影，继续犯困。

好不容易撑到结束，他们又被带去和军训教官见面。

工管这级一共四个班，合并成一个连队。

两位教官笔直地站在正前方，两腿分开，双手背在身后，一脸严肃。

男教官说："立正！稍息！今天上午，我们简单认识一下。我是你们的连长，我姓郭，旁边这位是副连长，她姓何，你们可以叫我们郭教官、何教官。"

谢晓羽被他的语气吓得一激灵："完了，感觉接下来的两个星期会很难熬。"

阮季星说："……我现在退学复读还来得及吗？"

郭教官锐利的眼神瞬间射过来，她们立马噤声。

"有些规矩提前说好，任何人不得留长指甲、佩戴首饰、染发、披发，衣冠必须整齐，统一穿黑袜子……记住了吗？"

"记住了！"

"俗话说，男女搭配干活不累，每个班选出一男一女两位军训负责人，有谁主动请缨？没有的话，我就随便点人了。一班！”

有两个人举手。

郭教官把他们叫出来。

“二班！”

对于一切尚且陌生，大家都不太敢当出头鸟，纷纷不作声。

意料之中，冯清莹举手了。

在军训期间负责管理班级事务，对之后竞选班长有很大优势。她目标明确，不可能放过这个机会。

选出军训负责人后，郭教官说：“待会儿我建一个群，通知大家下午的集合时间。全体都有，解散——”

阮季星瞬间蔫了，耷拉着脑袋打哈欠。

谢晓羽问：“你去食堂吃饭吗？”

“我好困，想回去补觉。”

她睡不惯宿舍的床，这两天失眠没睡好，今天又起得太早，脑袋要栽到地上了。

谢晓羽说：“那我们帮你打包吧，你想吃什么？”

“我都行。”阮季星无精打采，摆摆手，“我先走了。”

阮季星像一缕游魂，拖着步子回宿舍，没有注意身后跟着一个人。

直到她进了楼，那人才离开。

唐天和一回宿舍就看到沈轲躺在床上。

个子高也有个子高的坏处。学校的床统一长一米九，他一米八七，腿都不能伸直，只得弯曲着。

“你怎么这么早就回来了？”

“昨天睡得晚，想休息。”

沈轲接代打，快两点才睡，满打满算，睡了也才不到四个小时。

“早说啊，我帮你带饭回来了。”

“没事，我不饿。”

沈轲翻了个身，面朝墙，不想再搭话的意思。

唐天和很识趣地不作声了。

枕下的手机响了声，沈轲拿出来，是老板给他结前两天的薪水。

基础工资一天八十块，提成按人数算，一个人两块，一共一千一百多，估计是所有兼职的人里最高的。

老板又问他，之后还有没有空去坐班。

沈轲给拒了。他闭上眼，很快睡沉，连另外两个室友进门的动静都没听到。

梦里的意象芜杂繁乱，血，啤酒瓶，刀，尖叫，从楼顶探出的绿植，雾霭沉沉的天。

“沈轲，沈轲。”唐天和站在床边叫他，“两点了，要去集合了。”

沈轲看着白花花的天花板，有些怔忪。他翻身下床，用冷水扑了两把脸，才清醒了些。

下午太阳很大，空旷的操场几乎没有一点荫凉地方。等待的时候，不少人摘了帽子用来扇风。

阮季星跺了跺脚，吐槽道：“这鞋底怎么这么硬啊。”

谢晓羽问：“你没垫鞋垫吗？”

“垫了啊，还是很硬。”

“不是，我们垫的是……”说到这里，谢晓羽压低声音，“卫生巾。垫两层会好很多。”

“卫生巾？”阮季星茫茫然，“但是我没带呀。”

谢晓羽急道：“你声音小点，好多男生在呢。”

阮季星奇怪道：“不就是女生在生理期用的卫生用品吗？就跟纸巾一个性质啊，为什么要避讳？”

谢晓羽张了张口，答不上来。

好像只是习惯避免在公开场合，在异性面前说这个词，并没有深思为什么不可以说。因为长久以来，大家都是这么做的。

正说着，看到一行男生走过来。

落在最后的那个尤为打眼。

教官要求穿戴整齐，学校发的军训服很宽松，他将裤腿扎紧，腰带束腰，衣袖叠到手肘处，工工整整的。

倒真有军人该具备的板正身形了。

然而，因步调散漫，应付同伴时似笑非笑的，一身迷彩服也没能遮住他那股落拓不羁的气质。

身边的谢晓羽说：“今天早上升旗我就看到他了，他应该是一班的。”

阮季星不确定地问：“工管一班？”

“对啊。你说是不是好巧，跟我们是同学。到时候可以打听打听他叫什么。”

冯清莹插话：“他就是沈轲，以六百六十五高分进工管的那个。”

阮季星：“哈？”

沈轲和她们的距离不远不近。

刚刚，阮季星从谢晓羽和冯清莹的话里，得出三条重要信息。

一、沈轲不仅没有辍学打工，还是她的同系同学。

二、沈轲就是那个，不读Z大王牌专业临床医学，却跑来A大读工商管理的学霸。

三、未来四年，她将和他有很多接触。

阮季星一时心情复杂。命运弄人，不想见到的人，偏偏一个劲地往她面前送。

这事说巧也不巧。

沈轲是S市人，他为了赵若华，大概率不会离家太远。

以他的分数，A市无疑是他最好的选择。

但A市有两所全国著名高校，几十个专业，怎么就刚好选到同一个学校的同一个专业了呢？

谢晓羽还在跟冯清莹小声八卦他，但除了他的名字、高考分数、班级，别的就扒不出来了。

不过说实在的，阮季星虽跟他认识多年，中间又隔了三年时间没有联系，也不太了解他。

她看见自己班上的女生去找他搭讪了。

听不清他说了什么，总之，她们很快就打道回府了。看表情讪讪的，八成是失败了。

阮季星还没来得及收回探究的目光，他忽地转过头来，和她四目相对。

他眉峰略略抬了一下，有点疑问的意思。

即使不做任何表情，也足以令她感到万分尴尬。她迅速别开眼，装作若无其事地看风景。

郭教官的到来简直是及时雨。

阮季星感觉到身上那道存在感过于强烈的视线移开了。她松了口气。

接着，沈轲朝郭教官走过去，他从口袋里拿出几张纸，待教官看毕，他就走到外围了。

郭教官转头朝他们喝道："一群人懒懒散散的，成何体统！"

他们迅速凑拢。

"以后在我来之前，就要把方阵排列整齐，听明白了吗？"

"听明白了！"

"声音这么软绵绵的，中午没吃饭啊？"

他们拔高音量："吃了！"

"我再问一遍，听明白了吗？"

"听明白了！"

"既然都吃饱饭了，耳朵也听得懂，那就站立军姿十分钟。昂首，挺胸，目视前方，双手贴住大腿外侧，不要驼背。"

阮季星："嗯？"

一上来就这么猛吗？

阳光炙热，才站了一会儿，小腿肌肉发酸，额头的汗顺着脸颊淌了下来。奈何两位教官不断巡视，根本动弹不得。

和正受"酷刑"的他们形成直观对比的，是不远处的沈轲。

他坐在树荫下，握着一瓶水，一副看戏的姿态。

他凭什么可以不参加训练？阮季星嫉妒得心里发酸。

一个小时，就是反反复复地练习立正稍息，站军姿，水都喝不上一口。

郭教官说的是："你们把这次站好了，不要再让我看见你们东倒西歪了，就让你们去喝水。"

阮季星快不行了，汗如雨下，她又渴又累，只能靠咽唾沫缓解喉头的干涩。趁着教官们不注意，她小小地活动着脚掌。

好酸。

"不要乱动！"

她吓得又绷直了。

站了不到两分钟，阮季星两眼一闭、浑身一软，整个人毫无预兆地倒了下去。旁边的女生及时扶住她，队列里嘘声一片。

"安静，继续！"

何教官看了看她的状况，说：“应该是中暑。”
阮季星双眸半睁半合，神色虚弱。
郭教官冲沈轲喊：“那边那个男生，扶她去医务室。”
出于军训的需要，操场边临时搭了个医务室。
沈轲大步跑过来，搀着阮季星的胳膊。
他的模样在她视线里变得模糊，力道是清晰的，她将半边身子的重量靠住他。
阮季星闻到若有若无的洗衣液香味，经由初秋阳光一烘，带着点温暖的气息，令人想到刚洗好的床单，被抻平、晾晒。
是沈轲身上的。
她脑海中浮现出一些久远的、与此不太相关的东西。

赵若华平日住阮家，季曼问过，她儿子一个人在家怎么照顾自己。
“他会洗衣服、做饭，等我回去，再打扫卫生。”
季曼这时瞥向阮季星，她很敏感地说：“你不能拿别人家的孩子跟我做比较，我会唱歌、跳舞、弹钢琴，还不够吗？”
“嗯，唱歌跑调，跳舞肢体僵硬，弹钢琴只会小星星。”
阮季星恼羞成怒：“妈妈！”
“好了，星星，逗你的。”季曼安抚地朝她笑笑，对赵若华说要她叫沈轲中秋过来吃饭。
那年中秋，是阮季星第一次见到赵阿姨口中的，独立自主的好儿子。
中午，季曼邀请住家阿姨同桌用餐。
两个小孩则被安排坐在一起。
沈轲坐得十分端正，唇线抿得紧紧的，谁开口，他的视线便追随谁。
而她看着他的袖口，磨损得厉害，有根线头崩开了，要破未破的，但胜在干净整洁，不招人嫌恶。

被半扶半拖地出了操场，阮季星听见沈轲说：“别装了。”
她气若游丝地说：“你居然这么诽谤一个病人。”
男生扯了扯唇，嗤笑出声：“你装病的手段早就玩烂了。”
刚上初中那会儿，阮季星的数学格外差，沈轲来沈家的时候，季曼就拜托他去陪她写作业。
美其名曰是陪，实际上就是盯。
她属于成绩越烂越不想学的类型，得要有人管。
肚子痛、头晕、想吐，什么病她都得过了，其实就是不想写数学题。
和她斗智斗勇那么久，他还能不知道她的小把戏？
阮季星站直了，抽回手臂：“那你刚刚为什么不揭穿我？”
“我没那么无聊。”
她将信将疑。
他淡声说：“还是去找医生开点药吧，你的脸色确实不好。”
阮家破产前的十几年间，阮季星没吃过半点苦，确实受不住这么晒。
每年军训期间，都有一帮中暑的学生，医生已经轻车熟路。叫她吹会儿空调，给她开了两支藿香正气水，便去忙别的了。

就这片刻工夫，又送来几位“病号”。

沈轲把座位腾出来，避到一边，侧靠着墙角，像是罚站。

见阮季星捅了几下硅胶塞没捅开，他说：“我来吧。”

用力一刺，吸管插进去，递还给她，将另一支也开了。

药液辛辣而泛苦，阮季星小脸皱巴成一团，“关心”地说：“沈同学送我过来辛苦了，为了预防中暑，这支你喝了吧。”

不想喝就不想喝，难为她找这么个借口了。

沈轲懒得点破，一口气喝了，丢掉。

又有人坐过来休息，阮季星挪了挪屁股。

不经意地，胳膊碰到他的大腿。她像触电似的缩回去，睫毛扑闪扑闪的。

沈轲忽地作势要往外走。

阮季星眼疾手快，抓住他的胳膊，警惕性极强地盯着他：“你不会是要去跟教官告发我吧？”

“买水。”

她慢慢地“哦”了一声，撒开手。

沈轲很快回来，递来一瓶矿泉水、一支棒棒糖，糖是葡萄味的。

她刚想问，他怎么突然大发善心，他先开口：“跑腿费五块，一共八块。”

阮季星瞪大眼：“我事先答应你了吗？你这是强买强卖吧？”

“不要我拿走了。”

她抢过水和糖，给他转了八块钱。

沈轲裸眼视力 5.1，看到自己在她手机上连备注都没有。

阮季星图凉快，一时半会儿不想走，赖在医务室。

他没作声，透过窗户，看外面的绿景。

她思来想去，还是好奇：“你为什么可以不训练？”

“医院开了证明。”

“我记得，你也没有不能剧烈运动的心脏病之类的吧，你开假证明？”

她眼珠子骨碌转了两圈，小声说：“难吗？我也想办一个。”

被唾液融化的糖像裹住了尾音，声线是含糊的。

沈轲说：“不难，出门右拐，走大约五十米。”

她满怀期待：“然后呢？”

“上到二楼，进行 0.01 秒的自由落体运动，就可以不用参加了。”

阮季星不想理他了。

福还没享够，何教官就过来找她了。

“好点了吗？好了的话，就继续训练。”

对上她那双肃正的眼，阮季星那声“没好”硬是说不出口，到底还是跟着回去了。

沈轲优哉游哉地走在后头，她又是羡慕又是嫉恨。

傍晚回宿舍，每个人都累瘫了。

谢晓羽一惊一乍地说：“哎！沈轲居然没女朋友。”

阮季星心说，他那破德行，能找到女朋友才奇了个怪了，口上配合地问：“哪儿来的消息？”

“他自己。论坛有好多人问，底下有条评论说没有，再下面就说，本尊来了。”

他倒是闲，还有空逛论坛。

阮季星找到那条帖子，随意翻了翻。用户昵称和头像跟微信一模一样，真是他。

前面十几层楼是从各种角度拍的沈轲。

重逢后，阮季星已经碰到他好几次，可看这些照片，又觉得陌生，就好像是，看着某个熟悉的人，一夜间换了张面孔。

她过去似乎从没觉得他长得帅，更多的记忆停留在，他话不多，偶尔蹦出来的一些话，能气得她跳脚而拿他没辙。

要是主动惹他呢，他也不会有大的表情波动，像是不把她的言行，或者说不把她当回事。

总之，不是什么讨人喜的性格。所以想象不到，他这副皮囊在学校如此受女生欢迎。甚至有个层主说，如果没有女朋友，她就要上了。

谢晓羽说：“星星，不是他送你去医务室的吗？你觉得他人怎么样？”

阮季星退出论坛，语气不大好地说：“不怎么样。”

谢晓羽顿时不吱声了，像是气球被她话中的刺给扎破，泄空了满腔的气。然而阮季星满脑子都是下午沈轲耍她的情形，气得牙痒痒，也就没有注意到她的变化。

冯清莹说：“七点半就要集合了，收拾收拾就走吧。”

戚蓝戴上帽子，率先出门，谢晓羽跟在她身后，没有等阮季星。

她有点莫名，但也没放在心上。

从这天开始，接下来的每天都很难熬。

第二天，五点多被叫起来集合，进行三公里晨跑，白天训练，晚上唱军歌，还要抽空写军训心得。但也会劳逸结合，拉歌，展示才艺，算是枯燥生活中的调剂。

这天上午，组织消防逃生演练。

他们被带到教学楼的阶梯教室，观看过视频后，等到警报铃响起，立马用湿毛巾捂住口鼻，有序向外疏散。

没想到的是，竟模拟了火灾时的浓烟，黄色的，味道冲鼻。

烟雾有些迷眼，大家纷纷躬着身，贴墙而行。

不知是谁从后面撞了下阮季星，她手上毛巾一松，立时被呛到，步调也乱了。

他们急着往外跑，没顾得上她，楼道窄，她被人流带着，被迫往前，烟越吸越多，脸呛得通红。

这其实很危险，一不小心就会发生踩踏。

她心里也慌。

这时，一只手臂伸过来，将她和其他人挡开。

“烟雾是从上面喷出来的，它密度比空气小，不会往下沉，不要站起来。”

有了空当，她才能蹲下身。

“快走。”

戴着迷彩帽，又有毛巾遮挡，阮季星没能看清那人的脸，唯见一双眼，又黑又深邃。

她思考不了那么多，只想赶紧离开这儿。

待重新呼吸到新鲜空气，阮季星真有种活过来的感觉，大口喘息。

郭教官在不远处吹哨：“六连过来集合！”

她想起什么，目光睃了一番，却不见人影，只好先去集合。

“第一排开始报数！”

“六连应到一百二十四人，实到一百二十四人，报告完毕！”

听到这一声，阮季星望过去，声线似乎能和刚才帮她的人重合。

所以……是沈轲？

“归队。”

沈轲转过身，隔着三排人，和她的视线对上。

他脚步顿了下。阮季星眨了眨眼，想说什么，可时机不合适，还是将话咽回去了。

沈轲是多出来的一号人，站在第一排排头旁边，个子又高，便显得尤为突兀。虽然他这些天没跟着训练，但军姿站得依然身形笔直。

郭教官大发慈悲，放他们提前下训。

阮季星从人群中挤出一条道，追上沈轲。他步子迈得大，她只能小跑着跟上：“那个，谢谢你啊。”

沈轲没什么反应，也没看她，反问：“谢什么？”

她以为他之前没看清她，解释：“就是刚刚疏散的时候啊。”

“哦。”他恍然，说，“你挡后面人的路了。”

阮季星一噎。

“对事不对人，你帮了我，我就不会忘恩负义，我请你吃……”

阮季星想了下，和他一起吃饭好像有点尴尬，话音一转，变成：“我请你喝杯东西吧。”

岂料这人应得干脆：“行啊，喝什么？”

……你倒是毫不客气。

到了奶茶店，沈轲要了一杯黑糖珍珠奶茶，全糖。

阮季星想起上次他也喝的这个，问：“你居然喝这么甜吗？”

他睨了她一眼，表情很古怪。

“我就随口一问。”

她付了钱，本着送佛送到西的原则，陪着等出餐。

这会儿是饭点，人很多，小小的店里空气都稀薄了，阮季星摘了帽子，给自己扇着风。她旁边有两个同样穿着迷彩服的新生咬耳朵：“哎，你看那个男生，好帅啊。”

“你去找他要联系方式呗。”

“我不敢，感觉他很冷的样子。”

阮季星下意识地瞟了瞟他。客观地分析，他的长相是比较周正的类型。

眉峰微微隆起，眉毛浓而长，眼角微微向下垂，下眼睑弧度比较大，俗称“狗狗眼”，鼻梁高挺，嘴唇偏薄，有一颗不太明显的唇珠。

说“冷”，大抵是因为，他眼帘半耷，浑身散发出一种“别找我要联系方式”的警告气息。

“想看就光明正大地看，别偷偷摸摸的。”

原本还在交头接耳的两个女生顿时噤若寒蝉。

这下阮季星回答不是，不回答也不是。她绞尽脑汁，找了个话题，试图破解这个局面：“我是想问你，赵阿姨还好吗？”

沈轲不咸不淡地答道：“还行。”

“哦。”

余光里，那两个女生面露尴尬，往旁边挪了挪。

又冷场了。

如果换成别人，年少时期相处过几年，多年后再见，怎么也有无数可以追忆往昔的素材。但阮季星悔就悔在，当初不该对他吆三喝四，当用人一样使唤。

而且，沈轲本来就不是热络的性子。还是不要生硬地跟他搭话了。

怎么等了这么久，奶茶还没好？阮季星刚这么想着，又进来一拨人，把里面的顾客往更里面挤。

仅有的几个店员忙得团团转，机器“嗡嗡”作响。

男生体温高，身上烘出一股热气，混着男性荷尔蒙的气息，不难闻，但浓烈而陌生，近得令人难以忽视。

阮季星尽量不去在意，低着脑袋，看着鞋尖。鞋子实在太硬，几天过去还没能适应，脚后跟磨出了泡，脚底板也好酸。她悄悄活动着脚腕。

沈轲垂眸看她。

她估计不知道，摘了帽子后，有一缕头发翘了起来。

有点呆气。

不高的个子，这么一把头低下去，像极了一颗……顶着黑色伞盖的蘑菇。

听见叫号，沈轲伸长手，拿走自己那杯，轻轻拍了下她的头顶。

呆毛平下去了，更像蘑菇了。

他说：“走了。”

他居然胆敢拍她脑袋？阮季星反应过来，难以置信地瞪着他的背影。

按理说，已经兑现了承诺，也该大路朝天，各走两边了。但她从不允许任何人碰她脑袋，包括阮正荣和季曼，她小时候固执地认为，这样会长不高，这则禁忌一直延续至今。

她咽不下这口气。

“喂，沈轲。”

他回头。

阮季星气势汹汹地走到他面前，幼稚的报复心理一起，二话不说，伸手拿掉他的帽子。

想拍回去的动作却陡然停在半空中。她看到那条疤，有些吃惊地张大嘴巴。

突然就明白，难怪这些天这么热，他都一直戴着帽子。还有，为什么他能够破例不参与训练。

路过的人也不禁侧目而视，眼里有好奇、同情、忌惮。

或许是她的表情和他们的眼神冒犯到他了，沈轲脸色冷下来，抢过帽子，重新扣上，大步离开。

被留在原地的阮季星一时手足无措。

他应该就是不想被人看到吧，不然也不会刻意遮着。

然而，她却大庭广众之下掀了他的“遮羞布”。换作是她，没臭骂对方一顿，甩脸走人都是宽容大度的了。

怎么办，这好像不是一杯奶茶能扯平的事。

回宿舍后，只有谢晓羽在。阮季星纠结了半晌，还是决定求助她：“晓羽，救救我，我惹一个人生气了，怎么办？”

谢晓羽扭过头：“男的女的？”

阮季星期期艾艾地说：“嗯……男的。认识，但不熟。”

她补了一句：“我真的不是故意的。”

“看事情的轻重程度吧，如果是小事，直接道歉；如果严重，你还是买点东西亲自赔罪比较好。”

“好像……挺严重的。”

谢晓羽好奇地问：“谁啊？我们班的吗？”

阮季星满脸惆怅，摇头，没有多说。

阮季星苦恼地思考了两天。

白天训练，沈轲都不参与，但教官要求他每天人必须在；晚上排练军歌，他倒是会一起。

所以，其实她有很多机会可以开口。可她既不知道说什么，也没想好怎么赔礼，加上每天都很累，所以迟迟未动。

谢晓羽还问起过这事：“怎么样，你跟那个人和解了吗？”

“没呢。其实我们俩以前就有点小恩怨。”

“那你为什么要跟他道歉？”

“因为是我犯了错呀。”阮季星无意识地搅着衣角，“我有时候说话做事是有些过分，但我没想伤害他。”

谢晓羽默了默，说：“确实。”

“啊？”

“没什么，不过道歉这种事，得‘趁热打铁’，不然越拖越久，人家压根就不想理你了。”

也是。

阮季星趴在桌子上，叹了口气。

下午训练结束，谢晓羽想叫阮季星去吃饭，她匆匆忙忙带着东西要走。

“你去哪儿？”

“我出校一趟，晚饭就不吃了。”

“晚上还要排练呢。”

“没事，来得及。”

阮季星摆了摆手，跑了。
谢晓羽没法，只好去找戚蓝。
冯清莹热衷于社交，和别班的人走了，戚蓝则喜欢独来独往，但也不介意与谢晓羽同行。
“戚姐，你觉不觉得阮季星挺奇怪的？”
“哪里奇怪？”
谢晓羽分析着：“她吃穿用度挺一般的吧，但有的地方又格外讲究，比如每天中午回去都要洗个澡，她说出了汗。”
“爱干净。”
“昨天我们出去买水果，苹果八块九一斤，我说太贵了，她很惊讶地反问我‘是吗’，然后问她喝不喝奶茶，她说不喝，没钱。”
“消费观念不同。”
“还有，有几次已经熄灯了，她跑出去，不知道跟谁打电话……”
说到一半，谢晓羽就止了话头。
戚蓝淡淡地说：“没什么奇怪的，只是跟你的生活习惯不一样罢了。”话落，去窗口排队点餐。
谢晓羽有些懊恼，但话已出口，覆水难收。她默默地跟在后面。

怕时间来不及，阮季星打车到最近的商场。
因为正值下班高峰，堵了好一会儿才到，直奔一家主打年轻时尚男装的品牌店。
导购热情地迎上来：“小姐，您好，请问是为男朋友挑选礼物吗？”
阮季星矢口否认：“不是，就是普通同学，我想买顶帽子。”
导购为她推荐一款藏蓝色鸭舌帽，说是很适合大学生日常佩戴。
阮季星看了下吊牌，感觉也不贵，说：“结账吧。”
回学校的路上，她反应过来，打开余额。
天，她居然一下子就花掉了一个星期的生活费？
上大学前，阮季星基本上没管过钱，都是季曼替她安排。
虽然家里条件大不如从前，车厘子变成苹果，大牌衣服变成小门店货，但她依然对花钱这件事没什么概念，想的是能不花就不花。
结果，一花就花了个大的。
买都买了。她咬咬牙，想，大不了就当买个教训，再也不去招惹沈轲了。
来回加上堵车的时间，阮季星还迟到了几分钟。
冯清莹打了几个电话来催，阮季星拎着袋子一路跑过去，满脸是汗，喘着气说：“不，不好意思。”
“没事，下次别迟到了，快进去吧。”
大家站在台阶上，感觉无数道视线落在自己身上，阮季星越发窘迫，脸红得像熟透的水蜜桃。
她“嗯”了一声，埋着头回到队伍。
不知道是不是没吃饭，又跑得太急的缘故，唱了没一会儿，阮季星肚子隐隐痛起来。好不容易挨到结束，她瞅准沈轲的位置，拨开重重的人，向他挤过去。

唐天和在跟沈轲约晚上的战局，沈轲一副意兴阑珊的样子，不应好，也不应不好。

“干脆你给我当陪练，我付你钱。”

“行啊，五十块钱一个小时。”

“你真要啊？”

沈轲扬了扬眉，从鼻腔里溢出一声笑：“呵，这么说，你不是真给啊。”

唐天和正要说什么，发现身后亦步亦趋地跟了个女生。定睛一看，不就是沈轲那个“旧识”吗？

唐天和屈肘拐了他一下，提醒他：“哎，有人找你。”

沈轲懒洋洋地说：“你以为我是地上掉的一百块钱，但凡路过一个人就盯着我？”

阮季星自然听到了这句，当着他同学的面，更不知道怎么开口。

唐天和干脆地问她：“你是找沈轲的吗？”

她点了点头。

他拍了拍沈轲的肩：“人家妹子有话跟你说，我先走了。”

沈轲这才回头。他显然没想到是她，表情有一瞬间的怔忪。

在他说难听的话之前，阮季星先一步低头认错道：“对不起，我上次不该摘你的帽子，这是赔罪礼，你要是原谅我的话，你就收下，要是不原谅……”

沈轲看向她手里的袋子，又看她，语气毫无波澜：“不原谅就怎样？”

她小心翼翼地抬头：“你应该会原谅我的吧。”

他无端想到很久之前的事。

那年他过生日，赵若华想回家陪他，向季曼请一天假。

得知原因后，季曼说：“行啊，要不然晚上一起吃饭吧，我叫老阮给小轲买份礼物。”

阮正荣买的是一个进口航天模型。

阮季星见了，和他大闹了一场。

“我一直叫你给我买这个，你总说没空，下次，你为什么给沈轲买？”

“我说我怎么下意识买了这个。”阮正荣好声好气地哄着她，“对不起星星，我下次给你买好不好？”

“又是下次！上个星期叫你给我开家长会，你明明说好要去的，结果放我鸽子，你这个大骗子，我再也不信你了！”

她愤而摔了模型，卧室门关得震天响。

季曼说：“你也是，做不到的事，为什么要答应星星呢？”

阮正荣叹了口气，说：“这两个月有个项目要负责，要随传随到，我也不想……”

沈轲自始至终没有作声。

季曼去楼上劝阮季星吃饭，实在劝不动，叫他们先吃。

刚说完，她突然出来，跑到沈轲面前，往他手里塞了样东西，丢下一句“对不起，这个赔给你”，就又回去了。

他后来查过，她赔他的那个是限量版，更贵，也更难买。

思绪敛起，沈轲接过袋子。
阮季星笑了下，忽然捂着肚子，露出痛苦的神情。
他蹙眉："我都原谅你了，就没必要用苦肉计了吧。"
"不是，"她缓缓蹲下去，"我真的肚子痛。"
晚课的下课铃响起，从教学楼涌出一大拨学生。
阮季星坐在路边，手还捂着肚子，看着他们发怔。
"想什么呢？"
她回神，指着教学楼，说："像不像一个蚂蚁窝？往外面放块糖，全跑出来了。"
蚂蚁窝？很奇怪的形容，也就她想得出来了。
沈轲将手里的东西递给她："原来不是痛傻了。"
这个时间点，只有卖小吃的还在营业。加满料的手抓饼热乎乎的，她喝了口水，垫了下肚子，然后大口啃起来。
他在她旁边坐下："吃这么快做什么，怕我跟你抢？"
阮季星含含糊糊地说："我没吃晚饭，饿死了。"
上一次感觉这么饿，是小时候爷爷脑出血去世，大人忙前忙后，顾不上她。她带着哭腔叫爸爸妈妈，他们还以为她是为爷爷难过，抱着她一顿哭。最后，饭是什么时候吃上的她也不记得了。
但印象很深的是，她一边觉得这是她吃过的最好吃的饭，一边想到爷爷再也吃不上了，眼泪"啪嗒啪嗒"地掉。
一个加蛋加里脊加生菜的手抓饼被她吃出了人间珍馐的样子。
阮季星不到两分钟就吃完了，想给他转钱，发现上一笔转账二十四小时没收，退回来了。
"钱你怎么没收啊？"
他不甚在意地说："忘了。"
"那我给你补上。"
"算了，就当还你的礼了。"
"哦。嗝……"
刚应完，她就开始打嗝，断断续续地说："可我好亏，五……嗝，五百块钱的帽子换八块钱的手抓饼，嗝……"
沈轲看着她。
"开玩笑的，嗝，这个嗝怎么，嗝，打个没停。"
他神色忽地一变，盯着她的肩上："阮季星，你别动，你肩膀上有只很大的虫子。"
"真的假的？"她脸色瞬间发白，不由自主地偏了偏头，似看到一块黑影，边尖叫边跺脚，"啊啊啊，沈轲，你快帮我弄掉！"
沈轲伸手拈走，她定睛一看，一片叶子而已。
还没来得及气他耍她的事，只听他施施然地说："看，嗝这不是止住了嘛。"
阮季星顿住。
沈轲丢掉叶子，手插进口袋，笑得似是揶揄："你还是这么怕虫子。"
她恼羞成怒，狠狠瞪他："你也还是这么讨人厌。"

干吗要跟他道歉，气死他得了。

阮季星甩手走了，走出没多远，感觉身后一直有人，转过身："你干吗跟着我？"

"没跟你，我回宿舍。"

对哦，他也住东苑。

阮季星就当他是空气，直冲冲地往前走。沈轲慢悠悠地跟在她后面。

她其实很累了，脚也不舒服，甚至有些一瘸一拐的，像只才学会走路的小企鹅。

他轻笑出声，继而又想到，她居然不吃饭，拖着一副疲惫的身体，跑去买帽子和他道歉，笑意愈甚，然后就对上阮季星冒着怒火的眼。

"被你骗到的我很好笑吗？"

"没有。"他一脸坦陈地说，"我是笑你走路像只笨企鹅。"

谢晓羽见阮季星气鼓鼓地回来，问："你怎么了，这么晚才回来？"

"喂狗去了。"

"啊？学校里有狗吗？"

"有啊，"她甩了帽子，一屁股坐到椅子上，"我的一腔好心都喂了他。"

谢晓羽"噗"地笑了："谁啊？"

"就沈……"

刚起一个话头，就生生咬断，不想叫他们知道自己和沈轲认识，改口说："就一神经病。"

冯清莹扭过头："星星，你的军训心得还没交哦，十一点之前我要发给郭教官的。"

阮季星撞墙的心都有了。

都怪沈轲。

幸好，这样的苦日子很快就结束了。

军训的检阅仪式进行完的当天，裴颖再次组织开班会，这次是为推选班干部，班主任常巍然也来了。

班主任和辅导员的区别是，前者管学业，后者管生活。

常巍然一上来就说，大家要早早开始规划，才能不落于人后，现在就可以根据实际情况考虑考研、保研还是出国了，又说，有保研意向的，可以找他做指导老师，他有非常多学术资源。

听得他们一愣一愣的。

他滔滔不绝，还是裴颖小声提醒他，该选班干了，他才结束。

不出意料，冯清莹二十三票成功当选班长。

阮季星也抱着试试的心理竞选了个学习委员。但真算起来，三十个人的班，有超过三分之一的人当班干。

第二天就开始上课了。

然后，阮季星发现一个很严峻的问题——

专业课是一班和二班一起上，公共课是四个班一起上，也就是说，无论如何，她都得和沈轲在同一个教室上课。

不仅是上课，还包括晚自习。

说到晚自习，谢晓羽吐槽说："学校是为了磨炼我们的意志，才安排一周十几节课加三天晚自习的吗？"

阮季星更绝望："我还选了两门线下公选课。"

至于沈轲……

正式上课第一天他就成了众星捧月的。

老师似乎都听说了班里有这么个高分进来的学霸，喜欢点他回答问题，还调侃，他这长相，得是工管系系草吧。

沈轲说："我不过是个草木之人，哪比得上老师您是巍巍青山。"

听来虽是谄媚之语，但他表情淡淡，不像恭维，更似玩笑。

教室里顿时一片哄笑。

老师也笑："虽然我不是文科老师，但我也看过《红楼梦》，知道林妹妹的哈。"

阮季星心说，论阴阳怪气，这人跟林黛玉倒是有得一比。

这一出，让大家对他印象更深。

次日，沈轲的名字就飘在了论坛最上面。

阮季星不想再去看了，但谢晓羽偏生是个爱八卦的，拉着她聊："刚刚我看见冯清莹去找他了，她不会是也对他感兴趣吧？"

阮季星想起冯清莹曾说过的择偶标准。前几点外貌要求倒是非常符合，但"性格稳重温柔"？跟他是半点也搭不上边。

谢晓羽又说："哎，他俩就在前面。这是要一起去吃饭吗？"

阮季星看过去。

沈轲单肩背着书包，一只手插着裤兜，头上戴的帽子就是她送的那顶，而冯清莹偏着头，在和他说话。

谢晓羽："我感觉以冯清莹那种看准目标，就势在必得的性格，肯定能拿下他。"

"你不觉得他挺装的吗？"

谢晓羽没反应过来："啊？"

阮季星不屑地撇撇嘴："我一直觉得单肩背包的男生很装。"

"得看脸吧，不帅的人是吊儿郎当，帅的那就是潇洒。"

"……你好双标。"

谢晓羽说："这个社会就是看脸的啊。两个军训负责人竞选班长，高奕才几票，前排位置没有了，还有男生主动给你腾。"

"有吗？"阮季星自己都没意识到。

"军训的时候，也有男生给你买水啊，你大概是习以为常了，所以不知道漂亮给你带了多少好处。"

阮季星也不傻，她听得出来谢晓羽语气里的讽刺，可她想不明白的是，她们不是关系还不错嘛，为什么这么说她？

她皱了皱眉，说："漂亮是我父母送给我的礼物，的确是优势，但我没有利用它做任何坏事，这是什么该被谴责的事吗？"

谢晓羽没作声。

但阮季星的臭脾气改不了，她有气就要发出来。

“同为女生，又是一个宿舍的，你没必要这么酸吧。高奕能力就是不行啊，很多事都是冯清莹出面，大家投她很正常。”

“给我买水，我给了他钱，我没白占他便宜；给我腾位置，或许有你说的原因在，但你不是也坐我旁边吗？”

谢晓羽耳根子都红了，说：“阮季星，你总是这么高高在上，其实你打心底里就瞧不起我吧。要是旧社会，我大概就是给你擦鞋洗脚的丫鬟吧。”

“我没有，我把你当朋友……”

谢晓羽打断她：“狗屁朋友！”

说完就跑了。

阮季星还蒙在原地。

谢晓羽连饭也不吃了，直接回宿舍。

戚蓝端着碗泡面，见她就一个人，随口问了一句：“你不是跟阮季星一起的吗？”

“谁跟她一起。”

戚蓝也不是关心八卦的人，没再多问。

阮季星随便吃了点，打算找谢晓羽把话说开，但她已经上床，把帘子拉上了，摆明了就是不想理人。

后来冯清莹回来，阮季星思索片刻，问她：“你跟沈轲一起吃的饭？”

“没有。”冯清莹放下包，“我感觉他的态度太冷淡了。”

阮季星瞄了瞄床上，接着问：“怎么说？”

“我本来是想拉他组队参加大创，还有一些竞赛，这些对保研很有帮助，他就直接说他不感冒。”

冯清莹喝了口水，继续说：“然后我想游说他，就算不想保研，之后找工作，简历也能更漂亮，他又说他不需要。”

阮季星嘀咕了一句：“的确是他的风格。”

“嗯？你跟他很熟吗？”

她糊弄过去：“看得出来。”

“再然后，快到食堂的时候，他说‘你还有事吗，没事我就走了’，我还没来得及回答，他就甩开我了。我也是第一次碰到这种男生。”

听完，阮季星不禁咋舌：“你脾气真好，这都不生气。”

冯清莹耸耸肩：“当了这么多年班长，奇葩人奇葩事见多了，没必要因为别人的问题来烦扰自己。”

她倒是豁达，可阮季星做不到。

以为谢晓羽会对这个话题感兴趣，她才开的头，然而聊完了，还不见上铺有动静。

冯清莹这才注意到谢晓羽在床上：“晓羽午休了？我们别说了。”

下午去上课的时候，谢晓羽一个人走了，阮季星还在往书包里装要带的书。

戚蓝瞥了瞥她，问：“你们吵架了？”

阮季星闷闷地“嗯”了一声，犹豫了下，把中午的事说了，越说，越产生自我怀疑：“我真的很高高在上吗？”

“你没错，她也有她的道理，性格不兼容罢了。你不用在意，室友不一定非要当朋友。冯清莹不也跟其他人玩得更好嘛。”

说完，戚蓝就先走了。

阮季星心里闷得慌，一直到晚自习都心不在焉。

作为大一新生，大家还比较自觉，没有翘课迟到的。清点完人数，她就趴在桌上，下课了，作业一个字还没动。

教室很快空了，阮季星磨磨蹭蹭着没走。她好像有点逃避回到那间二三十平方米、住着四个人的宿舍。

头顶被人用书拍了下，她抬头，是沈轲。

“你能不能别碰我的头？”骂声也有气无力。

“采摘蘑菇之前，要拍一拍伞盖，是为了留下孢子传播繁殖。”

阮季星：“嗯？”

什么意思？说她是蘑菇？

……唉，她还不如当一朵角落里的蘑菇呢。

沈轲忽然问：“我要去摆摊，你去吗？”

阮季星更迷惑了：“你摆什么摊？不是，你摆摊叫我干什么？”

“我缺个劳动力，这里就剩你了。”

她环顾四周，还真是。反正也不想回宿舍，她一股脑儿往书包里塞东西：“走吧。”

她应得这么爽快，沈轲反而有些讶异，定了定，方提步跟上她。

阮季星看看面前的电动车，又看看沈轲：“你哪儿来的？”

“淘的二手。”他长腿一迈，轻松跨坐上去，向后歪了歪头，“上来吧。”

阮季星也不是没坐过，阮正荣前几年把家里车都卖了，为了送她上学，买了一辆电动车。

但她不太相信他。

她狐疑地打量他……和他的车。

“不坐就算，腿着去吧。”沈轲作势要启动车。

“哎！”她叫住他，“有免费的车干吗不坐。”

她扶着他的肩膀坐上去，不动声色地往后挪了挪屁股，没跟他贴得太近。

九月下旬还热着，夜里才降了些温，微凉的风吹起披散的头发，糊得满脸都是。

阮季星伸手拨开，感觉心里轻快了些。

A市多丘陵，学校有不少缓坡，骑过一条减速带时，忽然一个小小颠簸，她下意识地抓住他的衣服，很快又松手了。

到下一条减速带，他反而加速了。

“喂，沈轲，你烦不烦人啊。”

他似乎笑了一声，又似乎是她听错了。

但阮季星已经笃定，他这人就是存心的。小时候她欺负他，现在轮到他耍她。

小心眼。

沈轲骑到校门口，从门卫室搬来一筐水果，放在脚踏上，才绕去操场。

学校有两个篮球场，操场旁边一个，宿舍园区那边一个，都很大，灯光也照得亮敞。

这里是晚上人流最密集的地方。散步的，夜跑的，跳绳的，打球的。

沈轲在路边找了个地方，停好车。

“嘭嘭”声传来，阮季星望向篮球场。

晚上比白天热闹得多，似乎是几个学院的球队训练，几拨穿着不同颜色球服的男生。

接着，就听到他问：“喜欢看这个？”

没指是人还是球。

她不答反问：“干吗？”

“帮忙搬一下。”

她吐槽说：“你看着身强力壮的，这都搬不动吗？”

沈轲本不想多说，但不解释，似乎就成了默认。他说：“肩上有伤。”

阮季星顿了下，有点不自然地挠了挠脸。

他看她，眉峰抬了下：“怎么？”

“没什么。”

总不能说，她不久前误会他单肩背包是为了耍帅吧。

阮季星和沈轲一左一右，将水果筐搬到他看中的位置。是在一个十字岔口，人流交汇之处，十分显眼。铺了野餐布，再将东西摆开。

他订的是一些猕猴桃、圣女果、草莓、蓝莓之类的，装在透明盒子里，分量不大，但看起来品质好，也新鲜。

于是阮季星不禁好奇地问：“你这是从哪里进的货？”

“批发市场，叫老板挑选过。”

他不是天天跟他们一块儿军训吗，怎么有时间干这些？

又想到，新生报到那两天，大家忙着开学的诸多事宜，他同为大一新生，偏偏坐在营业厅办理校园卡、校园网业务。

她心说，他还真是奇葩。

过路的学生纷纷看向他们。

阮季星有些不自在，担忧地问：“话说，我们能在这儿摆摊吗？”

“校规校纪也没有不允许摆。”沈轲支了个折叠小马扎，拍了拍，示意她坐，自己则垫了个塑料袋，再坐书包上，“撑死胆大的，饿死胆小的。”

阮季星能理解谢晓羽说的“看脸”原则了。

他做是随性，换个人来，这就叫邋遢。

转念一想，顶多被保安赶走，“主谋”也不是她，找不到她头上，便心安理得地坐下了。

“这么晚了，卖不完的话，放到明天，会不会坏啊？”

“所以我没进多少货，这些今晚得卖完。”

她提议：“要不然找块牌子，上面写上价格。”

超市、水果店都是这样的。

沈轲瞥了她一眼，淡声说：“写了就不会有人问价，问了还可能会买，不问的基本瞟一眼就走了。”

“你怎么经验丰富的样子？”

“我妈这两年身体不好，我让她别再干家政，她就去菜市场摆摊，我有时会去帮忙。”

难怪。

沈轲手里转着手机，漫不经心地说：“卖完利润分你一半。”

“真的？”

“当然不是白赚的。”他抬了抬下巴，“如果有男生看过来，你就招呼，问他需不需要点什么；如果是情侣，你就问女生。”

“啊……”她试着张了张口，还是有些难以启齿，“非要招呼吗？”

“叫卖叫卖，你不喊出口怎么卖？”

阮季星努力做着一番心理建设。

她小时候从未为钱发过愁，更没考虑过赚钱的事，但她想到父母。

从中产跌落到无产，阮正荣也不甘心，他曾想东山再起，然而不遂人意，四处碰壁。他年纪上去了，再难赶上好机遇，季曼劝他，踏实过好现在的生活就够了。回了老家后，阮正荣去一个堂兄的厂子里帮忙，季曼偶尔做一些刺绣卖，能维持日常开销。

但她如果能赚到生活费的话，他们压力会小点。

思定，阮季星扬起一抹笑，招呼起过往的学生。

其实开了口之后，就没那么难以接受了。

“小哥哥”“小姐姐”地喊着，没打算买的人也过来挑选了。不过，有不少女生是冲沈轲——或者说，他那张皮囊——来的。

有人问：“你们明天还来吗？”

阮季星瞥了瞥沈轲，后者说：“应该来。”

“那我可以加上你的微信吗？我室友可能也要买。”

“加她吧。”

阮季星还没反应过来是指自己，直到他拍了拍她：“二维码。”

“噢噢。”

女生犹豫了下，还是加了她，又试探性地问：“你们是男女朋友吗？”

阮季星忙摆手澄清道：“不不不，我们就是普通的……生意合伙人，嗯对，合伙人。”

一连三个“不”，生怕跟他沾上这层关系似的。

沈轲往腿上“啪”地拍了下。

两人都看向他。

他淡淡地说：“有蚊子。”

得知他们并非男女朋友，女生明显松了口气，她挑了一盒猕猴桃、一盒圣女果，走了。

阮季星挥着手臂，热情地说：“欢迎下次再来哦。”

沈轲说：“你倒是进入角色得挺快。”

“你为什么不喊？”她扁了扁嘴，“你在这儿当门神呢。”

他懒懒地掀起眼皮，虽是仰视的视角，但更像被他睥睨：“我人在这儿，就已经无声胜有声了。”

阮季星语塞片刻：“……以前怎么没发现你这么臭屁。”

“外貌也是一种能够变现的资源，我只是合理地利用罢了。”

她想到谢晓羽的话，话音突转："你讨厌我吗？"

沈轲被问得猝不及防，僵了下。尚未捋明白她的思路，就听她自顾自地说下去。

"讨厌也正常，可能我以前一直清楚，自己在你面前的优势是什么，所以恃宠而骄，对你呼来喝去，反正我爸妈不会真的因此教训我。

"我初中成绩不是不好嘛，那个时候他们打算送我高中出国留学的，但你知道，我肯定去不了了，我就只能参加高考。"

他缓缓偏过头。

"高中没交朋友，整天学习，小时候的朋友也都没联系了。短短半个月，惹到两个人。"

阮季星膝盖撑着腿面，双手托着下巴，表情迷茫。

"我现在才发现，原来我这么不擅长处理人际关系。你以前顺着我，其实也就是看在你妈妈的份上吧。"

长得漂亮的确引人关注，可她并不懂得如何将它转换成他所说的、可利用的资源。从小到大，她似乎只是理所当然地接受，而没有主动去给予。

所以，谢晓羽才觉得她高高在上吧。

沈轲正想说什么，她直起腰，扬起笑："你好，要买点水果吗？很新鲜的。"

她身体里像是安装了多个运行系统，随时可以切换。

这一茬被打断后，就没有机会继续了。

校内和校外的水果店要价颇高，他少了门租水电那些开销，卖得要更实惠一些，而且，他挑的又都是年轻人喜欢的水果。在宿舍门禁前，就顺利地全部卖光了。

沈轲算完账，给她转了五十六块五。

阮季星笑容凝固了："就这么点啊？"

沈轲拍了拍书包上的灰，挎到一边肩膀上："货不多，成本也不低，已经不错了。"

虽然钱少，但这是她人生第一次赚钱，阮季星还是特别有成就感。要是有现金，她肯定一遍又一遍地数钱了。

沈轲送她到宿舍楼下。

阮季星摘下头盔还给他。

沈轲个高腿长，脚轻轻松松地踩着地，稳住车身。

他从包里拿出一盒草莓："给你留了一盒。"又轻描淡写补了一句，"员工福利。"

她接过："好吧，谢谢。"

"明天不上晚自习，可以多进两筐货，你来吗？"

"嗯……"阮季星思忖片刻，说，"我应该没事，可以。"

"到时叫你。"

"行。"

看着他的背影，阮季星无端生出一种奇异的感觉，像是突然之间，和他变得很亲密了。

她晃了晃头，将这种不切实际的想法晃出脑海。
连冯清莹那样的女生去找他，他都表现得那样冷淡，他不过就是借她帮他赚钱罢了。
回到宿舍，她们都上床了。
按照之前约定的，十一点熄灯，但是她迟迟未归，就还仍她留着灯。
阮季星匆匆洗完澡，轻手轻脚地收拾东西。
上了一天课，又去摆摊，她累得倒头就睡，竟比军训那段时间睡得还踏实。

男生宿舍则浑然不同。
沈轲的晚归丝毫不妨碍他们开黑。
一进门，脏衣服、垃圾、未拆的快递堆得到处都是。他拿脚扒拉着，开出一条道来。
唐天和百忙之中抽空睃了他一眼，问："老沈，你今天不接代打啦？"
"没空。"
"你上哪儿发财去了？"
不熟悉唐天和的人，或许听着像是阴阳怪气。
但这段时间相处下来，沈轲大概算是熟悉他的风格了——简而言之，就是地主家的傻儿子。
也不是真傻，就是性格直率，没心眼，大直男一个。
另一个室友徐玮头也没抬，插话说："跟二班阮季星在操场边摆摊卖水果呢。"
"阮季星啊。"唐天和神色顿时变得暧昧，尾音拖得老长。
"话说起来，阮季星是真漂亮，但她那种看着太有距离感了，一般人都不敢追。"
唐天和说："别胡说八道啊，人家可是老沈老情人，哦不，老相识。"
徐玮反应过来，抽了自己几嘴巴："呸呸呸。"
沈轲："去你的，听唐天和瞎编排。"
他从阳台取了毛巾，进了浴室。
唐天和还觍着脸皮跟了上去，倚在门边问："你俩要真没点什么，你干吗不叫我？"
"忙活两小时，赚不到你一款英雄皮肤，你也干？"
说的也是。
但……
"那阮季星怎么肯干？"
沈轲没回答。

"你现在过得怎么样"，他们都没有向彼此问候。
他原是觉得，他们不是需要靠这种烂俗的、久别重逢的开场语来缓解氛围的关系，但事实上，她竟然一直以为他讨厌她。
所以第一天碰到才躲他？
他也就不知道，她现在过得究竟怎么样。

想来，过去一套模型玩具动辄就是四位数的阮家掌上明珠，为了五十多块钱而笑得眼儿弯弯，大抵不会好到哪儿去。

以她的性格，剥夺了她享有的优渥的物质条件，约等于一场灭顶之灾。

他记得赵若华离家那天她哭的样子，眼睛红成了兔子眼。

然而，今天晚上，在炽亮的灯光下，她的双眸却映着细碎的光。

星星不会坠落人间，但那一刻，他在她眼里看到了。

出神的片刻工夫，唐天和又问："你高数作业写完没，借我借鉴借鉴。"

"在我书包里。"

男生洗澡快，不到十分钟，沈轲就出来了，脖子上搭着毛巾，头发往下滴水。

说是要借鉴作业的人，原封不动地照着抄，边抄还边说："不愧是学霸哈，我琢磨一个晚自习就写出半道，你都给写出来了。"

沈轲淡淡地说："你确定你琢磨的是新世纪抽象人物风格画？"

被揭穿了，唐天和也不恼，"嗐呀"了一声，说："谁叫学校这么变态，晚自习手机还要上交。"

沈轲不予理会，拿起手机，跟老板预订明天的货。

那边是A市最大的水果批发市场，许多水果店、商超都是从那儿进货。本来，他订的数量太少，没有老板愿意送，他也是磨了好半天嘴皮子功夫才磨下来。

根据今天卖的情况，增减了部分种类。

唐天和又说："哎，老沈，你书包里面放了个挂件，看着挺旧的了，怎么还留着？"

沈轲倏地抬起头："你拿出来了？"

他反应大得唐天和吓了一跳，磕巴了下，说："没有啊，我拿它干吗？"

沈轲去翻，还在原位置。

心往下落了落。

唐天和问："这玩意儿很重要啊？"

沈轲"嗯"了一声。过了会儿，他又说："一个很重要的人送的。"

唐天和着实迟钝，完全没有往别的方面想，一心埋头苦抄。

一个很普通的玩偶挂件，年头久了，磨损掉了原本的毛绒质感，但因主人保存得好，并不脏旧。

那是一颗黄色的星星，长着细细的胳膊和腿，脚上还穿着鞋，笑得俏皮可爱。

第三章 薄荷硬糖

第二天上早八，冯清莹照例很早就起了。

她的生活作息规律到会令人叹为观止的程度。她泡了一杯牛奶，问打着哈欠的阮季星：“星星，你昨晚怎么快到门禁时间了才回？”

“有点事，不好意思，吵到你了吗？”

“没有，我还在忙。我是担心太晚了，你一个人在外面不安全。”

阮季星摇头：“有人和我一起。”

冯清莹也没追问这人是谁。

谢晓羽不知道在弄什么，搞出“乒乒乓乓”的动静，带着一股发泄的气势。

阮季星走到她身边，说：“晓羽，如果我们没法成为好朋友，但毕竟也要做四年同学、室友，你对我有什么不满，你就说出来，好不好？”

谢晓羽不动了，抿着唇，没作声。

冯清莹这两天忙着处理班上的事，没有察觉她们的异常，怔了下，看着她俩。

“如果我有做得不好的地方，我会慢慢改。但我依然觉得你说得有失偏颇。我不能接受你那样指责我，我从来没有看不起任何人。如果你觉得我看不起你，只能证明你打心底地看不起你自己。”

不管结果如何，反正她该说的都说了。

说完，背着包出门。

下午上课，阮季星收到沈轲的消息。

R136a1：七点，老地方。

说得像他俩有什么见不得人的约定一样。腹诽归腹诽，她还是回了个“OK”的表情。

R136a1：帮我带个饭。

寄星：……真把我当你员工了？

R136a1：我得去搬货，没空买。

寄星：行吧，你想吃什么。

R136a1：随便。

老师瞥过来：“上我的课不要玩手机啊。”

阮季星忙把手机放下。

下课后的食堂人流量很大，阮季星选择买快捷的，要了两个鸡肉卷。考虑到男生的食量，另一份多加了点料。

她快走到地方的时候，看见一个长发披肩的女生正和沈轲说话。

他们约莫是认识，因为女生是蹲在他旁边，而不是对面。

阮季星一时进退两难，不知该不该避一会儿。

正踌躇着，沈轲已经看到了她。不得已，她只好走过去。

女生站起来，往耳后勾了下头发，朝她笑了笑："你好。"

好漂亮。

阮季星心里感叹了句，回以一个笑容。

女生对沈轲说："你们忙，我先走了，拜拜。"

他不咸不淡地"嗯"了一声："不送。"

阮季星坐下，忍不住说："你怎么这么对一个女孩子呀？"

他反问："难道我要敲锣打鼓恭送她吗？"

她小声嘟囔："不近人情。"

沈轲："阮季星，我没那么多心思、精力，放在无关紧要的人和事身上，懂吗？"

她不知道说什么。

以她现在的身份和立场，好像的确没资格评价他的所作所为。但在她印象里，他以前没有淡漠到这种程度。

沈轲语气缓了缓："我连她名字都不记得是汪卉冬还是汪冬卉，随便来一个女生，我都对她热情，用你们女生的说法，我不就成中央空调了吗？"

"喔。"

也分不清，她是听进去了，还是敷衍。

他皱了皱眉："阮……"

阮季星把鸡肉卷塞到他手上："喏，给你带的晚饭。"

他刚出的一个音节，就被堵回去了。

沈轲心里憋着一团无名火，找不到一个发泄口，怄得他快自燃了。

她究竟出于怎样一种心理，希望他对一个明摆着对他有意思的女生态度好一点？

但说了那么多，再上赶着去解释，岂不是太下面子。

两人沉默地吃着东西。

阮季星吃完，团了团垃圾，起身去扔掉。

沈轲余光瞥到她浅色牛仔裤上有一团污渍，在臀下一点儿，红色的。

他今天穿了一件短袖衬衣外套，底下一件白 T，脱了外套递给她，说："遮一下吧。"

阮季星很快反应过来，是生理期到了。

她耳根微微泛红，接过，穿上。他的码数对她来说太大了，下摆垂到了大腿，有淡淡的洗衣液的香气。

"我去下厕所。"

沈轲说："你不舒服的话就回去吧。"

"没那么娇气。"

不娇气？有一年中秋假期，季曼带他们一块儿出门旅行，太阳大，全程是他给她撑伞，因为这位大小姐嫌累。

但阮季星真就没走。

她不仅很快回来，还薅来了一块白色硬纸板，像是从某样东西的包装盒上拆下来的。

“我刚刚看到有个女生打算丢，我就要过来了。”她兴奋地从包里掏出几支笔，“哎，你给咱们的小摊取个名字呗。”

沈轲大脑自动过滤掉其他信息，捕捉到两个敏感词，唇角不禁小小扬了下。

她抬头的前一秒，他唇角压下去了。

“跟小时候一样，差生文具多。”

不爱学习，但买了一堆花里胡哨的文具，尤其是笔，种类多到他分不清用途。

阮季星翻了个白眼：“你不取我就自己取了。”

“随你。”

她画工不错——当初季曼为了培养她的特长，给她报过许多兴趣班，都是资质非常好的老师。

“两颗星小铺”几个字描边，旁边加了两个卡通版的拟人星星。

阮季星将纸板立在前面：“锵锵锵，‘两颗星小铺’开业咯。”

估计是这幅画引人注目，立马就有人来问了。

今天生意不错，阮季星忙得不亦乐乎，她一个高兴，又是给人家抹零，又是给买得多的打折。

不知情的人以为她才是老板。

但沈轲也没拦着她。

客流量一会儿大，一会儿小。

没什么人的时候，沈轲接了个电话。她不知道来电人是谁，会让他神情瞬间阴沉下来，有点吓人。

“你看会儿摊。”

“哦，好。”

沈轲站起来，走到一边，接起电话。

阮季星听不清他具体说了什么，从他的侧面看，他的脸色臭到极点了，像死死压抑着什么。

察觉到她探究的视线，他干脆背过去了。

难道是……要债的电话？

他这么需要钱，加上他头上、肩上都有伤，这个猜测越来越合理。

沈轲打完电话，什么也没说，原模原样地坐回来。

阮季星猜他心情不好，干脆也没找他搭话了。

这时，有人在微信上问她，他们现在在摆摊没有。

寄星：在哦，随时可以过来。[龇牙]

阮季星灵光一闪：“我们是不是可以建个群，通知我们每天摆摊的时间，然后发发福利什么的，吸引顾客。”

之前他想过，只是事情一多，就很难管理。

她呢，以前就是个三分钟热度，上头快，兴趣淡得也快。这不，马不停蹄地筹建起来了。

阮季星拉了沈轲和一些之前加的顾客进群，名字就定为“两颗星水果小铺信息交流处”。

寄星：我们是“两颗星小铺”，我们会不定时在操场附近摆摊，水果新鲜，价格优惠，欢迎大家光顾我们小铺哦。

中间加了一堆可爱的表情符号。

这事还真就只有她干得来。

在阮季星的努力下，今天比昨天多一倍有余的货，九点出头就卖完了。

“沈，咳咳，沈轲，”她有点哑了，但还是笑得开心，“我们去吃点东西吧，我请你。”

站在生意鼎沸的烧烤铺前，沈轲看她，求证似的问：“吃这个？”

“我总共就赚了一百多，你还想吃什么啊？”

阮季星熟练地挑了一些串串，交给老板，付钱却被他抢了先。

“不是说好我请你吗？”

“用不着。”

嘁！嫌她落魄了，请客请的东西上不了档次呗。

店里坐满了人，外面摆着几副桌椅，她找了个相对干净的坐下，将手绘“店牌”放在旁边。

她倒了一杯水，“咕噜噜”一口气喝干：“原来自己赚钱这么爽哦？”

“你也真好满足。”

“我有段时间总觉得，我只能靠我爸妈，没有他们，我什么也不是。现在能靠我自己了，为什么不满足？”

他们之间的区别由此展现得淋漓尽致。

她是玩票想法，而他却是迫于压力。

坦然说，沈轲是有些嫉妒她的。

阮家过去不算豪奢，阮、季夫妇为人大方实诚，尤为宠溺独女，家中用人也多受其恩惠。

即使积善之家最后没有得到余庆，阮季星的境况也不会太糟糕。毕竟，她有一对愿意倾其一切托着她的爸妈。

第一次产生嫉妒这种情绪，就是那天她摔了阮正荣送他的生日礼物，又赔了一个自己珍藏的。

沈轲很早就从赵若华口中听说过“星星”这个名字，说星星长得很漂亮，比洋娃娃还精致，又说她跟他差不多大，是同一届的。

一样的年纪，过着两种截然不同的人生。

这就是他和阮季星。

她脾气的确差，但他当时又想，她人其实并不坏。

是因为有足够多的爱吧。

所以，也能够从一个从不碰油腻垃圾食品的千金大小姐，变成坐在路边，一串接一串地吃烧烤的普通大学生。

所以，不吝于在辛苦两个晚上，嗓子喊哑了之后，花接近一半的钱请他吃东西。

阮季星好像变了，又好像一直如此。
如此，容易令人情不自禁地注视她。

在操场那么人来人往的地方摆摊，班里同学很快就知道了。
一开始被同学认出来，阮季星还特别不好意思，感觉有点丢脸。
反观沈轲——无比淡定地问：要买点吗？
慢慢地，阮季星就脱敏了。
宿舍其他三人态度各异。
谢晓羽这两天一直没跟她搭话，戚蓝挺佩服她。
冯清莹作为班长，关心她是不是有什么经济方面的困难——那段时间正做贫困生登记，得知没有后，又叮嘱她，查寝的当晚要早点回。
阮季星的课余时间基本都花在小摊生意上了。
群里已经有一百多号人，并且还在持续增长。她搞了个朋友圈集赞活动，达到指定数量，就可以领一份水果。
赚得越来越多，她也越来越有劲头。
因为忙，也就没空往家里打电话。
季曼有些担心，又担心打扰她学习，就只发了一条消息，问她最近怎么样、钱够不够用。
早上，阮季星一边啃包子，一边去上课，发着语音："妈，我挺好的，我还在做兼职呢，就是课有点多，今天三节课。"
季曼立马就回了：啊？做什么呀？累不累？
阮季星："累呀，所以等我国庆回家，我要吃你做的饭补充能量。"
季曼：没问题，想吃什么妈妈都给你做。
刚发完消息，一个人拦在她面前。
就是沈轲说的那个，不知道叫汪冬卉还是汪卉冬的女生。
"你和沈轲是同学是吗？能不能麻烦你帮我带样东西给他？"
对方说话太温柔了，阮季星找不到理由拒绝。
她将一只纸袋递过来，微微笑着："谢谢你啊同学。"
"不客气，不过，你叫……"
"哦，我叫庄卉冬。"
好嘛，连人家的姓都记错了。
"我要去琴房，快迟到了，拜拜。"庄卉冬挥了挥手，匆匆走了。
琴房？那她是艺院的？艺院楼离他们上课的一教挺远的吧，特地绕过来，只为给沈轲送东西？
到了教室，阮季星的目光睃了一番，定格在后排。
他正趴在桌上睡觉，整张脸埋进臂弯里，她靠帽子才认出的人。
她走过去，犹豫着要不要叫醒他。
唐天和玩手机的间隙，余光瞥到她，正要开口："哎，沈……"
阮季星忙打断道："不用喊了，我就是帮人送个东西给他。"
正好打上课铃，唐天和没听全她的话，倒是会抓重点：送东西。
她放下纸袋，就回自己位置了。她习惯坐前两排。
这节课比较水，老师说要签到了，沈轲才被唐天和推醒。他觉没睡足的缘故，有点起床气，胳膊碰到什么后皱着眉问：“谁放我这儿的？”

唐天和说：“阮季星给你的，你快看看送的啥。”

沈轲顿了下，拿出来。

四只包装精致的月饼，还有一只某大牌的经典款黑色小卡包。

“是不是快到中秋节了？也太用心了吧。”唐天和感叹，“你这青梅对你可真好。”

不让说“老情人”，他就改口叫“青梅”。反正在他看来，也大差不差。

沈轲还在怀疑。

上次送他帽子是为道歉，这次就只是单纯的中秋节礼物？阮季星从不无事献殷勤，不像她会做的事。但没有任何能推翻他猜测的证明。

唐天和又说：“你刚刚不是在补觉嘛，她还让我别叫你，啧啧，多贴心啊。”

沈轲睨了他一眼，没说什么。

当天下午，唐天和注意到，沈轲已经用上那只卡包了。

——而且奇葩的是，他把校园一卡通装里面，也就是说，刷门禁、吃饭，都要掏出卡包。

这在用裸卡的大学男生当中，简直是独树一帜的存在。

唐天和无语：“不就是青梅送个卡包嘛，有必要这么显摆吗？”

“物尽其用，难道我还得供着？”

好像也是。但话是这么说，唐天和又总觉得哪儿不太对劲。

晚自习下课后，本来该去摆摊，但七点多下起了雨，看天气预报，得下一整晚，只得作罢。

然而货已经订了，不能退，不卖就是亏。于是，阮季星想了个法子。

寄星：沈轲沈轲，你不是有电动车嘛，你可以给他们送到宿舍楼下呀，能卖一点是一点。

R136a1：[？.jpg]

寄星：我负责做统计，收钱，你出力就好，你七我三，怎么样？

怎么样？不怎么样。

至少沈轲不觉得，她这算盘打的，哪有半点唐天和说的“贴心”的样子。

大降温，还下着雨的晚上，让他送外送？亏她想得出来。

阮季星也是个急性子，他一会儿没回，就发来消息催。

寄星：你要是嫌少的话，那，八二？

R136a1：[省略号.jpg]

R136a1：行。

阮季星在群里吆喝了一声，说今晚可以免费送到宿舍楼下，在群里报电话、宿舍楼号、水果即可，九点截止。

她做了个表格，按照宿舍区分类，A大占地面积大，免得多跑。同时默算，哪些货不够，哪些货有冗余。

不过，阮季星忽略了一个问题。

她做表没有统计名字，沈轲不知道下单的人是谁，自然也就没想到，会碰到庄卉冬。

雨在灯光下连成丝线，编织成一张半朦胧的网，女孩撑着伞，站在宿舍门口，身影窈窕。

沈轲穿的雨衣是临时借来的，没有面罩，骑车的时候，雨直往脸上扑，几乎睁不开眼。

他抹了把脸，庄卉冬走近，递给他一包纸。

“谢谢，不必了。”沈轲将几盒水果递给她，“你检查一下。”

庄卉冬随意看了一眼：“没问题，辛苦你跑一趟。”

“没事，我走了。”一句话也不想多说的样子。

“哎，沈轲！”庄卉冬叫住他，抿了抿唇，直直地望着他，眼中有点欲说还休的意思。

像她这样的女生，往往清楚自己的优势，也了解大多数男生喜欢什么，便想以此拿住对方。奈何沈轲不吃她那套。

“东西，你喜欢吗？”

“什么？”话落音的那一瞬，他就反应过来了。

庄卉冬疑惑：“我托你同学送你的，你不是收下了吗？”

他有她联系方式，一天过去了，没退还给她，按常人的理解，这就等同于收下。

沈轲面无表情，瞳色如墨：“不好意思，我不知道是你送的。我把钱还你。”

他没问价格，当下直接给她转了八百：“应该够了，少了再补给你。”

庄卉冬脸色一僵。她知道沈轲是块难啃的硬骨头，否则，不会追了这么些天，他无半分动摇。

可人的本性都一样，越得不到，越想得到。人类的征服欲是从原始社会就传下来的。但她也实在不曾料到，他的所言所行，完全不给人留情面。

沈轲没心思去管她怎么想的，骑了车就走。

送完一圈，衣服、鞋袜，淋了个透。

他停了车，要进门时，掏出那只皮夹。他定了定，抽出卡，走到宿管窗口前：“阿姨，送您了。”

“哎哟，看着还满新的嘛，怎么就不要了？”

他没有回答，在地面留下一串湿脚印。

唐天和看到沈轲这鬼样子，惊讶地道：“你怎么跟偶像剧里面失恋的男主角一样？”

“你还看偶像剧？”

“我妈成天在家里看，我就想不明白了，失个恋，分个手，干吗非要淋雨？老沈，你说呢？”

沈轲心情正差得很，想到罪魁祸首是这货，更没好脸色给他。

“是啊，有病。”

唐天和有些茫然：“我怎么感觉我被骂了？”

徐玮笑得不行：“别感觉啊，自信点，你就是被骂了。”

“怎么了我？”

“傻不傻啊你。”

徐玮翻了个白眼，做口型说：“阮季星。”

得，唐天和不去触他霉头了。

刚过宿舍门禁时间，阮季星几乎是掐着点发来消息。

寄星：送完了吗？

沈轲脸色更臭了。

唐天和他们在背后像群鸽子似的咕咕哝哝，他也没在意。

R136a1：嗯。

寄星：[转账]

寄星：成本和你的八。

R136a1：嗯。

寄星：你累了吧。好好休息，晚安。

R136a1：嗯。

阮季星只当他累了，而且他性格一贯如此，对他的敷衍应答不疑有他。

双休碰上中秋，一连休三天。南方天气多变，下了两天雨，锋面过去，又是大晴天。

裴颖征询同学们的意见，愿不愿意和一班进行一次联谊。

刚进入大学，一群十八九岁的少男少女对于社交、活动颇为热情，高票通过。

联谊由两个班的班助和班长策划，定在郊外的一处露营地。

当天早上，冯清莹最先到会合点，负责清点人数。

阮季星问她："你坐哪儿？"

"第一排，"冯清莹指了一下，"喏，我放了个包在那儿。"

"我跟你坐一块儿吧。"

阮季星正要上车，一个男生大迈步挤开她，将位置霸占了："不好意思啊，同学，我晕车得厉害，只能坐前面。"

本来就是先来后到的事，阮季星有气也没处发，只好另找空位。

甫一落座，旁边来了个人。

他坐下后，压低了帽檐，双臂环胸，闭目养神，一言不发。

这种行事风格，除了沈轲，别无他人。

她想起来了，前面那个男生，不是常常和他同进同出的吗？

但她也没证据说他们合伙整她。

阮季星从包里掏出季曼给她寄的月饼，家乡的特色，外皮酥脆，咸香口味的，外边买不到。

她一边啃着，一边用手接着掉下来的渣。

"没想到原来你这么热心肠。"

她起初没意识到沈轲是在跟她说话，咽下口里的月饼，才问："什么？"

说了那一句之后，他又没声了。

阮季星莫名其妙："大早上的，吃错药了？"

沈轲懒懒地掀开眼皮，像是没睡醒。

他脸上拾掇得干净，要不是眼底有淡淡的红血丝，完全没有熬了两天大夜的样子。

就是为了把白瞎掉的八百赚回来。

他才想问，她是不是吃错药了，随便什么人的忙都帮。
她看不出来那什么卉对他有意思吗？还是看不出来他在生气？
从上次他被她掀掉帽子，露出头上的疤，是觉得以那副模样出现在她面前，很狼狈、很丢脸。
到这次，他不想收任何女生的，尤其还是她转交的礼物。
…………
她一点也不知道。

人到齐后，车子发动。
唐天和主动和冯清莹打招呼："Hello，我是沈轲室友，我叫唐天和。"
出于礼貌，她笑了笑："我知道你，你是一班体委。军训的时候，你还帮我们班搬过水。"
他讶异："没想到你居然记得我。"
"印象深刻。"
"是吗？哈哈哈，因为我长得帅吗？"
冯清莹说："因为当时你踢正步同手同脚，被教官……"
她还没说完，唐天和匆忙打断："好了，过去的糗事就不提了。"
他生硬地转移话题："你吃过早餐了没？我带了薯片、肉脯、鸡爪之类的，你吃不吃？"
"吃过了，谢谢你，我不吃零食。"
"你怕胖吗？你现在已经很瘦了啊。"
冯清莹微笑："具体来说，我不吃添加剂太多的、高糖高油高脂肪的食物。"
唐天和有点瞠目结舌："你居然忍得住，太厉害了。"
"从小就这样，习惯了。"她话音一转，"不过，建议你最好不要在车上吃味道太大的东西，同学们闻到可能会难受。"
"噢噢，好的。"
比起这个自称"晕车得厉害"，还能侃侃而谈的人，阮季星的反应才叫厉害。
大巴内空气不流通，窗户也是封闭式的，她头晕晕的，还有点想吐。她只能望着窗外风景，分散注意力。
忽然，一只手伸到她面前，手心里躺着一盒薄荷糖。
"吃了吧。"平静的、命令式的口吻，像是宫廷剧里赐罪臣一杯鹤顶红的皇帝。
阮季星瞟了瞟他，拿走，倒出两粒，填进嘴巴里。
倒也不是听他的话，主要是真的难受。
"知道自己容易晕车，怎么没吃晕车药？"
"忘记买了。你还记得啊？"
"印象深刻。"
沈轲的语气跟冯清莹如出一辙："毕竟你吐到我身上过。"
阮季星也不是坐什么车都晕，季曼将之调侃为"选择性晕车症"。

那次，父母不在家，她闲得无聊，打电话给沈轲："你今天来我家呗。"

"我没空，快期末考试了。"

她不以为然："你来我家不也可以复习吗？"

他反问："我怎么学？"

每次不是给这位大小姐补习功课，就是陪她玩，根本没有自己的时间。

即便她自知理亏，也硬气地下达最后通牒："你来不来？"

"没空。"

阮季星气鼓鼓道："不来就不来。"

她挂了电话，跑去问赵若华他们家住哪儿。

赵若华说："很远的，你要是需要小轲给你讲题，我叫他过来嘛。"

阮季星眼珠子滴溜溜转了转，说："没关系，我去找他吧。"

她打定主意要做的事，阮正荣、季曼都拦不住她，何况赵若华。

以前都是家里司机接送，那天，阮季星头一次坐公交车，还感觉挺新鲜。结果没想到，新鲜劲过了没几秒，她就开始晕得天旋地转。一下车，吐在了收到母亲电话，来车站接她的沈轲身上。

赌气报复他，而搅得他不安宁的目的也算达成了。

都是多少年前的老皇历了，阮季星撇了撇嘴，说："那你干吗还跟我坐？"

"你没唐天和那么聒噪。"

唐天和听到了，扭过头，不满地说："你别诽谤，什么叫聒噪？我这叫活力满满，哪像你，跟快没气了一样。"

阮季星"噗"的一声笑出来。

沈轲说："你放心，我真到咽气的那天，也不会忘了你的'活力'的。"

"那您还是安心走吧，不要惦记我。"

沈轲"嗤"了一声。

唐天和问阮季星："阮同学，他以前也这么欠揍吗？"

"呃……"她答不上来。

说是，哪有当着人家面说他坏话的；说不是，岂不是违背事实。

但唐天和那个疑问句，并不是要得到她的答案，只是为了和她快速熟络起来。他又说："你送老沈的月饼在哪儿买的？他都分给我们了，还挺好吃的。"

"月饼？"阮季星疑惑，"我没送过啊。"

"就前两天早上上课。"

"啊，不是我，我是帮庄卉冬的忙。"

"庄卉冬？艺院那个院花？"

"她是院花吗？"阮季星注意力跑偏，"也是哦，她好漂亮，好有气质。"

唐天和说道："倒不是官方的，论坛之前有个评选的帖子，投她的特别多，大家就这么说了。"

沈轲没好气："你这么关注她，你怎么不去追？"

"那人家是天上月，水中花，我一介凡人，哪敢去亵渎。只有您这么出类拔萃的工商管理系系草，才配得到女神青睐嘛。"

拿老师之前的揶揄作回击。

阮季星“咯咯”地笑，她觉得沈轲这室友比他有意思多了。

沈轲气得肺疼，用力地闭上眼，谁也不搭理。

一个小时左右，到达野营地。

有个男生听说有条河，还带了简易钓鱼竿来，结果就是一条特别浅的小溪。

众人笑话他：“年纪轻轻就当上了钓鱼佬，远超我们二十年啊。”

“你钓一天，够给我们加个餐吗？”

店家提供烧烤工具、调料，烤串也可以自己去挑。

一班、二班的男女打乱，分成几个组，阮季星宿舍就和沈轲他们凑到一块儿去了。

从下车到现在，沈轲的脸一直臭着。

唐天和嬉皮笑脸地问：“你不会是吃我和阮季星的醋吧？”

“你还没到那档次。”

“你本来都不想参加联谊的，刺激了你一句‘说不定会有男生找阮季星搭讪’，还不是屁颠屁颠跑过来了？我一直在给你们创造机会，你没发现吗？不感谢我就算了，还对我冷嘲热讽，真令人寒心。”

沈轲说：“跟她有什么关系，在学校里闷久了，我出来透透气而已。”

唐天和苦口婆心地劝：“那来都来了，你也别跟个包公似的嘛，把妹子都吓跑了。”

“别来烦我最好。”

“随便你，我去那边凑个热闹。”

八九个人围在一块儿玩狼人杀，阮季星还是第一次玩，但她的演技是打小练出来的，太会装无辜，他们不忍心刀她，还真让她赢了两局。

“不行不行，不能给她放水了，游戏里面，不讲情分，只论输赢，懂不懂？”

“你好意思说，刚刚就是你第一个把我这个平民票出去的。”

第三局，阮季星拿了预言家，这回混不过去了，很快被狼人联合做局刀了。

“你们好狠，一点也不怜香惜玉，居然辣手摧花。”

有人接：“消灭星星。”

“哈哈哈哈哈！”她自己也笑，起身说，“我去上个厕所，你们待会儿可以直接开新的，不用等我。”

去洗手间的路上，阮季星看到沈轲躺在躺椅上玩手机，冯清莹朝他走过去。

她脚步一顿，很快收回视线。

也不知道什么运气，刚进了一个隔间，听到自己的名字出现在女生们的八卦里。

“阮季星和沈轲什么关系啊，他俩怎么天天在一块儿？”

“我在车上听到唐天和说，艺院院花追沈轲都没追到，阮季星长得还行吧，看起来家庭条件也一般，感觉竞争力不大。”

“那也不好说，近水楼台先得月啊。”

阮季星知道这些是很正常的议论，没有什么难听的话，但心里难免不舒服。

这时，另一道声音插进来——

“她从来没说过她喜欢沈轲好吗？你们凭什么替她决定她要和别人‘竞争’了？”

阮季星愣了一下。

谢晓羽？

她又接着说：“你们班沈轲不也就长那样，是潘安还是兰陵王，值得所有女生为他神魂颠倒的？”

几个女生讪讪地走了。

阮季星冲了水，推门出去。

谢晓羽显然没想到她在这儿，表情局促。阮季星打开水龙头洗手，从镜子里看她：“我以为你还在生我的气呢。”

谢晓羽小声说：“早就不气了，而且，我就算气，也听不得别人说你。”

“这就是……”阮季星思索两秒，找到一个不伦不类的比喻，“自己的孩子能打，但不准别的人碰？”

“扑哧！”谢晓羽破功。

阮季星也笑了笑，气氛缓解了些。

两个女孩一起出去。

谢晓羽低着头，没敢看阮季星。坦陈需要鼓起莫大的勇气。

“我之前嫉妒你，所以口无遮拦，说了那些话，但其实……我心里挺喜欢你的。我是不是好拧巴？与其说生你的气，不如说生自己的——我为什么会有那样的想法？”

“很正常啊，人的感情不像蒸馏水，是纯粹的H_2O，而是自来水，有很多杂质。就像我跟我爸吵架，我明明很爱他，很心疼他，可也伤害了他。”

阮季星说：“你刚刚帮我说话，谢谢你。”

谢晓羽犹豫了下，又问：“她们那么说你，你不生气吗？”

“她们说我长得就只是还行，”阮季星皱皱鼻子，比了个手势，“让我有一点不服。”

谢晓羽笑起来。

她才发现，阮季星的性格，并不像她之前了解的那样。

被宠坏，有小性子，在生活某些方面很迟钝，但心地善良，还有些小女生的可爱。

“每个人活着，都没办法不被旁人论是与非。”

“长得好看，说你玩得花；长得丑，指点你的长相；长得中规中矩，说你化点妆，再打扮一下，就更好了。我也会不自觉地在心里批判别人。”

阮季星背着手，望着远处的风景，说：“但君子论迹不论心，咱们没害过人，有点摆不上台面的想法也无可厚非，是吧。”

“嗯。”谢晓羽点头，抿抿唇，“我们就算和好了，是吗？”

“不然呢？”阮季星佯怒道，“戚姐不爱闲聊，冯清莹又忙，没有你聊八卦，宿舍里都没人活跃气氛了。”

谢晓羽高高兴兴地挽着她的胳膊：“我还以为你们嫌我话多呢。”

"嗯……有时候是挺多的。"

"讨厌啊你。"

阮季星闻到香味，拉着谢晓羽凑过去："你们烤得怎么样了？好香。"

"你想吃什么，我给你烤。"

"这个，这个。"她点了几样，向后望了眼，状似不经意地问，"沈轲呢？"

"不知道，好像跟冯清莹一块儿走了。"

他们俩？一块儿走了？

阮季星接过烤串，若有所思。

沈轲在打游戏，有人过来时，他眼皮子都没动一下。

"你不和大家一起玩吗？"

他这才抬了抬眼。原本只知道她是二班班长，今天才得知也是阮季星的室友。

沈轲意兴阑珊地答道："那么多人，也不差我一个。"

冯清莹问："你喜欢阮季星吗？"

他一个操作失误，差点被人爆头。

"你先打吧，我不打扰你。"说罢，就坐在一旁，显然是要等他的意思。

沈轲火速结束这把，拒绝了几个队友的邀请，直接退出了游戏。

他看向优哉游哉喝果汁的女生，若仔细辨认的话，平静的语气里藏着一丝慌乱："你什么意思？"

"你很符合我的择偶标准：样貌端正，个子高，成绩好，进取。"

冯清莹条理清晰地说："由于你和星星走得近，我想确认一下，如果你喜欢她，我就不做无谓的努力了。"

"若我不喜欢呢？"

"我会争取让你接受当我男朋友。"

沈轲觉得荒唐，这是在招聘吗？

"无论我喜不喜欢她，也不喜欢你。"

"没关系啊，感情本来就是在了解中慢慢培养出来的。我认为一段健康的恋爱，是共同进步，我们同专业，共同话题应该不少。"

"抱歉，我不感兴趣。上次你说的大创我不感兴趣，跟你谈恋爱更不感兴趣。"沈轲懒得和她扯皮，手机往口袋里一揣，起身离开。

冯清莹跟上去："沈轲，你还没有回答我的问题。"

他缄口不言。

冯清莹："我父亲是国贸系主任，手上有非常多资源，你需要钱的话，可以不用……"

"是吗？很厉害。"他敷衍道，"但跟我没关系。"

这人实在油盐不进，冯清莹气恼地跺了跺脚。

沈轲回来的时候，远远地看见阮季星蹲在溪边，一手拿着一把烤串，一手拨着人家钓上来的鱼。

不清楚她说了什么，那男生把鱼竿递给她，站在旁边教她。两人有说有笑。

他走过去，像是没看到水桶，碰翻了。

小鱼活蹦乱跳的，有的跳到溪里，消失不见。

“不好意思，同学。要不然我赔你？”口头上是道歉，姿态却没有愧疚的意思。

男生是二班的，好歹一起上课，对沈轲的行事作风有几分了解。

不像中学时期班里那些辍学、逃课、打架、不学无术的混混，他身上那种浑不吝的气质，更偏向于无所谓、冷淡，刻意地在和所有人之间竖起一堵高墙，令人无法亲近。

有点野性难驯的意思。

男生好脾气地说：“没事，反正就是钓着玩的。”

这个时候，感觉有鱼咬钩，阮季星“哎哎哎”地惊呼着，手忙脚乱，不知道该怎么操作。

沈轲抢在男生前面，接过鱼竿，把鱼拽上来，连鱼带竿，一块儿物归原主。动作行云流水，一气呵成，快得她没反应过来。

“单手就敢钓鱼，也不怕被扯到水里去。”

阮季星看看那条拇指大的鱼，又看看没不到膝盖的小溪。

她也不至于这么弱吧。

闹这么一出，她兴致也淡了，爬上坡，准备回营地。

沈轲走在她后面。

“你不是跟冯清莹一起走了吗？她没和你一起吗？”

“怎么？”沈轲盯着她的背影，自己没察觉的是，想到一种可能性，呼吸不由自主地放慢了。

坡有些陡，阮季星专注脚下，分心答道：“就是好奇你俩能聊什么。”

他的呼吸霎时松了，随口说：“她邀请我当她男朋友。”

阮季星差点摔了个狗啃泥。

“邀请”能和“男朋友”搭配？

不过仔细想想，也确实符合冯清莹的性子。她是连谈恋爱都拟定了“四年计划”的人。更震惊的是：“不是，冯清莹还真看上你了？”

沈轲：这话怎么那么难听呢？

“她想找温柔点的男生啊。”

阮季星的话外音就是：你自己看看，你温柔吗？

“我不关心她想找什么样的，反正我拒绝了。”

“喔。”

不知何故，这个早已料到的答案，往她心里添了一大团棉花似的，塞得不透气，声音也闷闷的。

沈轲却对她的反应不满意：“你难道还希望我答应她不成？”

阮季星咬下一块肉，咀嚼着，说：“那是你的事，又不是给‘两颗星’投资，我有什么希不希望的。”

他从她手里抢走一半串：“你掉钱眼里了？”

“你懂什么，赚钱不丢人，没钱才要命。”

话赶话说到这儿，阮季星都忘了他家的情况。

她正欲解释，沈轲淡淡地说：“是啊，没钱会要命。”

没人比他更懂这句话。

“钱”诞生的最初，本质是交换媒介，现在也是，只不过变成了和社会换尊严，和阎王换命。

但任你怎么拼命赚，换到的都是残次品。

阮季星静默半晌，又听他说：“不要做出一副苦大仇深的样子，你过得好好的，我也还没死。”

“呸呸呸。”她把他拉到树边，“快说童言无忌。”

沈轲好笑：“你还信这个？”

“人在一无所有的时候，总要信点东西吧。我家破产的时候，我才知道，人就活一个念想。”

她催促：“说呀。”

沈轲一脸勉强地拍着树干，拖着音调说童言无忌。

阮季星问：“庄卉冬和冯清莹，一个美貌出众，一个领导能力强，你眼光这么高，都看不上？”

沈轲吃着串，眼睛眯了眯，语调散漫：“对，都看不上。”

她不屑地“嘁”了一声，还蹬鼻子上脸了。

中午，大家一起烤烧烤、喝饮料。

他们几个的座位颇为微妙——

阮季星正对面是唐天和，旁边是谢晓羽和冯清莹，而冯清莹的对面则是沈轲。

不过，大概也只有两个人知道隐情。

唐天和挺自来熟，说：“光吃也挺枯燥的，要不玩真心话大冒险呗？”

沈轲觑他：“真不嫌老土。”

“你这人怎么这样啊，老拆我台，这叫经典好不好。”

徐玮吐槽：“你别这么说话，像跟老沈撒娇，怪恶心人的。”他怪声怪气地模仿，“你这人怎么这样啊。”

唐天和：“滚滚滚。”

沈轲说：“徐玮，我和你换个位置。”

唐天和拖住他的胳膊，“苦苦哀求”：“不要啊，老沈，你就这么嫌弃我吗？”

沈轲毫不留情，甩开他的手。

如此一来，他就和她岔开了，冯清莹自然看得出来。

被人避如蛇蝎一样地躲，冯清莹倒是不恼，反而被激起了好胜心。她看向唐天和：“不是要玩真心话大冒险吗？惩罚是什么？”

唐天和见她附和，立马激动起来了：“咱也不玩太大，就一杯啤酒，大冒险也不玩太没节操的，行不？”

“行啊。”

说开始就开始。

没人知道唐天和是不是借机报复，总之，第一个就是沈轲。

他上半身向后靠，一副任其宰割的架势：“真心话。”

唐天和磨刀霍霍向沈轲："你有没有喜欢的女生？"

话音一落，所有人都看向沈轲。

冯清莹之前的问题，他就没有正面回答。她需要一个确切的答案。

其他人则是好奇。

"没有。"他斩钉截铁得唐天和都自我怀疑了，"要有游戏精神啊，必须说真心话。"

沈轲面不改色："没有。"

唐天和到底也没有真凭实据，拿他没辙。

轮到阮季星。

她也选了真心话。

沈轲垂眸，思索片刻，又抬起眼，问："你最后悔的一件事。"

唐天和不满地控诉："你放水放到太平洋去了，小学生写作文啊？"

沈轲不为所动，依然直直地看着她，眼里像有钩子，要钓出她的秘密般，末了，补了一句："关于我的。"

在众人的注视下，阮季星一下子大脑宕机了。

后悔？

在跟他相处的那几年里，阮季星就是个被惯坏的小女孩，她的观念里，没有"做错事会后悔"这一条。更遑论要在久远得褪色、模糊的记忆中，筛选出一件"最"后悔的事。

但非要说的话，似乎也不是没有。

她说："最后一面，应该好好道个别的。"

这句话背后可挖的料太多了。时间、地点、原因……所有要素串起来，说不定就是一出"青梅竹马被迫分离"的大戏啊。

不等他们八卦，沈轲淡笑了下："行，可以了。"

阮季星猜不出他的意图。但对她来说，相较于做的那些任性、无礼的事，这件事才是她最耿耿于怀的。

无论如何，沈轲在她的青春岁月里，占据了相当可观的一部分，吵过，闹过，一起学习、旅行……

哪怕称不上朋友，好歹也实打实地相处过几年。

然而，直到赵若华和他一起坐上出租车，彻底远离阮家，阮季星都没肯跟他说上一句话。

没有为那段短暂的交情画上一个圆满的句号。

否则，她怎么会在开学第一天见到他时，第一反应就是跑。

阮季星觉得，沈轲肯定也介怀着，不然也不会以真心话的形式，当着这么多人的面问出来了。

男生的心眼小起来有时候堪比芝麻。

她腹诽。

风水轮流转。

轮到冯清莹问沈轲真心话："你的择偶标准是什么？"

这是很多女生都好奇的问题。

出人意料的是，他毫不犹豫地端起一杯酒："我干了。"

随即一饮而尽。

这搞得冯清莹有些下不来台。
唐天和替她打圆场："老沈，我跟你说，你这样要单身四年的啊。"
沈轲撑着头，鼻音浓浓地"嗯"了一声："随便。"
阮季星这才察觉到，他今天一直都没什么精神，脸色也不大好。
她把手机拿到桌面以下。
寄星：你怎么了？
朝他使眼色，示意他看消息。
沈轲扫了一眼手机，又瞟她。
R136a1：可能是发低烧。
阮季星甚至能想象得出，他说这话时的漫不经心。
寄星：可能？你自己的身体状况，你自己不清楚吗？
R136a1：你应该更清楚吧，毕竟那天下雨，是你叫我去送的。
阮季星心虚。
寄星：我不是希望我们少亏点钱嘛。
寄星：你真发烧了？那你还喝酒？也没人给你钱啊，不要命了？
沈轲发现，普通的人称代词，譬如咱们、我们，由她说出口，味道都不一样。
他眉心略略舒展。
R136a1：不找你赔医药费，别瞎紧张。
阮季星看了消息，瞪了他一眼。
她问冯清莹："这里有诊所或者医院吗？"
"怎么了？你哪里不舒服吗？"
装病她可是驾轻就熟："不知道是不是吃坏肚子了，肚子有点痛。"
冯清莹打电话给营地老板，问清附近的诊所位置后，说："星星，你对这里不熟，为了安全，我找个男生陪你吧。"
沈轲站起来："我陪她去就行。"
冯清莹古怪地看了他一眼，也没说什么。
待只有两个人时，沈轲说："没必要大费周章，我吃过药了。"
那晚回去还没感觉，第二天头疼，才发现发起烧了。
"可是你的病没好啊，你这人肯定死要面子，不愿意找医生。"
阮季星突然拉住他："你站着，别动。"
她挡在他面前，忽地离得很近，伸手去探他的额头。
这样的距离，足以让他看清她脸上细小的、白色的绒毛。她皮肤很好，一颗痘痘没长，军训晒黑了些，也快白回来了。八成是遗传的。
一晃神的工夫，阮季星已经退开了。
"好像是比我的体温高，还是找医生看看，我得对你负责。"
她知道自己在说什么，做什么吗？什么负不负责的。
沈轲不自然地别开眼。
她眼尖，奇怪地问："你耳朵怎么红了？你还害羞啊？"
"我纯洁男大学生被你一个女流氓轻薄了，还不允许我耳朵红了？"
阮季星："哈？"
沈轲问："走不走？不走就回去。"

"当然走！"喊完，她又嘀咕，"我真是多余管你。"

到了诊所，医生给沈轲量了下体温，37.6℃，低烧，从药柜拿了一盒药："吃这个吧，一天两片。"

阮季星问："之前他肩膀受伤了，您能帮忙看看吗？"

沈轲意外地看她。

医生问："哪边？"

"应该是左边。"她戳了戳他，"是不是，吱个声啊。"

沈轲回神："是。"

医生说："你把衣服脱了。"

阮季星听了，立马原地转过身，身形笔直。

沈轲无声地笑。

军训后遗症吗？

医生捏捏又揉揉，观察他反应，闲聊似的问："你怎么弄的？"

"不小心。"

"没什么大毛病，但这段时间还是注意点，别搬运重物。"

沈轲穿上衣服。

医生年纪大了，喜欢唠叨："不过你们啊，不要仗着年轻，就作坏身体了，等老了，就追悔莫及咯。"

"我们知道了。"阮季星付了钱，"谢谢医生。"

医生笑了笑，说："小伙子，你女朋友这么贴心，记得好好珍惜。"

"我们不……"阮季星没来得及解释，医生就走了。她硬生生把话憋回去了。

九月底了，阳光遍洒周身，还有些发烫。

阮季星鼻尖冒出几粒汗珠，左右张望，在辨认回去的路，然后选定一条路。

沈轲按住她的脑袋，转个方向："这边。"

她濒临火山爆发："不准碰我的头！"

他居高临下地俯视她："没办法，谁叫你只长到这么高。"

阮季星不服："我赤脚量是一米六五，穿鞋一米六八，我不矮好吗？"

"是吗？我一米八七。"

…………

吵了几句，阮季星感觉他心情明显好了很多，反正不像上午那会儿，脸臭臭的，跟谁赌气似的。

她不禁心生怀疑，他莫不是以耍她为乐？

"哎，沈轲。"

他懒洋洋地"嗯"了一声，尾音上扬。

"我能不能问一下，你的伤怎么来的？不小心能弄成那样？"

阮季星顿了顿，又主动给他递了个台阶："你如果不想说的话，可以不用说。"

沉默了许久，久到她终于意识到，源头大概是一道他不想揭开的、更严重的伤疤，也以为他不会说。

接着，沈轲开了口："我爸打的，头、肩膀，都是。"

这样的内容，似乎该配上苦涩，或愤怒的底色，但他的声音平静无波，像雨季过去后的湖面，淤积的泥沙被冲刷得干干净净。

“他今年年初出狱的，身无长物，来找我们要钱。没钱给他，他就朝我和我妈撒气，说是我们害的他，理应赔偿他的人生。”

监狱，对不谙世事险恶的小孩子来说，是一个天然就蒙上恐怖色彩的词。

季曼从来没跟阮季星提过，沈轲的父亲是犯了什么罪进去的。

她如今已成年，再听到这桩旧事，有一种恍如隔世的不真实感。

他表现出来的淡薄、独立，乃至刀枪不入，很容易令人忘记，他有个蹲监狱的父亲，也很难想象，他经历了什么。

“录取通知书刚下来，他喝醉了，又跑来找我们。然后就这样了。”

简单几个字，将过程全部省略。怕吓到她，也不想再在叙述中回忆一遍。

“你没还手吗？报警了吗？”

沈轲的沉默就是回答。

大义灭亲，听起来伟大，有几个人做得到呢。

“是不是很痛？”

她问的不只是他的伤。几乎被亲生父亲要了命，更痛的是心吧？

“虎毒尚且不食子，他怎么下得了这么毒的手？”

阮季星的眼里泛起莹润，流露出同情、怜悯。像她的妈妈。

曾经，对赵若华来说，季曼的悲悯之情，是救她和她儿子的一根稻草。

现在，有一瞬间，他像一只受伤的幼鹿被舔舐伤口，从她这里得到了抚慰。

“痛啊。”他却还笑得出来，“痛得以为快死了。”

疼痛并没有第一时间侵袭，直到温热的血缓缓滴落，糊住他的视野。鲜红得刺目。

就是那个时候，他想，他这辈子最后悔的是，离开阮家前，分明看见阮季星哭得可怜，他为什么像定住了一样，一步也迈不动？

但实际上，他安慰不了她什么。

她应该不需要一个陷在泥泞里的人告诉她，这里其实没有多寒冷。

她需要的是一双拉起他们的手，一座金碧辉煌的、不会坍塌的房子。

他给不了。

十六岁的沈轲给不了。

十九岁的沈轲依然给不了。

回到营地时，他们又组成了其他的游戏局，但阮季星没心情玩了。

听别人，尤其是熟人的故事，也会消耗她的能量。即便沈轲没有诉苦的意思，只点到即止。

那会儿说到最后，他拍了拍她的头：“我现在不是好好地站在你面前么，哭什么？”

她都没意识到自己哭了。胡乱抹了几把眼泪，后半程路再没吭过声。

他们玩得热闹，阮季星避开所有人，给季曼打了个电话。

“妈，你还记得沈轲吗？”

“小轲啊，怎么了？你跟他又有联系了？”

阮季星含糊其辞地带过去，这才问出她的真实目的：“你知道他爸爸是为什么坐牢吗？”

“好像是小轲还小的时候，赵阿姨被人玷污了，小轲爸爸去寻仇，失手把人打死了，判了十几年。赵阿姨不想耽误小轲的前途，就和他离婚，搬到S市。”说着，季曼叹了口气，“赵阿姨一个人带着孩子，也没有再婚，多不容易，不知道他们现在过得怎么样了。”

阮季星说不出话来了。

直到返回学校。

一天下来，大家玩得十分尽兴，也熟络不少，聊成一片。

阮季星晕车，又玩累了，不知不觉地睡过去。

大抵是今天频频回忆过去，梦到了那几年的事。梦境像一段段被抽帧的影像视频，前后衔接不上，画面乱而无逻辑。

这一觉睡得十分糟糕，再睁开眼时，窗外的天已经黑了。

旁边的谢晓羽递来矿泉水：“喝点水吧。”

“谢谢。”

“你还是很不舒服吗？”

原先还好端端的人，下午就蔫了，谢晓羽以为是身体原因。

“有点晕车。”

谢晓羽突然想起什么，给她塞了一盒薄荷糖：“沈轲让我给你的。”

阮季星怔了下。

那次本意是打搅他学习，结果坐公交车晕车，吐到他身上，其后，他把她领到他家里。

一室一厅的小房子，一眼就能看到头。

客厅摆着书桌和一张折叠床，东西不多，但因空间小，便显得拥挤，不过很干净整洁。

她说：“你平时都是自己收拾的吗？”

“嗯。”他看起来有些不自在，“你随便找地方坐，我去换身衣服。”

阮季星坐到他书桌前，随意翻了翻他的书和练习册。

他们是同届的，但他读的是普通公立初中，而她上国际中学，学校里有很多课外活动，大多数人的路子不外乎三条：直升本部、出国留学、参加竞赛，故而对课标内的学习没那么上心，很难见到有人做着这么满满当当的笔记、订正。

沈轲从房间出来的时候，她问：“你成绩怎么样？”

“还行。”

阮季星撇了撇嘴：“叫你你不出来，就是为了学习，结果只是‘还行’？”

他不答，说：“我送你回去。”

“我不。”她趴在桌上，扒着边沿，耍赖皮，“我好不容易才到这里。”

“那你想干吗？”

“别学了，半天不学成绩也掉不下去，陪我出去玩。”

阮季星拽着他的手腕："走走走。"

她带他去了天文馆。

入馆后，正前方的墙上有一句标语——

Hinc itur ad astra.

意思是，此处通往繁星。

阮季星指着那行字，说："我爸妈说，我就是满天繁星里的一颗，降临到世间，成为他们的女儿。"

她或许没有恶意，但对一个在单亲家庭长大，因母亲工作而被留守在家的沈轲来说，这极像是在炫耀父母对她的爱。

他没有接话。

然而，阮季星话音一转，又说："其实每个人都是一颗星星，只不过有的小行星黯淡无光，有的巨型恒星的光能走过几千，甚至上万年，抵达地球，被人类发现。

"无论是哪颗，都有其运行的规律，是它们共同构成了浩瀚的宇宙。"

沈轲静静地看着她，问："你是在安慰我吗——因为你看到我家有多穷了？"

她挠了挠脸："你可以这么理解吧。"

如今阮季星回想起来，才意识到，她也许伤害到一个青春期男生的自尊心了。太像是以一副高高在上的姿态在施舍同情心了。

那天，逛完天文馆后，下起了雨。

季曼打电话来，问她在哪儿，叫司机接她回家。

他们没带伞，在便利店门口等车。阮家的车并不奢华，普通的黑色奔驰。

阮季星说："去我家吃饭吧。"

"不了，我还要复习。"

"那我们送你回家。"

沈轲还是拒绝："我坐公交车就行。"

阮季星知道这人犟起来跟牛似的，也没勉强他。她叫司机把伞留给他，自己钻进后座。

车门刚关上，他又叫住她："阮季星，等一下。"

沈轲折回便利店，买了一盒薄荷糖，从窗口递给她。

他的伞拿在手里，没打，她看见他肩头、额发被雨淋湿了些，像一只……被丢弃在路边，无家可归的小狗。

又不是不等他，跑那么急干什么。

他说："晕车吃这个，可以缓解一点。"

"好。"阮季星催他，"你快回家吧，要是感冒了，考试没考好可别怪我。"

沈轲撑起伞，往后退几步。

她从后视镜中看见他的影子越来越小，拆开包装，倒了两粒进嘴里。

结果，之后她就忘了这句话，忘了晕车要提前准备。

所以，他是记得她晕车，才给她薄荷糖的吗？

阮季星一时分不清，他到底是讨厌她，还是不讨厌。

谢晓羽小声问："星星，你和沈轲小时候就认识了啊？"

"嗯，不过上高中之后，我们就没见过面了，所以跟陌生人也差不了多少。"

"但是我感觉他对你挺特别的啊。"

阮季星说："可能是因为，我妈妈以前对他妈妈特别好，他念旧情吧。"

谢晓羽半信半疑："这样吗？"

"不然你以为是为什么？"

想到沈轲自己说没有喜欢的人，谢晓羽又打消了疑虑，摇了摇头。

第四章 吸引力法则

联谊那天之后，阮季星注意到，冯清莹和沈轲的接触多了起来。

但她的路数和庄卉冬不同，她不送礼物，也不黏着他说话，而是不厌其烦地在碰到面时，和他打招呼。

冯清莹很优秀，老师在课堂上有时会抛出问题，可以加平时分，她答得积极，因而深受老师喜欢。

后来，不知从哪里流出消息，说她爸爸是国际经济与贸易系的主任，同时也是经管学院里一位颇具声望的教授。

同宿舍的她们也是才知道，感慨她藏得深。

冯清莹对此的说法是："我爸妈早就离婚了，我跟着我妈生活，我爸调任到A大之后，我就没怎么见过他。但我妈认为，我考来A大的话，日后我爸能为我铺路。"

如此看来，她超强的规划和执行能力，是传承自她母亲了。

至少，刚结束三年题海磨难，准备享受大学生活的大多数人，还不会考虑到读研、工作的事。

阮季星忽然问了个毫不相干的问题："你喜欢沈轲吗？"

"嗯……"冯清莹沉吟着思考了一会儿，将问题反向抛给她，"你觉得什么叫喜欢？"

阮季星语塞。

从小到大，喜欢她的男生很多，有偷偷关注而不打扰的，也有写着从网上抄下来的情诗表白的。女生往往早熟，但她过去被娇宠过甚，极以自我为中心，很少关注男生们。

喜欢，就会想跟"ta"在一起？

但这个答案，交给理智聪慧的冯清莹，显然太敷衍。

而谢晓羽是个颇具浪漫腔调的女孩，她说："他是牵动你心跳的那根绳，是穿透阴霾照进来的一道光。"

冯清莹笑了笑说："其实肤浅点说，就是某些特质恰好符合你的审美，长相、性格、谈吐……并不具有唯一性。"

换而言之，当它们共存于另一个人身上，你同样会被吸引。

人类的喜欢是广泛而泛滥的，这是作为生物的情感缺陷，但也是优点。不像计算机程序是被设定好的。

阮季星又疑惑了："所以你不是喜欢他，只是看中了他这些特质？"

"算是吧。"冯清莹耸耸肩，"谈恋爱的前提，不就是这些吗？但要支持两个人一辈子走下去，当然远远不够。"

戚蓝瞥了她们一眼，一针见血："她还没开窍。"

谢晓羽笑起来："你别说，星星有时候很聪明，跟我说起道理一套一套的；有时候又很迟钝，她都看不出来高奕是个渣男。"

阮季星一蒙："啊？"

"高奕之前对你有意思，这才过去多久，又开始跟其他女生搞暧昧，你没发现他最近和那谁走得很近吗？"

好吧，真没有。

谢晓羽突然很担心她会被坏男人骗。

冯清莹接茬："星星眼光高，一般质量的坏男人骗不到。"

谢晓羽对她说："你谈恋爱之前，记得先带给我们把关把关。"

"对，我们就是你'娘家人'。"

怎么说着说着，取笑起她来了。

阮季星被她们调侃得羞赧，借打电话的理由出去了。

好巧不巧的是，第二天上课，阮季星就碰到高奕和另一个女生谈笑风生。

等电梯时，女生主动微笑着打招呼："Hello！"

她是一班的，但阮季星不记得她名字了，于是就只回了个"Hi"。

谢晓羽朝她使了个眼色，像是在说：你看我说吧。

阮季星心情一时复杂。

军训期间，高奕是军训负责人，和班上同学接触比较多。他对她发出过示好信号，但她没来由地感觉不舒服，回应得很冷淡，哪知道他是这样的人。

电梯到了，人一拥而上，阮季星想往里挤，被人拉住。

她扭头，是凭空出现的沈轲。

"你干吗呀？"

他松开手："等下一趟吧。"

这么一耽搁，阮季星眼看着里面站不下了，只好对谢晓羽说："你先去教室吧，不用等我了。"

门缓缓合上。

离打铃还有一会儿，时间倒也不急，但她无法理解他的行为："我刚刚明明能上去的。"

他理所当然地说："我挤不上。"

阮季星朝他翻了个白眼，就是看不惯她过得比他好是吧。

沈轲问："你国庆回家吗？"

"回呀，我火车票都买好了。"

她以为他操心"两颗星"小摊的事，说："你一个人忙不过来的话，可以少进点货。"

他扭了扭脖子，"嗯"了一声。

阮季星打量了他一会儿："你又熬夜啦？"

放松的状态下，沈轲身体也是直的，形态很好，不像一些个高的男生含胸驼背。近两天气温回升到三十来度，他穿着一件胸口印着刺绣水星图案的白T恤，人显得清爽干净。

为免偏见导致误会，她之前问过，他的衣服怎么不是黑就是白。

他说是简单，懒得搭配。

够出乎意料，也够符合他的个性。

沈轲还是"嗯"，眼皮耷拉着，头发有点乱糟糟，是被风吹乱的，还没来得及整理。

"哎——"

她这才发觉，他没戴帽子了。

男生头发长得快，这才不到一个月，就已经长到可以遮住伤疤的长度了。

阮季星踮起脚，往他头顶瞟。沈轲猜到她的意图，上半身微倾，将头低下来，伸到她面前。

她拨了拨。其实还是隐约看得到一些，但他个子高，一般人注意不到。

"你之前是不是剃了光头啊？"

她有点想象不出来，一般发型考验皮相，光头则看骨相了。皮相易有，骨相难得。

沈轲抬眼，直直地望着她："有照片，你想看吗？"

"你怎么还拍照？留作纪念啊？"

他淡声说道："为了让我自己记住，他对我、对我妈，造成了什么样的伤害。"

她呼吸一滞。

沈轲瞳色本就深，因离得近，清晰地倒映着她小小的身影。脸上的毛孔似乎都感知到他说话间呼出的气息了。他不抽烟，没有异味，甚至还有点薄荷的清新。

阮季星后知后觉，他们已经超出了寻常异性的社交距离，条件反射地向后退了一步。

沈轲反应快，伸手挡了她一把："小心撞到人。"

她向身后的人小声道了歉："不好意思。"

面前的男生的气息消失了，她的精神却没有松懈下来。

阮季星拉了拉书包肩带，出神地盯着显示屏。她满脑子都是她们昨天讨论的关于"喜欢"的话。

原本她只拿他当童年玩伴，但她目前应该注重他另一个身份——一个成年的异性同学。

更何况，冯清莹还明确地表示，她正在追求他。

不管怎么样，不能再像之前那样没分寸地与他相处了。

红色数字跳到"1"。

他们上了轿厢。阮季星缩到角落，其他人将她和沈轲隔开。

出了电梯后，她快步走向教室，谢晓羽给她占了位置，她放下书包，暗暗松了口气。

沈轲感觉这两天阮季星有点避着他。

不像开学那会儿，不想和他接触，而是刻意拉开了距离。

比如，摆摊的时候，她自以为不动声色地挪着小马扎，离他远点，不和他发生肢体碰撞。

再比如，偶尔上下课的路上碰到，她打个招呼就走，不会停留多聊，像是不熟。

但他想不通原因。

他回忆着，自己没有做什么唐突冒犯她的事吧。如果有的话，以她的性格，早就龇牙咧嘴，当场报复回来了。

很快，他有了眉目。

老师布置了小组作业，国庆后依次做 presentation，并且要求同组的男女数量差不多，可以跨班组成小组。

冯清莹邀请了他，说："我们这边已经有三个女生了。"

另外两个，他都不熟，或者说压根不认识。

沈轲皱了皱眉："阮季星呢？"

"她去了另一个组。"

唐天和见他没作声，抢先应了下来，表情几近谄媚："好啊，以后请多多指教。"

沈轲不悦地横了他一眼，冷着脸说："我没答应。"

唐天和劝道："老沈，老沈，你听我说，平时分占 40% 呢！跟着她们混不挺好的？万一期末拿个奖学金呢？"

"你在乎那点钱？"

校一等奖学金就一千五，还没他一件外套贵。

"钱是不多，但是能让我爸高兴，就能给我涨生活费了，就能带你们吃香喝辣，一举三得嘛。"

在唐天和死皮赖脸、软磨硬泡之下，沈轲放弃了。

唐天和感激涕零："老沈，我就知道认你当哥没认错。"

"别恶心人。"

冯清莹笑了笑，说："我拉你们进群，到时候我会分发任务，你们自由选择。"

"好的，没问题。"

走后，唐天和"啧啧"感叹："又是艺院院花，又是二班班长，你小子桃花运怎么这么好呢。"

沈轲动作一顿。

冯清莹……

她和阮季星是一个宿舍的，所以，阮季星这些天的异常，是因为她？

上一次，她替庄卉冬送东西，这次，又为了她的室友和他避嫌。

他沉沉地呼出一口气。

生气也不是，站在她的立场，她没做错什么；失望也不是，他现在哪有资格扮演一副被她伤害的模样。

实在不知道拿她如何是好。

最近事特别多。

课多，作业也多，冯清莹给班委开了一次会，会上提出一堆要求，学校还强制性要求大一完成各种活动，线上的，线下的……

阮季星忙得头昏脑涨，根本没心思去揣摩沈轲的反应。

这天上课，老师忽然说道：“上次的作业，两个班，六十来号人，全写对的，两只手就数得过来。”

阮季星脑子里顿时浮现出一句：你们是我带过最差的一届学生。

果不其然，老师又说：“学生真是一届不如一届。”

不知道听过多少老师说这话，他们明显想笑，但都憋住了。

“你们可以问问你们的学长学姐，每年挂科的有多少人，其实题目出得根本不难，但有些人上了大学之后，就以为万事大吉了，可以浑水摸鱼摸四年，混一张毕业证。”

老师话音一转：“唐天和，唐天和在吗？”

“啊？”唐天和一脸蒙，“老师，我在。”

“你能向我解释一下，为什么你的作业跟沈轲的一模一样吗？”

老师教龄二十余载，两手撑在讲台上，眼神锐利，他们大气不敢出。

“我，我……”唐天和脑子抽了，说，“他教我的。”

“是吗？”老师咄咄逼人，“连一个他不小心写错的符号都是他教你写错的？”

他们忍俊不禁。

唐天和面红耳赤，说不出话。他高中数学就不好，懒得费脑子，直接照抄沈轲的，谁知道老师会看得这么仔细。

老师又问：“沈轲呢？”

唐天和撞了下沈轲的腿，把他撞醒了。

老师气笑了，走下讲台，敲了几下桌子：“我的课有这么无聊吗？刚上课就犯困？”

不知道教务处哪个天才安排的，把高数课排在早八，大家本来就困，每次一下课就立马睡倒一片。

沈轲今天差点通宵，能撑着来上课就不错了。

有的老师睁一只眼闭一只眼就过去了，但这老师要求严格，也不怪他发火。他指着第一排说：“以后你们俩上我的课，都给我坐到前面来。”

沈轲没什么表情波动，收拾了书包，起身离座。

唐天和脸皮厚，倒不是觉得丢人，只是坐前排的话，一举一动都在老师眼皮子底下，就没法摸鱼了。他一万个不情不愿。

离黑板太近的位置，适合在老师面前刷存在感，但其实不方便听课，所以大部分人选择坐在中间。第一排就零星几个人，包括冯清莹和阮季星。

沈轲对坐在外边的男生低声说：“同学，麻烦让一下。”

他把书包放阮季星旁边唯一的空位上。

唐天和瞪眼：不是，大哥，那我坐哪儿？

沈轲扬了扬眉，像是在说：随你便。

在老师和诸多同学的注视下，他当机立断，决定抛弃重色轻友的沈轲，改为抱冯清莹的大腿。

开始上课。

阮季星还没反应过来，事情怎么发展到，和他变成同桌这一步了？

余光里，沈轲上半身懒洋洋地靠着椅背，微微仰着头，手里拿着一支笔无意识地转着，不知是在听课，还是走神。

没戴帽子，他的眉眼便完整地露了出来，鬓角修得干净，下颌线条流畅清晰。比之前少了几分不近人情的冷冽，多了十八九岁少年人独有的俊秀。

突然换了个视角审视他，她才懂得，为什么那么多女生喜欢他。或者，按照冯清莹的说法，是符合她们的审美。

趁老师背过身去写板书，阮季星在草稿纸上写了一行字，推过去。

沈轲漫不经心地扫了一眼。

她写的是：你干吗不跟唐天和坐那边去？

他提笔，字迹草而不乱：避嫌。

阮季星画了一个加粗的问号。

沈轲：我不喜欢冯清莹。

——难不成你喜欢我啊？

尽管这句被她很快涂黑，压在手臂底下，但沈轲还是看到了。

这时，老师恰好转过来，阮季星像掩饰什么似的，拿起旁边的水杯，抿了口水。

她一时没过脑子，才写那么句鬼话。

她的本意不是异性之间的喜欢，但在这样的语境下，根本解释不清，干脆画掉了。

沈轲略撑着太阳穴，浅笑了下，又迅速敛起。

他从书包里随手抽了一个本子，翻到空白的一页，工工整整地写道：我知道你的意思。我的确喜欢你。

顿了顿，他继续写：以前是，现在也是。

她有次问过他，是不是讨厌她，那次他没来得及接话。这段时间相处下来，她心里应该已经有答案了，但他还是给予了正式的、明确的回应。

他从来就没讨厌过她。

自从那天高数课和沈轲传了小纸条，阮季星就感觉怪怪的。

他既然知道，她指的是无关情爱的喜欢，为什么搞得像表白一样？弄得她更尴尬了。

不过幸好，马上就是国庆假了，不用再见面了。

一号一大早，阮季星出发去火车站。

A大离火车站颇远，得先坐几站公交车，再换乘半小时地铁。

出门前，她把那盒薄荷糖揣上。

这是她打记事起，第一次坐火车，也是第一次独自远行。

国庆长假，火车站人头攒动，嘈杂的人声几乎盖过了广播声。

阮季星对着大屏找到检票口，候车厅没空位置，她就坐在行李箱上，看着一拨人来，一拨人走。

火车站是仅剩不多的，没有加速跟紧时代前进步伐的地方之一。它就像一张二十世纪遗留下来的邮票，贴在城市的一角，见证着城市的发展。

她观察着人们的行色，他们说着异地方言，有像她一样的学生，有带着孩子的母亲，还有背着重物的老人。

他们从哪儿来、往哪儿去、有什么样的经历？不得而知。

很奇妙。

上车后，阮季星才知道车厢内更拥挤。

她艰难地挤过狭窄的过道，找到自己的座位，又面临着第二重难题——她没办法将行李搬上行李架。

旁边一个四十岁上下的大叔说："我帮你吧。"

她感激不已："谢谢叔叔。"

大叔看见她书包上挂的玩偶，问："妹子，你刚上大学吧？"

"对，大一。"

"你哪个学校的？"

"A 大。"

大叔笑了笑："哎哟，那可是学霸。我女儿明年高考，连个一本都不知道考不考得上哟。"

被陌生男人搭讪，阮季星难免有些警惕，但她很快发现，对方只是和她闲聊。

而且，很多人都是这样。

原本以为五个小时车程很漫长，结果除了坐得屁股痛，也没什么难熬的。

出了站，阮季星一眼就看到阮正荣和季曼。她跑过去，扑到妈妈怀里，嘤嘤撒娇："我好想你们。"

季曼拍了拍她的后背，柔声说："早叫你不用省钱，非要坐火车，累不累啊？"

她摇头："不累，但是好饿。"

阮正荣接过她的行李，笑道："爸妈已经把菜准备好了，回家马上就能吃。"

阮正荣出生在 Z 市，后来考到 S 市的大学，在那里打拼事业，认识季曼，结婚，又生下了阮季星。

从 S 市到 Z 市，落差自然大，阮季星当初花了半年的时间才接受。

契机也就是一个观念的转变：不管怎么样，只要能和爸爸妈妈在一起，其他事都是次要。

回到家，阮季星神神秘秘地掏出两个礼盒，说："猜我给你们准备了什么？"

季曼很配合："我猜是围巾。"

"Bingo！"阮季星拆开，给她围上，"我妈妈真漂亮。"

阮正荣从厨房里探出头来："我的是领带？"

"不对。你现在又不穿西装了，我给你买的是剃须刀。你那个都用了好多年了。"

季曼脸色一变，说："星星，你哪儿来这么多钱，你是不是委屈自己了呀？"

"没有啦，我做兼职赚的。"

阮季星把和沈轲摆摊的事说了，骄傲地问："我是不是特别厉害？"

季曼眼眶红了："是爸妈不好，让你吃这样的苦，本来可以让你过更好的生活的。"

"不是你们的错呀。"阮季星抹去她的眼泪，"你们已经很了不起了，赚钱真的好辛苦。"

季曼泪眼婆娑地望着丈夫："老阮，星星长大懂事了。"

阮季星嗔道："你就是说我以前太不懂事了。"

阮正荣抱抱她们母女："都好，都好，不要哭了。星星不是饿了吗？先吃饭。"

饭后，季曼想起前些天收拾东西，翻出来一本旧相册，拿来看。

第一张就是阮季星和沈轲的合照。

她笑容大大的，比着剪刀手，还举着他的手，让他也比，他的表情冷冷淡淡的。

阮季星惊讶："这是什么时候拍的？"

"你上初一那年，我过生日，一块儿出去玩，我就让你们拍了一张。"

往后翻，还有不少。

季曼很喜欢拍照记录她的成长，家里有好几本相册，这一本集中于和沈轲相处的那几年。

不看不知道，看了之后，才有了更具象的认知——

他们原来认识了这么久。

"你还记不记得，有一年你奶奶来我们家，调侃他是你童养夫，你还说和他结婚会拉低你后代的智商，你还说人家笨呢，人家的成绩可比你好多了。"

阮季星："啊？"

她怎么没印象了？

阮正荣唤道："老婆，要降温了，星星那床被子你收到哪儿了？"

"在柜子里呀。"

季曼去帮他找。

阮季星拍了张照，发给沈轲。

寄星：你看，你以前就总臭脸。

R136a1：到家了？

R136a1：你笑得怪傻的。

寄星：会不会说话？明明是可爱。

寄星：哎，你记不记得，我奶奶说你是我童养夫？

R136a1：记得。你说和我结婚会拉低后代智商。

居然和季曼复述的一模一样。

寄星：[尴尬]

R136a1：其实你明知道我上一学期期末是因为缺考才得零分，你偏要借题发挥。

寄星：所以你为什么缺考？

R136a1：因为你带我去天文馆，那天下雨，我发烧了 :)。

阮季星无语。

是了，赵若华还请了半天假，回家查看他的情况。

寄星：都给你伞了，谁叫你自己不打，估计就是因为这个，所以我觉得你脑子不好。

R136a1：还有其他照片吗？

寄星：你想看我黑历史借机嘲笑我？休想。

R136a1：我小时候没怎么拍过照，我想看看。

阮季星想到他那么小就一个人生活了，难免心软，一一拍下来。

因为是季曼拍的，大多数有她的身影，她也懒得裁剪了，直接发过去。

R136a1：我若真是你童养夫，会拉低后代智商的，大概不是我。

拐弯抹角说她傻呗？

寄星：[发怒][炸弹]

网络另一头。

宿舍其他人都回家了，只有沈轲一个人在。

要是唐天和在，肯定会咋咋呼呼地问他，怎么笑得这么春风荡漾。

他长按着图片，忽然进来一个电话。

笑意肉眼可见地凝固了。他定了定，仍是按下接听。

总有人说，孩子一生下来就是父母的债，然而，对沈轲而言，他才是那个要还债的人。

这串电话号码他没有备注，但它出现的频率已经多到看见它，他的脑海就会自动浮现出来电人的模样。

——他的父亲，沈长林。

来电的目的也不为其他，就是要钱。

果不其然。

“好儿子，再给我打两千块钱。”

听起来，是刚喝过酒。大白天的，喝得醉醺醺，堕落得可以。

沈轲的声音毫无温度：“前些天才给你转了，这么快你就用完了？你是去赌还是嫖了？”

“那点钱你用来打发乞丐呢？”对方像是被戳破，恼羞成怒道，“我是你老子，你孝顺老子是应该的。别说废话，快点给我打钱。”

沈轲将手机拿远了些，闭了闭眼，等他吼完，方说：“你当我是印钞机吗，随时随地有钱印给你？我没钱。”

沈长林诡异地笑了一声：“行啊，你要是没钱，我去找你妈，她总有钱吧。”

“沈长林！”沈轲不记得曾经怎样叫他“爸爸”了，气急的时候，就直呼其名。他攥紧拳头，胸口起伏着，眼里似能冒出火，声线却越发沉，“总拿我妈威胁我，你那张老脸还要不要了？”

“小兔崽子，我好歹是你老子，怎么跟我说话的？赵若华就是这么教育你的？”沈长林猛地拍了下桌子，“乒乒乓乓”一阵响，不知是玻璃瓶倒了，还是碗碎了。

多讽刺啊。

有求于你的时候，亲亲热热地叫“好儿子”，把他惹毛了，就是“小兔崽子”。

“你没资格说我妈，早知今日，你当初何必冲动？”沈轲用力得指节都泛白，“不过就是你喝多了，无法忍受你的妻子遭人玷污，才去寻仇。到头来，还要将罪推给我妈，说是她害的你。”

彼时沈轲还很小，但已经开始记事。

那天，是所有噩梦的开端。

他记得，赵若华傍晚回家的时候衣衫凌乱，脸上、脖子上有鲜红的巴掌印、掐痕。她神思恍惚，坐在沙发上什么也没做，就是哭。

小沈轲吓坏了，一个劲地摇动着她的胳膊，问：“妈妈，你怎么了？”

沈长林和同事聚餐喝了点酒，见她这样，嫌晦气，骂道：“臭娘们，哭哭哭，哭个什么劲？财运全被你哭跑了。”

赵若华泣不成声：“你去问问你那个好兄弟刘壮干了什么，要不是为了小轲，我今天就去跳河了！”

沈长林立时酒醒了三分。

他骂了一句脏话，冲到厨房，抄起一把菜刀。

赵若华慌忙拉住他：“你要干什么？”

“敢碰我婆娘，我要他死！”

赵若华声嘶力竭地喊：“杀人要坐牢的！”

酒精助长了火气，沈长林连她一起骂，说是她平时穿得那么骚，勾引刘壮。

赵若华拦不住他。

后来，沈长林冲到刘壮家里，人没被砍死，两人厮打间，刘壮侥幸逃了出来，不料，从一个坡上摔下去，当场咽气。

这事在当地闹得很大，还登了报纸。

沈轲请了一个星期假，再回学校时，熟悉的一切全变陌生了。

胆小的同学怕他、躲他，背地里说他是杀人犯的儿子；胆大的骂他、打他，说他这样的人就不该来学校。

解释、忍受、反抗，没有一样管用，在三观未完全形成的小孩子眼里，他也是十恶不赦的罪人。

甚至还有家长联名上书学校，要求开除他，说担心影响自家孩子。

校方很为难，义务教育阶段，不得开除学生。

最后，找到赵若华，委婉地建议转学。赵若华别无他法，和沈长林离婚，独自带沈轲去了S市。

初时，赵若华什么苦活累活都干过，捡废品、商场卖衣服、摆摊卖早餐……

他知道，她肯定受了很多委屈，但她从不跟他抱怨。

她跟他说，妈妈没本事，只能把你送到起跑线上，能跑多远，只能靠你自己努力。

而他能做的，就是拼命地往前跑，往前跑。

这几乎成了他生活的唯一目标。

等沈轲大一点，能自己照顾自己了，有人介绍赵若华，去有钱人家当保姆，月薪高，还没这么辛苦。

然后，她遇到了季曼。

在诸多应聘者里，出于同情，季曼留下了她。

沈轲想不通，为什么心善得不到回报，赵若华是，阮家也是。

这个问题他没法找老天爷要到答案，反倒明白，世上有一个运行法则永远颠扑不破——

弱肉强食，强者生存。

被困铁丝网和高高围墙里十余年的沈长林，难以适应当下社会，而他的案底，也让绝大多数用人单位避之不及。

他想到了一个一劳永逸的办法。

在他的“檄文”中，他成了受害者，赵若华和沈轲要对他的人生负责。于是，他成了攀附在他们身上的水蛭，以吸食他们的血为生。

赵若华断断续续给了他不少钱，后来实在没钱给了，他不知从哪儿打听到他们的住处，上门闹。

光脚的不怕穿鞋的，打、砸、抢，还将沈轲打伤。

沈长林害怕又过上那种十年如一日的生活，跪在地上求他不要报警。

“小轲，你记得吗？你小时候过生日，爸爸带你去吃麦当劳，你的名字还是我取的，是荆轲的轲。监狱里的日子我过够了，我真的不想再进去了，小轲，爸爸求你了。”

他哭得一把鼻涕一把泪，不到五十岁的人，头发白了一半，叫人不忍。

然而，他的后悔当中，有一丝一毫，是对儿子的愧疚和爱吗？

沈轲不想深究，有没有也无所谓了，到底还是放过了他。

结果就是，沈长林尝到了空手套白狼的甜头，安分了没几天，又找他要钱。

但他如今远在 A 市，如何护得住赵若华？

沈轲高考完就在做兼职，交了学费，生活费也由自己负担，一共转了五千给沈长林，五千给赵若华，身上就剩几百了。

他不想让赵若华担心，打给了唐天和。

他从未找人借过钱，更别提这人才刚认识一个月。

但他还是开口了：“你能借我点钱吗？”

唐天和说：“你要多少？”

“你不问我用来干什么吗？”

“嗐，你这人就不爱说自己的事，问了估计你也不想说，干脆不问了。”

沈轲默了默。

沉默中，似乎听到自己的自尊心在研磨盆中，被碾成齑粉。也许眼泪能充当黏合剂，但他不会哭，他早就麻木了。

他说：“两千。”

唐天和二话没说，直接转了三千给他，又说：“这学期陪我打排位，不用你还了，成不？”

“谢了。”

“有你这么个高手陪打，我才是赚大了呢。但你可别说我落井下石、趁火打劫啊，亲兄弟也要明算账，是吧。”

沈轲笑了笑。

平时男生宿舍里一块儿打游戏，没见谁给谁钱的，唐天和不过是找了个借口，把钱给他。

就算是家境不错，缺心眼，能这么对他，说明是真把他当兄弟。

有人工于心计，长袖善舞；有人自私利己，冷漠孤僻；也有人天性纯良，只是不擅表达自己。

唐天和不傻，他看得出沈轲是个什么样的人，乐意和他结交。

沈轲把钱打过去，告诉沈长林：“这十来年，你没履行过抚养义务，从今往后，每个月我给你一笔钱，就当还你生育之恩，算我仁至义尽，你不要再骚扰我妈。”

沈长林“嘿嘿”地笑，打了个酒嗝，像是醉得更厉害了：“还是生儿子好，儿子有本事啊，小小年纪，就能赚钱养老子了。”

沈轲直接挂断电话。

点进微信，和阮季星的聊天还停留在她最后发的两个表情上。

王尔德有句名言，是说：我们都生活在阴沟里，但仍有人在仰望星空。

他陷在泥泞里很久很久，即使那颗星星从天上坠落，来到他面前，他也只能仰望她。

可是，他想的从来都不是“望而不及”。

又能怎么办呢？他也不想一身污泥地去触碰她。

沈轲抹了把脸，长长地吐出一口气。

阮季星在家里过的日子就是吃了睡，睡了吃，别提多逍遥快活。

以至于在返校的当天早上，她在床上撒泼打滚：“我不想回学校，我不想回学校。”

阮正荣无奈：“都多大的人了，还像小孩子似的。”

季曼回驳：“星星才十八岁，不就是小孩嘛。”

阮正荣反过来说她：“就算到了八十，在你眼里也是小孩吧。”

阮季星笑起来：“到时候妈妈都是老巫婆了。”

季曼嗔她一眼。

阮正荣说是这么说，一想到刚开学那阵子，她总打电话回来哭，说想家，还是心软了。原本打算送她回学校，还是阮季星不乐意。

他们帮她收拾好行李，送她到车站。

季曼心疼地说：“要是不开心了，就请假回家，也不用舍不得钱坐火车，这点钱爸妈还是有的。”

阮季星眼里含着泪，点了点头。

她下午到了学校，和谢晓羽她们分了一波特产。

又给沈轲发消息。

寄星：你在哪儿？

R136a1：操场。

寄星：别动，我来找你。

阮季星跟她们打了声招呼，装了一袋东西，出门了。

她以为他在摆摊，到了老地方，张望一番，不见人影。正想问他，头顶被拍了下。

除了沈轲，没人会把她的脑袋当蘑菇伞盖拍。

他又把帽子戴上了，从头到脚一身全黑，违和的是，手里拎着一杯奶茶。

她揶揄："黑无常也喝奶茶吗？"

"刚给你买的。"

最近降温了，沈轲买的是热的。阮季星喝了口，甜丝丝的，珍珠很有韧劲，问："你怎么这么喜欢黑糖珍珠？"

他淡淡地说："不是我喜欢，是你喜欢。"

"有吗？"

"你喜欢吃什么东西，那段时间就会一直吃，还会把身边人带得一起吃，然后腻了之后，再迅速寻找新的口味。"

阮季星明白了，他也曾是她这个臭毛病的"受害者"。

"你怎么一个人在这儿闲逛？"

他不答反问："找我有事？"

"啊……"她急急忙忙地把袋子打开，"这是我妈卤的鸭头，她叫我给你带一盒，不能过夜，得趁早吃完。还有她烤的牛肉干……"

她一抬头，像猝不及防跌进一片墨色深海，心里莫名有点痒痒的，打了个磕巴："你、你干吗这么看着我？"

沈轲移开目光："想到我妈了，季阿姨应该是以前跟我妈学的。"

"好像是哎，我有时候不想吃饭，赵阿姨就变着法地做小吃，我妈还说，就我挑嘴这个劲，赵阿姨把八大菜系都学完了。"

阮季星把袋子塞到他手上："你带回去吃吧，我走了。"

她转身得急，脚差点崴到，身体一歪，核心力量倒不错，给拉回来了。像是担心被他嘲笑，她扭过头，见他果然在笑，凶巴巴地瞪了他一眼，小跑着走了。

沈轲把东西拎回宿舍，唐天和吸了吸鼻子，问："好香啊，买的什么？给我尝尝。"

"打你的游戏去。"

唐天和撇撇嘴："小气鬼。"又问，"你这个哪儿买的？学校附近好像没有卖吧，谁给你的？"

徐玮说："我赌阮季星。"

"加注。"

唐天和恍然："我想起来了。阮季星是不是发了条朋友圈，说今下午回学校来着。"

上次联谊，他们两个宿舍的人互相加了微信。

他继而发散思维："所以你今天没啥事还跑出去，就是想见她？"最后盖棺定论，"你好心机。"

沈轲抄起桌上几包零食丢给他，堵住他的嘴。

他当然不会承认，他从东苑绕了一大圈，沿着食堂，绕到操场，想赌一把偶遇的概率。

偶然倒不偶然，遇到的确是遇到了。

国庆后，学校作息换成了冬令时，A 市的气温也像被腰斩，一下子跌到二十度左右。天色灰蒙蒙的，秋风瑟瑟，路边的枫叶似是一夜间就被吹变了色，更添几分萧索。

不知是秋乏，还是玩太多天，人懈怠了，阮季星上课的时候犯起困，呵欠连天。

幸好是水课，老师不管事，她支撑不住，趴下去，跟谢晓羽说："老师点名的话叫我一声。"

"好。"

本只打算小憩一会儿，结果半节课都被睡过去了。

睡得不舒服，她揉了揉脖子，看了眼手机，沈轲正好发来一张照片。

是从侧后方偷拍的她。

因为是阶梯教室，后面视角高一些，不怎么受遮挡，拍到了她半边脸。嘴巴微微张开，脸被挤压得变形，还压出了红印。

寄星：[？？？]

R136a1：睡得还挺香。

寄星：删了！

R136a1：为什么？

寄星：侵犯我肖像权。

R136a1：根据《民法典》第一千零一十九条，任何组织或者个人不得以丑化、污损，或者利用信息技术手段伪造等方式侵害他人的肖像权……

R136a1：简而言之，并不构成侵犯肖像权。

寄星：不管，反正未经允许，你这就属于偷拍，快删了。

他干脆不回她了。

下课，阮季星冲过去堵人："快删了。"

拍得那么丑，她绝对不能让自己的黑历史留在他手里。

沈轲的书包还没来得及背上，差点被她撞了个满怀。

她气势汹汹，要抢他手机。得亏他反应快，一只手背到后面，另一只手按住她的额头，拉开距离。

他们之间的力量差异不仅是男女生理结构造成的，他常年帮赵若华干活，她十指不沾阳春水，无异于蚍蜉撼树。

她胳膊还没他的长，任她如何张牙舞爪，也够不着。

阮季星气急败坏，抓着他的手，狠狠咬了一口。

虎口处顿时多了枚清晰的牙印，沈轲"嘶"地倒吸一口凉气："属狗的你？"

"你才狗。"她趁着这个机会，把他手机抢过来，但要密码。

"得，送你了。"他竟真的不要了，绕过她，去下一间教室。

阮季星试了两次简单的，都错了，再有三次就要锁机了。

她苦恼地咬着大拇指。

谢晓羽提议："试试他生日？"
阮季星迷茫了："我不记得了。"
虽然帮他过过生日，但真记不清具体哪天了。
谢晓羽又说："那试试你生日。"
阮季星觉得荒唐："他怎么可能用我生日当密码？"
"你试一下呗。"
试了，错了。
"你俩第一次见面是那天？"
"好像是……我十岁还是十一岁那年中秋节。"
她想了想，笃定："十一岁。"
沈轲在她家过了四个中秋节，待她中考完，他们一家就举家迁到 Z 市，和他断了联系。
其实也不是没有联系方式，只是失去了联系的理由，而那时她在低谷期，自尊心作祟，不愿意面对他。后来又因为种种原因，换了手机号。
三年，白茫茫一片真干净，没有任何交集。
谢晓羽倒推了一下日期，输入上去。
还是不对。
阮季星迷惑地道："你为什么会认为，这些日子特殊到，值得他设成手机锁屏密码？"
"你们青梅竹马，多年后重逢，多像偶像剧里的桥段啊。"
"你想多了，没有的事。"阮季星摇了摇头，"我看不上他，他大概率也看不上我。"
"为什么？"谢晓羽犹豫试探地问，"你俩以前结了仇？"
阮季星不得不怀疑，她那个装满各种电视剧情节的脑子，已经开始浮现出各种狗血、离奇的爱恨情仇了。
"谈不上。"阮季星客观理智地分析说，"但我们应该是属于偶像剧里，男主死去的白月光和女主身边的深情男二——感情线各自发展，互不相干的两个人。"
"唉！"谢晓羽似乎有点失望。按照她的观察，他俩还是很登对的。
解不开锁，这手机对阮季星就是板砖一块。
她也不可能拿去刷机，干脆作罢。
阮季星想还给他，结果发现，不知何时，原本走在前头的人，落在了她们后面。
沈轲穿着棒球服外套，拉链没拉，两手插在口袋里，口里含着糖，在用舌头推动它，与牙齿相互碰撞，发出脆响。他忽地上下牙一合，咬碎了糖，似笑非笑地扯了下唇角，从她手里拿走手机，和她擦肩而过。
仿佛……带着怒气。
所以，他刚才听到她们说的话了？但他气什么呢？
阮季星复盘了一下，是那句"我看不上他"？
也是，他现在是经管学院的风云人物，女生们追他还得排队，她却大放厥词，换作是她也会生气。
谢晓羽拉拉她的衣角，说："哎，你不觉得，他刚刚瞥你那一眼，很帅吗？”

“哈？”

这你也能犯花痴吗？

晚自习下课，照例去摆摊。

得益于阮季星的宣传，发展了不少熟客。有的人不愿意出门，就由沈轲送到宿舍楼下。

因为白天的事，阮季星和他说话都是公事公办的，绝不多扯一句。

沈轲去送外卖单了，她一边看摊，一边低着头捣鼓手机，整理信息，准备转发给他。

也就是这个时候，出了意外。

几个中年男人走到面前，为首的那个一脚踹翻旁边的篮筐。

“哎！”阮季星倏地站起来，“你干什么呢？”

“妹子，你还是学生吧，不好好读书，在这里做什么生意？”

沈轲不在，她心里有点毛毛的，但这会儿人来人往，料对方也不敢做什么出格的事。她梗着脖子回怼：“没谁规定不能做吧？”

“你们有食品经营许可证吗？有营业执照吗？你们学校明令禁止我们这些商家无证经营，外面的商铺也不得进校，怎么，你们敢这么光明正大啊？”

阮季星一时说不出话。

“学生的本分就是读书，不要搞这些名堂。要是举报到你们老师那里，你这个学还要不要上了？”

“今天让你长个记性，以后别让我们看到你。”

渐渐地，周围有不少人看过来。

面对一群大男人，阮季星势单力薄，根本说不过他们。

她咬着下唇，脸都涨红了。

有个男人作势要把小摊掀了，她扑过去护，尖声叫道：“你们再闹信不信我报警？”

他嗤笑一声：“还报警？要是闹大，看我们是谁没好果子吃。”

另一个人动蛮力把她拽开，她踉跄了下，险些摔倒。

沈轲远远就看见了这边的骚动，他停了车，拔了钥匙，车倒了也没顾得上扶，大步跑过去，挡在阮季星面前。

“你们干什么？”他声音很沉，由于跑得急，有些喘。不到二十岁的身形却格外挺拔，站在他们面前，气势也不输分毫。

“你们两个一伙的是吧？”对方指着他的鼻子，“你们非法经营，告到学校，是要挨处分的，知道吗？”

“就算我们不合规，也轮不到你们来‘执法’。”

沈轲冷静异常：“你们一帮人欺负一个女孩子，要是报警，你们猜学校是保我们还是保你们？”

他们面面相觑，似在权衡。

沈轲继续说道：“你们可以再闹大一点，闹到网上去，我们顶多背个处分，你们的生意呢？”

“行，你们等着，我们走。”
他们撂下狠话，走了。
阮季星后知后觉地感觉双腿发软，蹲了下去，失神地望着散落一地的水果。
沈轲弯下腰，烂掉的就扔了，还好的就留下。
有路过的学生好心，帮着一块儿捡，很快就收拾完了。
沈轲说：“谢谢。”
“不客气。”那学生看了一眼阮季星，一番欲言又止，还是说，“每年毕业季有跳蚤市场，也有人做甜品卖，其实没关系的。”
说完就离开了。
沈轲在她旁边坐下，沉默良久，方问：“不怕吗？”
阮季星抬眼，眸中有几分茫然，目光慢慢地聚焦在他脸上。她摇头，又点了点头，说：“现在怕，刚刚想不了那么多，这些都是钱啊。”语气里满是心疼。
“没想到你胆子还挺大的。”
“我就当你夸我了。”
他脖颈弯折着，头垂得很低，似自言自语地呢喃道：“但是我很怕。”
阮季星撇撇嘴：“看你那副‘英雄救美’的样子，还以为你天不怕地不怕呢。”
一颗心若要鲜活地跳动，怎么可能如铜墙铁壁、刀枪不入。有一瞬间，他的心脏仿佛停止泵血，手脚都麻了。
沈轲撞了一下她的肩膀，说出口的话变成了：“怕你跟人干架，还干不赢，到时赔了钱又折兵。”
“嘁！”阮季星像个不倒翁，晃悠了一下，撞了回去，“我才不是你的兵。”
幼稚。
沈轲轻笑了一声，又问：“蹲这么久，腿不麻吗？”
她试图起身，下半身动弹不了，诚实地道：“麻了。”
他搀着她的胳膊，拉她起身：“我送你回去。”
扶起倒下的电动车，后视镜都摔歪了。阮季星想掰正，结果直接断了，下意识地看向他。
沈轲说：“你这算不算损坏私人财产罪？”
她举手声明：“不是我的锅，是你买的这玩意儿太脆了。”
他给她戴上头盔：“走了。”
到宿舍门口，阮季星抱着头盔，站在台阶上，居高临下地打量他。
沈轲偏过头，迎上她的视线：“干吗？”
“你……不生气了？”
“他们闹事，又不是你的错。”
“我是说上午，你不是‘唰’一下黑了脸吗？”她模仿他当时的表情，惟妙惟肖。
她不提还好，一提他的脸又黑了。
阮季星拉开书包，掏出一瓶玉米汁：“喏，喝了。”

“怎么，要杀人灭口？”

“失忆药水，忘掉今天发生的所有不开心的事，好好睡一觉。”

这种说辞很稚拙，而且，受欺负的明明是她，为什么反倒安慰起他了？

沈轲敛眸，掩住眼底的情绪，接过：“谢了。”

“我上去了，拜拜。”阮季星挥了挥手，转身进了宿舍楼。

她拐了弯，笑容立即垮下来，有气无力地爬楼梯。

沈轲那么处变不惊，她若是颓丧难过，岂不是显得她很脆弱？她只好在他面前故作坚强，不能被他瞧不起。

第二天，阮季星收到辅导员徐睿诚的消息：季星，下午有空来趟我办公室。

即使提前做了心理准备，前往经管学院楼时，还是心有惴惴。毕竟没有跟徐睿诚接触过太多，担心他是笑面虎。

学工办在三楼，这是一间大办公室，里面坐着几位老师，除了徐睿诚都是生面孔。

另有几位学生，拿着表，来找老师签字盖章。

嗯……不知算不算意料之中，沈轲也在。

他坐在旁边的小沙发上，上半身闲适地向后靠，玩着手机。不像是来挨训，倒像是客人。

阮季星顿了下，叩了叩门，唤道：“徐老师。”

徐睿诚扭头看了她一眼，说：“阮季星是吧？你可以稍微坐会儿。”接着忙手头的事。

阮季星伸出脚尖，踢踢沈轲，压低声音问：“老师跟你说什么了吗？”

“没。”他拽了她一把，拉她坐下，“别杵那儿，挡路。”

她翻白眼。会不会说话？

阮季星离他很近，大腿几乎是贴着的，瞟了一眼他的手机界面：“你干吗呢？”沈轲看着她，眼神令她有点莫名，她摸了摸脸，“怎么了？”她似乎没有察觉，自己不那么排斥和他肢体接触了。

他说：“冯清莹叫我收集资料。”

她咂了下嘴：“你还挺会利用时间的，被老师请来喝茶，还有心思搞这个。”

“她这两天一直催我。”沈轲抹了把后颈，似乎是低头低得久了，脖子发酸，“搞不懂她急什么。”

阮季星解释：“她是严格按照计划行事的人，你没按时完成，她肯定催你。”

“不巧，我也有我自己的安排，不喜欢被人推着往前走。”

她一时语塞。

宿舍四人，冯清莹看起来最温柔，但其实她喜欢掌握领导权，安排所有事情。

而沈轲恰恰相反，他习惯独来独往，不喜欢出头，不会主动融入集体。

这样有着强烈反差性格的两个人，似是天生不对付，可又有一种势均力敌的匹配感。

阮季星抿着唇，没作声。

沈轲作为男生，有时神经确实大条了些，他猜不到她脑子里弯弯绕绕的东西，只是她不擅长掩饰，能叫人一眼看出表情变化。

他皱着眉，想问什么，徐睿诚这时转过椅子来。

阮季星忙起身。

徐睿诚拿着保温杯，去饮水机接了杯水，压了压手："没事，别拘谨，我们就随便聊聊。"

估计是为了和学生更亲近，他的打扮偏向于年轻化、休闲风，说话也没有架子。

她的心稍微往下落了落。

徐睿诚坐在他们对面，推了下眼镜，开头却是个无关紧要的问题："开学一个多月了，能适应吗？"

阮季星瞄了瞄沈轲，说："能。"

"大一课程、活动比较多，会不会忙不过来？"

"还好。"

前面几段，徐睿诚像是在关心小辈，阮季星越发云里雾里。

接着，他话音一转："你们生活上有没有什么困难？我看了一下各班班长交上来的贫困生申请表，没有你们，如果有的话，不用顾忌，可以直接跟老师说。"

沈轲答得很快："没有。"

阮季星紧跟着摇头。

"大学是支持学生多样化发展的地方，学生勤工俭学、课余兼职，没有任何问题，但你们在操场那边摆摊不太合适。"

徐睿诚认真地说："万一有学生吃出了问题，后续很麻烦，对你们自己也有影响……"

沈轲打断他："老师，货是我去进的，东西也是我卖的，阮季星就是个收钱的。"

徐睿诚听了发笑："你以为我要处分你们俩啊？还帮她撇清关系。"

他的语气像拿他们当小孩似的。

不过也是，一群刚高中毕业的十八九岁的男孩女孩，对他来说，的确幼稚。

"之前的事就算了，以后还是不要再继续了。假如经济方面有困难，国家有助学贷款，在校期间是没有利息的，符合贫困生条件的话，也可以交表来。"

他们表示知道了。

徐睿诚没有为难他们，放他们走了。

这是一场极其温和的谈话，徐睿诚半句重话也没说，但阮季星突然鼻头一阵发酸，像破了一个小洞的气球灌满了水，眼泪承受不住压力，被泪腺挤了出来。

"不是，你哭什么？"破天荒地，手忙脚乱的人变成沈轲了，"喂，阮季星，别哭了。"

"你不会安慰人就别安慰，凶死了。"她闷头往前走。

沈轲亦步亦趋地跟着，放柔声调，刻意得有些僵硬："别哭了，你骂我都行，你有委屈就朝我发泄，成吗？"

阮季星小时候最要面子，明明怕痛得很，眼泪都在眼眶边缘打转了，她愣是不愿意在他面前掉眼泪。

唯一一次见她哭，就是接赵若华离开阮家那天。

他被她哭得心慌。

"你不懂，每次我犯错，我爸就总说，这次算了，下次不要再做了。"她胡乱擦掉眼泪，"我们刚搬到Z市那段时间，我老冲他发脾气，我怪他，都是因为他，我们才会沦落成那样。"

不能买漂亮裙子、限量版模型；周末想睡懒觉，老是被邻居家的噪声吵醒；上下学要挤公交车，夏天的时候，男生臭烘烘的；读的学校教室没有空调，桌椅还旧……

一切的一切，她都接受不了。

阮正荣受着她的怨怼，好声好气地哄她。

后来她不经意间得知，他赚的钱全花给她了，自己的裤子破了都舍不得换，叫季曼帮他补，她才和他，或者说，家道中落的现况和解。

她别别扭扭地和阮正荣道歉。

他笑着说，之前就算了，以后不许再跟爸爸冷战了。

徐睿诚那句话，一下子让她想起爸爸了。

她自知自己爱耍性子，不是讨喜的小孩，但世上永远有两个人会在她受委屈的时候，无条件包容她，为她兜底。

小时候看科幻电影和发射载人飞船的新闻，幻想遨游宇宙，俯瞰银河。

长大后的阮季星终于意识到，她向往的不是繁星深处，而是一个由父母搭建的理想世界，他们的爱为其塑筋造骨。

说着说着，鼻涕混着眼泪一块儿流了下来。

沈轲笑出声。

阮季星捂着鼻子，砸他一拳，带着哭腔说："不准笑。"

他弯下腰，扯过衣袖替她擦眼泪，动作不轻不重，说："我没带纸，去洗手间洗洗吧。"

人在经历两种情况后，会不断回忆当时的情形，并且懊恼不已——吵架吵输和丢脸。

毫无疑问，阮季星属于后者。

并且，她还因为太过丢脸，在女洗手间磨磨蹭蹭好半天。

天告诉她为什么，那么多难堪、狼狈、窘迫的时候，都会被他看到？

沈轲倚着墙，半调侃地喊道："阮季星，你要是掉坑里了也吱一声，我好叫人捞你。"

阮季星冲出去，把他拽走。

她额前、鬓边的碎发沾了水，贴着皮肤，眼睛被泪水洗过，变得格外亮，到了室外光线好的地方尤甚，有上好珍珠一般的润泽。

她看了眼时间，问："我请你吃饭，去吗？"

沈轲反问："封口费？"

“吃席——纪念‘两颗星小铺’的早夭。”

不难受是不可能的，毕竟她费了那么多心思做宣传推广，维系顾客，还学着 P 宣传图。

好不容易有起色，这下全没了。

“我请你吧，当遣散费。”他两手揣进外套口袋，眉眼淡然，“吃什么你选。”

“好咯。”阮季星走在前面，“你爱吃鱼吗？谢晓羽跟我说有家烤鱼店不错……”

女生都是如此吗？

多神奇啊。

不到十分钟前还哭得鼻头、脖子泛红，这会儿又能跟他讨论，哪种口味的烤鱼比较好吃。

昨天呢，像只被惹得奓毛的猫，咬他的手咬出牙印，今天又不计前嫌，慷慨地请他吃饭。

你无从知晓，到底哪一面才是真正的她，抑或者，她到底有多少面。

还是说，只有阮季星这样。

沈轲犹记得，赵若华在阮家的时候，每年过年，季曼会给家中用人放几天带薪假。

他们没什么亲戚可走，就他们娘俩过。

他十三岁那年春节，阮正荣临时有出差安排，季曼带着阮季星留在 S 市，给赵若华开了三倍工资，还把沈轲叫到家里来。

季曼喜欢人多热闹。

除夕夜，吃过年夜饭，电视机里准时响起春晚的开场乐，阮季星叫他陪她放烟花。

实际上，她是不敢点火，怕灼伤手。

烟花一簇簇升上天空，炸开，纷纷落下，如星雨。

阮季星仰着脸，眼底倒映着绚烂的光，撞了撞他的肩：“哎，沈轲，你有什么新年愿望吗？”

他想想，说了个不会出错的答案：“考第一名。”

其实，他什么愿望也没有。

“你好土啊。”她一副不满意的样子。

“那你呢？”

“我啊，我希望爸爸工作顺利，平安回家。”

恰好，季曼从屋里出来，说：“星星，爸爸想跟你打视频。”

阮季星接过手机，脆声唤道：“爸爸！你什么时候回来呀？”

阮正荣语带笑意：“我昨天刚到呢，哪有那么快。”

她噘噘嘴。

沈轲默不作声地站在旁边。他觉得，自己应该是一块被咀嚼过，又被粘在墙上的口香糖，黏腻，人人嫌弃憎恶；年深日久，他干了、硬了，人人视若无睹。

阮季星也不大喜欢他，她说他矮，瘦瘦巴巴，还不爱说话。

他与阮家格格不入。

他不知道他为什么总是出现在这里，旁观他们一家三口其乐融融。

那一刻，他的自卑达到了巅峰，也是第一次，萌生出想要逃离阮家的念头。

他还不如和赵若华简单做三菜一汤，挤在不到五十平方米的小房子里过一个清清冷冷的年。

沈轲还没来得及行动，阮季星突然转过手机，将镜头对着他："爸爸，你看，沈轲也在。"

阮正荣笑着说："小轲，除夕快乐哟。"

他愣了一下，勉强扯起一抹笑，说："沈叔叔，除夕快乐。"

挂了电话，阮季星吐槽他："你怎么像是不高兴啊？我妈说，这样下一年都会不顺利的。"

看吧，他就是不招她喜欢的。

他也找不到借口掩饰过去。

晚上，他和赵若华睡一间房。

床是上下铺，原本是两个人共用的保姆房，只是另一位阿姨回老家过年了。

那个年头，城市边郊地区还不严格禁止燃放烟花，一过零点，外面响起"嘭嘭嘭"的爆破声。

沈轲直挺挺地躺着，难以入睡，所以门被推开时，他有所察觉。

"噗呲噗呲！"

他抬起头，借着窗外的炫光看清是阮季星。

她小声说："出来。"

赵若华睡着了，他小心爬下床，合上门。

"你有没有听说过，对着流星许愿，愿望就能成真？"

她从背后拿出一只星星玩偶，故弄玄虚地说："你把它放在枕头边，或者书包里，每天对它许一次愿，肯定会实现的。不过不能是脱离实际的，万事万物讲究平衡嘛。"

塞到他手里，说了句"新年快乐"，就上楼了。

沈轲知道是她瞎编胡造的，但仍放在了枕边。

他拨着星星的手，越发搞不明白，阮季星到底是讨厌他呢，还是不讨厌？

他默默想着，女孩子真难懂。

后来，他了解到，所谓许愿，本质是一种积极的心理暗示，具体地说，是吸引力法则——

人的意念与和其一致的现实相互吸引。

沈轲回过头。

临近傍晚，太阳西斜，地上两道影子拉得很长、很长。他向她的方向歪了歪头，像他和她亲密依偎着。

他悄然拍下这一幕。

纵使清楚是虚幻，但也许，暗恋本就如此。

徒劳地捕捉每一种可能。

“喂，沈轲，你有没有在听我说啊？”

沈轲收起手机，又恢复成漫不经心的姿态：“你定就好，我无所谓。”

阮季星吹胡子瞪眼：“你知道‘随便’党会被判处死刑吗？”

她以手比作枪，指着他的太阳穴：“砰——”

他配合地闭上眼，向后倒。

阮季星吹了下莫须有的枪口，这似乎是影视剧里耍酷的传统：“不吃烤鱼了，身上会有很大味道，吃酸汤米线。”

沈轲笑了笑，说：“实现了。”

他没头没尾的，她感到莫名其妙：“什么？”

他许的愿望，实现了。

第五章 珍珠奶茶

ji wo mou le xing

像阮季星这种性子，情绪往往是外放的，类似于某种水分丰沛的水果，一戳就汁水四溅。

但消耗得快，更新迭代得也快。

而且她总是有一些奇奇怪怪的想法。

以前沈轲给她补习地理，她一本正经地问他：“你说，葡萄牙人知道中文译名，会不会很疑惑，葡萄又不长牙？”

然后，他会面无表情地注视她，打断她的开小差：“看书。”

她说话也直接，比如，在初见时，就说发育晚的他矮。

不知是无所谓得罪人，还是没意识到。

实际上，无论哪种情况都符合她的性格。

小时候的阮季星大概认为，在她的人生剧本里，除了她自己是主角，其余人都是NPC。这就导致了，即使生来就长着一副姣好的容貌，她也必然无法得到所有人的青睐。

毕竟，大家往往偏爱嘴甜、处事圆滑周到的人。

但与她相处久了，你会发现她很纯粹。

她从不计较人际来往里的得与失，她给你多少，给了就是给了，她不要求你回馈同等的物质或感情；而你对她好，她就对你好，她也不会揣摩你是否别有用心接近她，想从她那儿得到什么。

你可以说她懒，或者傻，但总而言之，她是一个心眼里不掺半点恶念的人。

和她在一起，你可以很放松。

有时候沈轲觉得，自己并不是真的喜欢她，而是享受可以忽略外界一切纷杂的状态，只看着她笑，看着她闹就好。

对于一个需要时刻紧绷，提醒自己“你没有放纵的资本”的人来说，这容易上瘾。

同时他也心知肚明，瘾可以毁掉他。

沈长林就是鲜明的例子。

在赵若华的叙述当中，听媒人介绍，他单位好，工作稳定，为人也老实，见面后果真如此，于是嫁给了他。

但他喝酒后就浑然变了模样，暴躁、冲动，轻则咒骂，重则动手。并且，他戒不掉。

于是沈轲也警惕着，以免阮季星像一颗埋于地底的难以察觉的地雷，轰炸掉他的意志。

当然，他曾试图与她疏远，但效果甚微。

没想到的是，阮正荣所在的公司运营出现巨大问题，破产后，资不抵债，甚至需要他偿还。

没了房子，他们一家人选择搬离S市。

一天，两天……一个月，两个月……

原以为，瘾的来源没了，瘾也就自然而然地断了，然而他不知什么时候惊觉，他开始陷入了思念。

或许，人会在怀念中重新得到。

他再度沉迷于阮季星在时所散发出的，几近于罂粟般的气味。

过了这么久，这股香气非但没有随着时间而消散，反倒侵袭得越来越深，逐渐浸透他的五脏六腑。

幸好，她不知道。

此时此刻的阮季星，满心装着她的酸汤肥牛米线。

到了店门口，沈轲看了一眼招牌，问："你确定吃这个？"

"怎么了？挺好吃的啊。"

"我的意思是，你可以趁这个机会，宰我一顿。"

她说："但我现在就想吃这个，没必要非为了宰你，去吃其他我不想吃的呀。"

阮季星径直推开门。

这会儿临近饭点，里面坐满了人。

她环顾一周，想找空位，却意外看到了冯清莹和谢晓羽。

谢晓羽先发现的她，正欲朝她招手时，又见沈轲紧随其后，手刚抬起，又顿住了，瞅瞅她，又瞄瞄冯清莹。

这仨说不定能演一出狗血三角恋，她夹在中间，多尴尬啊。

阮季星恍然未觉，走过来，欣喜地说："好巧，我们干脆拼个桌呗。"她也不问沈轲的意见，坐到谢晓羽旁边，"戚姐怎么没跟你们一起啊？"

"她自己去吃饭了，她不是一贯独来独往嘛。"

阮季星又问："你们点的什么？"

"我们刚等到一桌人吃完，还没来得及点呢。"

冯清莹看向沈轲："你不坐吗？"

座位不宽，只剩她旁边的位置了。

沈轲略蹙了下眉，说："我去点单，你们看完菜单，一块儿发我就行。"话罢，去了收银台。

他低头，给唐天和发了一条消息：你人在哪儿？

天下大和：宿舍啊，咋了？

R136a1：马上过来，请你吃饭。

R136a1：[位置定位]

人多的缘故，点单、出餐都要等，时间恰巧够唐天和匆匆忙忙赶到。

他也是个猪队友，没搞清楚状况，直肠子地说：“老沈，我说你今天怎么突然这么大方呢，敢情是因为阮……”

沈轲踢他一脚：“吃不吃？”

“咳！”唐天和吃痛，改了口风，“难得铁公鸡请客，肯定吃。”

沈轲也不是小气抠门，但他的生活节省到什么程度呢，电动车二手的，电脑二手的，衣服虽然不算廉价，但就那么几套来回换洗。

唐天和自然无法理解，他明明赚了不少钱，为什么不把日子过好点，揶揄他是“铁公鸡”。

沈轲对此没做解释，随他叫。

店员将五份米线端上桌，沈轲问：“请问还有多余的凳子吗？”

“有的。”

店员从角落抽出一条塑料高脚凳，他便独自坐外边。

虽说当局者迷，但冯清莹怎看不出，他是为了躲她，才叫来唐天和，这样不会闹得太难看，伤她面子。

之前也是，建了个小组作业群，他有什么问题，不私聊问她，而是直接在群里艾特她。

她抿了抿唇，到底没有挑破。

刚出锅的米线很烫，吃第一口阮季星就呛到了，想伸手去拿纸。

冯清莹离得近，抽了几张递给她。

她缓过来，说：“谢了。”

沈轲起身去倒水，一手端两杯，分给他们。

这回冯清莹变成旁观者清了。其实他表现得很明显了，但当事人似乎还没有意识到。

冯清莹夹起一筷子，轻轻吹着气，状似不经意地问：“你们去找徐老师，他怎么说的？”

“就让我们别继续了。”阮季星吸了吸鼻子，说，“感觉徐老师人还挺好的。”

谢晓羽想了个法子：“不准摆摊的话，和外面店家合作，送外卖呢？”

“我不会骑电动车啊，沈轲倒是可以。”

“那单车呢？”

“也不会。”阮季星摇头，“以前我学过，摔了一跤，就再也没学了。”

“多摔几次，自然而然就会了。”

“我怕痛。”

唐天和咋咋呼呼：“这年头还有人不会骑单车啊？”

冯清莹幽幽瞟了他一眼：“我拿了C1驾照，但也不会骑，有什么问题吗？”

他连忙摇头，在嘴上做了个拉拉链的动作。

聊着聊着，话题就偏了。

一到这种时候，沈轲就不会参与了，但他的存在感丝毫不减。

旁边有几个女生嘀嘀咕咕着，似乎在讨论他。终于，其中一个大起胆子来问：“同学，能加你个联系方式吗？”

他淡声说：“不好意思，我没带手机。”

阮季星又猝不及防地呛到了。

亏他能睁着眼睛说瞎话，他手机就在旁边放着呢。

沈轲拍了拍她的背："慢点吃，小心从鼻孔里喷出米线。"

女生讪讪地走了。

唐天和感慨："真是走到哪儿都有女生找他搭讪，怎么没人找我呢？我也没差他多少啊。"

谢晓羽小声说了一句："那还是挺多的。"

"阮……你算了。"他转而问冯清莹，"你点评点评？"

阮季星不服："我为什么没发表意见权？"

"那你说。"

沈轲不动声色地将目光投向她。

阮季星莫名感觉到一股压力，张了张口，放弃了："我还是算了。"

冯清莹说："论外形条件，他九分，你七分；论打扮，你八分，他六分；论性格……综合下来，你们的确差不多。"

唐天和听得瞠目结舌，说道："你平时也这么严谨像做题一样给人评分吗？"

她耸耸肩："是你问我，我才评的，分数比较直观。"

"既然如此，你为什么不喜欢我？"唐天和一时嘴快，反应过来，立马改口，"我是问，你能不能从女生的角度说说，为什么选择他，不选择我。"

冯清莹一脸真诚："可能大部分女生还是更看脸吧，我也是。"

唐天和痛苦地捂着心口，模拟游戏音效："You have been slained."话落，翻白眼，"死"了。

阮季星笑得不行。

有这么好笑？沈轲轻轻"啧"了一声，有点不爽。

他认识她这么多年，就没见她笑得这么开心过几次。他低垂着眼，踩了下唐天和的脚。

唐天和腾地坐直："谁踩我？"

没人回答。

从离开米线店，到回了宿舍，沈轲的周身一直环绕着一股浓烈的"老子很不爽"气息。

唐天和还不知道自己惹到他了，问："哎，你今天到底干吗火急火燎地叫我去啊？我怎么感觉我像块砖，哪里有用你就往哪儿搬。"

他冷笑了下："结果没搬稳，砸到自己脚了。"

唐天和："哈？"

东苑二栋那边。

谢晓羽有些纠结："我是不是得A钱给沈轲啊？他是请星星吃饭，我不好意思白蹭一顿啊。"

冯清莹说："我转给他了，他没收。"

阮季星不以为意："就当作他请的呗。"

谢晓羽试探性地问："冯清莹好歹是他们小组的组长，他为啥要平白无故请我？还是说，因为我是你室友才请？"

阮季星却会错她的意了，沉吟了下，说："那我过两天请回去吧。"

谢晓羽和冯清莹不约而同，对视一眼。

后者说："戚姐说得对，她真的不开窍。"

阮季星："什么意思？你们打什么哑谜呢？怎么了嘛。"

谢晓羽按捺不住了："你没看出来吗？沈轲对你格外不同啊。"

"我们是朋友啊。而且那天真心话大冒险，他斩钉截铁地说没有喜欢的人。"

冯清莹迅速抓住重点："所以，你也怀疑过他喜欢你？"

阮季星卡壳半秒。

还不是国庆前，他那句"喜欢你"说得那么引人遐想。

她们这么一说，她又动摇了。

学校要求大一每个班拍摄一部红色题材微电影，限制十五分钟以内，时间也不算宽裕，半个月后就得交。

冯清莹连忙筹集人手把剧本写出来。

校外有租赁服装的店铺，定完角色后，周末，几个班委一块儿去挑。

店很小，密密匝匝挂着五花八门的服装，从中式到西式，从古代到现代，人只能从缝隙中穿过。

冯清莹问了下价格，不比买新的便宜多少。

生活委员负责管班费，她问老板："能不能便宜一点？"

"你们学校的学生都是来我们这里租，一直都是这个价，便宜不了。"老板忙着招呼其他顾客，让他们自己先看。

冯清莹小声说："他们把这门生意都垄断了，也不差我们这单，估计砍不下来，就这样吧。"

生活委员想说什么，但班长已经拍板，就只能听她的了。

交了钱，冯清莹让老板开了发票，说下午就开拍。

A大历史悠久，占地面积大，建筑多，拍摄地点她事先摸排好了，分别在老教学楼、植物园、人工湖边，还有一条林荫小道和凉亭。

阮季星演一位革命伟人的妻子，头发盘在脑后，旗袍虽不大贴身，还冷，但感觉挺新鲜。

谢晓羽是来凑热闹的，招呼着："星星，我给你拍照。"

其他人也在嘻嘻哈哈。

冯清莹肃声说："你们台词都背熟了吗？待会儿尽量少NG几次，这样也节省大家时间。"

他们吓得噤声。

在老教学楼还遇到一班的人。

阮季星看到中间的沈轲，"噗"地笑出声。

他穿的是民国青年学生装，裤腿短了，露出一截脚腕来。怎么看，怎么违和。

暂时没她的戏份，阮季星走过去，调侃他："哎，你不是无利不起早嘛，居然会来拍微电影？"

沈轲睨她。

她今天化了淡妆，配上发型，显得成熟了些，旗袍外面披了件外套，腰身微收，颇衬身材。她瘦而不干巴，肉长在恰到好处的地方，骨肉匀称。腿是光着的，小腿又细又直，脚上一双布鞋。

他没见过她这副打扮，目光不禁多停留了两秒，继而移开视线。他说："你当我想？还不是唐天和非要拉上我。"

唐天和跟他一模一样的扮相，但一个像吊儿郎当的纨绔子弟，一个像一心向学的好学生。

他攀着沈轲的肩，说："你长这么张脸，不能浪费了啊是不是。"

沈轲嗤道："你什么时候这么有班级荣誉感了？"

唐天和脸皮厚，对他的冷嘲热讽不予理会，问阮季星："你演的谁啊？"

她正要开口，沈轲按着他的后颈，将他带走。沈轲看着不壮，但他力气有多大，阮季星是见识过的，只是没想到，连唐天和也被他控制得老老实实的，跟拎鸡崽似的。

他们到二班的拍摄地附近，被冯清莹发现并驱赶："干吗？刺探敌情来了？快走快走。"

唐天和耍赖皮："别这么小气嘛，看一眼都不行？"

冯清莹不客气地瞪他："去拍你们自己的。"

沈轲本来也不感兴趣，转身走了，唐天和撇撇嘴，跟上他。

结果后面在凉亭又遇到了。

阮季星和一个男生面对面地坐着，石桌上摆着茶杯道具，隔得远，听不清他们在说什么。忽地，男生双手握住她的，两人深情对望。

唐天和幸灾乐祸地说："老沈，你的青梅要被别人摘走了喔。"

沈轲没作声，唇线却不由自主地抿成直线。

冯清莹觉得这段没拍好，跟他们比画一通，要求再拍一次。

谢晓羽用手打板："第三场第三次，Action。"

阮季星的第六感慢半拍地起了作用，察觉到，不远处有一道视线落在自己身上。

别扭的不适感迫使她停顿，望向源头。

沈轲手里拿着一只用硬纸卷起来的简陋喇叭，被他捏瘪了一头，眸色幽深，面上喜怒不明。

这段戏是她和"丈夫"即将分离，依依惜别，被他盯着，她莫名觉得尴尬。

有一种……出轨被捉奸的感觉。

呸呸呸，他们又不是那样的关系，为什么要有背叛他的愧疚。

然而，台词到了嘴边，就是说不出来。

"Cut！"冯清莹不太满意，"星星，你怎么了？"

"等等，让我酝酿一下情绪。"阮季星做着深呼吸，刻意避开了沈轲的视线。

不知道该不该怪谢晓羽她们，这两天，她偶尔一对上他的眼睛，就会想到那些似是而非的话。她试图寻找一些蛛丝马迹，但始终没有明确的证据，反而搞得她自乱了阵脚。

古代为什么只说红颜祸水？这一定是性别偏见，男色也未必不会平添事端啊。
沈轲就是个例子。
阮季星给脸扇着风，仿佛能把脑子里那些乱七八糟的东西扇出去。
男同学问："你是不是没谈过恋爱啊？"
"啊？"阮季星干笑了下，"对，没有。"
"刚刚我握你的时候，你确实挺不自在的。"
他向冯清莹提议："要不然把这个动作去掉吧？"
冯清莹摇头，说："作为'夫妻'，又是离别，总不能没有一点肢体接触，那也太假了。握手已经是程度最轻的了。"
这倒也是。
男同学进退两难。
他当然不介意，从男生的角度来说，阮季星长得漂亮，他还占着便宜了呢，所以他当时立即报了名。但她似乎有些排斥，弄得他也不好意思了。
阮季星余光看见沈轲他们走了，暗松一口气，笑了笑，说："我没关系，继续拍吧。"
由于冯清莹精益求精，拍了一整个下午才拍完。在她的观念里，既然参加了，至少得拿个奖，所以她对这次微电影拍摄颇为上心。
阮季星她们和她接触得多，对她的行事风格习以为常，但其他同学难免有怨言，只是隐忍不发。
冯清莹是个会来事儿的，她说："感谢今天大家配合我，真的辛苦了，我请大家喝奶茶吧。"
不然她怎么能当班长呢。她虽然有时强硬、独裁了点，但她也很照顾人，又大方，软硬兼施，笼络人心。
阮季星想回宿舍换衣服，太冷了。冯清莹说帮她带，问她喝什么。
她脱口而出："黑糖珍珠奶茶吧，八分糖，谢了。"
未到宿舍楼下，远远地看到沈轲的车停在路边，他的胳膊压着车把，在玩手机。
阮季星放轻动作，小步跑过去，想吓他，正欲拍他肩膀，他突然回过头，反倒把她吓了一跳。
沈轲笑了声："就你这段位，能吓得着谁。"
她将下巴缩进外套衣领里，指了指墙上贴的"女生宿舍，男生止步"的牌子："你在这儿干吗？"
他摘下车把上挂着的奶茶："买多了，扔了可惜，给你了。"
"给我买的就给我买的，说什么买多了。"
"嗯？"
阮季星反应过来，自己把心里想的说出来了："没什么。"
她接过奶茶，一触手还是温热的。
沈轲说："是唐天和请的，有个人不喝。"
那就是她自作多情了呗。
她"哦"了一声，为打圆场，说："好巧，冯清莹也说请奶茶，他们俩想到一块儿去了。"
他问："你怎么不去？"

"我回来换衣服。"

"那你上楼吧，我走了。"沈轲做事一向干脆利落，话毕，就启动车。

"哎。"阮季星忙叫住他，追了几步，风把她的耳根吹得有点红，口红吃掉了色，但一双水眸在这个仲秋，仍透亮如荷叶上的露珠。

他停下来等她。

她捧着奶茶，站在他旁边，说不出台词的滞涩感再一次涌到喉间。

但不一样的是，这次是因为犹豫。

想问什么呢。

之前你站在凉亭那边干什么？你为什么学我喝珍珠奶茶？你说的喜欢我，是指朋友之间的吧？就像我说喜欢猫、喜欢狗。

正因为想问的太多，没有主次，也就无从开头。

沈轲也没催她，视线下移，措手不及地朝她伸出手。

她的呼吸、心跳，以及血液的流动，像被施了咒，这一瞬，都仿佛止住了，四肢也做不出动作。

不知是故意还是不小心，他的指尖触到她的后颈，像鹅绒落在皮肤上，微微惹起痒意，刺激得汗毛竖立起来。

她脑子里浮出一个荒唐的念头，他不会是在……撩她吧？

下一秒，他拈起一根线头，吹掉："这衣服质量有够差的，还有，你的演技也是。"

阮季星语塞。她就不该胡思乱想，以这人的破性格，怎么可能会喜欢人！丢下一句"谢谢你的奶茶"，扭身上了台阶，刷卡进门。

沈轲望着她的背影，唇边缓缓牵起一抹笑，又随着门的合上而消隐。

阮季星给冯清莹发了一条消息，说不用买她那份了，后者回了个"好"。

她趴在桌上，回忆着很久以前的事。

刚认识时，因为性格的差异，她和沈轲的关系并不好，甚至可以说僵。

季曼却很喜欢他，她随口说的一句"星星学习要是有你一半认真就好了"，他回答说："我可以帮她辅导功课。"

从那以后，在季曼心目中，他的形象就是一个乖巧懂事的好孩子。

现在仔细一想，就猜得到，他是为了他妈妈。

但当时阮季星对他有偏见，觉得他是故意讨好季曼。

也不是断定他想从阮家得到什么，可每个人的学生时代，都有几个巧舌如簧、讨得老师欢心，并"挟天子以令诸侯"的学生吧？

恰巧，她讨厌那样的人。

所以她极不配合，故意捣乱，偏不按照他教的做。

出乎她意料的是，沈轲的脾气稳定得很，没有不耐烦或生气。

她的逆反心理越发令她想戏耍他。

好好地写着作业，阮季星猛地抬头，对他说："我想喝奶茶。"

"哪儿来的奶茶？"

她理所当然地说："你去买啊。"

沈轲皱眉，但还是去了，来回半个多小时，带给她一杯黑糖珍珠。

一连被她指使了好几天，他依然没发脾气，甚至干脆在下次来阮家的路上，顺路给她买一杯。

阮季星喝腻了，也对这个游戏乏味了。

她问他："你是机器人吗？"

"不是。"

她大惊失色，指着他："你还说不是，更像了。你还不快快老实交代，你是哪个星球派来窃取地球机密的？"

沈轲笑了，反问她："你家能有什么值得窃取的机密？"

"比如，如何培养出我这么漂亮可爱又聪明的女孩子。"

他被她一本正经的样子逗得肩膀轻颤。

这是她第一次见他露出发自内心的笑，而不是那种礼貌的、浮在面皮之上的笑。

那天之后，他们的关系渐渐好转。

大概是她意识到，他再如何伪装成熟，到底也只是个跟她年纪相仿的孩子，他们是可以玩到一块儿去的。

她想得入神，没注意到戚蓝回来了。

阮季星听到"嘭嘭"声，才回过神。

戚蓝捶了几下桌面，烦躁地抓了抓头发，似乎还是没能发泄够，胸口剧烈起伏着。

这与她往日的形象大相径庭。

阮季星一直觉得，哪怕有一天冯清莹崩溃了，戚蓝也不会。

冯清莹是善于调整心态，而戚蓝则是看起来对什么都不在意。

她迟疑了下，走过去："戚姐，喝奶茶吗？我没动过的。据说甜食可以缓解压力、焦虑。"

戚蓝显然需要外部作用来帮助她脱离负面情绪，所以她破天荒地接受了。

阮季星记得，季曼曾经告诉她，有时受伤的人就像蚌，受到刺激，会合得更紧，如果贸然去撬，反而可能加深他的痛苦，甚至夹伤你自己，所以你让他主动张开壳。

当时她将这招用在沈轲身上，如今又再次照搬。

"你吃过饭了吗？要不我们一起点外卖？"

戚蓝摇头："你吃吧，我没胃口。"

阮季星只好自己点，边点边说："这家店满二十五块才起送哎，但我吃不完那么多，浪费可耻，要不你帮我分担点吧。"

戚蓝喝了口奶茶，声线没有起伏："你有点生硬。"

"是吗？"阮季星不好意思地摸了摸鼻子，"我是不太会安慰人，感觉班长更擅长。"

戚蓝扭过头，说："因为你从小到大多是被呵护的那个，你可以凭自己心意，开心就做，不开心就不做，你不用顺从谁，也不被谁逼迫。"

"这样听起来，感觉我生活得确实挺幸福的。"

戚蓝轻扯了下唇角，尽是苦涩。

阮季星岔开腿，趴在椅背上，下巴压着手背，又说："但我从小到大，都没什么特别要好的朋友，因为她们如果不顺着我的意，我就会闹脾气，久而久之，她们就被我闹走了。你也知道，我跟晓羽吵了一次架。”她的声音渐渐低下来，“中学时期，大家热衷于拉帮结派，不融入进去的话，在班里就像个异类。我还觉得众人皆醉我独醒呢，但实际上，我也会羡慕她们商量假期一块儿去哪儿玩，会听到她们说‘喂，你们看，阮季星又装清高’而难过。”

没办法，她长着一双太好看的眼睛，讲话的时候，里面像有旋涡，把你吸进去。戚蓝定定地望着她。

“我感觉，每个人看到的别人，都是片面的。就像我现在看你，也只能看到你的一部分。”

阮季星扬起笑，“但你如果愿意转个身，我就可以认识你更多一点。”

戚蓝也笑了。

阮季星身上没有愁苦忧郁的气质，仿若一朵云，偶尔积雨，变得厚重，偶尔轻盈，随风飘荡。但如她所说，人们羡慕她自由无拘束，可她也艳羡人世间的热闹。

戚蓝说：“其实我们知道，军训的时候，你有几次熄灯后跑出去哭。”

阮季星惊讶：“啊？你们听到了吗？”

“谢晓羽偷偷看过。”

“她果真是八卦。”

阮季星皱了皱脸，像着急揭开锅盖，表皮骤然收缩的馒头，丝毫没有身为漂亮女孩的包袱。

“那段时间我觉得好累，好想家，忍不住哭，但又不好意思被你们发现。”她猛然察觉出什么，“你好像……从来没提过你爸妈。”

平时女生宿舍里聊天，无非是有关家庭、感情、明星绯闻、学校八卦的话题。谢晓羽不必说，她最爱唠这些了，冯清莹的情况她们也了解一二，唯独对戚蓝始终陌生。

阮季星又补了一句：“如果你愿意告诉我，我保证不往外说。”

“其实也不是什么秘密。”戚蓝默了片刻，继续说下去，“我爸一直想要个儿子，给我取名都叫‘蓝’，我小时候他一直把我当男孩养，直到后来有了我弟弟。”

重男轻女的家庭并不罕见。

然而，幸福的人往往有相似之处，不幸之人却各有各的苦。

“生育、繁衍对他们来说，像完成一桩任务，我是一件失败品。他们随随便便把我养大，偏要做出一副付出很多的，很伟大的样子，要求我必须懂得感恩，对他们言听计从。”

刚刚，她和父亲闹翻，原因是父亲说没钱，克扣她的生活费。事实是，他上月刚给他的儿子报上万元的兴趣班。末了，他劈头盖脸地骂她，说别人家的孩子知道做兼职赚生活费，把你养到成年已经不错了。家里并不真的拮据，只是认为，花给女儿不值得。

“你能懂吗？我用我舅舅换下来的二手电脑，而我弟弟弹着一台几万块的钢琴。”

戚蓝双手捂着脸，颓丧无力。

阮季星心口沉甸甸的，连挺直身板也费劲。

她看到一条清晰的分界线，是傍晚的晚霞被墙壁切割，一明一暗，戚蓝的位置居西，正好是暗的那半边。她不认为这是命运的暗示，命运在处决任何一个人之前，都是毫无征兆的。

“我没有经历过你经历的种种，所以我没有资格教你宽心，也无法向你保证，未来一定会变好。这本身是一种傲慢，不是吗？”

未经他人苦，无论怎样说，难免有站着说话不腰疼的嫌疑。

阮季星沉吟着，挪了挪椅子，进入暗的阵营。

她说：“但你想啊，我们才十八岁，好不容易考上大学，还有好多种可能性呢。或许，你可以每隔一段时间，就给自己设立一个小目标，比如拿一次奖学金，去某个地方旅游，买一台新电脑，然后活着活着，你再回过头，说不定要佩服自己，怎么完成了这么多事呢。”

戚蓝笑了笑：“难怪谢晓羽说你道理一套一套的。”

“可能因为我爱胡思乱想吧，以前沈轲说我脑袋像个竹篓，装满稀奇古怪的东西。”

阮季星忽然想起什么，掏出便笺本和笔，低头写了一句话，撕下来，“啪”地贴在墙上。

——*蓝不是“男”，是启明星、海洋，以及天空的蓝。*

戚蓝怔怔的，发不出声。

第一次，有人如此阐释她的名字。

是宏大的、浪漫的，而不是一位迂腐父亲生儿的执念。

她曾想，自己像一颗苹果核，掉进阴暗的、只有老鼠光顾的下水道，长出霉菌。她原以为，菌丝会一点点将她吞噬，却不料，有人试图使阳光照到她。

这时，阮季星接到电话，是外卖。她回说：“好的，我现在下来拿。”

宿舍楼最近发生几起偷外卖事件，楼群里好多人在声讨，但迟迟没有抓到小偷，她还是亲自取比较好。

阮季星跑到门口，又探进半个脑袋：“戚姐，你记得待会儿帮我解决哦。”

戚蓝笑道：“好。”

阮季星穿着拖鞋，“啪嗒啪嗒”地跑下楼，意外地看到沈轲。

他那台电动车掉了一只后视镜，用胶带潦草地绑起来了，近来降温，前面罩了块挡风布，容易令人想到“磕碜”。

但他总是端着恣意随性的态度，便也形成一种个人特色。

更主要的是，他长着一张可以为所欲为的脸。

她觉得他衣品差，到别人口中，反倒成了“行走的衣架子，穿什么都好看”。

沈轲拎着一袋外卖，看了一眼单子，又对了下她的脸，说：“偷外卖秃头女士？”

阮季星抢过来：“是我的。”

大庭广众地念她的用户名，他不羞耻，她还羞耻呢。

“怎么是你？”

刚刚接到的电话也不是他的啊。

“兼职。”
“你还真是什么给钱的活都干。”
沈轲耸了耸肩：“人为财死，鸟为食亡，靠劳动挣钱又不丢脸。”
“哎，你给我的奶茶，我借花献佛了。跟你说一声。走了。”
阮季星点了一份煎饺和一份蛋炒饭。吃完后，她和戚蓝一致认定，下次绝对不能再点这家店。

晚些时候，冯清莹和谢晓羽一道回来。
冯清莹说：“星星，我认识一个学姐，她在做家教，但她最近要忙论文，想转给靠谱的人。高一数学，周日上午上两个小时，一小时一百二，我记得你数学挺好，你有没有意向？”
“我不会教人哎，怕误人子弟。”
阮季星转头问戚蓝：“要不戚姐你试试？”
她知道戚蓝比她缺钱，一个月少说也有接近一千，可以缓解生活费的压力，但换了个委婉的方式问。
冯清莹说：“先试教一节课，有钱，离学校也不是很远，来回一个小时，戚姐，你想去的话，我推你联系方式。”
戚蓝下定决心，点头：“好，你发我吧。”
第二周周日，戚蓝去试教。
阮季星给她打气：“戚姐，加油，你一定可以的！”
“成了请你吃饭。”
“呜，那我要吃烩饭！”
戚蓝笑：“没问题。”
她出门后，谢晓羽扁着嘴，酸溜溜地道：“星星，你怎么突然和戚姐关系这么好了？”
“哪有，我不是天天和你一起上课吃饭嘛。”
“但我就是感觉你跟她走得更近了。”
阮季星思索了一下，说：“可能是我魅力太大，让她不由自主地和我亲近。”
谢晓羽挠她的痒痒：“臭屁精。”
阮季星笑着躲开：“别闹了。”
笑得快抽筋，往外面逃，隔壁宿舍传来一声骂：“大清早吵什么啊，还让不让人睡觉了？”
两人立即噤声。
谢晓羽压低声音：“我们宿舍被班长带得早睡早起，干脆挂个‘老干部活动中心’的牌子得了。”
阮季星“噗”地笑：“行啊，待会儿我们画一个。”
“你早餐吃什么？”
“想吃西苑食堂的小米南瓜粥和小笼包，但外面好冷。”
阮季星灵机一动，发消息给沈轲。
寄星：嘀——
R136a1：[？]

寄星：你在送外卖吗？能帮我带份西苑食堂的早餐吗？给你钱。
R136a1：发我。

唐天和半睡半醒间，听到沈轲的床铺传来动静。
怪就怪床架旧，承载一个一百几十斤的男生，“嘎吱嘎吱”响。
他艰难地撑起上半身，撩开床帘：“老沈，大早上的，你去哪儿啊？”
“买早餐。”沈轲套了一件冲锋衣，拉链拉到顶，遮过口鼻，再戴上帽子，只露一双眼睛在外。
“那你帮我也带一份，谢了。”说完，唐天和倒头再度睡过去。
徐玮听到，跟着附和了一声。
两个懒货，一到周末就在床上躺到日上三竿再吃早午饭，平时上课要么不吃早餐，或者随便垫一口，粗糙至极。
沈轲没好气地骂道：“去你们的，拿我当管家婆子了？”
揣上钥匙出门，一个没拉住，大风把门甩上，不知道的以为是他发脾气。但他们没当回事，知道他这人面硬心软，最后反正会买的。
沈轲拨下脚撑，摘了头盔，随手挂在车把上，单手掏出手机发消息。
R136a1：下来。
寄星：好的！等一下，我马上！
他侧坐在车上，两条长腿随意地支着，掩唇打了个哈欠，眼皮倦懒地耷拉着，玩小游戏打发时间。
东苑二栋的女生们出来，一眼就能看到他。
男生等在女生宿舍楼门口，是再寻常不过的事。
稀罕的是，不到一学期，“沈轲”这个名字，便迅速在经管学院传遍了。
人帅，个子高，还有学霸光环加身，想追他的女生可以排几条长龙，他若是想，自可以活得肆意快活。
奈何这人不走寻常路。
开学卖校园卡，在操场摆摊，上高数课睡觉被拎到前排，现在又送起外卖，像是给钱的活就干。
她们不禁侧目，猜测着，他周末大早上顶着一张没睡醒的脸是在等谁。
不知他是不在乎，还是没注意，岿然不动地坐那儿，也无半分被窥视的不自在。
“沈轲。”一道女声传来。
有的人刻意放慢脚步，八卦地看过去。
女生长得漂亮，盘靓条顺，只是气质看着和沈轲不太搭。
一个像乖乖女，从小读书名列前茅，叫老师家长省心的模样；一个冷漠疏淡，又有点浑不吝，像是打架会下狠手的类型。
听到这声，沈轲掀起眼帘，目光似不经意地往她身后一扫，眉心几不可见地蹙了下。
“她自己怎么不下来？”
冯清莹怔了半秒，方反应过来，这个“她”指的是阮季星。
她说：“你和星星约了？我去图书馆。”
沈轲略一颔首，继续低头玩游戏。

手机开了外放，热热闹闹的音效，更显得他的态度冷淡至极。

对自幼被严格要求的冯清莹来说，他有时候表现得挺没礼貌的。

但你要说他粗鄙傲慢，也远远谈不上。

体育课可自由选择科目，她和沈轲都选的乒乓球，他打得很好，被老师点名做示范。有人请他陪打，他来者不拒，还会出言指导。没有自矜自傲，更没有好为人师的优越感。

上一次小组作业，她给他提要求、意见，他都一丝不苟地完成了，甚至超出她的预期。前两天上课做 pre，需要两个人，她特意叫了他，他主动把出彩的部分让给她，自己做点缀。

听说他拍微电影也是，明明长了能当主角的脸，却选了个只有三句台词的打酱油群演。

他能力不低，但似乎对这些事完全没有心思，也不爱争风头。

好比是中学时期，班里那种平时默默无闻，一到考试，就稳坐班级，甚至年级第一的学霸。

说实话，冯清莹的确对他感兴趣，不过更多的是一种，“他配得上我”的心理。

他的条件很符合她设想的男朋友。

按照以往习性，她只要设定了目标，便不吝惜使用各种手段。追男生这事，她没有经验，想来也是不难的。

但她已经意识到，假如这是一场游戏，她尚未加载完毕，BOSS 就自甘向别的玩家投降了。

有些遗憾。

冯清莹思定，开口道：“男女生的思维模式往往不同，星星的脑回路有时候也……比较令人出乎意料，她可能会想多，也可能想不到那么多。你最好开诚布公地告诉她——近水楼台未必先得月，但先下手为强。”

沈轲的手指悬在屏幕上，待她尾音一落，缓缓地抬头看向她，眼睛眯了眯，眉宇间便多了两分锐利。

这个时候，他的表情就没有往日的漠不关心了。算是侧面佐证她的猜想了。

他说：“有话直说。”

她耸了耸肩：“我说得很明显了，你也听懂了，为什么明知故问？”

“我倒是不明白，你为什么和我说这些。”

冯清莹叹气：“我好心好意，你怎么还不领情呢。”

沈轲站起来，一米八几的身高，在“对峙”中，也是一项优势。

“应该没谁会觉得，前不久让自己做她男朋友被拒绝的人，真心实意地为自己好。”

“我当然不是帮你，我是为了星星。假如有人爱护她、关心她，我乐见其成。”她笑了笑，“你们认识得久，你比我了解她，她不缺爱，但对爱情一知半解，不管你们成与不成，你不要似是而非地糊弄她。”

“嘀——”

门禁被人从内部刷开。

沈轲瞥去一眼。

不知是对他不设防，还是心大。她头发披散，赤脚趿着一双粉白色的毛绒拖鞋，穿着睡衣，外面套了件针织外套，一根手指头勾着一袋垃圾。风一吹，她裹紧外套，手、脖子往里缩，巴不得像乌龟整个缩进壳里。没半点形象可言。

看见他们连说带笑的，比之前亲近了不少，阮季星稍稍愣了下。

冯清莹笑着朝她挥手："星星，我走了。"

"哦哦，拜拜。"

阮季星丢了垃圾袋，朝他小跑过去。

正欲问他俩刚刚在聊什么，转念一想，普通同学见面也会聊两句，若她问出来，奇怪的倒成了她了。

她忽然觉得，不曾联系、见面的三年时间，像将墙一砖一瓦砌高，哪怕他们走得越来越近，还是越不过去。

放在以前，这样的话，她想问就问了。如今也多了顾忌、考量。

沈轲取出她的早餐。

她从袖子里伸出几根手指头，一手接过，一手拿手机："多少钱？我给你转，没有中间商赚差价。"

军训去医务室，被他收买水的跑腿费，还嫌他小气，现在习惯成自然了。

他说："不用，但你帮我个忙。"

"干什么？"她警惕地盯着他，"一分钱干一分钱的事，你别想占我便宜。"

沈轲从头到脚把她打量一遍，像旧社会的主人家挑小工似的："你这细胳膊细腿的，把你拉去煤矿挖煤，人家都不要。"

阮季星握紧拳头，扬到他面前，皮笑肉不笑："你要不试试？"

"手怎么脏了？"

她看了眼，掌侧蹭了几道彩色墨迹。

"刚刚在画东西。"她瞪眼，"别转移话题。"

沈轲按住她的绣花拳头，摁下去："信我就是了。"

"嘁！"她的声音低了些，"我才不信你。"

"我什么时候骗过你？"

她纠正道："应该说，你什么时候骗我被我发现过。"

谁还没撒过谎呢。

沈轲若有所思地点点头："这倒是。"

阮季星较了真："就算我没发现，你也没对我说过几次真心话。"

认识那么多年，他的家庭情况、过往经历，她不久前才从季曼那儿得知一二。

至于他平时想的什么，对未来的打算，她依然一概不知。

她好傻，从前到现在，一直是她毫无保留，然而，她却分不清他是说真心话，还是施障眼法。

沈轲想到冯清莹的话。

她说得没错，阮季星的思维太跳脱，比如此时此刻，他就没跟上她的节奏，她为什么突然开始埋怨他了。

“算了，翻旧账没意思。”阮季星快被寒风吹得流鼻涕，吸了吸鼻子，“要我帮忙你直接提就行了，我刚刚开玩笑的，不用你拿人情来换。”

他一向不如她能言善辩，还没能组织好应对之词，她又说：“我回去了，冷死了。”

不需要他的回答，她即刻转身。

路边有只橘猫跳出来，像是嗅到食物香气了。

它是被东苑二栋女生你一口我一口喂大的，不怎么怕人，但也不亲近人，哪怕是天天喂它的。

阮季星蹲下，揪了块小笼包，嘬着声，逗它：“咪咪，饿了吗？来吃呀。”

它小心走近，低头嗅了嗅，确认能吃，从她手心里叼走，退到一边吃。

“可惜你不能吃太多，不然可能会拉肚子。”

她瞄了沈轲一眼：“别在外面瞎转悠了，小心着凉生病，早点回去。”

他一时无法确定，她的后半句，到底是对猫，还是对他说的。

阮季星轻拍了下猫咪的脑袋，走了。

第六章 夜的尽头

ji wo mou le xing

沈轲说要她帮忙，但接连几日，也没说到底是干吗，阮季星就没管了。

戚蓝顺利拿下家教的兼职，恰好碰上她生日，请全宿舍吃饭。

她们没想到，个子最高的戚蓝，居然是她们当中最小的。

饭后，谢晓羽说：“咱们去喝酒吗？长这么大，我还没去过酒吧。”

冯清莹有事处理，阮季星也想一试，于是她们三个人一起。

里面灯光昏暗，放着节奏感强烈的重金属乐，十分炸耳，不少年轻男女在舞池中扭动身体。

好像掉进了妖魔窟。

她们找了个位置坐下，服务员送上菜单。

谢晓羽倒吸一口凉气，小声说：“矿泉水 200ml，八块，是观音菩萨净瓶里的水吗？怎么都这么贵？”

阮季星说：“没事，我请你。”

话音刚落，一个三十岁上下的男人举着酒杯走过来，说：“你们第一次来？”

估计是看出她们的青涩。

他的眼睛盯着阮季星，说：“你们成年了吗？”

“当然，进来查过身份证的。”

男人笑了：“也是。”

说话的工夫，他已然坐下，才问：“不介意我坐这儿吧？”

阮季星说：“介意的话，能请你离开吗？”

“当然，不过我想请你们喝一杯，能给我这个机会吗？”他将手放到桌面上，露出腕上的手表。是浪琴。

阮季星好笑不已，硬生生地憋住了。

见她们是学生，以为她们没见过世面，区区五位数出头的表就敢拿出来显摆。

她们面面相觑一番。大概是初生牛犊不怕虎，三对一，总不怕他搞什么幺蛾子。

戚蓝故意压低声音：“行啊。”

她头发短，打扮又一向中性风，昏暗的环境，真有几分像男生。

男人点了几杯鸡尾酒，煞有介事地为她们介绍着，哪杯酸甜口，果香浓，哪杯口味清爽，后劲却大。

阮季星率先挑了一杯，喝了口，咂了咂嘴，说："挺好喝的。"

男人倾过身靠近她："妹妹，你酒量很好？"

从他身上传来一股浓烈冲鼻的酒味。

她感到反胃，挪了下位置，避开他："还行。"

男人不怀好意的眼神一目了然，像猎人瞄准了落单的、羸弱的幼鹿，谢晓羽有些担心她。

阮季星拍了拍她的手，示意她没事。

男人说："你们是哪所学校的？"

A 市大学众多，最著名的就是 A 大和 Z 大，堪称双足鼎立。

"我们是职专的，没上大学。"阮季星睁着眼睛说瞎话，"大哥，你应该是名牌大学毕业的吧？"

谢晓羽顺着她的话说："对呀，你一看就是读过书的，不像我们，学习成绩不好，只能读专科。"

男人笑起来，说："谈不上，普通一本罢了，毕业之后进了一家互联网公司。"

"互联网呀，这几年发展好，赚得挺多的吧。"

"哪有，税后才一万多，不过平时忙，有钱也没空花。"

他话音一转："你们交男朋友了没？"

阮季星故作低落："我刚失恋，那男的嫌我学历低，把我甩了，她们陪我来解闷的。"

"嗐，女生读那么多书有什么用，将来还不是要嫁人生子的？"男人伸出手，拍了拍她的手背，"你长得这么好看，好男人一抓一大把嘛。"

她的心口顿时像被数只蜗牛爬过，沾满黏腻的液体，直犯恶心。

阮季星抽回手，将杯中酒一饮而尽，瞅了他一眼："大哥，你不能光看着我喝呀。"

她尾音软，丝绸飘带似的，一寸寸收紧，将男人的心裹得密不透风。他本就醺醺然，更是飘得忘乎所以："行，再来两杯。"

趁着男人点单的工夫，阮季星对她们做了个口型，又指了下门口。

她们意会。

阮季星抄起桌上的酒，泼他个劈头盖脸，她们不带片刻停留，起身就跑，凳子都翻了。

男人慢了半拍，暗咒一声，正要追，被服务员拦住："先生，这桌的单你还没买。"

他结了账，冲出去，却不见人影。

他狠狠啐了一口，只能自认倒霉。

便利店货架后。

阮季星透过玻璃墙往外张望，见没人追上来，松了口气。

谢晓羽心有余悸地拍着胸口，说："妈呀，星星，你胆子也太大了，你不怕他有同伙啊？"

戚蓝说："如果有，早就一块儿过来，或者在旁边看戏了。"

谢晓羽“啧”了一声：“刚刚就应该扇他两个大耳刮子，恶臭得像腌了二十年的咸鱼，丢去喂老鼠，老鼠都不吃。”

阮季星揶揄：“给你个机会，回去对扇他，骂他。”

“那算了，我尿。”

戚蓝说：“星星，你是不是醉了？你的脸好红。”

她不说，阮季星还不觉得，肾上腺激素的作用褪去，她一阵天旋地转，脑袋往谢晓羽肩上一栽。

她们俩笑起来。

尽管阮季星声称她并没有喝醉，只是头有些晕，但她上车后的表现，如果不是酒精上头，就只能是菌子中毒了。

“给你我的心，不要离开，我的真心你千金换不来……”

没人知道她在唱什么。饶是司机平日跑车见多识广，也忍俊不禁。

坐在副驾驶座的戚蓝回过头，说道：“一杯你就喝成这样，酒量也能叫‘还行’？”

“这样是哪样？”阮季星双手捧着脸，眼睛亮亮的，“噢！是可爱的样子。”

戚蓝扶额，无奈地道：“以后还是不要叫她喝酒了。”

谢晓羽调侃：“古有诗仙醉后题诗，今有季星醉后作曲。”

阮季星不服气：“都说我没有醉了，我头脑可清醒了，不信你问我微积分……谁的手机响了？”

“你自己的。”

“哦哦。”

她手忙脚乱地找到手机，眯起眼睛看来电显示。

是季曼。

“喂，妈妈？”

“听起来，你很高兴？”

“我室友今天过生日，我们出来玩，喝了一点酒，嘿嘿。”

季曼急道：“哎呀，这么晚了，你们几个女孩子还在外面喝酒，不安全呀。”

阮季星脑袋摇得像拨浪鼓，把自己晃得更晕了：“我们在回学校的路上了，放心吧。”

“星星，乖，把电话给你室友。”

她怎么说，阮季星就怎么做。

谢晓羽接过手机，开了外放，礼貌地道：“阿姨，您好，我是星星的室友。”

“星星不太会喝酒，给你们添麻烦了，真是不好意思。”

“没有的，这是我们应该做的。”

季曼关切地道：“你们一定注意安全，待会儿到宿舍了，让星星给我和她爸报个平安。”

阮季星对着电话说：“知道啦我的好妈妈，拜拜。”

挂了电话，谢晓羽羡慕地说：“都说女儿是贴心小棉袄，我感觉你妈妈才是温暖羽绒服。”

"但离开家，冷了还是得靠自己劈柴、生火。"

酒精刺激大脑，阮季星整个人特别亢奋。

她张开手臂，眼里似闪耀着碎光。如果灵魂有实体，那应当是水晶般的质地。

"我摘不下月亮，我就要在人间燃起熊熊烈火，照它个与星辰同辉。"

司机笑着说："你一个女娃，还挺有豪情壮志的嘛。"

"妇女能顶半边天，女孩怎么了，我高中是我们班第一名呢，好多男生考不过我。"

"哟，你成绩这么好啊，是不是补了挺多课的？"

"叔叔，我跟你说，"阮季星趴在副驾椅背上，"我初中学习特别烂，我妈给我找了个家教，天天给我补习功课，我不乐意学。后来我家没钱了，他们看我家笑话，我就想考个好成绩，给我爸妈长点面子。"

这些话，她从来没和人说过，趁着酒劲，竹筒倒豆子似的倒出来。

"我一分钱没多花他们的，我是去老师办公室最勤快的，高三快学不下去了，我好几次躲起来哭，但我还是考上A大了。我厉害吧？

"刚刚有个臭男人说，女生读书没用，反正将来要嫁人生子。我呸。我爸妈生下我，不是为了给别人生一个妻子，生一个妈妈。但我永远是他们的女儿，我以后要赚钱，带他们过好日子。"

戚蓝定定地看着她，始终没有作声。

回到宿舍，阮季星洗了个澡，倒头就睡。

第二天早上，和谢晓羽她们一起出门去上课。

谢晓羽问："你还记得昨天的事不？"

"啊啊啊，你别提醒我了。"阮季星捂脸，"好想断片，中二得我浑身发痒。"

戚蓝说："你可能是有些过敏，多喝水，把酒精排出去。"

"话说回来，戚姐，感觉你酒量很好啊。"

昨晚她喝得最多，还面不改色心不跳的。

"我从小就跟我家里人喝。"

谢晓羽好奇："哎，你们北方人是不是都是人均半斤白酒那种？"

"没有那么夸张，但相对来说，的确比较能喝。对我们来说，喝酒算是一种社交技能。"

正说着，有人骑着电动车从她们旁边经过，放慢了速度，和她们并行。

谢晓羽极有眼力见，拽着戚蓝快步走了。

阮季星一下子没反应过来："你们干……"

看见沈轲，话到一半，又咽了回去。

他侧头看她，按了下喇叭："上来。"

这番行径多少有点像地痞流氓搭讪黄花大闺女了——忽略掉他那张神色淡淡的脸的话。

阮季星目不斜视地往前走，说："还是不了，被人看到不好。"

他眉梢略向上抬："有什么不好的？"

"那么多女生觊觎你，万一误会我跟你的关系呢。"

沈轲还是装不懂："误会什么？"

"冯清莹不是在追你吗，要是她看到你载我去上课……"

他打断她："吃醋了？"

笑是几个意思？

阮季星终于正眼看他，只不过是瞪。她说："是避嫌，朋友夫不可欺。"

"你倒是有原则。"沈轲脸上的笑意淡了些，"但我跟她没关系，未来也不会有关系。"

她语气很冲："就算是这样，我和我室友走得好端端的，你突然插进来干吗？"

他干脆把车找地方一停，拎着书包追上她："阮季星，你到底生我什么气。"

那天早上之后的几天，她对他的态度都淡淡的。

像生气，又像疏远。

"我才没那闲工夫生你的气。"

她的口是心非，沈轲再熟悉不过了。根本就是明明白白地写在脸上，告诉你，她闹小脾气了。如此一来，他反而不急了。

她若真的生气，早就大闹了，而不是这样别扭，给你留足哄她的机会。

沈轲转了话题："今天下午没课，有空吗？"

阮季星抬了抬下巴，步子迈出小牌大耍的气势："不一定，我档期很满的，有事找我的话，得提前两天预约。"

"耽误不了你多少时间。"

"行吧，等我通知。"

到了教室，谢晓羽拉着阮季星八卦："你们刚刚说啥了？"

阮季星从包里掏出书和笔："你这么好奇的话，干吗要走，看现场不是更好？"

"这不是怕我们两个电灯泡在旁边，你们放不开嘛。"

阮季星忙道："你别乱说，小心让冯清莹听到。"

谢晓羽小声说："你们这算不算三角恋？她喜欢他，他喜欢你。"

阮季星撇了撇嘴："得了吧，就他三句话呛我一句的风格，哪像喜欢我的样子。"

"有的人你不能听他怎么说，你得看他怎么做，嘴巴受大脑控制，但动作受心驱使。"

"你又没谈过恋爱，你懂这么多？"

谢晓羽"嘿嘿"一笑："电视剧不是白看的。"

但阮季星还是不大信。不知道是不是昨晚喝酒喝得脑子变钝了，她没法套用高中做诗词鉴赏、品读诗人感情的方法，来揣摩沈轲的所言所行。

谢晓羽给她支招："你答应他，看看他下午表现。"

半推半就地，阮季星给沈轲发了一条信息。

寄星：下午三点。

他倒是回得快。

R136a1：好，我到时在你宿舍楼下等你。

阮季星长得是漂亮，但她平日里也不事打扮。

一是事情多，分不出精力；二是高中延续下来的习惯。

但谢晓羽说，人靠衣装马靠鞍，八分美打扮到十分美，亮瞎沈轲的眼。

这么多年，她什么样子沈轲没见过？但转念一想，说不定能给她增添底气，便化了妆，又精挑细选了一套衣裳。

冯清莹午睡固定四十分钟，然后洗把脸，忙学生会的工作，听见她们嘀嘀咕咕，问："星星，你有约会？"

"啊，不是，出去有点事。"

阮季星走到窗户边，六楼的位置正好能看到门口附近。

沈轲戴的那顶帽子算是标志性物件了，他没骑车，两手揣在兜里，半蹲着，看猫吃火腿肠。大概是他喂的。

阮季星欲解释，冯清莹笑了笑，说："祝你约会顺利。"

她犹豫了一下，还是问出口："你不介意吗？"

冯清莹惊讶："你为什么会这么想？"

阮季星声音低低道："我明知道你看上他了，还和他有来往。"

"论先后顺序，你早于我认识他；论交情，你们是青梅竹马，我们是普通得没说过几句话的同学。无论如何，也轮不到我介意吧。"

冯清莹的嗓音一贯文文静静的，但心理总是强大得令阮季星钦佩不已。她笑意加深："之前你和他一起摆摊，你也从没避忌，说明你坦坦荡荡。现在是因为你心里有鬼，所以心虚了吗？"

"有，有什么鬼。"阮季星一下子结巴了，"我就是……"

"你快下去吧，他都等着了。"

阮季星看了眼时间，快到三点了，一股脑儿将手机、钥匙等零碎物件塞进包里。

最后确认过妆面，匆匆出门。

沈轲听到声音，起身。

阮季星微微喘着气，说："你等了很久吗？"

她头发扎成了双马尾，发尾烫成卷，上半身是件白色薄款针织套头衫，袖口、衣角点缀着蝴蝶结丝带，下半身是条半身裙，配一双白色高帮帆布鞋，是时下流行的款式。

化的妆和那天拍微电影有细微的差异，他观察两秒，得出结论：口红颜色更深，衬得她肤色更白。

他说："猜到你会磨蹭到最后一刻，刚来不久。"

又是这副欠揍的口吻。

阮季星问："你要带我去哪儿？"

"我妈快生日了，你帮我挑挑礼物，你是女生，比我了解。"

"你说要我帮的忙，就是这个？"

他"嗯"了一声。

她不知该松口气，还是失落。就仿佛是，大张旗鼓准备去参加一场盛宴，结果到地方，却发现是农村流水席。但既然答应了，肯定得完成。

她问："你预算多少？大概想要什么类型的？首饰、服装，还是实用的？"

"你定就好。"

"小心我把你花破产，叫你下半个月喝西北风去。"

沈轲满无所谓："如果能让你借机泄愤的话，也不是不可以。"

"行，是你说的。"她拽了下包，"走！"

工作日的商场人流量不大，具体点形容，工作人员比顾客多。

阮季星一家店一家店地逛过去，沈轲优哉游哉地跟在她身后。

她专挑品牌店，这里又是市中心大型商场，随便一条丝巾、一件外套，要价都不低。

但征求他的意见，他就一句"挺好的"，要不然就是"听你的"。

本是打着宰他一顿的念头，但终究没能狠下心。

逛了一大圈，仍是一无所获。

阮季星走累了，找地方坐下，怒而指责他："你到底是不是真心给赵阿姨买礼物？"

怎么想，怎么觉得是被他耍了。

"当然是。"

沈轲靠着旁边的玻璃护栏，俯瞰下方。

大抵是即将举办什么活动，一楼正在搭建舞台，工作人员穿梭往来。

他话音转得突兀："你有没有生出过一跃了之的念头？"

"……什么？"

他像是出了神，自顾自地说下去："我妈有。"

沈长林害死人之后，赵若华被带去做调查。

他年纪尚幼，无法自理，被托给邻居家照顾。他们背地里讨论他父母的事，他听见了。

"之前他们两口子三天两头地吵架，她男人喝了酒又凶又疯，我看了直怵，没想到会犯下这档子事，就是苦了孩子……"

那时他害怕、茫然、无措，眼泪糊了满面，整夜没睡。

后来沈长林被拘留在警局，赵若华回来，接走沈轲。

"妈！"他仿佛一只被主人丢弃，又捡回家的小狗，扑到她的怀里。

"没事了，没事了。"赵若华拍着他的背，轻声哄慰，"妈妈带你回家。"

小沈轲一句也不敢多问，自欺欺人地当作没多大事，或者，等噩梦醒来，现实什么都没变。

然而……小地方，事情闹得那么大，消息就像大瓶口往小瓶口里倒水，不断往外泄。

判决还没下来，流言蜚语就传开了。

班里同学都说他是杀人犯的儿子，像甩掉一只黏附在身上的毒蝇那般，迅速地将他孤立。

他陷在自己的痛苦里，忽略了受伤害最深的人，其实是赵若华。

有一天晚上，他不知何故突然惊醒。

他们家是一居室，他和父母睡一间房。他发觉，赵若华不在床上。

“妈！妈！你去哪儿了？”

屋子里又黑又空，没有人应。

他连滚带爬下了床，声嘶力竭地喊“妈妈”。

也许，是某种血脉相连带来的心灵感应，让他慌张得手脚发冷，以为要失去母亲了。

刚出门，要去寻赵若华，正巧碰见她下楼。

她是从楼顶下来的。

赵若华一直省吃俭用，想攒钱换套更大的房子，让沈轲有自己的房间。

这下全没了。

丈夫逃不了一场牢狱之灾，留下他们孤儿寡母，遭受外人的白眼、排挤，要如何生活？

深夜催发着负面情绪，绝望如山，压倒了一个以家庭为生活重心的苦命女人。她快喘不过气了。但走到天台，风大得几乎穿透她的身体，她又退缩了。她没活够，她还有个上小学的儿子。

赵若华跪在地上，抱住沈轲痛哭，她重复着一句话：小轲，妈妈对不起你，妈妈再也不会离开你了。

他是聪明的，一下子就懂了。

无论当时多痛苦，到了沈轲口中，也只是寥寥几句。

但阮季星依然感到惊心动魄。

他的声线不自觉地压得很低：“所以，我不会拿我妈的事跟你开玩笑。”

她无意识地叠着广告纸，默了默，“哦”了一声。

大脑宕机了片刻，思维再度开始发散，他不会是知道她吃苦肉计这一套，故意说的吧？

他突然跟她掏心窝子，她都不习惯了。

这么想着，没留神，说了出来。

沈轲转过身，手肘向后撑在栏杆上，背靠商场几十米高空，姿势随意：“那管用吗？”

“嘁。”她撇撇嘴，“我善良，不跟你计较。”

他笑道：“是，阮大小姐心胸宽广，肚里能撑百艘船。”

“小心拍马屁拍在马腿上。”

阮季星将叠出来的小方块扔向他，又有小时候那股撒泼任性的劲儿了。他稳稳当当地接住小方块，手指灵活地拆开，换了个花样折：“总归是不气了。”

“也算不上生气。”她的目光落在他的动作上，“我就是觉得……你好陌生。你可以轻易看穿我，但我搞不懂你。”

沈轲顿了一下。

“但我现在明白了，你就像北极熊，看起来是猛兽，却困在严寒之地，踏出一步，就活不了。”

她视线上移，圆眼一眨不眨，试图透视他的魂魄：“把厚厚的毛褪掉，不过就是个有些憨，有些笨的家伙罢了。”

他没作声。
为了不被识破伪装，继续在残酷的、弱肉强食的大自然生存下去，他理应阻止她。
或者，予以反击。
但他就那么回望着她，似乎是，甘愿将柔软的肚皮向她袒露。
他大抵也希望她能够了解他的脆弱、他的惶然、他的口不对心，以及深藏于心的、对她的觊觎。
独自藏一样东西藏得久了，难免寂寥，有与人分享的冲动。
如果，他是躲在洞穴里避寒的、没有毛的北极熊，她愿意进来看看吗？
诚如冯清莹所说，她不缺爱，她若是宇宙里最亮的那颗星，他呢，便只是被她的光辉照拂的，一粒微不足道的尘埃。
北极熊是摘不到星星的。
他偏要憨傻愚笨地、一步一个脚印地，朝她靠近。
现在，她就在他面前，不再隔着三年，不再隔着数百里……可他就是开不了口。
说完这番话，阮季星起身，像是一个胜利者，扬扬得意：“我休息好了，走吧。”
她原本坐的位置，多了一只用广告纸叠的千纸鹤。
那是，她的战利品。

阮季星最后拍板，买下一支护手霜、一瓶面霜。
“赵阿姨干活多，快到冬天了，皮肤肯定很干燥，这个牌子很好用，你叫她记得每天擦。”
“好。”
结账时，她又理所当然地说：“陪你跑了这么久，请我吃个东西，不过分吧？”
沈轲接过袋子：“你想吃什么？”
“出去看看，这里的东西太贵了。”
她四下张望了番，压低声，说：“我刚刚看到一只平平无奇的可颂卖二十八块，二十八块！这和抢我钱包有什么区别？”
谁能想到，早年娇生惯养的阮季星，有朝一日会嫌可颂贵。
人总是会不自觉地拿现在和过去做对比，沈轲亦是。
他双眸一凝，眼中意味复杂。
阮季星鼓了鼓腮帮子：“别这么看着我好吗？搞得我多可怜似的。”
破产后，她最讨厌别人用同情的目光看她。
就算是打肿脸充胖子，她也要说：我只是家里没钱了，又不是家破人亡。我能跑能跳，面色红润，好得很呢。
他笑了笑，说：“这样的你，我也感到陌生。”
“那你努力适应吧，毕竟我这人很多变的。”

附近有一条商业街，遍布A市特色小吃。
阮季星看见一家冰激凌店，拉他进去。

沈轲说："你倒是不怕闹肚子。"
以前季曼从不让她在外面乱吃，久而久之，她肠胃反而被养得娇贵了。
她自有她自己的道理："你懂什么，秋天就是要吃冰激凌。"
反正也拦不住，他干脆随她去了。
阮季星点了一份草莓香草味的，又说："你要不也买一份？"
"你想吃两份吃就是了。"
"我吃东西的时候，旁边的人干看着，会影响我食欲。"
她做主给他点了份经典巧克力的。
沈轲付了钱，这玩意儿单价不比可颂低，估计她是觉得，喜欢的东西，再贵也是不贵的。
冰激凌很快做好，递给他们。
"等一下，让我尝尝你的。"
阮季星舀走一大勺。
沈轲："……说白了，还是你自己想吃，你以前也是。"
她不认："哪年头的事？"
他帮她回忆："季阿姨拿回一盒手工月饼，你分明不爱吃，非要挨个尝一口，然后嫌腻，不吃了。季阿姨说你浪费，你全丢给我，我那天都快吃吐了。"
阮季星倒打一耙："小时候的事还记这么清楚，小心眼。"
他眼一眯："我是记仇，我要跟你清清旧账，你冲我甩了多少次脸。"
"不听不听不听。"她捂着耳朵，往店外走。
在旁人眼里，这俩活脱脱就是正在热恋期的小情侣。
服务员旁观全程，忍不住笑了下。
沈轲忽地看向她："不好意思，请问有笔吗？"
"有的。"
他在小票背面写着什么，把笔还回去，跟上阮季星。
她没走多远，在外面等他。她咬着勺子尖，含混地说："你干吗呢？"
沈轲清了清嗓，郑重其事地将小票交给她。
匆匆而就，笔画牵连，落款两个字更是写得龙飞凤舞。但能认得出来，他写的是：

检讨书

我不该惹阮季星不高兴，以后绝不再犯。

检讨人：沈轲

阮季星抿了抿唇，嘟囔着："幼稚。"
吐槽归吐槽，她还是仔细地折好，收进包里。
虽然她无法判断，他这番举动是受心驱使，但她隐隐意识到，她拥有了进一步拿捏他的把柄。并且，是他自己奉送的。
她低下头，挖着冰激凌吃，借此掩饰唇角快要按捺不住的笑意。
甜而不腻的香味在口腔里弥漫开，一路从舌头蔓延到心底去。

赵若华收到沈轲寄的快递，念叨他：“你有钱就留着自己花，给我买这些东西做什么呀。”

“剩下的钱够用。”

“你现在上大学了，要是交女朋友的话，你作为男生，平时出去玩，吃饭什么的，得你花钱吧。”她絮叨着，“我这把年纪了，用不着这么精致的。”

听起来，她还不知道，沈长林这几个月一直找他要钱。

沈轲说：“我现在这样，怎么谈恋爱？”

赵若华不作声了。落到一个心里有愧的母亲耳里，孩子一句不经意的话，也像是指责。

他立马补了一句：“我的意思是，我天天兼职、上课，没空谈。”

赵若华叹了口气，说：“小轲，妈知道你不怪我，你从小就省心，学习也好，生活也好，但我不想你一辈子被我拖累……”

“妈。”他打断她，“您说的哪里话，没有您，哪儿来今天的我？您怎么会是我的拖累？”

赵若华缓了缓，笑说：“你要是对哪个女孩子中意，跟妈说，妈这里还有点积蓄。”

“真不用，我自己有钱。”

赵若华敏锐地察觉出端倪，微讶：“这么说，你已经有喜欢的人了？”

母子俩相依为命多年，实际上甚少交心。

她从来没听他提过哪个女生，既安心于他踏实学习，又担心他找不到真正喜欢的人。

沈轲摩挲着那只星星挂件。

半晌，方几不可闻地“嗯”了一声，又赶在她追问之前，迅速将电话挂了，像是不好意思。

接着，赵若华给他发了一条消息：加油哦，儿子！［赞］

R136a1：好。

然而，过去不曾露出分毫，以他如今的境况，又怎敢向她挑明心意。

这天准备体测。

一到操场，看到别的班跑800米，谢晓羽就说她已经开始心慌了。

阮季星爱莫能助，体育是她的短板。

冯清莹说：“体测成绩和综测挂钩，如果你不在意奖学金的话，及格就行，但不及格要补测。”

“800米是多少及格啊？”

“好像是四分三十秒左右。”

谢晓羽两眼一黑。

体育委员在那边召他们集合。

先做肺活量、立定跳远等基本测试，最后才是长跑。按照班级顺序，一班先开始。

太阳太大，阮季星眯起眼。

男生在跑道另一端，一声哨响，他们冲出起跑线，很快拉开距离。

沈轲在最前面。他穿着一件短袖，看起来不很费劲，步子迈得又大又稳。

她们在旁边围观，不知是哪班的女生喊了一声：“沈轲加油！”

路过阮季星时，他瞟了她一眼。

她喊道：“不看前面，小心摔死你！”

跑到最后半圈，他甩了第二名至少五十米。

谢晓羽咋舌：“什么人啊，成绩好，体育也强。”

这阮季星倒是知道。

在认识他之前，就听赵若华和季曼聊起，说他为了省公交车费，每天跑二十分钟去学校，早早到教室，准备晨读。

所以，在她最初的印象里，他是属于四肢发达、勤能补拙的学生。

后来季曼托他给她补习，她才知道他的成绩也佼佼。

“二班的女生们准备了！”

谢晓羽心更慌了，抓着阮季星的手，说：“星星，你别跑太快，我跟着你跑，好不好？”

“你高看我了。”

事实就是，她们俩都成了吊车尾的。不过整体跑得快，好歹及格了。

老师登记好成绩后，阮季星立马瘫在草坪上喘粗气，谢晓羽去拽她：“不能坐下啊，很危险的。”

“不行，”她摆摆手，断断续续地说，“我没力气了。”

戚蓝走过去，阮季星被她像只猫一样提溜起来。

谢晓羽竖了个大拇指：“还得是戚姐。”

阮季星抱着戚蓝的胳膊，小鸟依人地靠着她：“戚姐，你好有安全感。”

戚蓝十分不自在。她不习惯与人这么亲昵，浑身汗毛瞬间倒竖，但也不好推开阮季星。

体测已经结束，她们打算回宿舍。

阮季星双腿酸软，一瘸一拐地拖着步子走路。

“阮季星。”

听见这一声唤，她下意识地回头，不料，刚迈出的脚一下踩空，崴到了。

太突然了，戚蓝和谢晓羽皆没来得及做反应。

阮季星整个人扑倒在地，出于本能，手掌向下撑，为身体做着缓冲，膝盖和掌心着地，火辣辣地疼。

“星星。”谢晓羽吓了一大跳，想去扶她，“你没事吧？”

“等等，”阮季星疼得眼角直冒泪花，“我的脚。”

沈轲在她面前半蹲，试探性地触碰她的右脚踝：“这里？”

投过来的目光越来越多，她死死咬住下唇，憋回眼泪，鼻音发了一声齆齆的“嗯”。

“动得了吗？”

她摇头。

他看了眼她的脸：“刚刚说我，结果自己平地都能扭到，真有你的。”

她委屈死了：“这不都怪你嘛！”

害她丢脸，害她受伤，结果还嘲笑她。

阮季星连打他好几下："都怪你，都怪你。"

沈轲挨下她挠痒似的拳头，转过身："上来。"

谢晓羽适时开口："那个，要不然……"

他置若罔闻："我背你去医务室。"

阮季星仅犹豫了两秒，便心安理得地爬上他的背，圈住他的脖颈。

肇事者负责，天经地义。

沈轲将外套递给她："帮我拿着。"

她动作自然地接过。

谢晓羽默默地噤声了。凭他俩熟悉的程度，好像也不需要她们插手多管闲事。她像送嫁的老母亲一样，依依不舍地目送他们远去。

体测所有事项均已结束，作为班长的冯清莹方才得以离开，出来时只远远看见他们的背影，问："星星怎么了？"

戚蓝解释说："沈轲叫她，不知道她怎么就摔了。"

谢晓羽补充道："沈轲好心，送她去医务室。"

冯清莹又问："她伤得严重吗？"

"不知道，应该就是扭到了吧。"

冯清莹不放心："我去看看。"

谢晓羽困惑，小声嘀咕道："这和我想象中的三角恋、修罗场不太一样啊。"

戚蓝瞥过来："什么？"

谢晓羽摇摇头："嗐，没啥。"

操场边临时搭的医务室在军训结束后便撤了。

校医务室离操场有不短的距离，也就是说，沈轲得背她走完这一段路。

阮季星后知后觉地感到尴尬。

她的胸口压着他的背，随着他的走动，不断地磨蹭，想躲也躲不了。

运动完不久，他身体很热，有一股淡淡的汗意，被体温烘散，透过薄薄的T恤传出来。

是男生独有的气息。

她突然发现，他的肩膀比她想象中的要宽厚得多，因用力，肌肉绷紧，很结实，令人不由自主地心生踏实。

不似当年那个单薄的，随便一个成年人就能掀翻的少年。

才过了几年啊，吃什么长的？

阮季星继而转移了注意力："你的伤没事了？你要是不舒服的话，就放我下来吧，我自己能走。"

"你一只脚怎么走？"

"走不了，我还蹦不了吗？"

沈轲笑了一声："你还是老实点吧，不给我添麻烦，就是你对我最大的帮助了。"

"狗咬吕洞宾。"

她忽然盯住他耳后："哎，我第一次发现，你这里有颗痣哎。"

“哪儿？”

她伸手点了点，在耳尖下方，靠近耳郭处。

如果说，她的脑袋是她的雷区，他的耳朵则是他的禁忌。

是一种生理反应，被外人触碰时，一阵痒意如电流般窜流至四肢，大脑自然而然地分泌出一种兴奋物质。

过分敏感，导致耳根立马红了。

她注意到了，但她的思维往一个风马牛不相及的方向发展了：“我很重吗？”

沈轲干脆顺着她的话说：“你是该少吃点了。”

阮季星回敬：“你也该多锻炼了，体重不过百的女生都背不起，算什么男生。”

女孩牙尖嘴利，音调却不凶悍。水母似的，柔软无害，猝不及防地蜇你心口一下，麻得彻骨。

太阳炙烤着头顶，是物理意义的“头脑发热”。

但当真有那么一刻，他奢望着，这条路没有尽头，这么一直走下去，一直听她吵嚷。

沈轲说：“以前有个算命的说，那里长痣，说明我命不好。”

阮季星问：“你信了？”

他说：“原本不信，后来经历得多了，有些想认命。”

她语气笃定：“但你也没认。”

我要是认的话，我就不会来A大，不会和你重逢。他想着。

她慢慢地说：“我妈以前就说，你这人骨头硬，不是个会轻易服输的种。但没到最后，谁也不敢说自己是赢家。我爸就是例子。命这个东西吧，就像一条大江，无论处于哪个位置，你都看不到它流至何处，可没人能开上帝视角。”

他笑了笑：“你应该去读文学，或者艺术。”

“穷人不学艺术。”

能这么自我调侃，证明她真的不在意了。

“那你为什么想学工商管理？”

他说的是“想学”，而不是“学”。想，至少发生在填志愿前。

但她没有察觉这处细节的问题所在。

阮季星说：“我爸是八九十年代的大学生，他就是学工管的，他那个学校工管的第一届学生。你呢？你的分数都够去Z大医学院了。”

他照搬她的句式：“穷人不学医。”

若是读八年制，再算上规培，动辄十年起步，他耗不起。

她“噗”地笑出来。

很快到医务室。

刚刚聊着天不觉得，医生一碰她的脚踝，她就直嚷嚷。

冯清莹在门口就听到阮季星的痛呼了，一脸紧张地跑进去：“星星，你怎么样了？”

医生见状就笑了：“没多大事，扭伤而已，喷两天药就好了。”

“用不用我帮你找徐老师开假条，请两天假？”

“行，”阮季星笑得难看，“谢谢班长。”

医生拿来一只冰袋，她正要接，被沈轲抢了先：“我来吧。”

他在她旁边坐下，托着她受伤的那只脚掌，缓慢按动冰袋，垂着眸，格外罕见的耐心模样。

在古代，足，是私密部位；到了现在，一位异性这么碰女孩子的脚，仍是一件过于亲密的事。

她的脚掌白皙玉润，脚背隐约可见青红色血管。因为冰，情不自禁地蜷了蜷脚趾。

阮季星瞄瞄冯清莹，又瞅瞅他，客套地说：“虽然是你害我成这样的，但其实也不必这么尽心尽力地负责。”

他没理她，对医生说：“老师，她手也有伤。”

“伸出来看看。”

她照做。

医生简单用碘伏消了毒，贴上创可贴，说：“你男朋友还真关心你。”

这个场景怎么这么眼熟？

阮季星想解释：“他不是……”

沈轲手上骤然用力，她吃痛，五官皱成一团：“你会不会弄啊？不会我自己来。”

“你吵得我分神了。”

阮季星：“哈？”

一旁的冯清莹眼观鼻鼻观心，说：“沈轲既然陪着你，我就先去找徐老师了。”

“好，谢谢。”

阮季星陷入了混乱。她到底是介意呢，还是不介意呢。

沈轲忽然说：“冯清莹跟我说清楚了。”

“啊？”

他随便找了个借口：“我性格太烂，她看不上我。”

阮季星：“你有自知之明就好。”

他“嗤”地轻笑。

没人说话，周遭一下安静了，只有不远处的医生偶尔敲键盘的声响。

医务室年头亦久，深秋的阳光从窗外照进来，被生锈的铁栏切割成不同的图案，又落在他的侧脸上，变了形，然而五官更立体了。

她小时学过素描，尽管也是浅尝辄止，但隐约记得，老师讲解脸部黄金比例。

他就是标准的三庭五眼。

沈轲认真地帮她的脚踝冰敷着，仿佛在修复什么珍贵的古董瓷器。

而她眼也不眨地盯着他。

Butterfly in my stomach.

以前学这个短语，觉得好贴切，慌乱的时候，就像有数只蝴蝶在心里。

此时此刻，她仿佛也感受到，来自内心深处的、蝶翼振动般的动静。

好响。

她张皇地别开眼，好似这样，就能掩耳盗铃地认为，他听不到。

阮季星的手指内收，无意识地抠着衣角布料。她也不知道目光落在哪儿，但一半注意力都放在被他触碰的、裸露的皮肤上。

他的指腹也是热的，甚至有点烫。

还是说，男生体温本就高一些？她胡乱地想着，不曾察觉，沈轲抬眼望向自己。

阮季星费劲地爬上床，直挺挺地趴着，像条晒干的毛毛虫，动也不动。

半晌，她叹了口气。

谢晓羽在看电视剧，正乐呵着，听到这一声，八卦雷达大作，按了暂停，扭头看她。

“咋了？今天和沈轲发生什么了？”

阮季星蔫蔫地说：“没。”

确实没有。

从医务室出来后，他就送她回宿舍了。

冯清莹帮她找徐睿诚开了假条，她下午待在宿舍里，没去上课，本来想学英语，但怎么也学不进去。

阮季星探出脑袋，问谢晓羽：“假如你突然……”话到一半，戛然而止，张了张口，到底开不了口，重新倒回去，“算了。”

“别的我不知道啊，你这么欲言又止的，肯定跟沈轲有事。”

阮季星掀起被子，把自己裹得像蚕蛹，不想再听到“沈轲”两个字。

这时，有人敲门。

冯清莹离门口近，前去应门。

谢晓羽好奇：“谁大晚上的过来啊？”

“一班的，说是找星星。”

阮季星从被子里挣脱出来：“什么？”

冯清莹递了一盒小药箱给她。

她打开一看，塞得满满当当的，碘伏、红霉素、云南白药、创可贴、感冒灵……都是日常用得到的。

阮季星愣了下，发消息给沈轲。

寄星：[?]

R136a1：拿到了？

果然是他送的。

寄星：你给我送这么多药干吗？

R136a1：赔你的医药费。

……还真是“医药”费。

这个时间点，路上的人渐渐少了，女生宿舍楼灯火通明，四面八方传来说笑声。

宿管阿姨出来倒垃圾，看了沈轲一眼，倒也司空见惯，没有多说什么。

路灯昏黄，他穿着一件宽松的套头卫衣，戴着帽子，半张脸隐于阴影之中。

晚上气温骤降，他手揣在兜里，却时不时掏出来看一眼手机。
鬼知道他为什么下了晚自习，人都回宿舍了，还跑出去，买了一箱子药，又在这里守到一个眼熟的同班同学，托她带上去。
等了一会儿，收到阮季星的信息后，他方提步离开。

大一课多，杂七杂八的事更多。就连一贯作息规律的冯清莹，也熬了几个夜处理事情。
她不仅当班长，还进了学生会办公室，平时和老师接触多。
学生会晋升的模式通常是，大一担任部门干事，大二竞选部长，大三竞选会长。
除了发表论文、竞赛、专业成绩等，校内实践活动也与推免挂钩。
很显然，冯清莹不是混个学分而已。
阮季星就只加了几个比较有意思的社团，比如插花、茶艺，偶尔组织活动，平时没什么事。
她反倒感到庆幸，毕竟她没办法像冯清莹当一只八爪鱼，样样都抓。
扭伤脚，也算是因祸得福，白捞了几天假。宿舍门也不用出了，要么由谢晓羽帮忙带饭，要么将就吃点。
闲久了又无聊。她们都出去了，连个说话的人都没有。
阮季星百无聊赖地刷着朋友圈，看到沈轲发驾校招生、健身房办卡的信息。
这人更厉害。她实在搞不明白，他上哪儿找的这么多兼职。
他们共同好友不少，很多人给他点了赞，就是不知道他业务量怎么样。
滑过去，继续往下刷。
唐天和晒着他新买的健身器材，另附一张自拍，文案是：练腹肌计划Day1。
阮季星随手评论了一句：哎哟，不错哦。
恰好，上面弹出一条消息，是班上同学问她事情，她退出去回复。
过了会儿，谢晓羽疯狂在私聊框戳她：星星，星星，快去看朋友圈，笑死了。
她一头雾水，点进去才知道发生什么了。
沈轲回复阮寄星：[?]
唐天和回复沈轲：嘻嘻，你男疾男户了？
阮季星看了好一会儿，才看懂，他是把“嫉妒”的女字旁换成男了。
她忍俊不禁，倒也传神。
下面还有。
徐玮回复唐天和：你说你没事非要惹他干啥，挨骂了吧，哈哈哈。
唐天和回复徐玮：群臣吏民能面刺寡人之过者，斩立决。
谢晓羽都来凑热闹：路过，哇，新鲜的瓜，吃一口。
戚蓝：路过。
冯清莹：路过。
还有几个共同好友跟着发。
唐天和回复沈轲：你们两口子的事，你们关起门解决，我这么大一帅

哥他们看不见，吃你们的瓜去了。[微笑]

阮季星刚看到这儿，一刷新，一整条帖子都没了。

唐天和删了。

至于他是主动的，还是被迫的，就不得而知了。

她想了想，往上翻，给沈轲的帖子挨个点了颗小红心。

周一，阮季星销假去上课。

唐天和拽着沈轲坐到她后排，拍了拍她："阮同学，你的脚好了？"

她回过头，说："好得差不多了，就是下楼的时候有点痛。"

他问："星期天我们去游乐园，你们去吗？"

"'你们'？"她不动声色地瞟了瞟沈轲，"你和谁？"

"我、徐玮，还有徐玮女朋友。"

她惊讶："他交女朋友了？"

唐天和说："网恋，打游戏认识的，周末奔线下，他脸皮薄，怕尴尬，就想多叫几个人——我说哪有人叫一组LED灯的，过圣诞节吗？"

阮季星被逗笑了，又问："那怎么就你？"

"沈轲要兼职，我们宿舍另一个是大三学长，他更没空了，平时也不跟我们一块儿玩。"

戚蓝周日有家教，阮季星和谢晓羽应下了。

"行，那说好了啊。"说着，他又看到冯清莹，屁颠屁颠地跑过去，"班长。"

一班的人笑骂道："唐天和，你个叛徒啊，胳膊肘拐到二班去了。"

唐天和说："哎哟，一班、二班一家亲嘛，哪分你我。"

冯清莹问他："找我有事？"

"星期六你有空吗？我们去游乐园，阮季星、谢晓羽也在。"

她想了想，说："我可能有事。"

"啊？"唐天和有点失望，又立马说，"有什么我能帮得上忙的，我帮你，难得天气好，出去放松放松嘛。"

旁边的沈轲始终单手撑着脑袋，满脸困顿，像是没听他们说话。

阮季星小声问道："哎，唐天和什么时候跟冯清莹这么熟了？"

他打了个哈欠，兴致缺缺地答道："不知道。"

她吐槽说："年纪轻轻，要钱不要身体，小心英年早逝。"

沈轲掀起眼皮，大抵因为倦乏，眸色尤为黑，声调又沉又缓："不记得前几天你怎么咒我，结果自己遭殃了？"

她冲他做了个鬼脸。

正要扭回身，又听见他说："你别跟唐天和走得太近。"

阮季星的动作陡然定住，看向他："为什么？他不是你朋友吗？"

沈轲的停顿仿佛带着一种懊恼，像刚才那句话，是他不过脑子说出来的。

而她眼神的干净、纯粹，似在反讽他的计较、吝啬。

他便只能口不对心，以掩饰自己的卑鄙："怕你被他传染傻气。"

好巧不巧，唐天和回来了。

他怒而掐沈轲的脖子："老沈，我把你当兄弟，你就在背后这么编排我的？"老师进教室了，他立即偃旗息鼓。

这老师喜欢踩点，刚打开课件，就打铃了。

一分不多，一分不少。

阮季星身体向后倾，眼睛看着 PPT，低声说："要传染也是先传染你。"她"啧"了一声，一字一顿，"男疾男户。"说完，不等沈轲回答，直起身。

为了不被老师发现，唐天和憋笑憋得好痛苦，肩膀颤抖得厉害，发出拉风箱似的声音。

"老沈，还是阮同学制得住你啊。"

不知道唐天和怎么说动的冯清莹，她星期天竟也跟着她们一道去了。

一行人在游乐园入口处等了半天，徐玮女朋友才姗姗来迟。

她叫姚雪晴，一个长相秀气、很会打扮的女孩，在 Z 大读英语专业，跟他们一级，她也带了室友。

她主动跟他们打招呼。

唐天和拐了下徐玮，低声说："愣着干啥啊，看傻了？"

"哦哦。"徐玮回过神，递了奶茶过去，"给你们带的。"

姚雪晴抿唇一笑："谢谢。"

她不算很漂亮，但笑起来颊边的酒窝若隐若现，看着叫人心生好感。

比起姚雪晴，徐玮作为一个大男生，反而更拘谨。

唐天和暗地里推了徐玮一把，让他们挨得近一点，在他投来目光时，留下一个深藏功与名的微笑："人到齐了，我们就进去吧。"

购票进园，先经过纪念品商店。

谢晓羽挑了个鹿角发箍给阮季星戴上，拉她照镜子："好好看，我们一人一个吧。"

阮季星也挺喜欢的，但还是放回去了。

刚刚买完票，看了眼余额，她心凉了一大半——好似锅里烧着的水，一不留神，水就烧干了，再晚点，锅底都得烟穿。

冯清莹见状，说："我送你吧。"

阮季星忙摆手："不用不用，我也没那么需要。"

"没事，穷则管好自己，达则兼济一下嘛。"

冯清莹直接拿去结账。

唐天和边鼓掌边感叹："哇，班长，你好有霸总气质啊。"他觍着脸，"我也想要，可以吗？"

"可以啊。"冯清莹指指货架，莞尔一笑，"你随便挑，想买哪个买哪个，我又不拦着你。"

说完，她挽着阮季星她们走了。

徐玮也给姚雪晴买了，留唐天和一个人在原地。

他给自己找场子似的说："嘁，爷有的是钱，爷是不稀罕。"

园区很大，周末人也多，随便一个项目都得排长队。

不知不觉间，几个人就走散了，最后就剩阮季星、谢晓羽，还有姚雪晴的室友陈师瑶。

她们找了个地方休息。

陈师瑶问："你们和沈轲一个班的？"

谢晓羽讶异："你认识他？"

"我们是高中同学，我拉他组队打游戏，一来二去，徐玮就和姚雪晴认识了。"她笑了笑，"说起来，我们也算他们半个红娘。"

"这样啊。"

谢晓羽一向容易和人聊起来，热络地说："我们同系不同班，星星和沈轲小时候认识，我们就熟起来了。"

"是吗？"陈师瑶顿了顿，继而看向阮季星，笑得有些意味深长，"我们还满有缘分的。"

她们不过是萍水相逢，能叫什么缘分？

阮季星没想明白，谢晓羽看见不远处有不少人围着几位人偶、小丑拍照，说："走走走，我们也去玩。"

小丑随着音乐，绕着她们跳舞，同时做一些滑稽搞笑的表情和动作。

接着，他从口袋里掏出气球，充气，灵活地扎成三只兔子，绅士地鞠了个躬，送给她们。

谢晓羽高兴地问："请问可以合个照吗？"

小丑点点头。

他脸上涂着很厚的油彩，可阮季星有种说不上来的感觉，觉得他很眼熟。

"星星，你别害羞嘛，靠近一点。"谢晓羽拿着手机，站在前面，指挥着。

小丑一只手拿气球，另一只手虚揽着阮季星的肩，头低下来，向她靠，露出小丑标志性的、夸张的笑容。

举动并不逾越，游乐园很多NPC都这样和游客合照。

阮季星看了一眼他的手，又看他的脸。

整张脸涂白，从脖子往下包得严严实实，除了下颌线清晰，没有任何个人特点。

但无论怎么看，都莫名熟悉。

一个念头快速闪过，鬼使神差地，阮季星试探性地唤道："沈轲？"

这一声出来，她自己都觉得难以置信。

怎么会是他呢？

没想到……

他笑容不变，几不可闻地"嘘"了一声。

阮季星的心跳骤然加快，鼻翼不自觉地翕动着，迟钝地感觉到，他身上熟悉的气息。

不记得从哪里看来的说法，说是每个人身上的气味都是独一无二的，不是洗衣液，不是香水，相处久了，自然而然可以分辨出它属于谁。

不像面包的麦香，割草的清香那般浓烈，它的存在弱到，若要被感知，须得这样的亲近。

所以，能够确信无疑。

他是沈轲。

两人短短三四秒的交流，谢晓羽一无所觉，按下快门。
其他游客凑上来拍照。
阮季星连说半句话的空隙也没有，就被挤开了。
离开时，她忍不住回头。
他一会儿叉腰，一会儿背着手跳舞，表情浮夸，逗着小孩笑。
和他平时的风格过于迥异，不然，也不至于谢晓羽、陈师瑶都没能认出他。
无端地，阮季星心里泛起酸意，仿佛柠檬味的汽水，一颗颗气泡升腾，破开。
从最开始和他认识，他就极少展露真实情绪。
就像小丑。
小丑大笑，小丑大哭，小丑疯狂……
他们的喜怒哀乐，不过是一张张面具，摘下，戴上，周而复始。
底下藏着怎样一个灵魂，无人能识。

中午随便吃了点东西填肚子，下午继续排队。
从过山车下来，谢晓羽去洗手间，阮季星替她看包。
刚刚尖叫得嗓子干，水正好喝完了，不远处有自动售卖机，阮季星顺便问陈师瑶："你要水吗？"
"不用了，我还有，我帮你看东西吧。"
"谢啦。"
阮季星小跑过去。
一个六七岁大的小姑娘看着她，眼睛眨啊眨的，拍了拍机器，有样学样去出货口掏，但什么也没有。
阮季星好笑，蹲下身，和她平视"小妹妹，你怎么一个人跑到这儿了？你爸爸妈妈呢？"
她奶声奶气地说："妈妈去厕所，爸爸不知道，我想喝饮料。"
"你想喝什么？姐姐给你买。"
她望了一眼售货机，有些心动，又摇了摇头："妈妈说了，陌生人给的东西不能要。"
"你倒是挺有防范意识的。"阮季星递给她几张零钱，"那你自己买，我教你。下面有编号和价格，你想要哪瓶，投钱，输入编号就可以啦。"
小孩子学东西速度很快，但她个子矮，只能努力地踮着脚去够。拿到手时，她高兴地欢呼："耶！"
阮季星不放心小姑娘，陪她等到她爸爸妈妈找来。
孩子妈妈急得不行，见到她，悬着的心才落下，转头骂丈夫："让你带孩子，你就是这么带的？"
"我就接个电话，谁知道她自己跑开了，而且这不是也没跑远吗？"
"万一遇到的是人贩子呢？一有什么事，你就只知道为自己开脱，真不知道要你有什么用。"
男人理亏，被骂得不敢吭声。
孩子妈妈对阮季星说："实在太感谢你了。"她搡搡女儿，"快说谢谢姐姐。”

“谢谢姐姐，姐姐你又漂亮又善良。”

“嘴真甜。”阮季星捏了捏小姑娘的脸，告诉她，“虽然你记得妈妈说不能吃陌生人给的东西，但是也不能擅自离开爸爸妈妈，坏人要是想把你拐走，你可是打不过的哦，知道了吗？”

小孩乖巧地点头。

阮季星这才回了原地方。女洗手间人多，谢晓羽还没出来。她随口感叹了一句：“其实按照男女生理构造的差异来说，景区、商场之类人流量大的地方，应该增设女厕所隔间，不然时间都耗在排队上了。”

陈师瑶问：“这么多年，居然没几个设计者想得到吗？”

“也许是一种惯性，或者惰性吧，保持原状，比创新要安全。但我想，会有越来越多的人主动做出改变的。”

陈师瑶笑了笑：“原来你是个理想主义者。”

“我第一次听到有人这么形容我。”

阮季星说：“不过，一个还没有经历社会磨砺、现实捶打的大学生，理想好像是天真的近义词。”

“我很喜欢你的名字，阮、季、星，给人一种‘纵使前路黯淡，亦有星辰璀璨’的感觉。”

陈师瑶话锋一转：“其实我听说过你，在高中的时候。”

阮季星扭过头：“嗯？”

“在学习上，沈轲既聪明，又刻苦，有时候下了晚自习，人走完了，他还在教室写题。”陈师瑶说，“但他性子冷淡，高中那会儿，他没什么朋友，尽管他成绩好，大家也不太找他问题目，问我问得更多。”

当时的沈轲，整天穿着丑得爆炸的红黑校服，头发理得精短，没有一点造型可言。但正值青春的女孩子嘛，擅长幻想，给自己营造梦境般的世界，所以，打扮是其次，学霸、高冷、帅，这几个词组合在一起，足够打造一个值得暗恋的人物形象。

据陈师瑶所知，班里喜欢他的女生，两只手都数不过来，年级更不用说了。

校外有家奶茶店，一面墙贴满便利贴，许愿的、恶作剧的、表白的，没少出现“沈轲”“SK”。

可无论谁向他表白，给他送情书、塞礼物，也不见他接受。

大大小小的考试，陈师瑶很少考赢他，包括高考。没办法，谁叫她偏科严重，英语全班第一，物理却勉强及格。

于是，她既起了好胜心，又动了好奇心。

她想知道，这样一个人，当真没有软肋吗？

后来，轮换座位，他们成了同桌。

为了超过他，陈师瑶总找他借物理笔记、试卷。沈轲对此满无所谓，她要什么，就随手丢给她。

她感觉被轻视了。

有一次，她干脆直接问：“你是不把我当你的竞争对手吗？还是说，你觉得我不够格？”

他的声音毫无波澜：“高考是单枪匹马三百里夜袭，没有同伴，也算不到敌人是谁，我只管完成我的目标。”

冷淡得可以，也轻狂得可以。

但他就是有让人心悦诚服的资本。

那之后，有相当长一段时间，陈师瑶想尽办法和他坐同桌，再不济也是前后桌。

她的物理成绩是提上去了，但他也不会停在原地等她，她始终没有超越他。

后来，她无意碰翻了他放在桌上的笔筒。

她蹲下去捡陶瓷碎片，看见其中一块的上面，歪七扭八地写着“阮季星”三个字。

很显然，这是一个女生的名字。

她从来没见沈轲发过那么大的脾气。

他一把将她拽开，眼底泛红，面色阴沉如水，几乎咬牙切齿地说：“陈师瑶，别碰我的东西！”

陈师瑶一个女孩子，哪被人这么粗暴地对待过，杵在原地，咬着下唇，没作声。

他沉默地、一片一片地捡起来，放在掌心，怔怔地盯着。就好像，失去了生命中什么很重要的东西。

她忍不住说：“我去拿扫把，你别割到手了。”

“不用了。”他起身，“刚才的事，抱歉。”

沈轲用草稿纸将碎片严严实实地包起来，扔进垃圾桶，是为了避免拾荒者翻找垃圾时划伤。

也就是那个时候，她才发现，他的心比他看起来的要柔软。

陈师瑶赔了他一个样式差不多的笔筒，他没收。

他的原话是：“我在意的不是东西。”

那在意的是什么？

他没继续说，她也没问。答案已经不言而喻了。

笔筒？

啊，阮季星想起来了。

季曼带她去陶瓷坊体验DIY，她做了很多小玩意儿，送他的那个本来是花瓶，结果烧出来才发现又胖又矮。

她强硬地叫他收下，而且还要摆在显眼的地方。

原以为，他不会接受她的“霸王条款”，没想到他居然一直留着。

陈师瑶说：“其实我把全年级的花名册都翻过，没有一个叫‘阮季星’的人。然后我旁敲侧击，他说的是——一个离开的人。”

她理解成了故去。

毕竟，以他情绪的失控程度，她很难不这么想。

后来再一次见到这个名字，是高三快毕业的时候。

高考誓师大会，按照惯例，每个人要在白墙上写下目标大学和姓名。

陈师瑶特地留意了下他落笔的位置，事后，在一片汪洋字海里，她捞针般捞出了他留下的字样——

阮季星。

“开学后，我一度想问他，有没有遇到‘阮季星’，说实话，我打心底不希望他的愿望成真。但没能开口。今天我得到答案了。”

阮季星从陈师瑶的眼里看出很多复杂的东西，譬如，克制的嫉妒。

她后知后觉地反应过来，对方提这个话茬的目的，也许不是为了告诉她这些，她不曾知晓的沈轲的过往，而是表明野心，或者，发出挑战书。

她口中的众多暗恋者，是否也包括她？

“星星，我回来啦。”谢晓羽抱怨着，“里面真的好多人，排队都快排出来了。”

陈师瑶问：“我们走，还是？”

谢晓羽说：“再休息会儿吧，过山车坐得我现在整个人还飘着。”

陈师瑶点点头，没说什么，低头玩手机。

不远处不断传来尖叫声。

阮季星看着高速上升、下落、翻转的过山车，渐渐走了神。

傍晚，他们几个人碰头。

阮季星这才知道，徐玮和姚雪晴过二人世界，冯清莹和唐天和待一块儿。

谢晓羽露出暧昧的笑：“今天不会又成一对吧。”

冯清莹轻拍她一下：“说什么呢，这人非要去鬼屋，但又害怕，说我一身正气，能保护他。”

“然后呢？”

说到这个，冯清莹就无语：“他差点把‘鬼’的头套薅下来。”

“哈哈哈哈！”

唐天和不满：“你给我留点面子成不？”

冯清莹端着一副人生导师的架子：“面子、里子都是自己挣出来的，不争气的人，别人再怎么费劲捧也没用。”

唐天和一口老血。

阮季星安慰道：“冯清莹爸爸妈妈都是老师，你论不过她不是你的问题。”

徐玮插嘴：“她的意思是，你吃的是没文化的亏。”

“不跟你们说了，我饿了，去吃饭！”

园内餐厅东西卖得比外面贵，阮季星只点了一份鸡肉三明治。

徐玮和唐天和各端着一大盘东西过来。

唐天和大手一挥，说：“我请客，放开了吃。”

冯清莹微笑道：“吃人嘴短，拿人手软，谢谢你的好意，我就不要了。”

唐天和“哼”了一声：“我是那么小气的人吗？一顿饭而已，还能要你还人情不成？”

她不置可否地耸耸肩，依然坚定立场。

唐天和转而殷勤地招呼阮季星：“阮同学，你吃，点了这么多，不吃也浪费了。”

她架不住他的热情，拿走一块比萨：“谢谢。”

这时，一个人拉开她旁边的椅子，径直坐了下来。

竟是沈轲。

他卸了妆，换回了自己的衣服，脖子处有点红。

被小丑服装的领口磨出来的？

阮季星脑海中刚闪过这个念头，便听唐天和问：“你不是要兼职吗？怎么也跑来了？”

“我这两天一直在这儿。”

沈轲累了一整天，应得没什么精神，拿起阮季星手肘边的水杯。

她刚想说她喝过，他已经仰头灌下一大口，多余的水顺着唇角、下巴、喉结滑落，像是渴极了，又默默地把话咽回去了。

唐天和诉苦：“你要是早点说，我就不用可怜无助地受他们一群人的欺负排挤了。”

徐玮嘲道：“沈轲在，你就只用受他一个人的欺负了是吧。”

“滚。”

陈师瑶说：“沈轲，好久不见，感觉你上大学后变化还挺大的。”

沈轲看了她两眼，似敷衍，又似认真，态度叫人捉摸不透：“你也是。”

陈师瑶又要说什么，阮季星忽地起身，他的目光下意识地追随她而去，陈师瑶的话生生卡在喉咙里，上不去，下不来。

阮季星找服务员要了一份新的餐具，放到沈轲面前。

两人一句交流也没有，但他们之间那种不可取代的默契，旁观者一眼即懂。

谢晓羽小声问冯清莹：“你觉不觉得氛围有点古怪？”

“星星说不定是遇到情敌了。”

“那咱们要不要帮她一把？”

冯清莹吃着蔬菜沙拉，不紧不慢地说：“你觉得凭沈轲那么在意的样子，需要我们帮吗？”

……说的也是。

晚上还有烟花秀。

徐玮和姚雪晴经过一个下午单独相处，感情似升温不少，去观演的路上，一直十指相扣地牵着。

他们几个自觉地不去打扰。

唐天和愤愤地吐槽：“我就说，为什么非得带上我们这一串 LED 灯，敢情是为了给我们喂狗粮啊？”

沈轲说：“难道不是你上赶着的？”

“他都找我帮忙了，我拒绝不了嘛。谁叫我为兄弟两肋插刀，上刀山下火海都义不容辞。”

沈轲嫌他的宣词又中二又聒噪，两指钳住他的嘴：“那你就把狗粮老实咽下去。”

唐天和都这样了，还是安分不下来，“咿咿呜呜”的，不知道在说什么。

沈轲皱眉，松开，找纸巾擦手。

谢晓羽说："感觉他俩根本是截然相反的两种性子啊。"

唐天和像团篝火似的，对谁都热烈，但也容易躁；沈轲呢，则像一块冰雕艺术品，远观精美，近触寒气逼人。

他们俩能成为朋友，并且吵也吵不散，在谢晓羽看来，是一件很神奇的事。

冯清莹说："就是唐天和那种死皮赖脸的人，才跟沈轲做得了朋友。"

她一直是看得最明白的人。但从某种程度上来说，她的聪慧、敏锐，也在加剧消耗着她的精神力。她反而羡慕阮季星的状态，有时清醒，有时糊涂。

就像现在。

阮季星不会感觉不到陈师瑶对沈轲有意思——刚刚在饭桌上，她的视线像只蝴蝶被花香吸引似的，绕着沈轲。

但阮季星像是担心她落单，和她走在一块儿，有一搭没一搭地和她聊天。

谢晓羽自然也注意到了，小声问冯清莹："你说，星星到底喜不喜欢沈轲？"

"喜不喜欢不重要，重要的是她和他待在一起的时候开不开心。"

冯清莹说："对女生而言，真正健康的关系，应当是从喜欢中获得幸福和进步，而不是消耗喜欢去挽留一个人。"

"你知道吗？你浑身散发着一种母爱光辉。"

传统的中式母亲，往往替孩子安排一切，又真心实意地希望孩子好。

别说，冯清莹在宿舍里就是这般。之前阮季星扭伤脚，她没少忙前忙后地照顾、帮忙。

你说冯清莹性格强势，做事一丝不苟，甚至不知变通吧，可她对同学、室友的关心，又是实实在在的。

有时候谢晓羽真感觉，她跟自己妈妈有相似的内核。

冯清莹笑了笑："好伟大的形容，我大概担不起。"

谢晓羽又问："哎，那在你的人生规划里，有生孩子这一项吗？"

"我一般只定五年内该做的事，这件事至少是我读研后才会考虑。"

"你现在不是该提前物色一个孩子爹——预备役——吗？"谢晓羽朝她挤眉弄眼，"要不，我给你介绍一个？"

"谁？"

冯清莹感觉不妙。

"唐天和啊，哈哈哈！"谢晓羽笑得快抽过去。

冯清莹掐她一把，警告她："别乱点鸳鸯谱。"

唐天和耳朵倒是尖，厚颜无耻地说："我听见我名字了，聊我啥呢？不会是背地里偷偷说我帅吧？没关系，可以大点声的。"

冯清莹推开他："真不要脸。"

观演的最佳位置早已被人群占据，他们试图见缝插针，往里面挤一挤。

这时，距离烟花秀开始只有几分钟了。

阮季星个子不算高，周围人呼出的二氧化碳聚在一处，她有些透不过气。

正想往外退开点，一只有力的手拽住她的手腕。尚未来得及作出反应，那股力便将她拉了出去。

攒动的人头中，阮季星只看得清男生的后脑勺。

他用他的身体挡在她前面，闯出一条道来，饶是如此，她还是被挤得不轻。

他们费劲地挤出来，她好不容易呼吸到新鲜空气，缓了缓，才问：“喂，去哪儿啊？”

沈轲回头，朝她笑了下。

先前的疲惫消失了，取而代之的，是少年意气。

他说：“去私奔。”

像是，一个保龄球被抛出，“噼里啪啦”击倒一堆球瓶。手心隐隐发烫，阮季星不自然地蜷了蜷手指，避开他的眼睛，“咗”了一声：“这种情节只适合相爱却被反对的恋人，我们顶多叫背叛朋友落跑。”

“可你也没甩开我的手。”

她说：“我是想看看你要搞什么鬼。”

沈轲笑着，语气里却透出几分不易觉察的认真：“若真是私奔呢，你也跟着我跑吗？”

闻言，阮季星挣扎起来：“你怎么跟唐天和一样不着调了。”

他反应快，当即收紧手指，没叫她挣脱。女孩子的腕骨细，落到他手里，像是一折就能断。

“阮季星。”他从不叫她小名，总是连名带姓。

她不知道原因，但习以为常之后，渐渐发觉，他念她的名字，和别人不太一样。

别人往往将重音落在“阮”上，而他却是“星”。

沈轲面上的笑意敛了敛，声音刻意压低了几个调：“我带你换个地方看烟花。”

十四五岁男生经历变声期时，嗓音约莫都粗哑难听，她形容班里的男生像一群公鸭子。当时本就话少的他听到后，更惜字如金了。

现在，他早已度过那个阶段，声线既有少年人清越，也有成年男性的磁性。

最后一个摇摇欲坠的球瓶也倒了。

阮季星没作声了。

他们逆行而去，旁边陌生的一张张人脸皆成了掠影。

无端地，阮季星想到那次消防演练，他护着她，贴着楼道墙壁跑下楼。

沈轲又带她往一处矮山包上爬。

那里尽是草木，没装什么灯，很暗，只有零星几个不知道怎么摸过来的游客。

阮季星喘着气，问：“你早知道这个地方，干吗不叫上他们？”

沈轲看了一眼时间，食指抵唇：“嘘，别说话。”

话音甫落，数道彩光齐齐升起，在天空訇然炸成无数朵花，接着，便是星点如雨般坠落。

与此同时，广播响起 Young and Beautiful。

When you and I were forever wild
（你我年少轻狂，不惧岁月漫长）
The crazy days,city lights
（纵情时光，华灯初上）
…………

并不是正面视角，视觉效果没有那么直观震撼，但离开人声鼎沸，“嘭嘭”声似乎离耳畔更近了。

又或许，不仅仅是烟花的声音。

是谁的心脏仿佛一颗落地的弹力球，在胸口里“咚咚”地弹起，落下，弹起，落下。

他牵着她手腕的手依然没有松开，也没人主动提及这件事，像是不约而同都忘了。

阮季星仰头看着烟花。

沈轲则看着她。

她其实感觉到了，但身体好像僵住了，动弹不了，只能维持着原姿势。

The way you play for me at your show
（你华装登场，独为我而唱）
And all the ways Igot to know
（我一睹难忘）
…………

阮季星刚刚没有得到回复的问题，在这一刻，答案自动地浮现在心头。

她不免怀疑，他这些暧昧的、似别有心思的举动，只是今天特定环境的产物。

如果像之前一样，直接点破，他会不加犹豫地否认掉。

不是认为自己不值得被喜欢，或是害怕，而是心知肚明，以他的性子，他没那么容易向人完全敞开心扉。

她没有感情经验，不知如何是好。

于是，便像下暴雨时，翕动不了羽翼的幼鸟，栖在陌生的枝丫下，耐心等待。

反正，天终究会放晴的。

直到这一场硝烟与炫光构成的盛宴落幕。

像电影里那幕经典画面，Gatsby 举杯，背后繁华似梦境般绚烂，转瞬梦醒，跌落凡尘，了无踪迹。

太繁盛的东西的尾调，似乎总有几分悲凉。

阮季星咳了咳，手轻轻动了下，他也没强留，让她收回去了。
她拽着挎包的细带："你怎么会知道这里？"
"同事告诉我的。"
"噢。"她没话找话，"他人还挺好的哈。"
沈轲心不在焉地"嗯"了一声。
他没说的是，问在游乐园已经工作几年的同事，有没有什么适合两个人观看烟花的冷门位置，对方告知于他，接着又问，是不是带女朋友去。
他没有否认。
"我们快下去吧，免得谢晓羽他们找不到我们会着急。"
"好。"
"等一下。"
阮季星忽然又叫住他。
"怎么？"
"你这边的妆没卸干净。"
她指了指鬓角位置，皮肤上、头发上都有。
沈轲不甚在意，随手一擦。
"算了，我来。"她拿出一包便携式酒精湿巾，边拆开，边吐槽着，"你们男生也是够粗糙。"
由于光线昏暗，她踮脚凑近了些，以便看清，用力地擦着。
沈轲稍顷低头，垂着眸子，注意力全在她的脸上、唇上。
她的唇形圆润饱满，唇角弧度天生微微上扬，像三月初枝头刚刚绽放的俏樱，粉嫩娇软，因而削弱了面部整体的冷艳感。
令人忍不住……想采撷。
沈轲，停。
到此为止。
你不能做这种唐突的事。
他欲盖弥彰似的说："好了吗？皮都快被你擦破了。"
"你皮糙肉厚的，哪有那么娇贵。"
阮季星擦干净，叠着垃圾，打算待会儿找垃圾桶扔掉，却感觉湿巾残留着他的体温。
到底怎么回事？
她感觉自己今天一直不太对劲。
认识这么多年，又不是没和他肢体接触过，犯得着这么东想西想、小题大做吗？
阮季星把垃圾一股脑儿塞到他手里："你拿去丢了。"说罢，便转身走了，暗暗呼出一口气。

烟花秀十分短暂，结束后，谢晓羽才发现阮季星不见了，四处寻也寻不到。
"沈轲把她拉走了——在开始之前。"
谢晓羽循声望去，说话的居然是陈师瑶。
"你怎么知道？"
"我看到了。"陈师瑶望着他们离开的方向，怔忡了两秒，低下头，自嘲地笑了笑。

刚开学那会儿，她看见他在线，没抱太大希望，试着邀请了下他，结果他同意了，后来，就经常拉他组队打排位。

慢慢地，姚雪晴、徐玮、唐天和三人也加入进来。

沈轲当代打，速度就是金钱，上分越快，他赚得越多。

恰好，她胜率挺高，还乐意把人头让给他，辅助他拿 MVP。她半开玩笑地说，她是他最强辅助，他没有辩驳。

于是以为，纵使他有白月光，至少现在单身，自己还没有 Game Over。

现在才明白，游戏搭子依然是游戏搭子，男女不限，除此之外，发展不了别的关系；白月光也依然是白月光，永远在他心头高悬着，独一无二，没人赶得走。

谢晓羽拍了拍她的肩，安慰道："姐妹，你这么优秀，以后肯定能找到比沈轲那么个冷淡的人强千倍万倍的。"

陈师瑶奇怪地睃她一眼："我又没放弃。"

谢晓羽被她堵得一噎，说不出话来："你……"

陈师瑶笑了，抬了抬下巴，语气倔强："我还没争取过，乾坤未定，万一他俩掰了呢？"

"绝对不可能！"谢晓羽誓死捍卫朋友的爱情，"他们青梅竹马，天造地设，岂能容许别人撬墙脚？"

"我去。"

突兀地冒出这么一声。

唐天和怒目圆睁："沈轲这小子怎么也抛弃我跟女人跑了？"

谢晓羽、陈师瑶双双无语。

冯清莹说："同学，你是缺心眼吗？"

"你懂什么，我一贯是视兄弟如手足，女人如衣服。"

"这么说来，你岂不是一直在裸奔？"

冯清莹一本正经地摇了摇头，叹说："虽然思想解放多年，但你这样也实在有伤风化。"

唐天和噎住。

"哎，星星回来了。"

阮季星看见他们，小碎步跑过来。

而沈轲两手插着兜，冲锋衣外套拉链拉到最顶，遮住口鼻，优哉游哉地跟在她身后。

"星星，你的脸怎么红红的？"谢晓羽想到什么，激动起来，"你们莫不是背着我们……"

"不是！"阮季星匆忙打断她，"回去再说。"

虽 A 大学生称 Z 大为"隔壁"，其实是因为实力不相上下，但地理位置相隔不近。而且姚雪晴、陈师瑶在新校区，他们并不顺路。

徐玮送她们回学校。

出于安全考虑，两个男生分开坐。

唐天和叫的车先到。

谢晓羽当机立断，挽着冯清莹上车，对阮季星挥了挥手："星星，我们先走了，拜拜。"

她瞠目结舌："不是，你们……"

车就这么开走了，留阮季星一个人在原地进退失守。

沈轲倒是淡定如斯，看了一眼订单界面："车快到了。"

两人站在路边等车。

风声、鸣笛声，无数噪声流动着、交织着。

夜晚的城市，依旧喧闹。

是阮季星先开的口："我都没想到，你会委屈自己干这种活。"

"我妈比我委屈多了，她一个单亲妈妈，没学历，为了供我读书，低声下气地四处求人。"

她看他。

沈轲目视前方："没有卖惨的意思，这么多年，我们早就习惯了。"

她又问："我好像从来没问过你，当初在我家，你是不是有种寄人篱下的感觉？"

"是。"他坦然承认，"我心里有道声音时刻提醒我，不管他们怎么对我好，我们终究不是一个世界的人，我不能得意忘形，误以为得到这些是理所应当的。"

从小的经历让他明白，靠双手挣出来的，才是绝对属于自己的。别人赠予的，终有一天，会以另一种形式失去。

阮季星无意识地踮脚、跷脚，来来回回，像个小孩子似的，她从小就会给自己找乐子。

不知何故，她有些怅然："难怪我以前总感觉我们之间隔着一层。"

谢晓羽说他们青梅竹马、两小无猜，在她看来，远没那么亲近。

来往频繁，但实际上，他们算不上朋友，更不是亲人。

果然嘛。

"为什么突然问起这个？"

因为陈师瑶今天跟她说了一些，她意料之外的东西。

她摇摇头，说："等车无聊，随便聊聊呗。"

正说着，车就到了。

沈轲拉开车门，让她先上。

玩了一整天，阮季星精疲力竭，坐到车上，浑身的力气卸了，就不想说话了。

她望着窗外夜景走神，忽地，肩头一沉。

他居然睡着了。

她抵着他的脑袋推他一把："你别靠着我啊，你知不知道你很重啊。"

沈轲没半点反应，呼吸匀长，胸膛规律地起伏着，像是睡熟了。

也是，更累的是他才对。

他累了不止一天两天，更不止一年两年。

自他被冠以"沈轲"这个名字起，就开始承受生而为人的痛苦。

以前阮季星从未尝过吃苦的滋味，阮家破产，原当成"陨落"，实际不过是换种生活方式，换个角度看世间百态，所以，如今才能切身理解他和赵若华。

罢了。

她轻抚了下他头上留疤的地方，几不可闻地，如叹息般地说："沈轲，好好睡一觉吧。"

她没看到，他的手指细微地颤了颤。

阮、季夫妇曾带他们俩出门短途旅行。

以阮季星的公主脾气，恨不得有个贴身侍仆，这个"重担"便落在他身上。

她的嘴巴就没停过，一直使唤他：沈轲，帮我拿一下水；沈轲，帮我剥虾；沈轲，等等，别走，给我拍照……

到后面，干脆简便成：沈轲，水；沈轲，停。

季曼一度看不下去，说她："星星，你别总支使小轲。"

沈轲说："没关系的，阿姨，只是举手之劳。"

阮季星撇撇嘴，她那副表情，就像在说他表里不一，只知道在她爸妈面前装乖。

最后，在返程的路上，她犯困，靠到他的肩上，霸道地不准他乱动。睡得迷迷糊糊时，她不忘叫他："沈轲，冷。"

他给她盖上毯子。

她闭着眼睛，扯啊扯，分了一半，盖在他身上，嘀咕了句："你也冷。"

季曼听到后座没有动静，回头一看，两个孩子头靠着头，睡着了。

她一笑，小声和正在开车的阮正荣说："小轲性格可真好啊，有他陪着星星，省得我们操心了。"

阮正荣说："你别太宠着星星，小轲是客人，怎么变成帮你带孩子的了？"

季曼嗔道："瞧你这话说的，小轲就比星星大不到一岁，也还是孩子呢，他俩这叫搭伴。"

"小轲比星星大，怎么是同级？"

"好像是政策的问题，转学来S市，多上了一年小学。"

…………

沈轲隐隐约约地听到大人们压低的说话声。

因为困意，大脑处理信息的部位消极怠工，只分辨得出，他们说的是他和阮季星。

时隔数年。

他感受到霓虹灯光投映到脸上，恍惚地以为，回到了那天。

半睡半醒间，灵魂仿佛脱离了肉体，飘浮在空中，唯一的依靠，就是身边的阮季星。

这辆车就像载着他们，向夜的尽头一往无前地驶去。

无论即将迎来的是末日，还是新生。

第七章 贪恋温暖

ji wo mou ke xing

那天之后，很快到期中考试。

考试倒不难，有的课程只需要交一篇小论文，或是线上答题，水一水就过去了。

一连相当长一段时间，除了上课，阮季星几乎见不到沈轲的人影。

甚至有时候上课，他都干脆不来，叫唐天和或徐玮帮他答到。

不知道该说他运气好，还是技术高，迄今没被老师抓包。

她没问他在忙什么，顶多从他发的朋友圈，推测他最近干什么兼职。

十二月，陆陆续续结课，反而更忙了。

要忙着交结课作业，准备期末考试。阮季星每天去图书馆复习，有时待到闭馆才回宿舍，脑子都学得一片混沌了。

这天天晴，她躺在草地上晒太阳，闭着眼睛，一动不动，像是睡着了。

感觉有人走过来，在旁边坐下，她翻了个身。因逆着光，被刺得睁不开眼，她用手略微遮挡，看向来人。

男生脱了棉服外套，放在一边，就穿着一件白色连帽卫衣，露出锁骨那颗痣，他支着一条腿，手臂搭在膝盖上，眼睛微微眯起。

是沈轲。

他拍了拍她身上沾的枯草，说："远远地看，还以为是只大狗。"

"你才是狗。"她扯了扯他的衣角，"帮我挡着点，刺眼。"

"你倒是会享受。"

说是这么说，沈轲一只手撑在地上，手背青筋凸起，侧过身，以一个略微别扭的姿势，替她遮下一片荫。

阮季星枕着手臂，浑身犯懒，语调也懒洋洋："怎么，你今天不忙了？"

他说："快考试了，暂时停了。"

"我还当你不在乎呢。"

"再怎么样，也得拿到毕业证，不然高中学历多丢人。"

"求我，我考虑一下，帮你画重点。"

裴颖学姐一早将考试重点和复习资料整理成一个文件夹，发在班级群里。这种东西都是"代代相传"，他肯定不缺门路，她就是口嗨而已。

沈轲低头看她，嗤笑一声："真是忘恩负义啊阮季星，给你辅导了几年功课，现在还要占我便宜。”
她不屑一顾：“嘁，事实证明，没有你，我依然也能学得很好。”
是啊，不管处于什么境地，阮季星永远骄傲、自信。
“不求就算了，别扰我清净。”
她又合眼，惬意地享受午后时光。
沈轲静静地守着她。
她也是心大，一个人躺在这儿，不怕东西被偷。
手机进来一通电话，他连忙掐断，给对方发去一条：我现在有事，晚些回复。
继而看向阮季星。
睡着的女孩子，面庞格外柔静，肤质细腻，随着长大，五官已经长开了，但脸还有点婴儿肥，满满的胶原蛋白，瞧不见一丝瑕疵。静电的缘故，披散的头发毛蓬蓬的，温暖的阳光照耀下，色调浅了几分，泛着明媚的金色。
似能看到初见那年的她的影子。
沈轲忽而轻唤了一声：“星星。”
良久。
她含混地应：“嗯？”
没了下文，像只是他一时兴起，又像她做了一场浮生梦。
梦里，是另一个平行世界的沈轲和阮季星——他们是真正的青梅竹马，自幼一起长大，从没经历过父亲坐牢、家里破产以及离别。
或许，他们彼此都这么希冀过。

临近元旦，气温降到零下二三度。
是以，早上从被窝里爬出来，成了一件极度艰难困苦的事。
阮季星打着哈欠下床，见冯清莹的床铺空了，讶异地道：“班长这么早就出门了吗？”
谢晓羽说：“我也是说呢，天还没亮她就起了。”
看到她身上那身衣服还是昨天的，阮季星更吃惊了：“你不会熬了一个通宵吧？”
“没办法，谁叫考试时间安排得太紧了，连着复习两个星期，一天复习三门的时候，感觉有人在我脑子里高速搅糨糊。”
戚蓝问：“星星，你复习完了？”
“大差不差吧。”
谢晓羽一脸幽怨，说：“她最近天天跟沈轲一起复习，男女搭配，干活不累，复习进度都比我们快。”
阮季星摸了摸鼻子，反驳道：“明明是你嫌冷，不愿意出门。”
沈轲这段时间没做兼职，每天早上带着早餐在宿舍楼下等她，再和她一道去图书馆。
谢晓羽第一次知道这件事时，还大为震撼——他们什么时候在一起的，她居然被蒙在鼓里？
阮季星义正词严地解释：“没有的事，我们是作为同学互帮互助，纯粹革命友谊。”

谢晓羽："呵呵，你看我信吗？"

不管她信不信，反正两人一心扑在复习上，没空去想别的。

谢晓羽趴倒在桌上，学了一整晚，已经气若游丝。她说："难怪裴颖学姐说，我们平时上课舒服得像泡脚，期末周就是逼自己喝洗脚水，我现在感觉连泡脚桶都得嚼吧嚼吧，就水咽下去了。"

阮季星"噗"地被逗笑，拍了拍她，鼓励道："马上就放假了，再坚持一下。"

大一的课程多，她们应该是全校最晚一批放假的。

元旦之后还有一门专业课，再苦再累，还是得把"洗脚水"喝光。

下午在阶梯教室考试，几个老师同时监考，杜绝作弊可能性。

向后排传试卷时，阮季星目光不经意地往一班那边一扫，才发现，沈轲的座位是空的。

他人呢？昨天他还好好的，怎么说不来就不来？

但这会儿都开考了，没法问他，只好将顾虑按捺下来。

考的阮季星基本都复习到了，她很快写完，从头到尾检查两遍，拿到讲台交卷，背起书包，离开教室。

她给沈轲打电话、发消息，都没有得到回音。

这时，唐天和出来，她忙拦住他，开门见山："沈轲怎么没来考试？"

他茫然："不知道啊，他没跟你说吗？"

她摇摇头："你怎么也不知道，你不是跟他一个宿舍的吗？"

"他上午就出门了，我以为跟你在一块儿呢。"

没有，她今天压根没见到他。

阮季星继续拨电话，听到的还是那句冷冰冰的机械女音——

"您拨打的电话暂时无人接听，请稍后再拨。"

唐天和见状，说道："嗐，别担心，下学期开学还有一次补考机会，再不然，还能重修。"

"不，不是的。"她怔怔的，"沈轲不是会无缘无故消失的人。"

而且，他手机平时都是二十四小时开机，随身携带，不存在接不到电话的情况。

怕就怕他出了什么事。

唐天和后知后觉地也有些担心了："那我们上哪儿找他去？"

"他可能不在学校。"阮季星闷闷地呼出一口气，"只能等他回消息了。"

天色沉沉，北风抽打着裸露的皮肤，生疼，却又不见血，骨头缝里都一寸寸地透进寒意，像要将人肢解般狠。

行人顶着风赶路，要么低着头，要么戴着口罩和帽子，大多面目不清，就那么匆匆出现，又匆匆消失。

这时不是饭点，面馆的客人不多。

老板坐在桌后取暖，边架着手机看剧，边嗑瓜子，有人来了，就起身招呼。他瞟了一眼角落那桌客人，看年龄，像是父子俩，可他们之间的氛围却比这天气还要冷上几分。他摇摇头，没多管闲事。

沈轲眉心蹙成一座峰，直直地盯着面前狼吞虎咽的人，语气不耐："你到底跑来A市找我干什么？"

沈长林"刺溜刺溜"地嗦着面，三两口就吃空一大碗。

他用手抹了把嘴巴，操着一口方言骂道："小畜生，老子是你爹，别跟老子跩跩跩。"

沈轲不为所动，说道："这个月的钱我不是已经打给你了？你还要怎么样？"

"你上大学这么久，我这个当爹的，还没来看过。"

沈轲冷笑一声。

他们什么时候是父慈子孝的关系了？

两个小时前，沈轲接到沈长林的电话，说已经到了A市火车站，叫他来接。

他说他要考试，没空。

"你不来，那我就到你学校去，A大是吧，好学校哟。"

沈长林像是有自知之明：自己对沈轲而言，是个拿不出手，甚至会叫他在同学面前丢脸的爹，便以此做要挟。

的确拿捏住他了。

沈轲向教务处提了缓考申请，接到沈长林，他又说，坐了几个小时火车，饭都没顾得上吃，于是又带他找馆子。

沈轲没耐心和他绕弯子："实话实说吧，你到底来A市干什么？"

沈长林看着他，暗啐一口。

这小兔崽子，长得像他那个妈，性格就不知道跟谁像了，才不满二十岁，眼神锐得像在社会摸爬滚打好几年磨出来的。

呵，到底是他的种。

沈长林说："我早年认识一个朋友，他在A市做生意，做挺大的，我过来看看能不能跟着他干一票。"

沈轲直觉不对劲："做什么的？是不是违法的？"

"你就别管那么多了，反正能赚钱。"沈长林打了个饱嗝，"给我倒杯水去。"

沈轲接了一杯水，讽道："牢饭没吃够吗？别到时候又把自己给作进去了。"

"啪！"

沈轲的脸被扇得往旁边一偏，手里的水杯晃了晃，溅出几滴水。落在地面，像是心碎时的眼泪。

沈长林在监狱里每天干活，手劲大得很，这一下没顾半分血缘亲情，沈轲脸上顿时浮现出一道鲜红的巴掌印来，唇角甚至隐约沁出血色。

面馆老板的视线也被吸引过来。

"你翅膀还没长硬呢，就想着飞了？"

沈长林不吝惜用最恶毒的话骂自己的亲儿子，仿佛要将十几年的牢狱之苦尽数发泄在他身上。

可他又做错了什么？凭什么由他白白遭受这一切？

沈轲盯着瓷砖的接缝线，沉默地立在原地。

沈长林丢给他一张纸："在这附近给我订间旅馆，事要是干成了，老子也不用找你要钱了，说不定将来等你结婚，还能给你备一笔彩礼。"

他的笑，让沈轲看到了一种，输得倾家荡产的赌徒脸上才有的东西。一无所有的人，最容易走向极端。若能用残命一条，换一把荣华富贵，值。

或许，他已经失去理智、精神失序了。

沈轲如是想。

可他什么都做不了。心头涌起的无力感，一如当年赵若华决心搬家时，他只能跟着收拾行李。

沈轲知道阮季星发了很多条消息，也打了很多通电话，可他不敢回，甚至连点开看的勇气都没有。

她说得对。他不过是虚有其表，实际胆小的笨家伙罢了。

沈轲给沈长林订了一家旅馆，又陪他去买新衣服、理发。

显然，他很重视这次见面，沈轲只能游说自己往好的方向想：希望他干的是一门正经营生。

沈长林到底年纪大了，与社会脱节这么多年，不知道怎么用手机扫码乘公交车了，还是投现金。

看到他这样，沈轲又感到可悲。

沈长林从小没爹没妈，吃百家饭长大，却没少受其他孩子欺负。

幸亏脑子不错，考了大专，又找到一份不错的工作，经媒人介绍，和赵若华认识、结婚。

原本，生活是可以走上正轨的。

沈轲应该恨他的，然而可恨之人亦有可悲之苦，终究做不到不管不理。

等到忙完，街道边路灯渐次亮起，沈轲终于点开未读消息。

二十分钟前，阮季星问他：回来了吗？

往上翻，还有许多条。

寄星：你不想毕业啦？

寄星：好了，你完蛋了沈轲，老师走了，你准备补考吧。

寄星：我听学姐说，补考题目更难，到时候我不会再帮你复习了。

…………

寄星：如果不是被车撞飞了，好歹吭一声呗。

寄星：你有空的时候，记得回我。

过了不到半个小时。

寄星：好你个沈轲，你不回消息不接电话，你干脆去死吧！！！

沈轲轻笑一声，这么多感叹号，看来她是真的生气了。

屏幕上的字被水晕花，他才恍然回神，下雨了。

他用衣袖抹去雨水，一行字打了又删，删了又打，不知道该怎么解释他的缺考以及不接电话。

越在乎，越犹豫不决。

还没发出去。

寄星：[？]

单发个问号，似乎成了他们之间某种特定的交流形式。它包含很多意味，譬如：你干吗？

她应该是看到聊天框上那行“对方正在输入”了。

R136a1：嗯。

沈轲不等公交车了，拦了一辆出租车，钻上后座，急急道：“师傅，去A大。”

他从来没有过这么迫切的愿望——现在、立即，见到她。

他想见她。

沈长林、兼职、期末考试……一切的一切，都不如这件事重要。

在强烈的欲望驱使下，沈轲淋着雨，从校门口一路往东苑二栋女生宿舍楼跑。

伴着冷雨的风越发锋利，如无数条韧线一般，从脸颊滑过。雨水模糊了眼前的景物，目标却越来越清晰。

离门口越来越近，猛地停住脚步。他想起脸上的巴掌印。怎么能以这副狼狈不堪的模样出现在她面前？

沈轲徘徊半晌，终究还是退缩了。

到宿舍楼下，他看见一抹熟悉的白色身影。心瞬间漏跳了一拍，天旋地转，像电影里的慢镜头，眼里只有她。

阮季星下半张脸都缩在毛茸茸的围巾里，只露出一双眼睛，齉齉地说：“你没死啊。”

“你怎么……”他嘴唇冻得没有知觉了，发声都艰难，“在这里？”

“你不是说你回来了吗？”她吸了吸鼻子，是被冷风吹的，声音也断断续续的，“我就想着，过来等你。”

沈轲的喉头如同坠着千斤巨石，彻底地说不出话来了。

“你傻不傻啊，还站那儿淋雨？”

阮季星伸手把他拽到屋檐下，还记着上次的仇：“这回要是再生病，就怪不得我了。”

刚才光线暗，她没留神，这会儿才注意到那道红得快发黑的痕迹。

“你是沙包吗？三天两头挨打。”她没好气地说，作势要撑伞，“我那儿有你送的药，等我下，我……”

话没说完，沈轲俯低身，抱住了她。

在外面跑了大半天，沈轲身上沾染了各种气味，不算好闻，还有一阵冷簌簌的寒意——瞬间扑面而来，阮季星浑身都僵住了，大脑也宕机了片刻。

他的呼吸很沉，在她耳边，前所未有的清晰。

她的双眸微微睁大，余光里，是他被雨打湿的黑发，在风中像飘摇的蒲苇。

手无处安放，悬在那儿不是，回抱也不是，那么，就只剩推开他这一种选择……

可她的第六感告诉她，他现在正死死压抑着什么，于是犹豫了。

坦然说，你没法面对一只蜗牛卸下防卫的壳，在雨中匍匐前行时而无动于衷，更没法抛下一只淋湿的小狗，对吧。

阮季星给自己做着心理建设：借一个受委屈的人一个怀抱，也不过分。

可是，他抱她抱得好紧啊啊啊，她快喘不上气了。

背后响起脚步声。

她猛地从他怀里挣脱出来，睫毛扑闪着，往耳后勾着头发，“咳”了一声，视线乱飘，就是不看他。

每个动作都显得那么不自然，无一不暴露她的慌张。

其实沈轲自己也不知道为什么这么做，就只是，受源自内心最深处的冲动驱使，仿佛是生物濒死之际，向生的本能。

“哎，沈轲，你回来了？”

阮季星不想被熟人知道，她大晚上的和沈轲在男生宿舍门口抱在一起，为免尴尬，背过身去，又拉起帽子，低下头。

下午一考完试，徐玮就去 Z 大找姚雪晴约会，这会儿正好回宿舍，没想到会碰到他。

“你一声不吭跑哪儿去了，考试都没来？”

沈轲说：“有点事。”

徐玮瞟了眼旁边包得严严实实的女生，又看到他脸上的巴掌印，低声说：“你小子啊你小子，居然吃着碗里，看着锅里。”

男生长得太帅也不是件好事，桃花运旺，容易花心啊。

前阵子还跟阮季星搞暧昧，今天就跟一个不敢见人的女生卿卿我我。扇他的人，得有多恨才下得了这么重的手啊。啧啧。

沈轲莫名其妙：“什么？”

“感情这种事，作为兄弟，我不好多说，你好自为之。”徐玮按着他的肩膀，摇了摇头，走了。

沈轲无暇去想他抽的哪门子风，走到阮季星身边，正筹措语言，她先发制人：“我去给你拿药。”

“没事，不用了。”

她语气不容置喙：“你先去 711 等我，我待会儿来找你。”话说完，把伞塞到他手里，小跑进细雨里。

阮季星最讨厌下雨天出门，因为再小心，也容易弄湿裤脚，她厌恶那种湿湿凉凉的触感。

以前有一回，为了赶早自习，穿着崭新的小白鞋，一脚踩进泥坑里，更是留下了深深的阴影。

但她当下顾不了那么多。

地面积了水，她踩上去，像大地、雨水与她打着拍子共舞。

沈轲握着伞柄，上面留有她手心的余温，呼吸间，也似还能闻到她发间的茉莉洗发水香。他甚至舍不得将这口气呼出去，像是希望它能在肺里多停留片刻。

下着雨，加上快放寒假的缘故，学校比往常冷清许多。

这个点，大多店铺已经打烊，衬得便利店灯光亮得隔着数十米都能看见。

沈轲坐在门边，透过玻璃墙看见阮季星。

简直像电影里的慢镜头，几秒钟在多维空间被拉得无限长，脑海中不断闪回过往画面，最后一刻，意识到——啊，神赐予他的命运降临了。

她收了伞，甩了甩水，放入门口的伞架里，对他说：“你想吃什么吗？”

“我不饿。”

“那我自己看着点了。”

阮季星端回两份关东煮，放到桌上，立马跺着脚甩手：“啊呼，啊呼，好烫。”

沈轲说：“怎么买这么多？”

她煞有介事地说：“肚子填饱，你的血液涌到胃部，你的大脑就没空去想不开心的事了。”

他扯了扯唇角，想笑，又没心情似的：“真不是你编的吗？”

“别管理论正不正确，先吃再说。”她拆开一次性筷子，“这碗多加了一份泡面是你的。”

外面的雨下个没完没了，店里开着暖气，还吃着热腾腾的食物，身体很快就暖和起来了。

两个人并肩坐着，玻璃墙上映出他们的影子。

沈轲开口：“你怎么没问我，今天发生什么了？”

她边吹凉萝卜，边说：“等着你主动说呗。你要是不想说，你也不会来这儿了。”

他默了默，说：“我爸来了。”

她一怔，扭过头：“你和他吵架了？”

“谈不上。”他神色不变，“吵架是双方行为，我只是说了不好听的，被他单方面地骂。”

阮季星也是挺佩服他的心理素质，遇到这种糟心事，依旧这么淡然。

又或许是因为，比起她一贯外化情绪的性子，他习惯内部消耗负面能量。

她忽然问：“你会哭吗？”

“嗯？”

“坏情绪就像垃圾，有的可回收，有的不可回收，还有的有害，分解不了的在你心里堆积的时间长了，会臭的。泪腺是排泄口，你得把垃圾倒出来。”她说话的时候，眼底倒映着灯光，很亮，“要是怕被我笑话，你就躲起来，一个人偷偷哭。”

“我还是第一次被人教，要学会哭。”

因为眼泪似乎在“男儿有泪不轻弹”的规训里，被从成年男性的世界剔除了。

事实上，他对此也很陌生。

哭，在不会言语的婴幼儿时期，不过是为了吸引注意，告诉父母，我饿了，我不舒服。

长大后，到了能控制的岁数，他就没哭过了。

他不想叫赵若华操心，而除了她，又有谁真正关心他的喜怒哀乐？不是所有会哭的小孩都有糖吃。

所以，准确地向外界传达情绪这件事，便变得无关紧要。

但阮季星凑近他，小声说：“因为解压又免费。吃东西、喝酒、出去玩，哪样不花钱啊？”

沈轲忍俊不禁。

她坐直，继续像只松鼠似的往嘴巴里塞食物，嚼吧嚼吧。

他和她，就像极地与雨林，迥异的两类人。

一直是他贪念她的温暖。

一直是。

阮季星吃完了，从兜里掏出一支芦荟软胶：“你把脸转过来。”刚打开，又停住了，脸上表情微妙地变了变，递给他，“我给你开前置摄像头，你自己涂一下。”

对着手机一看，沈轲才知道，原来这么红。碰一下，便像火灼一样疼。

难怪每个见到他的人，神色都奇怪。

不过比起上一次，沈长林还算手下留情了。

阮季星说：“你多涂几次，估计很快就能好了。”

“嗯。”

她继而庆幸道：“还好。”

“哪里好？”

她说：“还好没毁容，不然喜欢你的那些女生肯定都跑光了。”

沈轲反问：“你呢？”

阮季星险些岔气：“我什么我？跟我有什么关系？”

“我又没说你喜欢我，你急什么。”

她的嘴唇动了动，感觉怎么解释都像欲盖弥彰。

沈轲起身，揉了把她的脑袋，笑说：“时间不早了，回去吧。”

阮季星憋着的一口气，也只好咽了下去。

他送她到宿舍楼下。

“沈轲。”阮季星很正式地叫他。

沈轲侧过头，隔着细密的雨脚看她，光线昏暗，视野朦胧不清，声音却字字分明——

她说：“你爸爸不心疼你，你也多心疼心疼你自己。”

直到回了宿舍，沈轲还在回想她这句话。

唐天和走到他身边，说：“阮季星今天挺担心你的，一直在找你，还跟我说，你如果回来，第一时间告诉她。”

沈轲回神：“我知道。”

“她人多好啊，之前摆摊帮你，平时上课带小零食分给我们，我们没听课，还借我们抄笔记……”

沈轲打断他：“你别弯弯绕绕的，你到底想说什么？”

唐天和痛心疾首：“老沈，我没想到，你居然是渣男！”

沈轲：“啊？”

徐玮疯狂朝唐天和使眼色：大哥，你悠着点啊。
沈轲瞥了他一眼：“你们俩这是演哪出？”
徐玮说：“刚刚在楼下，你和一个女生……你脸上……”
“别一天到晚闲得没事胡思乱想，有这个工夫，你们不如去复习。”
沈轲去洗漱了。
徐玮和唐天和面面相觑。

距离下一门考试还有一段时间，跨年夜当天，谢晓羽她们决定放纵一把。
外面冷，她们买了一堆吃的喝的，打算一起看电影。
谢晓羽摩拳擦掌，严阵以待，点开，催促着：“戚姐，快点快点。”
戚蓝关了灯，坐过来。
阮季星尚有些迟疑：“听说这部尺度很大，我们真的要看吗？”
谢晓羽说：“我好不容易找到的未删减版资源呢，再说，你迟早要经历的，总不能啥也不知道吧。”
“基本的性教育我还是接受过的，比如处女膜实质是阴道瓣，我只是没看过影视……”
谢晓羽劝道：“一起看才不会那么害羞，连班长这么正直的人都来了，你就别不好意思了。”
冯清莹插话说：“其实我看过。”
“呀，看不出来啊。”
“小时候我妈不让我多看电视，有回我去一个姐姐家玩，她说放碟片。原本以为是恐怖片，结果出来的是那种画面。之后她跟我说，要我保密，不能让大人知道。”
阮季星问：“那你当时什么感觉？”
冯清莹坦诚地道：“就……挺好奇，又挺震撼的。”
谢晓羽说：“开始了，认真看。”
一位爱国女学生，为了刺杀汉奸易先生，出卖色相靠近他。
当看到他们在床上变换各种姿势时，阮季星的呼吸瞬间收紧，心跳声鼓噪，耳根连着脸越来越热，越来越热。
她很想捂住眼睛，但视线却粘在了屏幕上，移不开。
她隐约想起，以前听到父母房间传来过类似的奇怪声音，所以，他们当时也是在……吗?
生理常识和实际操作终究是不一样的，她活了十八年，第一次接触。饶是她愿意主动学习新事物，这也有点超出她的接受范围了。
她连小嘴都没和男生亲过呢……

“星星，星星？”那一段结束，谢晓羽撞了撞她的肩膀，调侃道，“看傻了？”
阮季星的声音软绵绵的：“啊……晓羽，你别笑话我了。”
“我的天哪，你知道你现在多勾人吗？我要是男生，我都想跟你这样那样了。”

阮季星脸更热了，打了她一下。

冯清莹笑着说："谢晓羽，你好色啊。"

"食色性也，老祖宗都说了，人的生命离不开两件大事：饮食、性。"谢晓羽抓起一把烤串，一杯奶茶，"喏，现在都有了，何其快哉。"

她又说："戚姐，你怎么没反应啊？"

戚蓝面无表情："动物交配，有什么可大惊小怪的。"

谢晓羽一噎，说："那还是不太一样的，抚摸、亲吻、气味、呢喃，好的爱侣给人带来的满足，远不止性本身，更重要的是情绪价值。"

"不愧是我们宿舍的恋爱大师。"

阮季星的手机响了，她离开座位去接电话。

"喂？"沈轲的话音里还夹带着风声，"你在宿舍吗？"

"在啊，怎么了？"

"下来。"

阮季星一顿，跑到阳台，推开窗向下望。路灯下站着一道深色、熟悉的身影。

他也在向上望，她看不清，他是不是也看到自己了。

她心里有些饱胀，像是气球瞬间充满了气，却还是说："阿姨快锁门了。"

"我很快。"

"那你等我下。"

阮季星飞快抓起一件长到膝盖的羽绒服，披上，趿着拖鞋就出门了。

冯清莹问："我们继续看，还是等她？"

谢晓羽说："这还看啥电影啊，看八卦去！"

阮季星匆匆忙忙跑下楼，宿管阿姨喊道："同学，要锁门了。"

"阿姨，我很快。"她跑到一半，又退回去，趴在窗口，觍着脸说，"阿姨，我忘记带卡了，能不能帮我开一下门？"

"嘀——"的一声，门开了。

宿管阿姨提醒道："快点回来啊，不然要登记的。"

"好的，谢谢阿姨！"

一拉开门，凛冽的风如裹挟着千根万根冰针，齐齐飞来，扎得阮季星一哆嗦。

沈轲站的位置一眼就能看到。天寒地冻，男生却穿得不厚，反观她，臃肿得像只熊。

她莫名有些恇怯不前了。

特殊的日子，特殊的时间点，他不会是……

他怎么不提前说一声啊，她还没做好准备呢。

如果他真的……她要不要答应？

藏在袖子里的手紧张地攥紧，她的大脑像是被冻得宕机了，无法运转。

人生第一次觉得，Yes or No 的问题，如此难回答。

早知道刚刚找谢晓羽取取经了，然而现在跑也来不及了，只能硬着头皮上。

阮季星小步挪过去，北风一刻不息，冻得她的脸皮发僵，做不出任何表情来。

她这副模样落到沈轲眼里，莫名有种视死如归感。

“阮季星……”

“等一下！”她拨了拨刘海，又扯了扯衣服，暗暗吐出一口气，说，“好了，你说吧。”

他不太能理解她的动作，略顿了下，说：“你转过身。”

阮季星：“哈？”

她问：“干吗？有话你就直说呗，你一个大男生，还害羞吗？”

沈轲：“嗯？”

两个人像是打哑谜，互相不懂对方的意图。

最后，还是沈轲清了清嗓，先开了口：“原本，想叫你一起跨年。”

“嗯。”

他的声音在空旷的室外被风吹得七零八落，她振了振精神，以免有所遗漏。

“但是今天太冷，你八成不愿意出门。”

他倒是了解她。

沈轲往前走了一步，朝她微微俯低头。

阮季星的呼吸一屏，对接下来的流程感到无措，不知道是闭眼，还是推开他。

总之，应该不是怔在原地，眼睁睁看着他的脸在眼前放大。

“提前祝你新年快乐。”

她听到他几乎贴着她的耳郭如是说。

话毕，他撤开。

门后。

谢晓羽拍着冯清莹，几乎破音：“我去去去，他俩这是亲了吗？”

冯清莹“嘶”了一声，和她拉远距离：“他们谈恋爱，你怎么比当事人还激动？”

谢晓羽说要亲眼见证他们的爱情，非拉她们一块儿。

戚蓝不爱八卦，就冯清莹和她下楼。

谢晓羽偷偷拍下来，一脸嗑到糖的满足感：“这就叫‘一吻定情’，多么偶像剧般的画面啊。”

冯清莹理智地说：“你确定不会被沈轲责怪侵犯隐私就好。”

阮季星回来了，猝不及防地看到她们，吓了一跳。

“你们怎么在这儿？”

冯清莹耸了耸肩，说：“电影看不下去了，来看偶像剧。”

谢晓羽迫不及待地问细节：“星星，沈轲怎么说的？”

阮季星还蒙蒙的：“没说什么，就送了我一条项链。”

沈轲低下头，是为了给她戴项链。

一颗大的星星套着小的星星，是那次陪他去给赵若华挑生日礼物时，她看中的，但对如今的她来说太贵了，试戴了一次，便放回去了。

谢晓羽大失所望：“没表白啊？”

阮季星摇头，心里的水沸腾前冒着泡泡般的情绪，不知是期待落空的遗憾，还是紧绷的弦放松。

冯清莹问：“星星，之前不是有男生跟你表过白吗？怎么感觉你好紧张？”

“有。”阮季星喃喃道，“但是不一样。”

谢晓羽一语道破：“当然是因为之前那些人她不喜欢，但今天这个是她喜欢的呗。”

阮季星顿时清醒过来，忙不迭否认：“什么啊，才没有。”

“好好好，你不喜欢他。”

谢晓羽揶揄：“所以大晚上着急忙慌地跑下楼见他，所以他昨天失踪，你那么担心。”

阮季星徒劳地解释：“我们是朋友啊。”

这句托词连自己都不太能说服，何况谢晓羽。

但恋爱在她的世界里，还是一项全新的课题，她尚且处于搜集资料、研究可行性阶段，没有形成完整的大纲，如何着手开始撰写？

要是喜不喜欢能像分清红绿豆那么简单就好了。

然而她是个恋爱色盲。

冯清莹给谢晓羽使了个眼色。

谢晓羽挽着阮季星的胳膊：“我的好星星哟，不着急，你就慢慢想吧，幸而你们来日方长。”

她们没能熬到十二点，冯清莹不追求所谓仪式感，她明天还要复习，刚过十一点就睡了。

阮季星以虾米的姿势蜷着身子，宿舍床小，空调也不怎么管用，这样保暖又舒服。

但睡不着，反而越来越冷。

放在枕头边的手机亮了下。

她拿起。

R136a1：睡了吗？

寄星：没，但是我们宿舍已经熄灯了。

此时的时间是 23 点 56 分。

寄星：你怎么也没睡？

R136a1：唐天和在唱歌，刚刚还被人骂大半夜的鬼哭狼嚎。

阮季星觉得好笑。

她侧着躺，不太好打字，她小心地翻了个身，半坐起来，靠着床头栏杆。

寄星：他唱的什么？

R136a1：不知道，没关心。

寄星：那你关心什么？

R136a1：关心，我是不是第一个跟你说新年快乐的人。

阮季星一愣。

下一秒，时间跳到 00:00。

沈轲的消息同时抵达。

R136a1：阮季星，新年快乐。

他有时候真的挺直男的，就这么几个字，严谨到标点符号都一板一眼、分毫不差。

不知道的还以为做书面报告呢。

可……

阮季星摸了摸脸颊，热水袋一样，源源不断地传递着热量，温暖冰块一样的手。

怎么会这么烫。

不知道哪个宿舍有人高喊了一声“新年快乐”。

她抿了抿唇。

寄星：嗯，认证，你是在千军万马中第一个冲出终点线的。

寄星：沈轲，你也是。

寄星：新的一年要快乐。

大部分人考完最后一门的当天，就立马带着行李直奔车站了。

阮正荣原本说要来A市接她，阮季星说来回太折腾，她自己坐车就好。

虽然冯清莹家就在A市，但她却最后一个走，事实上，她平时周末也极少回家。她们不知道，她是不想回，还是不放心她们。

冯清莹帮阮季星一起将行李箱搬下楼。

阮季星说：“班长，我走啦。”

冯清莹点头，又说：“路上注意安全，到家记得在群里报一声平安。”

阮季星笑了：“你越来越像我们妈妈了。”

宿舍都走空了，冯清莹慢吞吞地开始收拾行李，接着关紧窗户，断了电闸，最后在门上贴好封条。

走在路上，旁边停下一辆黑色奔驰。

唐天和降下车窗，探出头：“班长，你去哪儿？我送你一程。”

冯清莹无奈地道：“我都让你别叫我班长了，我们又不是一个班的。”

唐天和笑着说：“那要不然我转到二班来，我是不是就可以光明正大叫你班长了？”

“只听说过转专业或者降级的，哪有同专业同年级转班的。”

“那咱们宿舍也算姻亲，我随沈轲叫呗。”

冯清莹懒得和他掰扯这个问题，说：“我要走了。”

唐天和忙下车去追她：“让我送你嘛，你提着大包小包去坐公交车、地铁多不方便啊。”

她一分神的工夫，行李已经被他抢走，他一副强盗土匪似的架势把行李箱扛到后备厢里。

冯清莹不得已只好上了车，但她没想到的是，他爸妈都在。

唐母转过头，温和地笑说：“你好，我是唐天和的妈妈。”

冯清莹有点尴尬，仍保持礼貌：“叔叔阿姨好，你们把我在前面那个地铁站放下就可以。”

唐天和说：“嗐呀，我们送你到家。”

冯清莹推辞：“不用了，我家比较远，实在太麻烦你们了。”

唐母觑了儿子一眼，配合说：“都是同学嘛，天和不太着调，你也没少包容他吧，别客气，就当阿姨对你的感谢。”

母子俩一唱一和，根本没给冯清莹留拒绝的余地。

路上，唐母有一搭没一搭地和她聊天，问她父母做什么的、有没有兄弟姐妹、考不考研。

唐天和忍不住说：“妈，你干吗啊？考察儿媳妇呢？”

“就你这副德行，人家小冯那么好的条件，哪看得上你，我随便问问罢了。”

冯清莹说：“阿姨，唐天和善良、真诚、重情义，作为同学，我挺欣赏他的。”

唐天和不自然地“咳”了一声，挠挠后脑勺：“夸得我都不好意思了。”

冯清莹笑了笑。

唐母真想戳戳他的脑门。

儿子，你是傻还是缺心眼啊，人家就是看不上你才这么说的。

到了地方，唐天和殷勤地搬行李。

冯清莹接过，说：“谢谢叔叔阿姨，也谢谢你，唐天和。”

“班长，你跟我咋这么见外呀，沈轲跟阮季星一对，你又是阮季星室友，咱们不都跟一家人似的嘛。”

他朝她挥挥手：“开学见。”

她顿了下，略一颔首，微微扬起一抹笑：“开学见。”

冯母回家，在玄关处看见冯清莹的鞋，走到她卧室门口，问：“你不是说六点左右到家吗？”

“我碰到一个同学，他送我回来的。”

“同学？男生女生？”

冯清莹很少对母亲撒谎：“男生。”

冯母皱了皱眉，说：“你成年了，谈恋爱无可厚非，但不要玩物丧志，耽误了学习，女孩子也要记得自尊自爱。知道吗？”

冯清莹垂下眼，应说：“嗯，我知道。”

第八章 玫瑰至上

ji wo mou ke xing

阮季星做了个春梦。

亲吻、拥抱，男生说着黏腻的情话，抚摸她光滑的脊背，一点一点挤进去，然后越来越快，越来越激烈。

她失神地叫他的名字：“沈轲……”

她醒了。

这已经不知道是跨年那天看完电影之后的第几个梦了。

之前虽看得清男主角的样貌，醒来却忘得一干二净，只隐约记得，是认识的人。

所以，一直都是他吗？

阮季星羞愤地将脸埋进被子里，无声地尖叫。

为什么会是沈轲？

意识到自己还在回味梦中场景，狠狠地蹬了几脚被子，都怪谢晓羽！

季曼叩了叩门：“星星，起了吗？吃早餐了。”

阮季星探出脑袋，整张脸红扑扑的，应道：“马上。”

她爬起来，戴上一只发箍，挤了泵牙膏，问：“今天不是周末嘛，爸爸呢？”

季曼说：“钓鱼去了。我看也好，培养个兴趣爱好，到时等你工作结婚了，我们也退休了，不然闲在家没事干。”

阮季星边刷牙，边含糊地说：“要是我生孩子了，你帮我带吗？”

“偶尔带一带还行，平常你们就请保姆，我们操劳一辈子，不想老了还管孩子。”

季曼睃她一眼，试探道：“怎么，交男朋友了？”

阮季星吐掉泡沫：“不是你先提结婚的嘛。”

“你还小，不急着想这事。”

阮季星好笑：“别人家长都是催婚，你怎么反着来的？”

季曼捋了捋她的头发，温言细语：“结不结婚的，催有什么用，还不是得看你遇不遇得到那个想让你和他一起共度余生的人。”

“妈，你不仅长得跟二三十岁的姑娘似的，思想也跟年轻人接轨啊。”阮季星冲她竖了个大拇指。

季曼笑着拍她一记：“别贫了，动作快点，待会儿早餐都要凉了。”

镜子里倒映出季曼的背影，黑发间似又多了些白发。

阮季星的笑慢慢淡下去。

阮正荣年轻时，家里条件差，他上头有两个姐姐，全家供他上学。他也争气，考上了大学。因为吃过苦，他便不希望妻女再跟着他吃苦，但他心眼实，没想过被人坑得倾家荡产。

人的大脑是有惰性的，当你脱离昔日熟悉的生活环境，习惯当下，过去的记忆就会渐渐淡化。

阮季星记得，季曼曾很爱梳妆打扮，也爱把养女儿当作一种时尚换装游戏，比起永远穿黑、白、灰三色衣服的沈轲，她的衣橱鲜艳得像春日花园。

记得这些，却记不清十年前的季曼的样貌了。

她脸上应该没有现在这么多皱纹，手没这么粗糙，也没这么多白发吧。

阮季星从背后抱住季曼："妈，我爱你。"

"你现在都比妈妈高了，还这么爱撒娇啊。"季曼拍拍她，"我也爱你，快洗漱。"

吃过早饭，阮季星陪季曼出门买菜。

原本季曼不让，说外面冷，她非要像只小尾巴似的跟着。

离家不远处就有一家大型农贸市场，她们走过去，意外碰到邻居李阿姨。

"哎哟，星星放寒假啦？好久不见，感觉变漂亮了。"

阮季星笑道："是啊。"

"你上大学了，寒假应该没作业吧？要不你给我们家琦琦补下课呗，她刚上高中，完全跟不上。"

季曼说道："星星平时上课辛苦，好不容易放假，我就想让她好好休息。"

李阿姨说："嗨呀，我不白占星星便宜的，我按市场价给，邻里邻居的，放心点嘛。"

阮季星说："可以啊，那我回去找找高一的书，先复习复习。"

李阿姨眉开眼笑："行，那我等你啊。"

她走后，季曼埋怨："这个李惠芳，说是那么说，她最爱占小便宜了。上回我们一起买太极服，我垫付的，本来是八十三块钱，她就只给我八十。"

阮季星笑得不行："妈，你以前可不是会计较三块钱的人啊。"

"次数多了，那我又不傻，我现在没工作，靠你爸一个人赚钱养家，我恨不得一分钱掰成两半花。"

季曼说着，突然露出懊恼的神色，找补地说："星星，你别担心钱的事，你只管安心读书，我们做你坚实可靠的大后方。"

阮季星挽着季曼，亲亲热热地说："反正我放假没什么事，赚点零用钱也好。"

"行，你自己想去就行。"

幸好高一的课本还留着，阮季星复习一个上午就捡回来了，下午去李阿姨家。

"琦琦，别玩手机了，来见见姐姐，哦不，应该叫阮老师。"

琦琦上的是一所私立高中，花钱就能上的那种，阮季星看了她的期末成绩，可谓惨不忍睹。

没一门及格的，最差的化学甚至才六分——这是什么概念呢，选择题全蒙C都不至于只得六分。

李阿姨忧愁地说："她上课睡觉、看小说，压根不听讲，星星，你帮我盯着点她写题。"

"好的，李阿姨。"

李阿姨叮嘱琦琦认真，得到一声敷衍的"嗯"，退出房间。

阮季星说："数学比较好提分，前面有几十分的基础分，加上大题写步骤能拿到一些，考八十是很容易的……"

琦琦意兴阑珊的，不知道听没听进去。

"我们先从必修一第一章开始吧。"

半个小时不到，琦琦呵欠连天。

阮季星叩了叩桌子，严肃道："如果困的话，你可以先去用冷水洗把脸清醒清醒再来听课，我不想说这么多给空气听。"

琦琦不屑："你就比我大两三岁，考上A大了不起，真当自己是老师了啊。"

阮季星一噎。

李阿姨大概一直在门口偷偷观察，这时猛地推开门，骂道："琦琦，不准没礼貌！"

琦琦顶嘴："我早说了，我不要家教不要家教，你非要给我找！"

"我跟你爸起早贪黑，省吃俭用，供你读书，你一年学费就四五万，你就不能好好读书，让我们省点心吗？"

母女俩吵架，阮季星在旁边噤若寒蝉。要是早预料得到这局面，她说什么也不会来了。

"这书你读也得读，不读也得读，要是下学期你再是这个鬼成绩，干脆趁早退学，出去打工，也省得我们浪费钱了。"

李阿姨缓了缓，对阮季星说："星星，不好意思，让你看笑话了，你们继续吧。"

她语气中甚至有些卑微的讨好。

第一天的课上得十分艰难。

琦琦不配合，她底子又差，原计划两个小时的补课，硬生生拖长半个小时。

原本李阿姨还想留阮季星吃晚饭，她婉拒了，说妈妈做了她的饭。

回去后，阮季星找戚蓝要她上家教的资料。

戚蓝毫无保留，全发给她。

寄星：谢谢戚姐，爱你！［流泪］

戚蓝：学生很难教？

寄星：是啊，叛逆少女。

戚蓝：加油。

戚蓝就是这么个性子，阮季星也没指望她多说别的安慰的话了。

阮正荣今天钓了一篓子鱼回来，炫耀似的叫阮季星来看，说：“晚上炖鱼汤喝。”

“嘌呤高，你们少喝点。”

“偶尔喝一次没事，你用脑用得多，多补补。”

菜端上来，阮正荣不停地往她碗里舀。

阮季星摆摆手：“我饱了。”

“多喝点嘛。”

“我真喝不下了。”阮季星放下碗筷，“我去备课了。”

半年没接触高中的知识，忘得快差不多了，她顺便把其他科目也复习了遍。

季曼来给她送水果，苹果去皮去核切成块，橙子也剥好了，一瓣一瓣地摆着。

阮季星尝了口苹果，脸皱起来：“妈，是不是刀切了蒜没洗啊？”

“怎么会呢。”季曼疑惑，尝了一口。

阮季星嬉皮笑脸：“骗你的。”

季曼嗔道：“调皮蛋。”她看着低头认真看书的女儿，忽地感慨，“星星，感觉你变了。”

阮季星在草稿本上写写画画，头也不抬地说：“肯定啦，大学生活跟我想象得完全不一样，以前呢，我以为大学就是学习、发展兴趣爱好，但其实学校还会布置很多杂七杂八的任务，特别烦人，又不得不做。”

“以前别说让你辅导别人学习了，你自己都不乐意学，凳子上像装了钉子似的，压根坐不住。”

阮季星说：“因为我发现，在我十几岁的年纪，什么都是你们给我的，能由我掌控的，只有学习。”

季曼还想再说什么，阮正荣在门口叫她：“星星在学习，你就别打扰她了。”

阮季星笑了，想起临近高考那几个月，他们看电视都是开的静音，走路也放轻步子，生怕吵到她。

她也不是什么天赋异禀的学生，能考上A大，是因为父母给她打气，她才有劲头闷头往前跑。

啊，有了。

她今天加了琦琦的联系方式，发消息给琦琦：明天上午你有空吗？我带你去个地方。

77：去哪儿？

寄星：去了你不就知道了。

77：我能说我不去吗？

寄星：如果我跟李阿姨说，是免费的补课机会，她肯定会让你去的。

77：喊，狐假虎威。

寄星：说好了噢，到时候我去你家楼下等你。

琦琦没有回复，但阮季星知道这姑娘别扭，这是不情不愿地答应了。

退出聊天界面，向下翻了翻，看到沈轲。

不知道他忙什么，这么多天连条消息都没发给她，上一条还停留在问她什么时候离校，她说了时间，他回了个“嗯”。

阮季星撇撇嘴，右滑，删除聊天。

眼不见为净。

第二天上午，阮季星带琦琦去了 Z 市一所本科大学。

放寒假期间，学校大门没锁，可以自由出入，有不少附近的居民来散步。

琦琦说：“不就是学校嘛，来干吗啊？”

“逛逛呗，感受一下大学的人文环境，要是前段时间来，感觉估计更不一样。”

两人肩并肩，慢慢地走着。

阮季星说：“除了下雨，篮球场每天都有很多男生打球；图书馆呢，到处都是学生，写论文的、看书的、备考的；一般大学食堂会有好几个，能吃到各种各样的菜品……最重要的是，你接触到的人和事，是你处于高中、进入社会都想象不了的。”

她的声音柔和，不急迫，也不软弱，很容易让人听进去。

不是演讲，不是劝诫，只是把另一种现实，用语言绘出一幅图景，展现在琦琦面前。

琦琦仍然犟嘴：“难道人生就高考一条路吗？我考不上大学，难道就没活路了？”

“我也才经历高考不久，我没办法告诉你‘高考是人生分水岭’这句话适不适用，但它一定是一道筛选程序。说难听一点，就像水果分拣，你想卖个好价，也得自己品质过硬。”

阮季星耐心地说：“十六七岁，最不缺的是勇气，为了高考拼一把，有何不可呢？”

“你们这些人，自己获得成功了，就轻描淡写地劝别人努力，有那么容易就好了。”琦琦双手插兜，沿着原路往回走，“我就不是学习的料，为什么非逼我呢？”

这是啃上硬骨头了。

也是，不想学习不是一朝一夕的事，哪能因为她三言两语转变观念。

还真是……有那么容易就好了。

阮季星思忖片刻，提步追上琦琦：“如果你实在不想学，你早就和你爸妈说要退学了，也不会买那么多课外习题册。其实你是怕，自己努力了还学不好会丢脸，所以干脆不学了，你就可以把理由推给‘不努力’上了，而不是因为你蠢。”

琦琦瞪她：“你以为你很了解我吗？你凭什么这么说？”

阮季星直视她：“你跟我认识的一个人挺像的，心里在乎，嘴上傲娇。但他学习很好，他只是在另一方面胆小。”

琦琦似是恼羞成怒，加快步子走了，还丢下一句“别跟着我”。

阮季星扬声喊道：“我下午来给你补习，你中午好好睡一觉，不然下午又要打瞌睡了！”

琦琦没理她。

一进家门，阮季星一边换鞋一边嚷嚷着“冷死了”。

季曼问：“怎么样了？”

“唉，我尽力了，她听是听进去了，至于想没想明白，也不是我管得了的。”

“哎，前两天我碰到你高中班主任彭老师，你们高考志愿不是他作参谋帮忙填的嘛，他跟我说，刚出分没多久，有个男生专程找他打听你的。”

阮季星蒙了下：“谁啊？”

季曼窃笑：“是暗恋你的男孩子吧。”

阮季星想了想，越发疑惑：“但我们学校也没有在A市上学的男生跟我表白啊，彭老师知道那人叫什么名字吗？”

“这他倒没说，只说高高帅帅的，他还问我，你们有没有在一起。”

阮季星想不出个所以然来。她心大，很快就把这事抛之脑后。

阮季星最近给琦琦上课，她态度倒是端正了些，但还是注意力常常不集中。

她写题的时候，阮季星没事做，要么玩手机，要么翻杂志，她就趁机摸出手机玩，阮季星不得不时刻盯着她。

中途留了十分钟的休息时间。

阮季星看了一眼消息。

这段时间陆陆续续出成绩，有一门迟迟没出，年级群里，大家在刷屏老师求捞。

老师怒而发言：现在知道怕挂科了，平时上课干吗去了？成绩我已提交，等教务处审核，求也没用了。

大家立刻噤声了。

冯清莹也在宿舍群问了声：目前有人挂科需要补考吗？

她连她们的成绩都操心上了。

不过也是，成绩涉及十佳或百优宿舍评比，她那么在乎集体荣誉的一个人，怎么可能不过问。

戚蓝：没。

谢晓羽：有一门差点挂了，感谢老师捞我。[流泪]

冯清莹：没人挂科就好。

谢晓羽：耶？星星不是还没回复吗？

冯清莹：她我比较放心。

寄星：报告班长大人，我都过了。

刚回完，她瞥到旁边琦琦发了个“亲爱的”出去，说：“你这么小年纪，就谈恋爱了？”

琦琦一脸不可置信：“大姐，你是活在二十一世纪吗？”

阮季星说：“如果你能平衡好恋爱和学习，倒也无可厚非，问题在于，你很明显没有这个能力。”

“我就不信你上学的时候没谈。”

“没谈。”

“真的假的？”琦琦撇撇嘴，“就你这种长相，肯定一堆男生追，你唬我吧。”

阮季星义正词严：“首先，谢谢你夸我；其次，我当时的确不想让这种事影响学习。”

“那现在呢？”

闻言，阮季星一顿，看了眼时间：“到点了，继续。”

琦琦觉得她这人没意思透了，明明看起来也不是严肃古板的性子。

琦琦写着题，忽然拿笔指着阮季星，说：“我警告你，你别跟我妈打小报告，不然我让我妈把你开了。”

“我不会说，但不是受你威胁。这种事本来就是越阻止，你越有逆反心理，再说，我只负责你寒假的补习，别的跟我没关系。”

“那你为什么煞费苦心地带我去逛大学，说教那么多，你上完课，拿到钱不就好了？”

阮季星无奈地道：“我能一走了之，我妈能吗？我没把你教好，你妈怎么想我妈？”

“你这么孝顺啊？”

“不全是这个原因，我既然接了这个活，我就得尽力做好，证明自己，也对得起自己。你认为读书没意义，其实人生很多事本身都没有意义，‘意义’是人赋予的。我现在在你家的意义就是辅导你稀烂的理科。”

琦琦看着习题，没作声。

补完课，李阿姨送阮季星出门，顺便问了嘴最近的学习情况。

阮季星说：“昨天我让她写的那张卷子，我今天批了，有进步。琦琦有一点好，这种东西她不会弄虚作假。”

李阿姨放了心：“有进步就好。星星，辛苦你了。”

“没事，阿姨，这是我应该做的。”

结果琦琦刚老实没两天，又开始整幺蛾子。

李阿姨的工作是倒班制，有时她上白班，就是她的丈夫杨叔叔盯着琦琦。

他们夫妻俩对女儿的学习很上心，一方面大概也是觉得，请家教的费用不便宜，担心白瞎了。

这天琦琦求阮季星，说想出去学习，还请她吃饭。

阮季星狐疑地道：“你是不是想让我帮你打掩护，你要去干点见不得人的事。”

“我就是嘴馋了，我妈又不让我出去乱吃。”

她说得真像那么回事，阮季星被磨得没办法，只好答应。

到了地方，阮季星才发现被骗了。

这小丫头片子就是和朋友有约。

琦琦一脸恳求：“阮老师，拜托了，就这一次，你帮帮我。”

阮季星瞥了眼对面染着一头黄毛、又瘦巴又矮的男生，嘀咕了一句：

"也不知道你看上他什么。"

虽然阮季星自己也就十八九岁，但看着他们腻歪，还是有一种小孩子过家家的即视感。

琦琦的朋友请客吃火锅，可点的多是素菜，数量也少，根本不够三个人吃。

阮季星潦草吃了几口就放筷了："我去外面等你们。"

不远处就有一家书店，她发了一条带定位的朋友圈，让李阿姨相信，她们真的在学习。

她看向火锅店，没了别人在旁边，那两个人叽叽咕咕，吃得很是开心。

寄星：你尽快，今天至少学一个小时，不然我一定会跟李阿姨实话实说。

77：知道啦，阮老师。

阮季星进书店找了一本书打发时间。

看了半个小时，琦琦依然没动静。她将书放回书架，要去当恶人。

余光里，出现一道熟悉的身影，她第一反应当作错觉。

这里不是A大图书馆，哪能说遇到就遇到。

可还是忍不住，多看了两眼。

铃声响了。

阮季星收回视线，接起。

"阮老师，我们吃好了，你人呢？"

"等我会儿，我马上过来。"

挂了电话，她四下张望，已不见刚才那人的身影。

她敛了心思，就说他怎么可能会在这儿。

阮季星找了个奶茶店给琦琦补习，小姑娘的心思还没收回来，连最基础的题都写不对。

她忍不住问："你那朋友在上学吗？成绩怎么样？"

"他跟我一个班的，他成绩还不如我呢。"

"你非要和谁要好的话，不如跟你们班第一名，说不定他还能在学习拉你一把。"

琦琦一愣，笑得不行："我们班第一是女生。"

"我开玩笑的。主要是你那朋友……算了，我不好多说。等你长大了，八成会后悔。"

"那你给我介绍一个你们学校的帅哥呗，能考上A大的，成绩肯定不差吧。"

阮季星脑子里浮现出沈轲的脸。她避开琦琦炯炯的眼神，说："帅的大部分早被拿下了，还能等着我介绍给你？"

"嘁，没劲。"

"写题有劲，写你的去。"

第二天，阮季星吃了早餐后，又赖床赖到中午，起来看见季曼做了一大桌子菜。

“是要来客人吗？”

“傻星星，今天是你生日啊。”

“啊？”阮季星看了眼日期，“还真是。”

她过两个生日，跟家人过农历那个，对外称过身份证上那个。

最近忙忘了。

季曼说：“爸爸去取蛋糕了，你想中午吃还是晚上吃？”

阮季星帮她端盘子：“我这么大了，还有生日蛋糕？”

“你多大了也是我们的孩子啊。”季曼看了看钟，“你爸应该马上就回来了，等他一起开餐。”

说曹操曹操到。一家三口坐下来吃饭。

“星星，生日快乐。”阮正荣递来一份礼物，是一台新版 iPad。

阮季星嗔道：“我的旧的还能用啊，多浪费钱啊。”

阮正荣说：“那还是咱们家有钱的时候买的，你那台可以给你妈追剧，她现在老喜欢躺在床上拿手机看，多费眼啊。”

“妈妈也有。”季曼打开盒子，取下一条项链，想给她戴上。

阮季星还没反应过来，季曼已经看到她脖子上那条：“咦，是你自己买的吗？”

“不是，沈轲送的。”

“小轲怎么会送你这种礼物？”季曼是过来人，看得通透，眼里带着笑意，“你们在交往？”

“没有！我俩就是朋友。”阮季星一心虚，声音就不由自主地拔高，她把礼物收起来，“妈，你别乱说，吃饭。”

饭后不久，阮季星抱着饭盒从家里逃出来。

季曼一抓住她的把柄，就没完没了地打听他们相处的细节。她越答，露出的马脚越多，干脆借口说要给琦琦补课，跑了。

蛋糕太大，吃不完，给琦琦带了一块。

阮季星看了一眼手机，某人没给她发消息。

之前每年过生日，季曼都会把他叫到家里吃蛋糕，她不信他不知道。

还交往呢，谁家男朋友一句“生日快乐”也没有。

不知道为什么，这阵子见不到沈轲，她想起他的频率反而越来越高了。

她是……喜欢他吗？

她不敢百分之百确定，可以明确的是，和他在一起的时候，她不会尴尬不自在，还会因为不经意和他发生肢体接触而羞赧。

他突然失踪，她会担心；他受伤，她会气愤……

而且，他还是她第一次做春梦的男主角。

她好像一点一点在为佐证这件事找证据，就像验证一个三棱柱中的两条线平行一样。

你明知道它们平行。

你也明知道自己喜欢他。

但你在最后下结论的那步犹豫了，又倒回去看，推理过程有没有错误。

也许出题人剑走偏锋，非要来个不平行呢？

也许她对他的好感，无关情爱，或者像琦琦一样肤浅、不坚定呢？

阮季星赌气地想，她独自纠结有什么用，他从来没表过白，难道还让她主动吗？

她才不要。

从小到大多是男生对她殷勤示好，等到点破时，她再拒绝，这套流程已经得心应手。

向男生表白？

她没做过这种事，也不会做。

不联系她就不联系她呗，想追她的男生都得排着队好吗？

她狠狠地瞪着手机。

算了，给你最后半天机会，你要是再没动静，你就彻底被踢出队伍了。

突然弹出的通话，吓得她差点没拿住手机。

阮季星平复了下心情，接起，故作平静地“喂？”了声。

电话那头，传来睽违已久的沈轲的声音：“你有空吗？”

“怎么了？”

“我手头没有电脑，麻烦你帮我改个文件。”

阮季星：“哈？”

她忍住气问：“很急吗？”

他语气淡淡：“嗯，现在就要。”

“你把我当你的员工了？随叫随到？”

“有报酬。”

“你发给我吧。”

阮季星不爽归不爽，还是调转方向，往家的方向走，一边接收他发来的未命名文件。

一加载完，立马黑屏，她正欲骂沈轲以德报怨，屏幕上方掉出一只金元宝。

她点了一下，金元宝里掉出来一堆金币。

然后又掉出一朵玫瑰花。

点击，散落成一堆花瓣。

什么玩意儿啊？

她依次点击，开始出现字，“快”“学”“日”……点完后，屏幕又是一闪，出现一句被花瓣、金币包围，闪闪发光的话——祝阮同学生日快乐！

阮季星“扑哧”笑出声，退出界面，说：“你上哪儿搞的？”

沈轲慢悠悠地说：“当然是我自己做的。”

她吸了吸鼻子，偏要吐槽道：“好土。”

“浪漫情调，玫瑰至上；现实主义，寻黄金乡。让你应有尽有，不好吗？”

“看得见摸不着的。”

“谁说摸不着？”他说，“回头。”

阮季星听到他的话时已隐约有了预料，然而，转过身后的一瞬间，心跳还是那么猝不及防地、不可避免地停跳了。

他一手握着手机，一手拿着一把花，就那么朝她走过来。

那一刻，她终于能够写下最终结论。

两条线平行。

她喜欢他。

阮季星立在原地，一时无措，不知道做出怎样的反应才算应景。多少也有些是被姗姗来迟的觉悟震慑到了。

少女的喜欢是一件很郑重的事情，应该在一个无人得以窥见的角落，悄悄打理、装扮，而不是在有人经过的路边，险些将其公之于众。

手还握着手机，悬在空中。

沈轲在她面前站定。

“生日快乐，阮季星。”他的声音清晰，唤回她的神思。

阮正荣每年情人节都要送季曼一束红玫瑰，她以前觉得艳俗，她说，她喜欢粉的，诸如洛神玫瑰，波浪花边，外白内粉，花型像层层叠叠的蕾丝公主裙。

但事实上，她自上学起就不再穿公主裙，嫌累赘。

阮季星早已经忘记这茬了，是沈轲好好地将她说过的话记下，并送上这么一束洛神玫瑰。

除此之外，还有一枚她出生那年发行的纪念币，装在亚克力盒子里。

轻飘飘的礼物，沉甸甸的心意。

她咬了咬下唇，故作镇定：“这就是你刚说的报酬？”

“够吗？”

“马马虎虎吧。”

她翻来覆去地看，第一次见面额10元的硬币，还是双色的。花掉的话，好像太亏。

沈轲看着她，摘下她头顶上的生日帽。她面露窘色，“我刚刚出来得急，忘了。”

他没说什么，有一下没一下地叠着，忽然说道：“我现在，没有那么多钱……”

阮季星打断道：“我知道，你有个拖油瓶爸嘛……我这么说长辈是不是不太好？”

他笑了笑，摇头。

“你吃饭了吗？要不然去我家吃点？”才落音，她立马反应过来，“不行不行。”

指不定季曼怎么调侃他们。

阮季星拿着花和饭盒，腾不出手来，用肩膀撞了他一下：“跟我来。”

跟卧底接头似的。

沈轲亦步亦趋地缀在她身后，问：“从刚才到现在，你慌什么？”

“我哪有？”她忙不迭否认，“我就是没想到你会跑到Z市找我。”

说到这个——

“你怎么知道我住这儿？”

“之前你们搬家落了点东西，叫我妈帮你们寄过来。”

她说：“也就是说，你其实一直知道我家的地址？”

他“嗯”了一声。

阮季星嘀咕：“既然知道，怎么从来没找过我？”

不敢大声叫他听见，似乎也是心虚，毕竟送走赵若华之后，她也从没找他。

这样却也给她造成一种错觉，那几年，他们并没有完全失联。

或许，喜欢一个人，难免藏着各种小心思。

譬如，希望和他的交集多一点，再多一点。

她瞟了瞟沈轲。

他的侧脸更好看些，五官立体，线条流畅，每一分每一寸都是天公之笔的恰到好处。

难怪那么招桃花。

小时候是沉默寡言，长大后，就成“高冷男神”了。长得好看，缺点都能被包装成特点。

但怎么没人管她叫“傲娇女神”之类的呢？

果然，这个社会上，男女生面临的境况大为不同。

看上他的又是庄卉冬那样的院花，又是冯清莹那样有能力的，凭什么追她的都是一些歪瓜裂枣？

也不知道是男生更自信，还是更不要脸。

如此一来，她就更不能当主动的那一方了，不然以后就少了压死他的砝码了。

阮季星不是强势的性子，但男生这种生物，不驯服得老实了，他岂会处处顺着她？

就看季曼和阮正荣吧。

这么多年，家中大大小小的事情上，但凡季曼说“不”，阮正荣就不敢做。总之，得等沈轲撕破他那张淡定的面皮来追她。

阮季星带他找地方坐下，揭开饭盒，奶油碰花了，但总归不影响吃，塞到他手上，说：“就算你吃过饭了，你来都来了，我的生日蛋糕你也得吃一口。”

奶油吃多了容易腻，他还是一口一口地吃光了。

阮季星突然想起什么，说：“你手机给我一下。”

他递给她：“你要干吗？”

上次抢走他手机，试的密码是身份证上的生日，怎么没想到用农历生日呢。

输入进去，还是错。

沈轲见了好笑：“你居然还没死心？”

她噘噘嘴：“谁知道你手机里存着多少张我的黑照。”

“那你为什么不直接问我？”

“行啊，密码多少？”

阮季星心直口快，实际上也没抱任何希望，毕竟一般人谁会随便把手机密码说出去，结果——

“0623。”

解锁成功。
她好奇地问：“这有什么特殊含义吗？”
沈轲说：“我妈的生日。”
阮季星愣了下，想起来了，摸摸鼻头，“哦”了一声。
他和赵若华相依为命多年，他把母亲看得最重，合情合理。
她点进相册，大部分是拍的PPT，有一些老师不愿意课件流出去，让学生自己拍。
除了那次上课睡觉偷拍她的，还有几张其他她的照片。
她笑的、躺在草坪上的、坐在图书馆里、看着窗外发呆的……
此外，有一张影子，明显是两个人。
她问：“你什么时候拍的？”
沈轲饶有兴致地勾起一抹笑，反问：“你怎么确定另一个人是你？”
“不是我那是谁？”阮季星抬眼，直勾勾地盯着他，带着咄咄逼人的气势，像是要蓄意挑起事端。
拉锯战中，只消一个来回，沈轲便先行告降。
他转移了目光，承认道：“是你。”
什么时候拍的不重要。她暗自得意，他藏得挺深啊。
但他面上装得淡定，她什么端倪也抓不住。
紧接着，她又想到，这些东西，如果他存心不想让她知道，她其实一辈子也发现不了。
她以为她在钓鱼，结果这条鱼太沉，一点点把她往河里带呢。
阮季星归还他的手机。
他问：“不毁尸灭迹？”
“你留着呗，你难不成会害我？”
沈轲点了几下，重新将手机递给她。
她惊讶：“你对我这么放心？”
告知密码和录指纹，虽然都是默认她可以使用他的手机，但后者更像是与她共享。
而手机对现代人的意义怎么比喻呢，蜜蜂的蜂巢？松鼠藏松果的树洞？抑或者，燕子衔泥一点点筑造的窝？
这是，放她进入他的领地，给予她在此撒野的权利。
沈轲把她的话原封不动地搬来：“你难不成会害我？”
她煞有介事地说：“小心让你了解一下什么叫最毒妇人心。”
他耸了耸肩，没什么所谓的样子。
阮季星录入了右手大拇指指纹，他接回去的时候，她莫名有一种，两人缔结了某种契约的感觉。
她转移话题：“你什么时候回学校？”
他说：“提前几天回去吧。”
“还是卖校园网？”
他“嗯”了一声：“加上补考。”
“要不要我帮你复习？我这门考得还挺好的。”
沈轲笑了下：“那谢谢阮老师了。”

她说："哎，你知道吗？我最近在帮邻居阿姨家的小孩补课，她比我当年还难搞。"

"原来你知道自己难搞。"

"喂，沈轲，你什么意思嘛。"她吹胡子瞪眼，"我可以自嘲，但是不准你说。"

沈轲举起双手，做投降姿态，笑意愈深："OK！"

阮季星正要说什么，余光里，琦琦见鬼似的看着她——话硬生生地给咽了回去。

琦琦说："阮季星，你居然也会笑得花枝乱颤的？"

为了有威严，她平时上课都故意板着一张脸，从来没笑成这样过。

阮季星翻白眼："你不会用成语可以不用。"

琦琦手里还拎着一袋零食，自来熟地在他们俩中间一屁股坐下来，问沈轲："你们是同学？"

他不露声色地往旁边挪了挪，看了眼阮季星。她解释道："我上家教的学生，琦琦。"

沈轲答："嗯，大学同学。"

琦琦问得更直接了："你有女朋友吗？或者男朋友？"

阮季星差点噎死。现在小孩都这样吗？

"都没有。"

闻言，琦琦将矛头对准阮季星："好啊，你这么小气，让你给我介绍帅哥，你说……"

阮季星把她拽起来："要上课了，快回家，我给你带了蛋糕。"

不对，蛋糕给沈轲吃了。

"我回去给你拿，你别惹他，他这人阴晴不定，不好相处得很。"

被一个人留在原地的沈轲一头问号。

琦琦半推半就地被阮季星拖走，大声嚷嚷："哦，我懂了，我是不是得叫他师公啊？"

阮季星恨不得把她的嘴堵上。

"阮老师，你眼光还挺好的，这个帅的哎。"

"你别乱说，我们就是普通同学。"

地方小，八卦根本藏不住。要是让李阿姨知道她"男朋友"来了，很快，季曼也就知道了。

阮季星威胁道："你要是再胡说八道，我就跟李阿姨检举你。我好歹上大学了，你呢？"

"我不说，我不说行了吧！"琦琦抽回胳膊，"瞧你紧张那样儿。"

好不容易应付完琦琦，阮季星发消息问沈轲：你走了吗？

R136a1：我在你家。

寄星：[?]

R136a1：本来想等你，碰到季阿姨和阮叔叔了。

完了，都完了。

阮季星心如死灰。

阮季星一整个下午都坐立难安，生怕季曼误会。

琦琦调侃她："说我谈恋爱学习不专心，阮老师，你打脸了啊。"

下了课，阮季星叮嘱她："今天记得把卷子写了，我明天上课来批。"

琦琦速度快，无缝衔接开了把游戏，头也不抬："知道啦，你会你的情郎去吧。"

阮季星瞪她。

经此一遭，这小姑娘越发不怕她了，嬉皮笑脸的。

她一阵心累。

马不停蹄赶回家，连厕所门也拉开看了，不见沈轲人影。

他也没说他走了啊。

阮季星问："妈，那谁人呢？"

季曼慢条斯理地嗑着瓜子："哪谁？"

阮季星跺了跺脚："沈轲。"

季曼忍俊不禁："我还没问你俩的事，怎么反倒你先急上了呢？"

"妈！你别逗我了。"

"小轲大老远跑来给你庆生，总得留他吃顿饭吧。你爸说要去海鲜市场再买条石斑，他陪着一块儿去了。"

阮季星暗松一口气，也坐下来，抓了一把瓜子。

桌上还有小半杯冷透的茶。

阮家——或者说大部分中式家庭——的待客规矩，离不了一杯茶。

她盯着沉到杯底的茶叶发呆。

"怎么，舍不得他走啊？"

阮季星回神，说："不能告别都没有就走了吧。"

季曼拍了拍手，揽着她的肩膀："说实话，如果你和他在一起，我和你爸爸是不同意的。"

阮季星猛地扭过头："为什么？"

"你赵阿姨在我们家帮工的那几年，我知道她带孩子不容易，也尽力帮他们母子俩。小轲那孩子，懂事、聪明，会察言观色，我也挺喜欢的。但站在一个母亲的角度来说，他绝非良人，他的家庭，对你来说，更是无异于火坑。"

阮季星的声音闷闷的："谈恋爱跟他的家庭有什么关系？"

"万一你们想一直走下去呢？"

季曼语重心长地说："你从小到大，我们舍不得让你吃一点苦。快高考那段时间，你很压抑，我看在眼里，我心疼，可我也做不了别的。感情更不是你想象中的，两个人牵牵小手、吃吃饭那么简单的事。这样，你觉得我们能同意吗？"

阮季星的眼角渐渐湿润。

她第一次喜欢一个男孩子，并且才刚刚意识到，就要受到父母的阻力吗？

她吸了吸鼻子："这些话，你们和沈轲说了吗？"

"没有。但是我猜，他一早就算到这层，所以他和我们说的是，你在学校给予他很多帮助，这是他投桃报李。”

阮季星把脸埋在妈妈肩上，眼泪一点点漫出来，晕出一片温热的湖泊，委屈地哽咽：“妈，可是我喜欢他，他也喜欢我。”

季曼轻轻拍着她的背，没有说话。

于是，她明白了，真的没有转圜余地了。

沈轲知道，阮正荣把他叫出来，是有话要单独和他说。

估计季曼那边也在做阮季星的思想工作。

若要形容阮正荣如今的状态，直接点说，就是变老了。

皱纹、白发、体态、身材……岁月在他身上留下的痕迹，宛如废墟重建那样工程浩大，又像大桥坍塌那样惊心动魄。

可实际上，没有度过能造成这么大变化的时间，只能证明，爱妻爱女的他，实在操劳过度。

和季曼的细心周到不同，过去的十几年，阮正荣扮演的是一位慷慨大方、以一己之力撑起家庭重担的父亲。

由于忙碌和传统家庭分工的差异，在阮季星的成长过程中，他的陪伴和关心远不如母亲。因此，和女儿交心的任务，他大抵胜任不了，于是自然而然地被派来与沈轲“谈判”。

沈轲不了解两位长辈对他们的情况的掌握程度，当他们问起时，他也只是含糊带过，说接受过阮季星不少的帮助。

约莫是他的潜意识里也知道，他们允许自己的女儿广交朋友，却无法同意她交一个他这样的男友。

所以，他刻意掩饰了自己对她的感情，仅以普通同学、普通朋友自居。

如果叫唐天和知晓，他八成会惊掉下巴：踔天踔地的沈轲竟然也有畏怯的一面。

但沈轲不得不拿出小心翼翼，乃至如履薄冰的态度。

他不能再次失去阮季星了。

阮正荣精挑细选出一条肥美的石斑，说晚上做清蒸。

沈轲自觉地从档口老板手里接过来，鲜活的，还在袋子里乱蹦。

阮正荣说：“星星喜欢吃鱼，但容易卡刺，每次要么就给她买刺少的，要么就把刺挑干净。就算到了这么大，她妈妈还是这么做。”

沈轲说：“季阿姨很爱她。”

“刚生下星星的时候，她得了轻度产后抑郁，不是星星离不开她，是她离不开星星，但太辛苦了，她总觉得照顾不好，久而久之，情绪就有点失控。”

阮正荣叹了口气，继续说：“直到后来，星星学会爬，她的精神状态才慢慢好起来。”

沈轲没说话。

这显然只是一场铺垫。

“虽然我们家大不如前，但星星依然是我们捧在手心里的宝贝。小轲，你妈妈为你付出那么多，你应该能理解吧？”

能理解，他们希望她过得好。

能理解，他们希望她将来的对象是家境相当的好男孩。
对吧？一切尽在不言中。
沈轲眼帘微微下垂：“叔叔，我明白。”
“好孩子。”阮正荣拍拍他的肩，笑了，“不单长高，也变结实了，还是年轻好啊，年轻就还有无限可能，可以闯出一片天来。”
沈轲默了默，说：“叔叔，我以后想创业。”
“有奔头是好事，但十个创业九个败，你想好了？”
阮正荣讶异的是，这个年代，没有家里的经济、人脉等支持，这条路注定艰难得多。但似乎正因处在谷底，本就无路可退了，才会愿意孤注一掷，哪怕向上攀登有摔得粉身碎骨的风险。
“我目前还在摸索，未来几年哪些行业发展势头好，我拿得出手的优势是什么。我想搏一把——为我的未来。”
也为我和她的未来。他心说。

陪阮正荣买完东西回家，沈轲留意到，阮季星的眼皮有点红。
她皮肤白，哭过之后就特别明显。
季曼素来不忍心骂她的，是说了什么，她才会哭？
沈轲原本想帮阮正荣打下手，季曼说：“你是客人，怎么能进厨房。你和星星聊聊天、看看电视。”
他便坐到客厅沙发上。
阮季星抱着抱枕，电视播着，她眼神很空洞，大概率没看进去。
他望了望厨房，夫妻俩正争执石斑到底清蒸还是做成酸菜鱼，但因为是善良和气的人，这样的画面也是温馨的。
他用膝盖碰碰她的，问：“怎么，那学生又闹腾你了？”
避重就轻地开了话头。
阮季星有些愣地看他一眼，低低地“嗯”了一声。
她问：“你是不是昨天就来Z市了？”
沈轲停了两拍，说：“是。”
“所以我在书店看到的人，的确是你。”不是疑问句，而是肯定句。
他还是一个字：“是。”
她又问：“你都根据我朋友圈定位去找我了，为什么又跑了？”
沈轲笑了笑：“那我今天给你准备的，不就没有惊喜了？”
阮季星看了他一会儿，又继续对着那笑笑闹闹的综艺节目放空，说：“我本来挺高兴的。”
他顺着她的话问：“那谁惹你不高兴了？”
她扁着嘴，满腹委屈地说：“被花刺扎到手了。”
他方注意到，他送的那束花，被她放进花瓶里，用水养着。
其实两个人都心知肚明，对方是在转移话题，但同时默契地假装不知道。
仿佛这样，就还能按照以前的模式相处，暧昧，亲近。
阮季星猜不到沈轲对他们关系的打算，但以她的性子，真要是真心喜欢的东西，哪有那么轻易放弃。

人也一样。

她纠结的是，该怎么做，才能让季曼放心。

厨房里，借着抽油烟机的声响作掩护，夫妻俩也在小声嘀咕。

阮正荣问："星星怎么说？"

季曼叹了口气，说："哭了。"

阮正荣一时心软："要不就随他们去吧，我看小轲还挺有上进心的。"

"你可别和稀泥，你不能听他怎么说，得看他怎么做。"

阮正荣笑了："这么快就开始从丈母娘的角度来考察女婿了啊？"

季曼瞪他："什么女婿？星星刚读大学，男朋友是男朋友，离结婚还远着呢。"

"是是是。"阮正荣对老婆百依百顺，又说，"但是你也别管得太严，十八九岁的初恋，感情多美好啊。"

季曼故意阴阳怪气："这么说，你现在依然对你的初恋恋恋不忘咯？"

"那可不，不仅要记一辈子，还要跟她白头偕老呢。"

"信你个大头鬼。"

骂归骂，季曼还是笑了。

饭后，阮季星主动请缨，送沈轲出去。

季曼没说什么，只提醒她外面风大。

她这会儿正在玄关，脱掉拖鞋，两只脚齐齐套入鞋口，再弯下身去拉鞋跟，沈轲动作自然地帮她从沙发上拿了帽子和围巾。

季曼见了，说不出话。

"爸，妈，我走啦。"

"早点回来。"

话没说完，门就关上了。

季曼投诉似的说："你还让我别管得太严，你看看她，这是我能管得住的吗？"

阮正荣笑呵呵："星星心大，像我。"

季曼懒得理他，去洗碗了。

阮季星其实是在吃饭的时候想通了。

谈恋爱嘛，就像菜，你不尝尝，怎么知道它咸没咸、淡不淡？而且你得趁热吃，凉了，或者再热一遍，终归不是最初想要的那个味了。

但她也没打算顶撞季曼，大不了就先以"朋友"处着呗，反正季曼又没说让他们断绝来往。既然如此，她送作为客人的朋友走，也是理所应当的吧？

到了楼下，阮季星朝他摊开手："给我吧。"

沈轲没应答，抻开帽子，替她戴上，接着又围上围巾。

原本应该是挺浪漫的氛围的——如果他没有把她整张脸都包住的话。

阮季星把围巾往下拽，恶狠狠地瞪他："你故意整我是吧？"

他扯了扯唇角，揉了下她的脑袋："走了。"

她拍掉他的手，问："你什么时候回S市？"
"原本是今天下午的车，改签到晚上了。"
沈轲瞟了一眼时间，看着她，意有所指地说："还有两个小时。"
弦外之音是，他不急着走。
阮季星听出来了，也没点破，说："吃炒板栗吗？我请你。"
他摇头："叔叔阿姨太热情，吃撑了。"
"那正好，我陪你散步消消食吧。"
想跟他再待一会儿就待一会儿，非要说陪他散步。
沈轲几不可见地笑了下。

两个人沿着马路牙子漫无目的地走着、漫无目的地聊着，中间隔着一个拳头的距离。
不远，不近，不亲，不疏。
阮季星敏锐地察觉到，他其实有某种冲动，但始终竭力克制着，按捺着，故而显得有几分心不在焉。
他专程赶到Z市，给她庆生，又将她的指纹录入手机，相当于在窗户纸上戳破一个指头大小的洞。
她又不是傻子，再迟钝也该懂他心意了。
但彼此还在等待着一个合适的，把这层窗户纸彻底撕开的契机。
阮季星走在里边，他的另一边是车水马龙的路面。
她偷偷垂眸，看见他的手是垂在身侧的，五指稍稍张开，像是，在等谁的手扣进去。
她一点点向他靠近，状似无意地碰到他的手背："……哎，沈轲。"
他"嗯？"了声。
"你知道吧，R136a1距离地球大约16.5万光年。"
"嗯。"
"也就是说，你现在所看到的它，其实是16.5万年前的。你觉不觉得特别奇妙？说不定，16.5万年后，那颗星球上的生命文明望向宇宙时，此时此刻的路灯，车灯，还有你眼里的光，虽然微不足道，但或许也能被捕捉到——就这么完成了一场穿越时间和空间的交汇。"
她的双眸，也像两颗小小的星球，里面孕育了万物。而他，被强大的引力拖拽进去。
沈轲想，他也是穿越了时间和空间，才能和她重逢。
手背又被碰了一下。
像只热衷于调皮捣蛋的猫不停地扒拉爪子，不痛不痒的，就是为了引起你的注意。
他碰回去，报复式的。
"你干吗？"阮季星屈肘，顶了下他。
"我才想问你干吗？"他一边肩膀向下倾斜，撞她一下。
两个人原本是碰来碰去，演变成在街上你撞我我撞你的，沈轲躲开，她就追。
阮季星又气又好笑，气喘吁吁地吐槽："幼不幼稚啊你。"

"不幼稚怎么陪你玩这种把戏。"

沈轲忽然抓住她的手，指尖不知是故意还是不小心，轻轻地挠过她的手心。

两只手都是冰凉的，不过一只大，一只小，尺寸差异显著。

阮季星的心跳就像快要没墨的笔芯，写起来断断续续的。

仿佛所有感官同时调动，才能那么清晰地感知到，先是他柔软的指腹，再是修剪过的指甲，从上到下。

全身上下每一寸肌肤的汗毛都竖了起来。

她紧紧地抿着唇，没出声，也没挣脱，眼神似遇到天敌的兔子，惊慌失措地遁逃，试图跳入洞口掩藏形迹。

沈轲很快就松开了，若无其事地将手插进口袋。

但他们之间蓄意拉开的距离消弭了，肩膀抵着肩膀，手臂挨着手臂。

"沈轲……"阮季星的声音细细弱弱的，犹且沉湎于刚才的心动里，"你不说些什么吗？"

"说什么？"

她说不知道，又说有点尴尬。

充其量也就是牵了个手，持续不到三秒，她反应怎么这么大？她都唾弃自己，表现得太没经验，太像愣头青了。

但沈轲说："嗯，我也有点。"

她的音量又低了几分："我还以为你很游刃有余呢。"

那是因为，她无从得知，他是凭着怎样的一阵冲动，才敢那么做。也得多亏她，是她刚才那番话给了他勇气。

她说 R136a1 的光穿越 16.5 万光年抵达地球，为人们所看见，或许也能明白，他出现在她面前的意义。

阮季星送沈轲上前往车站的车。

他要坐通宵的绿皮火车硬座，明天早上七点到 S 市，她光是想想就觉得痛苦。

临别前，她给他买了一袋零食，让他路上吃。

他说："我给你叫了个车，待会儿到。外面冷，就别走回家了。"

"哦，好。"

沈轲拉开车门，深深地凝望着她的脸："再见。"

她冲他挥手："拜拜。"

车启动，司机说："小两口这是异地恋啊？"

估计是见他们依依惜别，他的目的地又是火车站。

沈轲沉默，没说是，也没说不是。

车开到晚上，人很疲惫，司机便爱和乘客闲聊转移注意力："异地恋辛苦啊，尤其是热恋期，分开没几天就想得不行的，我见过好多对，女孩子哭得稀里哗啦的，不知道最后结局怎么样咯。"

不用没几天，他现在就开始想她了，以至于不敢从后视镜里再看她最后一眼。

阮季星八成不会哭。但他卑鄙且贪婪地祈盼着，她会日日想念他。

最多半个多月，他们就要返校了。

等十几天，他们就能见面，可要等多久，他才有资格堂堂正正地牵起她的手，而不是像小偷一样，短暂地偷来一段不属于自己的美好时光和记忆？

那天晚上，沈轲上了车，打开零食袋，才看见那盒薄荷糖。

铁路穿过田野、山林、城市边缘的郊区，大多时候，窗外一片漆黑，因而玻璃窗清晰地倒映出他的面孔。

车厢里有人打着鼾，还有有节奏的“咔嗒咔嗒”声，沈轲含着一颗糖，靠着座椅合上眼。

精神处于困倦状态，可环境的缘故，他难以安然入睡，打开手机，才凌晨三点多，还要熬将近四个小时。

思维像浮在流动的水面，上下起伏着。

他对阮季星撒谎了。

本来他想对她坦诚的，那一刻还是懦弱了，他不想彻底暴露自己。

他很早就知道她住在那儿，早在她刚搬离 S 市时。

他记性不错，曾看过她的初中毕业照，记下了一个站在角落的，叫何楚悦的女生，以此身份，拿 QQ 小号加了她。

又拿她曾吐槽过的关于老师、同学的事，和她套近乎。

实际上，那时她意志正消沉，对他爱搭不理，也没心思发现种种漏洞。

沈轲说，自己即将出国，给同学准备了一份分别的礼物，可她不在S市，他想寄给她。

她语气干硬地拒绝：不用了，谢谢。

他想，她八成在怄气，因为原本她也可以出国的，不用受国内升学的压力。

于是他说，他以后也许不会回国了，这是他最后的愿望。

她还是接受了。

他利用了她的心软欺骗她，后来不管是因为心虚，还是歉疚，总之不敢再主动给她发消息。

当年的快递面单还是手写的，也无须实名认证。

他将东西包得严严实实，请快递员帮他写了一张“祝你前程似锦，鹏程万里”的贺卡。

赵若华没给他们寄过什么东西，只有他给她寄的一颗星球水晶球。那会儿，无论男生女生，都流行送这玩意儿。

今天在她家，他看到了它。

如果当初知道是他骗了她，她还会留着水晶球到现在吗？如果知道他偷偷觊觎她这么多年，她会因为害怕而疏远他吗？

沈轲起身，由于久坐，下肢有些麻木。

他绕开过道里乘客伸出来的腿，走到洗手台前，掬起一捧冷水往脸上扑。

沈轲。

你做的这些，你敢让她知道吗？你怕她知道你是一个费尽心机，藏在角落的胆小鬼、偏执狂。

第九章 认知差异

开学报到时间在元宵节后的两天，但阮季星元宵节当天就准备去学校了，说是要收拾东西。

季曼说：“真的不在家里再待两天吗？到时爸爸妈妈陪你去学校。”

“我自己可以的。”

季曼无计可施，只好由她去了：“行，要是行李箱搬不动，请人帮帮忙。”

“嗯。”

阮季星感觉，在爸妈眼里，她仍是依赖他们的小孩子，她硬是憋着一股劲，吭哧吭哧地拖了一路行李箱。

但面对宿舍楼梯时，她忍不住唉声叹气：为什么自信放假期间会学习，往行李箱里装书？现在好了吧。

隐约听到熟悉的声音，她探头看去。

唐天和拖着一只明显属于女生的行李箱，和宿管阿姨解释，他帮同学搬行李。

他旁边的那人……不是冯清莹吗？

“班长？”

“星星，你怎么这么早就来学校了？”

阮季星还没开口，唐天和抢白：“学校有老沈在呗。”

她瞪了他一眼，说：“不应该我问你，你为什么来女生宿舍吗？”

冯清莹夺回行李箱拉杆：“谢谢你送我，我提上去就行。”

唐天和说：“别啊，送佛送到西，你行李箱这么重，你一个女孩子怎么提得上六楼？”

冯清莹用力，脸涨红了，一小步一小步地爬楼梯。

爬到一二楼中间的平台处，她回头，居高临下地冲唐天和说：“女孩子怎么提不了？看不起谁？”

她很瘦，一米六几，不到一百斤，是严格管理身材的结果，但她不服任何人说她做什么事不行。

她继续往上。

唐天和挠挠脸，问阮季星：“那我帮你？”

“我……我应该可以，谢谢你啊。”

上楼比下楼难多了，何况之前还有冯清莹帮她。

到宿舍的时候，阮季星两条胳膊快废了，喘着粗气说：“班长，你好强。”

冯清莹一边拧了块抹布擦桌面，一边说：“你说的是逞强，还是强壮？”

阮季星想想，答：“也许是坚强、自强。”

冯清莹笑了：“不过是一件小事，这怎么看出来的？”

阮季星晃了晃脑袋：“很多小事啊，就像一幅肖像图需要很多线条。”

冯清莹好奇了：“星星，你怎么评价我这个人？”

阮季星眯着眼笑：“我不评价你，我欣赏你。”

她又说：“当然，我之前觉得你的‘强’是强势。很多事情你都是说一不二的，而且在我们参与前，就做好决定，事后再来问意见。”

冯清莹没说话。

她再清楚不过，这种行事作风是继承自谁，但鲜有人跟她直说，也许是怕得罪她。就像她不敢反抗母亲。

半晌，她又问：“那你会反感吗？”

阮季星说：“如果将对人的态度分成六个等级：爱、喜欢、好感、无感、反感、厌恶。你在我这里，至少是前三。”

冯清莹开玩笑：“听起来不是第一等。”

阮季星假模假样地在空中点着：“查看目前对冯清莹的好感度——嗯，希望你再接再厉。”

两个女孩笑成一团。

笑够了，阮季星问出刚才就疑惑的事：“唐天和怎么会送你回学校？”

“他问我什么时候返校，具体到时间。他太像狗皮膏药了，我都想把他拉黑了。”

阮季星分析道：“殷勤过度，不是图利，就是图你。”

冯清莹露出惊恐的神色：“我不要。”

“我也觉得他配不上你。”

“他人挺好的，顶多是不合适，谈不上配不配得上的。”

阮季星一本正经地说：“在女生眼里，再好的凡间男子，也配不上自己天仙一般的好朋友。”

冯清莹调侃道：“我看谢晓羽挺喜欢撮合你和沈轲的。”

阮季星破功了：“说你呢，干吗扯到我身上。”

“唐天和的话……再看看吧。”

沈轲收拾东西，正准备找某人去吃饭的时候，阮季星欢快地蹦进营业厅。

但他没想到，她的第一句话是——

“哎哎哎，你知道吗？唐天和有情况。”

她一脸兴奋的样子。

沈轲挎上书包，冷冷淡淡地“嗯”了一声，提步往外走。

阮季星恍然未觉，继续说道：“他是不是没谈过恋爱来着？他也太直了，哪有那么追女孩子的，我要是……”

“你吃什么？”
“学校食堂开了吗？”
“没有，去校外吃。”
她沉吟片刻，说：“那水饺吧。”
被他一打岔，她就忘了还在说唐天和的事。
他耳边清净多了。

水饺店。
沈轲往外面瞥了一眼，把手机给她：“你点吧，我出去一下。”
听他的意思，是他请客？但他没说他要吃什么口味的啊。
他好像很少表露饮食偏好，在她家吃饭的时候，他有什么吃什么，大人夹给他的菜，他都会吃光；不像她，喜欢把自己爱吃的摆在自己面前。
难怪季曼总说他懂事。
但其实，很多时候，懂事对小孩来说，是现实逼迫的、大人希望的，所以不得不为之的，而非自由选择的结果。
如果她家没有破产，她大概永远意识不到这点。
他那时会被她的任性刺痛吗？
阮季星坐下来等他，忽地，风刮进来，她听见一道声音说：“星星，下雪了。”
她回头。
沈轲的发上、外套的毛领上沾着细碎的雪花，耳朵冻红了，呼出的热气受冷而凝成白色的雾团，手里拿着几串冰糖葫芦。
天气预报说最近有雪，她还没当回事。随着近几年全球变暖，南方的雪越来越罕见，尤其这会儿已经二月下旬了，但外面当真下起了纷纷扬扬的雪。
阮季星忙把他拉进来，店内开着暖气，他身上沾着的雪很快消失殆尽。
她说：“你着急出去，就买这个啊？”
“那个爷爷觉得天太冷，打算走了。”
不追上去的话，就买不到了。
阮季星接过糖葫芦，不经意碰到他的手，冻得和冰块似的。
她往他手里塞了个什么，热乎的。
“我就带了两个，看在糖葫芦的份上，分你一个。”
是叠成小块的暖宝宝，她涂过护手霜，上面也带了水果甜香。
沈轲心头一漾。他自然察觉得到，两人之间逸散的，似有若无的暧昧因子。
那天从Z市离开，他们的联系并不频繁，阮季星给他分享阮正荣做的菜，季曼织的小孩子的帽子，还有那束离了土壤的、渐渐干枯的玫瑰。
她就像接连地下着窝料，静待鱼吃饵，上钩。技巧不高明，乃至是笨拙的，但他的确也是自投罗网，心甘情愿。

没到正式开学的时候，又天寒地冻，店内很冷清。
雪越下越大了，被风卷着，呈漫天飞舞之势。

阮季星说："我记得有年下很大的雪，我们俩在外面堆雪人，一起冻发烧，去医院吊水，你挨了赵阿姨一顿骂，其实是我硬拉你去的。"

他很快接话："嗯，2012年。"

她讶异："你记得这么清楚？"

他说："因为只有那年下了很罕见的一场雪。"

不，不是。

关于她的事，他都记得很清楚。

她撇撇嘴，又说："我没帮你说话，还故意装得很难受，让赵阿姨骂你骂得更狠。"

也不是。赵若华只是为了在主家面前摆个态度，做个样子。

"赵阿姨切的水果，我把我爱吃的都拣走了，给你吃剩的。"

她那点食量，能吃得了多少。

"我好像还把你的围巾帽子抢走，给雪人戴。"

那不就相当于，她亲手堆了个他吗？而且，她还和雪人拍了合照。

阮季星认真地注视着他，问："沈轲，我过去……是不是真的对你很差啊？"

沈轲一头问号。

他才发现，他们之间存在着一些认知差异性问题。

世界的景象像加了噪点效果，变得模糊了。寒风裹挟着雪，往大地前赴后继地扑来。渐渐地，风静下来了，雪花下落的速度也变慢了。

从店里出来，阮季星伸出手，用衣袖去接雪花。

她扭头，对沈轲说："如果我们没有机缘巧合考到一起，是不是，这辈子也不会再有重新认识的机会了？"

他问："你相信绝对的巧合？"

"比如？"

沈轲还没接话，她接到了季曼的视频通话。

他自觉地往旁边挪了两步，以免入镜。

他这下意识的行为，莫名给她造成一种他们在偷情的错觉。她清了清嗓，接通："喂，妈。"

"星星，你吃过饭了吗？"

"刚吃完饺子。"她切了镜头，"看，A市下雪了。"

"不要贪玩，早点回宿舍，小心又冻着了。"

"知道啦。"

"对了，星星，你没收李阿姨的补课费？"

"本来我是打算不收的，她给我封了个红包，说是辛苦费，有五百呢。"

季曼叹了口气，按照A大学生做高中家教的费用，两周怎么也有将近两千了，这傻姑娘。

阮季星说"我和李阿姨说'我妈和您是朋友，冲这交情，我也不能收。'以后你要是有事求李阿姨，人家记得欠我们家的人情，不就会帮你嘛。"

季曼好笑："你从哪儿学的？"

"班长教我的。"

光顾着聊天，没留意看路，她脚下一绊，踉跄地往前跌去。

沈轲似乎料到她将有此一劫，余光一直关注着她，故而能反应迅速地拉住她。

阮季星心神稍定，抬头望向他："谢谢你……同学。"

太像掩耳盗铃了。她不知道季曼有没有看到他。

季曼说："好了，你好好走路，妈妈挂了。"

"嗯，拜拜。"

阮季星这边的电话才挂，沈轲也接到一个。

她瞄到备注：陈师瑶。

她都快忘了这号人了。具体点说，是情敌。

沈轲看了她一眼。

她疑惑地说："干吗，征求我的意见啊？你接就是了呗。"

他顿了下，按了免提。

陈师瑶开门见山："徐玮和姚雪晴打算去玩密室逃脱，得再找几个人一起，你去吗？"

"没空。"

"你真是个大忙人啊，还没说具体时间，就这么斩钉截铁地说没空。"

沈轲说："我这两天有兼职，开学后也很多课。"

对方还是不死心，问："那家密室最近挺火的，你连一个下午都抽不出来吗？"

"嗯。"

"行吧。"

他毫不拖泥带水，径直把电话挂了。

阮季星问："你对女生都是这种态度吗？"

像是在指责他不该这么无礼。

沈轲反问道："对男生就不是吗？"

她愣住，搜遍脑海，也找不到依据反驳。

若是将人的性格比作一杯饮品，他就像白酒，看着寡淡如水，实际口感醇烈灼喉。别人要是想喝下他，总会被呛到。

和他同宿舍的唐天和，不再来找他的庄卉冬，屡战屡败、屡败屡战的陈师瑶……都是如此。

你只有离得不远不近地观赏，才是品鉴这杯酒最好的距离。

阮季星搞不清自己处于什么位置。

他面对所有人时，都套着一层刀枪不入的盔甲，那在她面前呢，卸下了吗？

沈轲知道自己与温柔、好相处、阳光、开朗……这些词毫不搭边，也知道为什么会变成这样。

曾经他做过很长一段时间噩梦，同学、老师将他团团围住，骂他是杀人犯的儿子，将来也是小杀人犯，朝他丢书、吐唾沫。那一张张或陌生、或熟悉的面孔，尽是憎恶、仇恨、愤怒。

他跑到哪儿，他们便像影魅一样跟到哪儿。

帮他说话的人，无一例外，落到跟他同样的境地里。慢慢地，他身边变得空无一人。

于是，他变得不敢冒头，踩着上课铃到学校，又踩着放学铃回家。话越来越少，朋友也越来越少。

搬到S市后，没有人知晓他的过往，但他的情况依然没有得到改善。

因为他穷，因为他身材瘦小，因为他是单亲家庭的孩子。

他的衣服总是洗得很干净，但穿的时间久了，衣边卷了，颜色褪了，便显得寒碜。

长身体的男孩子吃得多，他刻意压小了食量，身上长不出肉。

不知是谁偷听到老师的谈话，将他没有爸爸的消息大肆宣扬……

赵若华是十分勤劳的女人，为了他的就学，到大城市打工，一力承担起房租、水电费、他的学费，以及两人的吃穿花费。

沈轲没有拿这些事去烦扰她。

他避开了一些人的恶意，也拒绝了另一些人的好意。

直到他认识阮季星。

她见到他的第一句话，就是说他矮。他没有特别的反应，他已经习惯了。

又是一个被父母溺爱的小公主。他那时总这么想。

他要做的，就是顺着她，不让赵若华在阮家难做。慢慢地，他发现她和其他人的不一样之处。

她娇纵，任性，肆意妄为；可她也心软，善良，聪慧灵动。

摔坏他的新玩具，又赔给他一个更好的；独自跑去他家找他，硬拉他去逛天文馆；为他准备新年礼物，零点送给他……

他第一次知道，人能有这么多面。

她不是传统意义上的好女孩，也不是不分青红皂白作恶的坏姑娘。

沈轲不记得什么时候开始喜欢她的。

或许，在那个还不懂得男女之情的年纪，谈喜欢有些夸大其词了。他应该是在分别之后才辨别清楚这份感情。

但他没有再做噩梦了。

她的笑声、吐槽、埋怨、矫情，取代了那些侮辱、咒骂。

他甚至做了她以长着翅膀的龙为坐骑，斩杀怪兽，来到阴暗洞窟里拯救他的梦。

季曼曾问他，愿不愿意搬来阮家，多一双筷子也不多。

我愿意——这句婚礼上的誓词，十几岁的沈轲差点脱口而出。他愿意和阮家共同生活，直到死亡将他们分开。

但不行。

卑怯的自尊提醒警告他，他越是依附他们，越不配和她站在一起。

到时他将永远摆脱不了“保姆的儿子”这个身份。

他想堂堂正正，坦坦荡荡地与她交往。

然而，他没想到，上天再一次剥夺走了他生命里的一道希望。

是他命里带煞，才连累得他们一家如此吗？他不得不如此悲观地想，所以他不敢再靠近了。他远远地看着她哭，看着阮家在车后窗里，越缩越小。

如今，他以为自己变得更强大了。他能赚钱了，考到她的第一志愿大学，有资格追求她了。

依然不行。

沈长林刑满释放，他的噩梦也随之回来了。

阮季星还是那么心软。她甚至自责反省，小时候会不会对他太差了。

怎么会呢。她明明那么好、那么好，好到他巴不得妥善珍藏每一帧与她习惯的记忆。

她对他而言，是午夜惊醒后，光芒照破漆黑夜空，穿梭漫长的时间和空间，抵达他眼底的一颗星。

从前、现在，都是。

这学期，阮季星宿舍四个人都把校园网的业务交给沈轲办理。

但她迄今仍不知道，当初只有她的账号迟迟没开通，是因为他故意压下来，就是为了让她找他。

她当下比较关注的是，冯清莹和唐天和进展到哪一步了。

下课后，她悄悄问坐在后边的唐天和："你是不是在追冯清莹啊？"

他有点不太好意思，咳了一声，说："你看出来了？"

谢晓羽搭腔："你特地接她来学校就很明显了好吗？"

"那就不能是我关心同学吗？"

阮季星说："你还请她去看你比赛。"

唐天和是院篮球队的，从三月开始，陆陆续续有一些院级、校级的比赛。

他说："那我不是也叫了你们吗？我还叫了老沈、徐玮，显得我排面大嘛不是。"

阮季星"啧啧"两声："欲盖弥彰。"

谢晓羽补充："自欺欺人。"

沈轲撑着脑袋，也插话进来："此地无银三百两。"

阮季星看他一眼："……两只黄鹂鸣翠柳。"

他接道："柳暗花明又一村。"

"村……村有什么吗？春色满园关不住。"

唐天和无语："……你们两个小学生还玩起来诗词接龙了是吧。"

这时，冯清莹走到台前，说："请二班的同学下课留一下，我们开个简短的班会。"

唐天和目不转睛地看着她。

沈轲懒腔懒调地说："你想追就追，别磨磨叽叽的。"

"你还好意思讲我，你自己不也是……"

阮季星和沈轲同时看向他，唐天和很有眼力见地立马改口："我追我追。"

又腹诽着：之前就老沈一个人压着我欺负，现在倒好，你们小两口搞男女混双了。

下课后，一班的陆陆续续离开教室，除了沈轲和唐天和。

冯清莹看向后排的两人，问："你们俩还不走吗？"

唐天和厚着脸皮说："教室不是开放的吗？我们等人。"

冯清莹没再说什么，插上U盘，打开PPT。

"近期学校不少学生受到电信诈骗，以及卷入到高额校园贷事件当中，今天召开班会，主要是提醒各位同学……"

银幕的光映在她脸上，唐天和看得入迷，压根没注意听她说了什么。他屈肘拐了拐沈轲，小声说："哎，老沈，你发没发现，班长又beautiful又glamorous吗？"

沈轲低头玩手机，敷衍地回："没发现。"

唐天和瞥到他在和阮季星聊天，意味深长地"啧"了一声："没眼光。"

沈轲冷着脸，说："另外，你不要继续嘚瑟你四级比我高六分这件事了。"

"你太敏感了，五百九十六分同志。"

沈轲噎住。

他忙着兼职，根本没空学，全"吃"的高中老本。

但即便知道胜之不武，唐天和依然尾巴快翘上天了，有事没事拽一句英语。

"哎，你补考过了没？要是没过的话，可是要重修的。"

沈轲抓起书包，起身，作势要走。

唐天和以为他被惹毛了，忙拽住他，放低姿态："哥，哥，我错了，我闭嘴，你别走。"

沈轲抽回胳膊："他们班会开完了。"

"啊？"

还真是。

沈轲去前门等阮季星，唐天和屁颠屁颠地跟着，还殷勤地叫冯清莹："班长，一起去吃饭不？"

冯清莹收着东西，摇头："不了，我要去学工处。"

"我陪你去！"

就凭他这么张扬的风格，很快整个院都该知道了。

阮季星深表同情地说："热情的唐同学，你来晚了，我帮她带饭。"

冯清莹背上包，朝她挥了挥手："我先走了。"

唐天和硬生生插到阮季星和沈轲中间："那我只好蹭上你们了，不然就没人收留我了。"

沈轲服了："你怎么会厚颜无耻到这种地步？"

唐天和充耳不闻。

谢晓羽看热闹不嫌事大，笑得不行。

这周六上午，经管学院和新传学院打篮球比赛。

在唐天和百折不挠——或者说死皮赖脸——的强烈请求下，阮季星答应帮他游说冯清莹一起去。

但到了观众席，冯清莹还捧着电脑做表格。

唐天和趴在栏杆上："班长，周末还这么忙啊？"

现在是初春时分，气温不高，但他只穿着一身白色球衣，脚上一双樱粉色球鞋，头上还戴了一条发带，看起来清爽又精神。

活脱脱的孔雀开屏。

冯清莹看他一眼，又低下头："你当一周班长就知道了。"

唐天和说："那我可当不来，我这人天生不具备管理技能，但我特别服从指令。"

冯清莹没空搭理他，"嗯嗯啊啊"地敷衍着。

阮季星问："你们宿舍其他人呢？"

"你直问老沈不就好了。"

她真烦他看穿了非要点破这个臭毛病。

唐天和说："快来了吧，我催催他。"

他找来手机，发语音说："老沈，你不就换个衣服吗，在磨叽啥呢？"

刚发出去，阮季星的脸被什么东西贴了一下。

她向后仰头，看见沈轲从上面的台阶走下来，怀里捧着几瓶矿泉水，独独给她的那份是奶茶。

唐天和阴阳怪气："区别对待要不要这么明显？"

沈轲丢了一瓶水给他，划出一道抛物线。

唐天和灵活地接下，动作漂亮，说："你帮我买了，岂不是不给女生们留给我送水的机会？"

"爱喝不喝。"

唐天和又问："徐玮呢？"

"校门口接他女朋友去了。"

沈轲接着顺手分了水给冯清莹和谢晓羽，她们说了一声"谢谢"。

唐天和不满地斥责道："你们一个个的，太不把我的比赛——不，象征我们学院荣誉的比赛——当回事了！"

"你这么当回事的话，还叫我这个非球队的来当替补？"

阮季星才看见他也穿着球衣，不同的是，里面还套着一件白 T 恤，问："你要上场？"

他摇头："我是替补的替补，他们球队的替补前段时间扭伤脚了，没好全，怕影响发挥。但和新传学院对打，他们赢的概率很大，大概率轮不着我上。"

换成别人，沈轲不会解释这么多。

她"哦"了一声。她不擅长运动，也不关心比赛胜率，只是想起来，好像没见过他打篮球。

直到比赛快开始，徐玮和姚雪晴才姗姗来迟。

意外的是，陈师瑶也来了。她主动坐在沈轲另一边，和他们打招呼："Hello，好久不见。"

开学之前，陈师瑶邀请他加入他们的密室逃脱局，最后阮季星没再确认，他是不是真的没去。

现在有了证据。

相较于比赛，谢晓羽更热衷于看八卦，她小声和阮季星说："你情敌来了哎。"

实际上，阮季星并不喜欢和别的女生竞争一个男生，更没有这个想法。

俗话说，抢着吃的饭更香，自然有人享受争夺获胜带来的快感。但感情如果是能轻易被争来夺去，像篮球一样的东西，迟早有一天，又将流入新一轮的比赛中。

她才不要。

所以，与其将陈师瑶简单粗暴地拟定为“情敌”，不如说，不巧地同时看上了最后一块黄油面包。

一块面包而已，买到了固然开心，买不到店里还有其他种类，不值得为此大打出手。

陈师瑶大抵和她有同样想法，至少没有对她表达出敌意。

阮季星更在意的是沈轲的态度。

她有自己的一套爱情逻辑，他若是有所动摇，便不配得到她的喜欢。

她可能低估了沈轲性格里遗传自沈长林的偏执，但只针对她。

年深日久的喜欢埋在心里那么多年，就像干旱沙漠里，根系发达的梭梭草，没法连根拔起。

沈轲没有再待在观众席，去了球队休息区，显然是为了避开陈师瑶。他也懒得虚伪地粉饰一下，让其显得绅士有礼一些。

但阮季星又觉得这样太伤女孩的心了，朝陈师瑶挪了挪位置：“你别理他，他就那破性格。”

“你是劝我放弃，还是鼓励我再加把劲？或者，我再恶意地揣测一下，你是以胜利者的姿态朝我扬扬得意地炫耀？”

“从朋友的角度安慰你。”

陈师瑶略讶异地看向她：“我们能算朋友？”

她们才见第二面。

阮季星说：“作为沈轲的朋友，安慰他的朋友。”

陈师瑶自嘲地笑了：“说不定他都没把我当朋友。”

“如果按照他的标准，他的朋友大概一只手就数得过来，你就行行好，勉为其难地当一下他的朋友吧。”

陈师瑶笑了，她说：“你说得对，就他那破性格，碰上你，是他走运。说实话，我之前在研究你。”

阮季星咬着吸管，眨眨眼，问：“研究我什么？”

“你身上被他喜欢的部分。”

“然后呢？”

陈师瑶耸了耸肩：“没然后了。”

因为她意识到，他喜欢的或许不是某一特性、某一部分，而是许多特性共存于一体的阮季星本人。

今天得到了证实。

何况，就算了解了又怎么样，她又不可能牺牲自己本来的模样，伪装成他喜欢的。

道理懂归懂，不过是由于自幼优秀，不甘心于得不到想要的而已。

高中起就是。

不甘心，本质是胜负欲作祟。

而失望，则是不逢时的期望。
她的主动一次又一次地竹篮打水一场空，令她也趋于心灰意冷。
场内，唐天和进了个三分球，观众席响起欢呼声。
他和队友击了个掌，向这边看过来。
他希望某人看到自己大放异彩，可惜，冯清莹的目光附着在电脑屏幕上，一动不动。
又一个陷入爱情的人啊。
陈师瑶说："如果沈轲将来发朋友圈秀恩爱，你记得叫他把我屏蔽。"
"那你为什么不先屏蔽他？"
"因为我的幻想还没完全消失。"
阮季星了然地点点头。

打到半场，经管院队一名球员被裁判罚下场，沈轲不得已顶替他。
场外的欢呼声一下子大了，基本上都是女生的。
阮季星才知道，他这么出名，抑或者，他的脸这么具有轰动性。
沈轲打球的风格和他平时的状态相差无几，看似轻描淡写，实际上绷着一股巧劲。不是天赋，是长时间的积累和努力。
篮球队有时候训练缺人，唐天和都会叫上沈轲。所以，他们之间打配合也挺有默契。
经管院队的比分本就领先，有他加入后，更是如虎添翼，分差一下子拉大了。
阮季星隐约听到后排几个女生在议论他。
"那个就是工管一班的沈轲，长得真的好帅啊。"
"没想到他打球也厉害。"
"哎，你小声点，你前面那个好像是他女朋友。"
"他有女朋友？"
"不知道，没听说，但是我刚刚看到沈轲给她买了奶茶。"
阮季星默默放下了奶茶。

比赛结果毫无悬念。
赢了场漂亮的球，唐天和他们在欢欣鼓舞。
沈轲独自走到观众席边，朝阮季星招了招手。
后排的女生说道："你看吧，绝对是男女朋友，刚刚他也一直往这边瞟。"
他实在算不上一个招摇的人，奈何长了一张高调的脸，学院里关于他的八卦只会越传越多。
阮季星猜不中他什么意思，走过去，隔着栏杆看他："怎么了？"
他的衣领、背心，有汗浸出来的印迹，额发也被汗打湿了，软塌塌地垂着，说话的气息也重："帮我拿下水。"
阮季星一头问号。
你自己不是能上来拿吗？为什么非要我给你？
下一秒，她懂了——

是因为唐天和说的那句“女生给我送水”。

她一边腹诽他幼稚，一边找到他的水瓶，拧开，递给他，说：“你是小学生吗？”

沈轲泰然自若地“嗯”了一声，仰头灌了一大口，喉结上下滑动，水混着汗滑过理得干净的下巴，青筋暴起的脖颈，没入衣领。

举手投足间，又流露出一股成年男性的荷尔蒙气息。

有够矛盾的。

她不得不怀疑他是故意的。

春天到了，雄孔雀在争先恐后地吸引异性？

沈轲揉了揉她的头，说：“又在心里骂我？”

人或动物，对于喜欢的异性，总会下意识地通过触碰对方某个部位表达喜爱。于他，便是她的头发。尽管她想不出原因。

阮季星已经无力阻止他碰她脑袋这件事了，并且渐渐习惯，但是——

她抱怨：“都怪你，搞得我现在只能天天洗头发。”

她可不想被他摸到一手油。

沈轲笑了下，转身，一众人看过来的眼神充满暧昧，他略略挑起眉梢。

这落在唐天和的眼里，无异于挑衅。

唐天和暗骂一声，嫉妒死了。

观众开始离场，冯清莹这才大梦初醒般：“哪个队赢了？”

“不是我说，班长，”唐天和大跨步上来，蹲在她面前，一脸委屈，“你真的在篮球场做了一个多小时 Excel 啊？”

“这个表要得急，十二点之前就得交。抱歉。”

这句道歉倒是真情实意的。

“我们球队待会儿要去聚餐，你去吗？”

冯清莹疑惑地道：“我？名不正言不顺的，我去干什么？”

唐天和卡了一下，示意阮季星，说：“你是家属的家属。”

冯清莹说：“诛九族都诛不到我，得了吧。”

唐天和正经没两分钟，憋不住，“噗”地笑出声，又问：“你真不去啊？”

“不了，我下午还有事。”她合上电脑，朝他笑了笑，“恭喜你们啊。”

唐天和蔫了。

他感觉沈轲追阮季星也没这么难啊——不对，他压根没追。

怎么轮到他，就屡屡受挫呢？

唉！

沈轲预想中的两人“约会”，变成了四人同行。

唐天和浑然不顾他黑成锅底的脸色，缠着阮季星像盘审犯人那样问东问西。

——“她喜欢吃什么？”

——“她喜欢看电影吗？”

——“她信不信星座？我之前测了一下，我跟她还蛮配的。”

阮季星被问得晕头转向，还没思考完上一个，他下一个问题就接踵而来。

谢晓羽残忍地说："我觉得吧，跟喜欢的人在一起，干什么都喜欢；跟不喜欢的人在一起，干什么都烦。你就不是她的心动男嘉宾。"

唐天和不以为然："感觉是玄学，没有一成不变的标准。说不定我多在她面前刷刷存在感，她就被我打动了呢。"

"非也非也。"谢晓羽故作深沉地摇头，"你要是了解班长的话，你就不会这么想了。她无论做什么，都严格按照自己的一套标准来。包括找对象。"

"还是不是朋友了？你怎么净泼我冷水呢？"

"我是劝你早日放弃幻想，认清现实。你看陈师瑶，人家就很有自知之明。"

"那老沈已经有红玫瑰了，班长又没白月光。"

沈轲淡淡瞥了他一眼："别扯到我身上。"

唐天和说道："我的意思就是，只要位置空在那儿，我就有机会抢一抢。"

谢晓羽："你当抢板凳呢。"

阮季星举手："打断一下，我有话说。"

唐天和："有事奏。"

"实践检验真知，不尝试怎么知道结果？至少班长目前还没有明确表示抵触，我支持你追班长。"

唐天和好感动："阮同学，我正式宣布，你就是我最好的朋友。"

沈轲不悦地蹙着眉，肘弯顶了他一下。

"别吃醋，老沈，兄弟是兄弟，朋友是朋友，你是我最好的兄弟。"

沈轲不动声色地瞥了一眼阮季星，后者摸了摸鼻头，没作声。

身边人都知道他们的关系——朋友以上，恋人未达。

他们达成一种无言的默契，始终没有越过最后一道界限。一起吃饭，上课坐一块儿，但没有牵手、拥抱，或者亲吻。

谢晓羽无法理解，互相喜欢，为什么不在一起呢？

阮季星跟她说的是，她在等这份感情落地。

少年人的喜欢，像浇灭盛夏酷热的暴雨，融化凛冬积雪的暖阳，但怕它来得迅速猛烈，消退得却无声无息。

她猜，沈轲也在等，于是留给彼此时间。

坦然说，她也很享受这阵子的相处。

晚上入睡前，反复拿出各种细节雕琢、打磨、抛光，让它变成一颗颗璀璨的宝石，珍而藏之。

比如，上课时，他递来一张小纸条，上面是她的简笔画肖像。

比如，排队打饭时，他玩似的编着她的头发，扯得她头皮疼，怒而拍开他的手。

再比如，他找她要了一根皮筋，戴在手腕上，她问他干吗用，他说辟邪，后来她脑袋转过弯来，懂了，确实没有女生随便找他要联系方式了。

…………

一点一点地，堆满她的藏宝匣。

而唐天和跟沈轲是天差地别的两种类型。

沈轲心里就算卷起海啸，面上也不会袒露过多。

唐天和憋不住事，性子又外向，他买了一堆好吃好喝的“贿赂”阮季星，让她帮忙当僚机。

但阮季星不想背叛朋友，又耐不住唐天和软磨硬泡，左右为难，只好征询冯清莹本人的意见。

冯清莹说：“没关系的，只要不过分。”

阮季星应了好，又见她脸色不太好，问：“你是不是不舒服？”

“我有点耳鸣，头也有点晕。”冯清莹闭了下眼，呼出一口气，“没事，可能是没睡好。”

既然她这么说了，阮季星也没太放在心上：“那你好好休息。”

第二天是周日，阮季星没什么事，早上多赖了一会儿床，意外的是，冯清莹居然还没起。

阮季星想着，她可能最近累了，便放轻手脚洗漱。

“哗哗”水声中，阮季星隐约听到有人在叫她，关掉龙头，问：“怎么了？”

冯清莹没有回答。

那是她听错了？阮季星疑惑了一会儿，洗完脸，拿着杯子去饮水机接温水。从冯清莹那儿学来的习惯，早上喝杯温水润润肠胃。

“星星。”

这回她能确认，是冯清莹的声音。

阮季星小跑到冯清莹床铺边，仰着头：“我在呢，怎么了？”

冯清莹掀开床帘，脸色苍白地扶着护栏：“我听不清你说什么，我头好晕，还感觉恶心，你能不能帮我叫个车？”

“你要一个人去医院吗？你这样怎么去？我陪你吧。”

刚说完，阮季星旋即反应过来，她说她听不清。

阮季星找来手机，因为慌乱，频频打错字，好不容易打完整，递到她面前。

冯清莹点了点头。

阮季星又问：你能下来吗？还是我扶你？

冯清莹说：“可以。”

阮季星生怕她摔着，在旁边小心翼翼地护着。

没想到，她不仅脸色差，手也是冰凉的，手心还冒着虚汗。

谢晓羽去参加社团活动了，戚蓝还是照常上家教，以赚取生活费。这会儿，只有阮季星一个人。

可她根本不熟医院，也没有照料病人的经验。

她下意识地想到沈轲。

电话拨过去，很快通了。

“沈轲，你能陪我去医院吗？现在、立刻、马上。”

阮季星的声线宛若琴弦般发着颤，因为大脑里一片空白，已经理不清说话的逻辑。

“你在宿舍？”

“嗯。”

“等我。”

说完，他就挂了。

旁边的冯清莹靠着桌子，眉心蹙得很紧，似乎正承受着巨大的痛苦。

阮季星不停给予自己心理暗示：不要慌，冷静，冷静。

她找了一件外套给冯清莹披上，又把彼此的身份证、银行卡都装进包里，扶冯清莹下楼。

六楼，在某些时候，实在太“蜀道难”了。

下到一半，一阵急促的脚步声停在面前。

男生一路跑过来，喘着粗气。

阮季星看着他的脸，愣了：“你怎么上来的？”

宿管阿姨平时严防死守，严令禁止男生进入女生宿舍，上次唐天和也没能进来，沈轲怎么做到的？

刚问完，看见在他身后，慢了几步跟上来的宿管阿姨。

她叉着腰骂：“同学，谁教你随便闯女生宿舍的？你哪个班的？我要通知你们辅导员。”

得，明白了，强闯。

沈轲置若罔闻，一把拉过阮季星的胳膊，上下扫了她一遍，又盯住她的脸，声音透着藏不住的焦急：“你哪里不舒服？”

她还蒙蒙的，摇头：“不，不是我，是班长。”

他紧张的神情肉眼可见地松弛下来。

所以，他以为是她出事，才这么紧张？

她也不记得刚才说了什么，造成他这番误会。

阮季星说：“我叫了车，应该快到了，我们先出去。”

他看向冯清莹，问：“需要帮忙吗？”

冯清莹隐约听得到一些声响，却像是闷在沙子里似的，辨不具体。她胸口起伏着，像是呼吸困难。

阮季星不确定冯清莹是否愿意接受异性的肢体接触，哪怕情急，也许对她而言，也是一种冒犯，便选择求助宿管：“阿姨，我室友不舒服，您能帮我扶她下楼吗？”

“这是咋了？”

“我也不知道，我朋友是担心我们，您别跟他计较，他不是故意的。”

宿管阿姨答应不追究沈轲的鲁莽行为。

“谢谢阿姨。”

“不客气。唉，你们这些年轻人哟，身体素质越来越差了，平时得好好照顾自己啊，生命健康才是革命的本钱嘛。”

宿管阿姨到底是嘴硬心软，还拿了一把伞给阮季星，说待会儿要下雨。

阮季星带着冯清莹做了一系列检查。

医生说是突发性耳聋，可能是最近压力大、焦虑、睡眠不好导致的。

他一边开着单子，一边说：“先去吊个水，吃两天药，下周再来复查一次。”撕下单子，“去一楼大厅缴费领药。”

阮季星接过来，担忧地问：“医生，她不会有什么后遗症吧？”

“这个不好说，得看恢复情况。”

“她还这么年轻，万一，万一……以后听不见了怎么办？”

“还是那句话，放平心态，注意休息，说不定很快就康复了。”

冯清莹被她握着手，全程没有怎么说话。

输液室。

阮季星看了看点滴瓶，又环顾一圈周围，男女老少都有，但大多有家人陪同。

她打字说：班长，你是不是还没跟你爸妈说？要不然，我帮你打电话叫他们过来？

冯清莹摇头：“不用了，没多大事。”

阮季星瞪大眼：还不大？你都听不见了！

冯清莹坚持：“星星，真的不用了，你不要找他们。”

阮季星不理解，生病不是理应第一时间告诉父母，寻求慰藉、陪伴吗？

但也没法强求。

她据此大概猜到，冯清莹和父母的关系的确并不和谐。

偶然有一回听到她往家里打电话，要不是她叫了声“妈”，还以为是在汇报工作。

而且，她家明明就在A市，开学前，却是唐天和送她来学校。

阮季星过去总顺理成章地以为，世上的妈妈都是爱孩子，愿意无条件为孩子付出的，像季曼、赵若华做的那样。

可现实颠覆了她的认知。

冯清莹现在的脆弱和倔强，和平时的形象也大相径庭。

究竟是因为生病，还是别的因素，她不得而知，唯一清楚的是，这个时候，最好不要向冯清莹打听。

阮季星打字说：你要是不舒服的话，就靠着我吧。

她抬了抬半边肩膀，向冯清莹示意。

冯清莹看她，诚恳地说：“星星，谢谢你。”

阮季星：你关照了我们很多呀，我也没做什么，你这么客气，就是没把我当朋友了。

冯清莹清淡地笑了笑：“从来没有人这么为我担心过。”

阮季星莫名地从她的笑容里品出几分委屈。

但冯清莹没有朝她倒苦水的意思，她从不提及自己的不易，在她的认知里，怨天尤人不如脚踏实地做事。

其中，又有几分是逞强、几分是坚强？

伴随着几声雷，宿管阿姨说的雨终于姗姗来迟。

广播声、雨声、走路声、小孩哭声……汇成一团紊乱的声流。天堂或地狱，都不会如此吵闹吧。

天色灰暗，窗户玻璃上爬满蜿蜒曲折的线，阮季星望得出了神。

她想到，沈轲没有带伞、会不会淋湿，又想，雨一直下的话，他们怎么离开医院。

忽而，肩上压下一道重量，她扭过头。

冯清莹闭着眼睛，死死地咬着下唇，本就发干的嘴唇泛起白。

阮季星的想法便转变为，此时此刻，她的心里是不是也在下着一场雨？

沈轲回来得早，只肩头淋湿一点。他打包了两份饭，忙活这么久，她们还没顾得上吃东西。

阮季星右半边身子不好动，伸出左手，小声说："你给我吧。"

冯清莹已有所觉察，坐直了，眼底略有几分潮湿，她抹了抹眼角。

沈轲没有问，他是不关心；阮季星也故作不知，她是为保全冯清莹的自尊心。

冯清莹说要去一趟洗手间，且不用阮季星陪。

阮季星找来移动输液架，帮她转移点滴瓶，让她自己去了，继而将视线投向旁边的沈轲。

像军训那次去医务室一样，她坐，他站，像忠诚的侍卫。

她故意调侃他："你还要跑腿费吗？"

沈轲默了默，说："接到你电话的时候，我以为是你。"

他看着她的表情，就仿佛是在说，你知道我当时多慌张吗？

但也许是她想多了。

阮季星揭开餐盒，是猪扒饭，三两块猪扒和不那么新鲜的青菜盖在饭上。

医院附近基本是快餐，有就已经不错了。

浇汁倒很香，她拌着饭，说："如果是我，我可能早就崩溃大哭了，不像班长，还能那么冷静。"

"你和她的成长环境、性格不同，没有谁要求你一定做到她那样。"

她仰着脸看他，问："那如果，听不见的人真是我，你现在还会这么淡定吗？"

他未答，她便又改口："算了，我不该拿班长的病说事的。"

事实上，这个问题就像"我和你妈掉进水里，你先救谁"一样冒犯而无礼。

"我以前认识的阮季星，从来都是想说什么就说什么。"

她有些茫然："是吗？"

沈轲走到她旁边，怕她仰头仰得难受似的，半蹲下来，伸手，轻轻拍了下她的头："是不是很怕？"

他这一句话，勾起了阮季星一直压抑着的后怕。

冯清莹的状况吓到了她。

从小到大，她没照料过病人，尤其是亲近之人，她很害怕冯清莹得了什么严重的病症。

但她想，最难受的肯定是冯清莹自己，她更不能手忙脚乱。

实际上，现在脑子还是像刚经历一场大台风，一片狼藉。

沈轲看出来了。

他还说："你做得很棒了。"

阮季星坐在冰凉的金属长椅上，将他的眼眸望得很深很深。

那一瞬间，她好似看到遥远的一幅画面，随即明白过来，他为什么喜欢揉她的脑袋。

有一次他学校开家长会，季曼放赵若华半天假，她一时兴起，想看看他的学校，跟着一起去。

上楼梯路过洗手间，她隐约听到几个男生在欺负人。

"喂，听说你妈妈是当保姆的，你爸呢？死了？"

"让开。"

有点耳熟。

她靠到门口边，竖起耳朵仔细听。

"你一天到晚跩什么跩啊，你很牛吗？看见你这副鸟样，老子就很不爽。"

"说你呢，别摆出那张臭脸，信不信我揍你，有娘生没娘养的东西。"

"你再说一遍。"

"咋的，沈轲，你不仅面瘫，耳朵也聋啊？我说你——"

阮季星立马冲进去，几个男生正将沈轲团团围住，她锐声喝道："你们干什么？"

见她一个女生敢闯男厕所，他们蒙了下，随即说：

"你是谁啊？"

"我们不打女的，快滚出去。"

"不要高高在上地说'不打女的'这种话好吗？"她高高地抬起下巴，"女生不是弱者，你们以多欺少，也不是强者，我不需要你们自以为是的'谦让'。"

其中一个男生走出来，说："你喜欢美救英雄的把戏是吗？我看你怎么救！"说着就要伸手拽她的头发。

沈轲扯开男生，挡在她面前，怒目横对："别碰她。"

当时他的个子还没有蹿上来，跟阮季星差不多，处于变声期前，声音还透着一股稚气。

她不合时宜地想，这大概不能叫英雄救美，顶多是，脱离母鸡的两只小鸡抱团对抗老鹰？

"老师来了！"

围观的学生越来越多，都把老师吸引过来了，顿时人作鸟兽散。

教导主任把他们全叫到办公室，问阮季星："你是哪个班的？"

她背着手，站得松松垮垮的，不以为意地答道："我就是一名见义勇为的普通群众。"

教导主任皱眉："同学，这是一件很严肃的事情，请你认真对待。"

阮季星扁了扁嘴，说："我是沈轲的妹妹。"

沈轲看了她一眼。

最后，那几个学生被罚写检讨，沈轲和阮季星两只小鸡崽被母鸡赵若华领回家。

赵若华又单独把沈轲叫到房间里。

阮季星趴在门板上偷听。

"你在学校被同学欺负，为什么不跟妈妈说？"

他没说话。

"这不是第一次了，是不是？"

他还是沉默。

"我就不该带星星去，幸好她没出什么事，不然我怎么跟阮先生、季女士交代。"

在她家，用人一律叫季曼"季女士"，而不是"阮太太"。

季曼不喜欢这个称呼，并非与阮正荣夫妻感情不好，而是不想丢掉自己的姓氏。

沈轲从头到尾都没作声。

他是愧疚差点连累她，还是怕被骂？

真是个锯嘴葫芦，嘴巴长来干吗用的。她犯嘀咕，门突然被拉开了。

面前站着赵若华。

"星星，你怎么……"

阮季星忙说："赵阿姨，您别说沈轲，是那些人先骂他的，我看不惯。"

赵若华叹了口气："我知道，老师跟我说了。"

"我要是跟他一个学校，我肯定罩着他，不会叫别人说他没爸爸的。"

赵若华陡然沉默。

阮季星还没学会察言观色，说："沈轲就是太好欺负了，傻站在那儿被他们骂……"

"星星。"赵若华打断她，语气很软，"今天的事，你能不能别和你爸爸妈妈说？算赵阿姨求你帮赵阿姨这个忙。"

阮季星张了张口，屋内的沈轲也定定地看着她，眼里难得地不再平静，微微泛起波澜。

她不懂，赵阿姨为什么要求她，沈轲又为什么是那副神情。

她重新看向赵若华，说："赵阿姨，我不说。"

后者如释重负般地笑了笑。

但她无师自通，知道抓住了沈轲的把柄。从那之后，他总是很听她的话，要他做什么，他就做什么。

比如，她会把自己不想吃的月饼丢给他解决。

阮季星不觉得威胁是一种卑鄙恶劣的手段，只是享受指挥他的快感。

然而时间长了，又嫌他像机器人，没意思。

她捧着他的脑袋，拨开头发，像在寻找什么。

他感觉极其不自在。

"你别乱动呀。"

沈轲问："你干什么？"

"我想看你是不是从外星球来的不明生物，说不定你身上有电源口、电路板之类的。"

他深吸一口气："你少看点乱七八糟的。"

阮季星一把揉乱他的头发："无趣乏味的人类。"

“你这分明是撸狗。”

“你是狗吗？”

他闷了一会儿，选择不挣扎不反抗：“你说是就是吧。”

“狗被摸头、顺毛会感觉到舒服，猫也会，你不会吗？”

她换了种手法，轻轻地往后捋，表情认真。

他别开眼，耳根子悄悄红了。

摸头有时候是宽慰，有时候是安抚，有时候则可能是驯服。

阮季星以为是威逼利诱起效，他才对她言听计从，其实在不知不觉间，已然完成了某种驯化。

狗只会认一个主人。

沈轲也只会认定一个喜欢的姑娘。

所以，摸头在他的潜意识里，转化成了类似于“令主人舒服”的指令。

从某些角度来看，沈轲和狗确有相似之处。

他蹲在她跟前的样子，就差一条可以摇的尾巴了。

冯清莹从洗手间回来时，恰巧看见这一幕。

两人男帅女美，十分登对，又像偶像剧里的情节一样浪漫，画面令人赏心悦目，她反倒成了多余的。

但退又无处可退。

踌躇间，阮季星发现她了，搡了搡沈轲，低声说了句什么。

他起身退开，不知是无意识，还是宣示主权，抑或别的目的，抚了下她的肩头。

冯清莹忽然困惑。

假如她喜欢，或者喜欢过沈轲，她眼下就不该是纯欣赏的心情吧？那么，喜欢一个人又是什么样的感受？

输完液，冯清莹的病情有所好转，但仍有间歇的耳鸣症状。

阮季星打字说：我帮你找徐老师开假条，学生会部门的工作都推掉，班长的职务，我可以暂时代理。

冯清莹开玩笑道：“你是不是想把我架空，好谋权篡位？”

阮季星撇撇嘴：把你累出病的班长职位，谁爱篡谁篡，我才不稀罕。

冯清莹问：“马上就要排练话剧了，你可以吗？”

学院前些天发下通知，大一每个班需排练一出微戏剧，比赛就定在下周日上午。

在大家怨声载道，吐槽学校不给一点活路的这两日里，冯清莹便是忙于定演员和剧本。

阮季星迟疑两秒，下定决心：不行也得行，交给别的班委，他们未必有空或者愿意，而且我和你沟通比较方便。

刚说服冯清莹，阮季星心底便发起虚。她担心自己搞砸。

冯清莹安抚她道：“没关系，黄嘉阳可以帮你。”

黄嘉阳是他们班的团支书，剧本便是他写的，具体点说，是根据已有的艺术成果进行改编创作。

是讲述一个得了抑郁症的女生，从班级里获得温暖和救赎的故事。

老套，但正能量，而且场景好布置，也不用另租服装，成本降到最低。
阮季星看过后，不禁感慨：冯清莹他们还真是考虑得面面俱到。

回去的路上，雨势小了，天色也暗了。
宿舍楼前的排水不太顺畅，一到下雨，便容易积水，水洼倒映着昏黄灯光，自叶尖滴落的雨水溅开层层涟漪。
风刮着纤细如丝的雨四处飘飞，一阵连绵的冷而潮湿的气息，入侵着每一寸肌理。
即便如此，仍有小情侣在门口依依惜别，难舍难分。
绕过他们时，不知缘由地，阮季星有点尴尬，不敢正眼看。
她情不自禁地回头。
沈轲站在台阶下，在这个初春的雨夜里，身形风雨不动安如山一般，无端给人安全感、踏实感。
冯清莹说："你要是舍不得他的话，你待会儿再上去吧。"
阮季星摇头，她刷开门，将伞归还给宿管阿姨。
刚进宿舍门，便收到沈轲的消息。
R136a1：到了？
寄星：你怎么知道？
R136a1：估算的。
寄星：那你算得还挺准。
送她回了那么多次宿舍，与其说是估算，不如说是经验。
R136a1：我回去了。
寄星：你还没走？
阮季星跑到窗边，楼下一对情侣在亲吻，他们的斜对角就是沈轲。
寄星：显得你孤家寡人的，好可怜哦。
R136a1：不会，我在看着你。
——我眼底有你，所以我不是孤家寡人。
天……他知道他在说什么吗？
明明也不是情话，阮季星却莫名一阵脸热。她心头一动，问：你每次送我回来，都是等我到宿舍才走的吗？
信号延迟的一两秒，她的心都快跳出来了。
接着。
R136a1：嗯。
心真的跳到嗓子眼了，快摁下去，摁下去。阮季星抿抿唇，呼出一口气。
寄星：那你现在为什么还不走？
R136a1：因为你在看着我。
他发完这条信息，又仰头看她。
距离远，光线又暗，其实根本看不清脸。但她就是有种，和他面对面，被他注视的错觉。
寄星：我不看你了，你快走，冷死了。
很有意思的一点，她说话有时像刚学会说话的小孩子，没有主体。明明是担心他冷，说得像自己冷。

很特别，也很……可爱。

沈轲将手机揣进兜里，离开原地，无声叹了口气。

这几天一堆事，他们俩几乎没有单独相处过。

可又怪不得谁。

她们都去上课了，冯清莹打算独自去医院。

这几天，除了吃药，每天都要输液。

却意外看见唐天和蹲在门口。

他大概是在打游戏，手指在屏幕上不停滑动。

自从上了大学，这人的注意力压根没放在学习上，打游戏、打篮球，他倒是起劲得很。

冯清莹喜欢目标明确、积极进取的人，显然，光这点就能 pass 掉唐天和了。但她还是走过去："唐天和，你不应该在上课吗？"

唐天和倏地站起来，像犯错被抓包的学生那样，说："我找了代课。"

他立马手忙脚乱地退出游戏，换成打字。

代课就是，他花钱请别人替自己上课，以免被老师点名扣平时分，一节课二十到五十元不等，有的还提供做笔记、做作业的服务。

冯清莹说："星星跟你说了我的事？"

唐天和点头。

冯清莹又问："那你跑来这儿干吗？"

唐天和：你不是不方便嘛，你想去哪儿，我陪你去。

冯清莹认真地看着他："你是觉得，你这么做能够打动我吗？可你要知道，感动不等于喜欢。"

唐天和：我只是单纯想陪着你。

冯清莹停顿片刻，说："我不用你陪。"

唐天和：那你就当我是只哈巴狗，你走哪儿我跟哪儿，保证不乱吠，不给你添麻烦，有坏人我咬坏人，你别赶我走就行。

他没有一点包袱，手模仿狗狗的前腿，吐着舌头，"嘶哈嘶哈"的。

冯清莹被逗得笑出声，默许了。

如沈轲所说，唐天和很聒噪。

嘴巴一刻也闲不下来的人，现在被迫哑火了，浑身如针扎一样不自在。

没办法，冯清莹听不见。

唐天和戳戳她，她扭过头，他手机屏幕上有一行字：听不见是什么感觉？世界一片寂静？

她说："不是完全听不见，只是对声音感知的能力变弱了，你对着我耳朵大声说话的话，隐约能听到一些。"

他正要凑近，她伸手挡住他，说："你别，我们不是能靠得那么近的关系。"

"嘁，真绝情。"他吐槽着，又打字：你一直这样吗？是不是天塌下来在你眼里都不是多大的事？

冯清莹说："着急、慌张、害怕，对现在的我而言，没有任何用处。除了接受，还能怎样？"

唐天和只有一个字足以表达他此时的心情：牛。

这心理素质，同龄人里，没几个人比得过的。

冯清莹忽地看向他："作为一只哈巴狗，你是不是不会把我说的话告诉任何人？"

唐天和虽不解，但还是忙不迭地点头。

她张了张口，像是憋了很久，憋在心里埋得很深的一段话，最后却还是说："算了。"

他戴上蓝牙耳机，点了首摇滚乐，把音量拉到最顶，告诉她：你想说什么就说，我保证我听不见。

冯清莹摘掉他的耳机："伤听力，别到时落得个跟我一样的情况。"

他说：我就是想让你没有顾忌地释放出来。

她浅浅地笑了笑，摇头，声音轻下来："不说了。"

阮季星联系了黄嘉阳，他爽快地答应帮忙。

周一满课，还有晚自习，只有中午有时间排练，她在小群里发了集合的时间和地点。

他们拖拖拉拉地过来。

阮季星着急地问："谢承人呢？"

黄嘉阳说："我刚催他了，他说在路上了。"

"不是早就说好时间了吗？他怎么这么慢呀？"

黄嘉阳无奈地道："他说他之前没看到消息，已经回宿舍了。"

阮季星不太信这个说辞，但也没办法。

等到人到齐，时间只够完整地排练两遍，效果还非常差，不是忘词，就是像念书。上台若是这样，堪称灾难。

说话是一门学问。重了，同学们会不满；轻了，他们会不当回事。

最后，她只好说："希望大家回去再熟悉熟悉剧本，争取明天排练得更顺畅一点。大家辛苦了。"

黄嘉阳挎起包跟上她，安慰道："你也别气馁，还有几天呢。"

他个子不算高，但挺会打扮，做了时下流行的三七分刘海，脖子上戴着一条浮夸的银色项链，衣鞋都是名牌。他的女生缘颇好，若不是被沈轲压一头，说不定他就是系草了。

阮季星说："我就是感觉他们态度太不端正了。"

"最近事情多，排练还占休息时间，有情绪也正常，但肯定不是冲你。"

她抓了抓头，有点崩溃。

黄嘉阳想了想："实在不行，就糊弄过去得了，毕竟整个学院只选一部作品入校决赛。"

"不行。班长那么在乎集体荣誉，就算进不了校赛，也不能在她不在的时候丢二班的脸。"

这番话不仅是说服他，也是劝服自己：不能刚开始就打退堂鼓。

她又问："剧本还能改吗？有几个地方我想调整一下。"

"可以啊，去教室说吧。"

离上课还有好一会儿，教室里很空，只坐着零星几个人。

阮季星拿笔在剧本上勾画："这段，我觉得女主的心理活动显得不太……真实。"

"怎么说？"

"比起羡慕别人长得漂亮，得到很多男生的喜欢，而她外貌平平无奇，没有人喜欢，实际上，也会有性格好、长相普通的女孩被爱着啊。"

黄嘉阳不以为然："戏剧嘛，本来就是放大生活中的美和丑，漂亮的女生的确拥有更多追求者，不是吗？"

"但是得不到男生的喜欢，对她来说有那么重要吗？她的问题在于，她无法自我认同，看不到自己的闪光之处，加上被糟糕的原生家庭困囚。她艳羡的是，别人的人生繁花似锦，而自己是荒凉沙漠。"

阮季星直言不讳道："她首先是一个独立的、需要自我价值的人，而不是靠依附于他人的爱而活的女生。你这段写得太直男了。"

他也不生气，反而饶有兴致地说："那你说怎么改？"

她沉吟片刻，画掉整段话，在旁边空白处写。

黄嘉阳支着脑袋，原本是看她写的内容，视线渐渐上移，定在她的侧脸上。

阮季星很漂亮，毋庸置疑，是那种男生愿意抢着帮她干活的类型。

他私底下和她接触不多，没想到，她本人是这样的。

前一会儿还觉得她性子软，不会来事儿，现在又不卑不亢地、长篇大论地驳斥他。

人们有时候确实会过多关注外在，而忽略了内在，这其实是一种先入为主的偏见。

漂亮的女孩，不一定只靠美貌，才能博得旁人的好感。

如她所说，她或许并不在意有多少男生喜欢自己，尽管她有些许自矜自傲，但不令人反感。

黄嘉阳对她有一点感兴趣了。

不过，她似乎和沈轲走得很近？

沈轲嘛，工管专业谁人不知谁人不晓，再扩大到整个经管学院，听说他名字的，大抵也不少。

但他那人实在不好相与。

有一回在球场，他突然朝人丢了个篮球，砸到对方的头，差点打起来。事后他也没有道歉，只听到他说了一句："球技烂可以练，人品烂就只能重新投胎了。"

大家便自然而然地以为，他是因为打球和那人起的冲突。

而且，他的经济条件也不好吧？听说他做了很多份兼职，几乎称得上给钱的活就干。

正这么想着，一抬眼，就见沈轲进教室。

黄嘉阳看着他，他也看着黄嘉阳。

他的神色一如既往，八风不动般的平淡，眼神却像一簇簇箭正蓄势待发，又像一头猎豹藏于丛林深处。

阮季星对两人的眼神对抗无知无觉，写得认真。

黄嘉阳忽地伸出手，指着一处："这里会不会太绕口？可以尽量通俗易懂一点。”
“哦哦，好。”对于有用的建议，她通常会积极采纳。
唐天和小声对沈轲说道：“他们靠得那么近，都碰着了，老沈，你不生气？”
沈轲睨他：“我俩靠得也近，也碰着了，又如何？”
“不是，我们跟他们能一样吗？”
沈轲淡声说：“你先操心操心怎么让冯清莹接受你吧。”
唐天和发现了，这人吃起醋来，会装得若无其事，但攻击性特强，一开口就戳他心窝子。
他上午陪，不，是跟冯清莹去医院输液，一点进展没有，她还叫他下午好好上课，不要翘课。
沈轲绕了一排座位，在阮季星另一侧坐下。
她才知道他来了。她看看他，又看黄嘉阳：“那个，我改完之后给你吧，我室友要来了。”
言下之意是，叫他让位。
黄嘉阳拎起书包，起身离开时，没错过沈轲唇角那抹笑。
嘁，得意什么。他不屑地想。

上了一整天课，中午又没休息，晚自习阮季星直接睡过去了。
等她醒过来的时候，教室都空了，只剩沈轲还坐在她旁边玩手机。
她揉了揉睡得酸痛的脖子：“哎，晓羽也走了吗？”
他收起手机：“我说我送你，让她先走了。”
“你作业写完没？”
“你不是好学生吗，还抄作业？”
她皱了皱鼻子：“写了就给我呗，管我抄不抄呢。”
他递给她，在她要拿走的时候，问：“黄嘉阳喜欢你？”
“你认识他？”
“他和唐天和一个篮球队的。”
“哦，这个问题和我要抄你作业有什么关系吗？”
阮季星趁他不防，一把抢走，对着抄起来。但她比唐天和聪明，她边抄边改动，机改的选择题就无所谓了。还抽得出空说：“他喜不喜欢我我不知道，但我知道……”
“知道什么？”
“你们男生都挺小心眼的。”
沈轲一哂。
“哎，断墨了，给我一支笔。”
“你现在使唤我倒是越来越顺口了。”
“我们就不用那么生疏客……”套了吧。
话还没说完，他拿笔的时候，从他书包里掉出一样物什。
她抢先一步弯腰去捡。
是一个黄色的星星挂件。
“这不是……”

沈轲拿走——或者说夺走，更能形容他的急切——挂件。

“你还抄不抄，不抄我走了。”

“抄啊。”抄了几句，阮季星又转过头，“是我以前送给你的，对吧？”

他没出声。

“你留了这么多年呀？”

他继续沉默。

“一直都随身带着？”

沈轲直接抓起书包走人。

她“嘁”了一声：“不仅小心眼，还小气。”

见他真走了，她扬声喊道：“喂，你的书不要啦？”

…………

阮季星收拾完东西，关灯离开教室，看见靠着栏杆的沈轲。

她揶揄道：“你不是走了吗？”

他答非所问：“很晚了。”

“学校里能有什么不安全的。”

“走吧。”

回宿舍有一小段路没有灯，这两天雨水多，更显得漆黑。踩过湿漉漉的地面，每一步都有“啪嗒”“啪嗒”的脆响，格外清晰。

阮季星向身边的男生靠了靠，扯了下他的衣角，在这样的环境里，不由自主地放轻声音：“你是不是许愿了？”

沈轲果断否认：“没有，我才没你那么幼稚。”

“我的直觉告诉我，你绝对有。说嘛，你许的什么愿？”

她带了点撒娇的语气。这招对付长辈百试百灵，不知道对他管不管用。

他信口胡诌：“我想赚很多钱，买房买车。”

以为她会吐槽庸俗，她却说：“我掐指一算，你未来十年内肯定可以实现。”

“这种话谁都会说。”

她煞有介事地说：“不是哦，我有依据的。”

“什么？”

“因为你的脊梁很硬，不曾被世界压垮，所以扛得起梦想。”

有人打着手电从对面走来，光束晃着，恰巧照映出少女的笑靥。

那一刻，他想的是，阮季星，你才是我的伟大梦想，支撑我走到现在的希望。

第十章 黄金时代

ji wo mou ke xing

阮季星知道班长事多，真没想到事那么多。

转发通知、收文档、开会、组织班级活动、协调各班委工作……吃饭的时候，她都捧着手机在回消息。

她忙里抽空把话剧剧本修完，得到冯清莹的肯定后，再发给黄嘉阳。毕竟原剧本是他写的，她不好擅作主张。

黄嘉阳没说好还是不好，只说："都行，听你的。"

这令阮季星略感不适。

她不喜欢这种"不肯定你，但随你便"的表述方式，她感觉自己的付出没得到相应的尊重。但她不想和同学闹矛盾，按下不提。

之后按照新剧本进行排练，也不太愉快。

黄嘉阳擅长提意见，而不爱干实事。

比如，需要用到一样道具，他说她买的不合适，却不自己去挑。

再比如，他叫她在某处插入一段轻音乐，还得她去找合适的音源，下载，播放。

阮季星感觉有了这个帮手，事非但没变少，反而越来越多了。

她连做梦都在被人赶着焦头烂额地忙。

这天中午，好不容易有了放空的时机，黄嘉阳端着餐盘坐在她对面，笑着打招呼："好巧，你平时也来食堂吃饭？"

这个问题就好比是问，你平时也去教室上课？

阮季星张了张口，"嗯"了一声。

他又看了眼她碗中的茶泡饭："看起来还不错，好吃吗？我一直没尝试过。"

"晓羽觉得很寡淡，我能接受，你可以下回试试。"

"行，不过我想你的口味应该不会差。"

"倒也没有，因为我们高中食堂很难吃，不吃就只能挨饿，接受度就高了。"

阮季星正要往口里送饭，又听黄嘉阳问："学委，你是哪里人？"

她只好停下动作，答道："Z 市。"

"你是哪个学校的？"

"市一中。"

“我有个朋友也是Z市人，说不定跟你是校友，改天我问问他。”

“哈哈，是吗？”

阮季星对感情一向反应迟钝，都意识到黄嘉阳的没话找话，他还好似浑然未察觉出她的尴尬。

更尴尬的是，他接下来开始有意无意地炫耀他家开公司，身边朋友很多都出国了，将来他也打算留学，云云。

你有钱就有钱呗，跟我有什么关系？她腹诽。

转而她又想起，她小时候好像也是这般招嫌的做派，所以很多人不爱和她玩。

她的脚趾都默默地蜷起来了。

一走进食堂，沈轲就看到阮季星和她对面的男生了。像是聊得很开心，有说有笑的。

唐天和说：“他们两个最近同框的频率是不是有点频繁了？”

沈轲收回目光，走到窗口前点单，说：“他们一起排练话剧而已。”

“现在排练什么？吃饭吗？”唐天和下意识地说完，然后才感觉到身边人的低气压。

忘了沈轲是个醋精了。

唐天和转移话题：“不过话说起来，黄嘉阳这人真不怎么样。”

“嗯？”

就知道他对这个感兴趣。

唐天和压低声音：“他喜欢背地里议论女生啊，跟皇帝选妃似的，说这个脸大，那个胸小。哦，对，他跟那个上次你打的廖盛豪玩得还挺好的，一丘之貉。”

廖盛豪。

沈轲不记得这个名字，但他记得被他打的那个人的嘴脸，印象非常深。他结了账，瞥向唐天和：“你和阮季星说了这件事吗？”

“没啊，你不是不让我说嘛。”

不然那么精彩的一出戏码，他早就迫不及待地告诉她了。

“想说就说吧，都说说，好好说。”

沈轲抬起胳膊搭着唐天和的肩，另一只手接过小票，说：“钱我帮你付了。”

“嗯？”唐天和没想明白他突然的慷慨是为哪般，又看了一眼不远处的两人，懂了，“啧啧”两声。

心机啊心机。

冲冠一怒为红颜，得让红颜看见啊，不然岂不是白帅一场了。顺便解决掉情敌，一举两得。

他转而回过神：“喂，你贿赂我的好处是不是太少了？”

另一边。

黄嘉阳见阮季星仍不为所动，有些疑惑，她不该露出钦羡或是憧憬的表情吗？

他说："其实吧，你们女生也应该出去见见世面。A 市虽然算大城市，但和国际还是有不小的差距的。"

原本，她还在极力保持礼貌的微笑，"嗯嗯啊啊"地敷衍附和，听到这里，实在忍不住了，说："不好意思，我去倒杯水。"

仓促起身，想远离他，结果起身太急，不小心撞翻别人端着的汤，洒了她一身。

衣服上挂着紫菜、蛋花，她的第一反应居然是庆幸：还好不是麻辣烫之类的。

比起阮季星，被她撞的女生更慌张："对不起，对不起。"

"是我不小心，我赔你吧。"

"没关系的，我再去盛一碗就行。"女生递给她一包纸，"你擦擦吧。"

"谢谢。"阮季星抽出两张纸，擦不干净，干脆脱了外套。

黄嘉阳走过来，说："你也太好欺负了，你至少应该让她赔你干洗费的。"

"这怎么能叫'好欺负'呢？她又没做错什么，她还给了我纸巾。"不像你，光会嘴上把戏，也不见帮我呀。她鼓了鼓脸，没把这话说出口。

肩上忽然多了一件外套。在看到它的主人前，阮季星已通过熟悉的气味辨认出它属于谁。

黑白相间的棒球服，尺码大她许多，还带着他的体温，容易给人造成一种很温暖的、被他拥抱的错觉。

阮季星想的却是，她为什么处于窘迫之际，他都恰好在场呢？

但她的想法前后发生了转变。

之前她是怕丢脸，被他笑话，现在只想在他心里留下自己美好的模样，而非狼狈的、需要接受他帮助的。

约莫是因为小时候看英雄主义的片子多，她的爱情观也受到了影响。她想，自己不应是被保护的一方，而是和喜欢的人并肩作战，联手打BOSS。

就像当年，她看见他被一群人围住，不顾那是男厕所，不顾敌我力量悬殊，还是莽撞地替他出头。

又或者，像之前摆摊，分工合作，一起赚钱。

沈轲身上仅剩一件短袖 T 恤，单薄得不足以抵御三月的春风。

她抿了抿唇："我不用，你自己穿吧。"说着就要脱下。

这落到此时的沈轲的眼里耳里，意味就变成了，她抗拒和他有牵扯，想和他拉远距离。

为什么？因为黄嘉阳？

沈轲按住她的手，动作有些强硬，不容置喙地说："穿着。"

黄嘉阳说："沈轲，把手放开，她不接受你的'好意'。"

最后两个字咬得很重，故意将他的行为曲解成强迫。

"这是我们两个人的事，你有什么资格逞英雄？"眼里带着明明白白的、毫不掩饰的敌意。沈轲也不需要遮掩，他就是厌恶一个连女生都不尊重的人接近她。

"阮季星也不是你女朋友吧，你会不会太自以为是了？我作为她的同班同学，我看不惯，伸张一下正义怎么了？你不是理亏的话，你生什么气？”

沈轲哂笑一声：“论情分，你对她来说，屁也不是。”

唐天和在一旁噤若寒蝉。

沈轲平日里很少有大的情绪起伏，更不会轻易与人结仇，他大多数时候都理智得不像这个年纪的人。

这是他第一次说脏话，说明他真动怒了。

唐天和还想知道，阮季星会站谁。

要是帮黄嘉阳说话，那老沈不得气死？

阮季星原本以为，他是吃醋，但这局面怎么也不像。

周围已经有人看过来了。

僵持了片刻，她还是脱了外套，尽量软着声说：“你穿着，我待会儿回宿舍换。”

沈轲已经急火攻心，根本听不出她语气里的哄劝，笑得既像自嘲，又像失望，吐出一个“行”字，扭头就走。

“哎，老沈。”唐天和忙跟上去。

阮季星蒙了，不至于火气这么大吧？

黄嘉阳不屑地道：“小心眼的男人成不了气候的，要我说，你就应该趁早一脚踹掉他。”

她看向他：“你一个连屁也不是的人，凭什么说他？我踹不踹他，更轮不到你管。大哥，21 世纪了，你还想当所有人的爹啊？”

饭都没吃几口，彻底倒了胃口。她冲他翻了个白眼，抓起包走人，去追沈轲。哪料想，那人腿长步快，一会儿工夫就不见人影了。

“气死我了！黄嘉阳什么人啊？他是东海龙王吗？管那么宽？”回了宿舍，阮季星就对着她们一通吐槽。

谢晓羽大为遗憾：“我的天哪，这是什么狗血修罗场。好可惜，我居然没在现场亲眼看见。”

“晓羽！”

谢晓羽立马收敛了。

冯清莹说：“我跟黄嘉阳不熟，不过他工作方面能力不错，他也许是看你脾气好，容易拿捏，才暴露本性。”

她是强势的性子，压了黄嘉阳的气焰，换作阮季星，他就想触底反弹。

“关键是，沈轲怎么办？他好像真的生气了。”

阮季星愁眉苦脸：“但就是一件外套而已，他平时也不会计较这种小事啊。”

谢晓羽说：“你和他情敌单独吃饭，还当着他情敌的面拒绝他，这就不是一件外套的事了，是男性尊严的保卫战。”

阮季星皱了皱脸：“也太浮夸了。”

“你不懂雄性动物的好胜心和占有欲，那么多为了母狮子斗得头破血流的公狮子呢，男生的心眼最小了。”

阮季星纠结：“那我……去跟他道歉？但我也没错啊，我只是不需要他委屈自己来帮我。”

“晾着。”谢晓羽说，“沈轲不是高岭之花，谁也摘不到吗？就等着他当你的‘舔狗’。”

阮季星左思右想，想不出解决办法，只好先去解决手头的工作。

越看越烦躁，狠狠地抓了把头发。

冯清莹说：“抱歉啊星星，这段时间辛苦你了。”

阮季星打字说：我就希望你能痊愈。你有好点吗？

冯清莹摇了摇头。

阮季星：别怕，肯定可以好的！

她也知道安慰得很苍白，但除此之外，别无他法。

冯清莹笑了笑说：“命是人一叩，可命怎么会是人向天道叩求得来的呢？我相信事在人为。大不了就做人工耳蜗、戴助听器，不过就是换种生活方式。没到生命结束的那天，一切就还有希望。”

坦然说，阮季星从她们身上学到了很多。

谢晓羽的细腻，戚蓝的韧劲，还有冯清莹的自信和坚定。它们像生命之水一样灌溉着她，催使她茁壮。

她像是想通了什么，抓起手机要走。

谢晓羽喊道：“快上课了，你去哪儿啊？”

“我去找沈轲，你帮我拿一下书。”

事在人为。

她确实不应该一直等着沈轲，为什么不能由她主动出击一把呢？

虽然她迄今仍不了解“爱情”二字的具体含义，但此时此刻，她想他，想念是明确的，毋庸置疑的，那么，她就去找他。

那天，她等在他宿舍楼下，他突然冲上来抱住她，也是出于想念吗？

原来是这样的感觉。

心口像停着一只只白鸥，乍然风起，它们顷刻腾飞，迎空而去。

既然她喜欢他，那就奔向他。

沈轲在转身的那一瞬间就后悔了。

黄嘉阳算个什么东西，他也配得到她的青睐？

沈轲介意的是，黄嘉阳使劲地往她面前凑，她也没推开他，不管她是出于工作需要也好，为了保全体面也罢。

他绝没大度到，可以忍受一个别有企图的男生在她身边乱晃。

他其实心知肚明，凭阮季星的性子，她是帮亲不帮理的。但是，她也没有和他站在统一战线。

回到宿舍，恰好，前阵子的补考成绩出来了。

他过了。然而，这对于缓解他的情绪并没有起到半分作用。

沈轲看手机的次数频繁得连唐天和都发现了，亮起屏幕，又揿灭，不用想也知道在等谁的消息。

唐天和在一旁煽风点火：“阮同学还没联系你啊？不会是你一厢情愿，人家压根对你没意思吧？”

他迟迟追不到冯清莹，歹毒地不希望他俩在一起。

“老沈，你可不能当‘舔狗’啊，不然哥们看不起你。”

他挑拨离间的心思太昭然若揭，但沈轲正心头郁结，把手机扔到一边，赌气地说：“呵，我再理她我是狗。”

唐天和看热闹不嫌事大，鼓起掌：“就得这样，不然让她把你玩弄于股掌之间，你多没脸啊。”

沈轲随手抓起一个东西丢他：“能不能少说两句？”

唐天和接住，恭恭敬敬地双手捧起递还给他，捏着嗓子说：“陛下消消气。”

沈轲气笑了。

这个时候，他手机屏幕亮了。

来电人阮季星。

唐天和看着他接起，一句话没说，又放下，表情沉敛，看不出什么：“咋了咋了，她说啥了？”

沈轲垂着眸没接话，沉默两秒，接着，抓起外套，夺门而出。

若不是因为他们宿舍在四楼，唐天和感觉，以他的架势，能直接翻窗跳下去。

“唉！”唐天和摇头叹息，对徐玮说，“你看吧，他碰上阮季星，算彻底栽了。”

徐玮说：“五十步笑百步，你以为你比他好多少？”

阮季星打过去的电话，只说了一句话——

“我在你宿舍楼下。”

不知道哪儿来的底气和信心，笃定他会下来见她。

也因此，她等得没有焦急和不耐烦，反而有种浑身轻盈通透的畅快感。

于是，在她眼里，阴沉的、快要下雨的天空是明媚的；单车碾过地面积水，溅起的水花是耀眼的；就连年久失修，而显得芜杂的花坛也是可爱的。

阮季星不认为表白是一件该忐忑的事，因为这是她的单方面行为，不像演讲、考试，会有人点评她，给她打分。

相反，即将经历人生的重要时刻，她是兴奋的、激动的。

只是恰好，另一位主角是沈轲而已。

她唇角噙着笑，眼睛里点缀着细碎的亮光，本就明艳的脸上更添几分鲜活娇妍，甚至赛过沾着雨露的洛神玫瑰，漂亮得堪称璀璨。

没有人经过她时不会侧目。

沈轲在见到她的刹那，脚步也不由自主地放慢了，像是怕唐突了那一方独自盛放的美丽。

阮季星背着双手，轻快地走到他面前，歪了歪头：“沈轲，你还生我的气吗？”

他一下子就不知如何作答了。

难道说，就在刚刚，你开口之前，我的愤怒、醋意、斤斤计较就烟消云散了？

太不争气了，沈轲，别说唐天和，你自己都得看不起你自己。

可事实就是这样，无须她哄他，他看她的眼神已经软和下来了。

她又问：“你看不出来，我不喜欢黄嘉阳？”

沈轲低低地“嗯”了一声。

他意识到，在她面前，他使不出任何手段和技巧了，带着一点束手就擒的无奈，如同甘愿做她的俘虏。

阮季星蹙着秀眉。她的眉毛天生又细又淡，像河岸边的蒲苇，富有生命力。

她说：“Yes or No，不要回答我‘or’。”

沈轲说：“我不知道，我看不出来，阮季星，很多时候，你想什么、做什么，我都搞不懂，但我还是……”

他索性破罐子破摔。

她打断他：“沈轲，我喜欢的是你。”

他一怔，耳边顿时“嗡嗡”的，仿佛是被短短几个字炸破了耳膜，大脑也像卡带的磁带，不断地播放着这句话。

他从小就不是被神庇佑的孩子，他如今所拥有的一切，皆是靠自己获得。

除了阮季星。

不，她也从未属于过他。

她只是存在于那里，如同神佛，由他瞻仰、供奉。

但她化作了真真切切的人形，予他欢喜，予他喜欢。

幻梦成真，令人难以置信。

阮季星抿了抿唇，说着：“我喜欢你啊。你是我从小到大，第一个喜欢的人。正因为是第一个，这件事，我做不到尽善尽美。不过我想，我学习能力不差，可以慢慢进步。”

沈轲不清楚自己的反应在她看来是什么样子，但她忽然“噗”地笑出声。

他反而回过神来。

除了无措，还有一点儿忍俊不禁。

本来对于彼此而言，是重要得需要万分小心的事，她搞这么一出，紧张、局促感顿时荡然无存了。

“哦，对，你可以不用回答，我也还没有做好心理准备改变我们目前的关系，但我之所以告诉你这件事，不是为了让你安心，我只是不习惯藏事，憋得慌。”

喜欢的，想要的，要说出来；讨厌的，不想要的，也要说出来。

有时候，惺惺作态的扭捏，会让你丢失掉原本该归你的东西。

阮季星从不亦步亦趋地践行别人定的法则，她只遵循内心最真实的想法。

她一口气说完，像卸掉心里的包袱，舒坦多了。

沈轲看着她，不禁缓缓勾起一抹笑，应了一个“好”。

唐天和没想到，沈轲回来得还挺快。

他随即调侃道：“楼下不是贴着宿舍禁止养宠物的告示吗？哪儿来的狗？”

沈轲说：“你懂个屁。”

虽然是在骂人，但唐天和感觉他的心情跟那跳楼机一样，一下子down，一下子up的。

现在就是在制高点。

“阮季星怎么这么有本事呢，三两句话就把你哄好了。”

徐玮插话道：“有没有一种可能是他太好哄了？”

唐天和说：“也是，瞧瞧老沈那不值钱的样儿，拿去废品站，人家指定得说——”

徐玮从善如流地接茬：“‘恋爱脑’倒贴都不要。”

“哈哈哈哈哈！”

被这两人一唱一和地揶揄，沈轲也不气不恼，把书塞到包里，挎到肩上：“上课去了。”

他和阮季星一道去教学楼。

她出来得急，外套也没顾得上穿。

沈轲想脱掉自己的给她，她说：“我真不用，我让晓羽帮我带了。”

“你要是感冒的话，反正也会传染给我，你穿着，好歹少挨点冻。”

阮季星疑惑：“我为什么会传染给你？”

他反问：“我们现在算什么？”

她想了想：“好朋友？”

“好朋友一起吃饭，不是很正常吗？”

有道理。

阮季星到底还是穿上了他的外套，像小孩偷穿大人衣服，袖子长出一大截。她甩了甩，又说：“可我为什么还是感觉，被你诓了？”

沈轲帮她折叠着袖子，露出她的手，被过宽的袖口衬得好小一只。

他说：“我能骗得了你什么？”

“我的感情啊。”她狡黠一笑，“虽然我现在喜欢你，但我可保证不了，我会一直喜欢下去。”

沈轲蓦地握住她的手掌，更显小了，轻易地可以被他整个包住。

他没用力，指尖有意无意地摩挲着她的掌侧、掌根，乃至腕内侧，惹得她痒到了尾椎骨。

阮季星下意识地想抽回手，他骤然收紧，没让她抽走。

接着，听见他说：“我会让你一直喜欢下去的。”

他或许是知道，自己刻意压低过的嗓音富有磁性，很撩人？

好吧，她不得不承认，她的确有被蛊惑到，被他触碰着的手心隐隐发麻。

阮季星“嘁”了一声：“你还挺自恋。”

“是承诺。”

“你的主谓宾不是搞错了？”

别人不都是说，我会永远喜欢你？他怎么反着来？

沈轲说：“因为我正在这么做。”

她吸了口气，又是惊讶，又是狐疑：“你这是……表白吗？”

他终于舍得松开她：“你说是就是吧。”

话罢，就走到前面去了。

虽然跟黄嘉阳的“都行，听你的”句式差不多，但阮季星更偏向于认为，这人脸皮薄，不好意思直说。

她小跑着跟上他：“我没听懂，你说明白一点呗。”

“你听懂了。”

她不依不饶：“但我想再听一遍。”

沈轲将她带到自己跟前，让她背对自己，捂住她的耳朵。他掌心温热，暖着她如凉玉般的耳郭。

她还没反应过来，他便松手走开了。

阮季星拽住他的书包，凶巴巴地说：“你耍赖，我压根没听清。”

他无动于衷：“没听清算了。”

“我收回我的话，我不要喜欢你了！”

“嗯嗯嗯。”

沈轲两臂一缩，书包丝滑地落到她手上。里面装着专业课的课本，书又厚又重，坠得她胳膊往下一掉。

“谢谢你帮我提书包。”他倒退着走路，眉梢挑得很高，眼角尽是笑意，是难得一见的、专属于少年人的顽劣。

让人无端生出一种错觉：他人生的前十几年，其实从未遭受过那么多丑恶的、痛苦的事，他也不是蹚过泥泞、沙漠、荆棘才来到这里。

但他也几乎没向人袒露过脆弱的一面，就仿佛，他真的那么坚不可摧、真的可以一身奔三千里，一剑挡百万师。

阮季星以濒临跳脚的姿态掩饰心头一闪而过的心疼，咬牙切齿地叫他：“沈轲！”

他怎么跟小学生一样？

沈轲适可而止，不再逗她，单手拎着书包，另一只手绕过她的肩，揉了揉她的脑袋：“这回好好走路，大小姐。”

她抬眼看他：“我骗你的，我听到了。”

——那声“星星，我喜欢你很久很久”，她听到了。

沈轲静了静，应道：“嗯。”

他已向她交付出自己仅有的、全部的喜欢。

早在很久之前。

阮季星想过，直面怼过黄嘉阳之后，两人相处难免尴尬，幸好很快就到比赛日了。

当天，在学生活动中心礼堂，观众陆陆续续就座。

顺序是抽签决定的，阮季星抽到第四个上台，不太有利。而且，一看别的班各种道具、服装，她心里更没底了。

裴颖学姐和杜喆学长来后台看他们。

虽然每个班都配置有两个班助，但实际上平时都是裴颖学姐出面，杜喆学长更像一个挂名的，今天也是偶然得空，才过来看看。

说来比较巧的一件事是，阮季星不久前才知道，杜喆就是沈轲他们那个忙得神龙见首不见尾的室友。

裴颖学姐语气亲切地问："你最近适应得怎么样？"

"还行。但是说实话，"阮季星压低声音，"我还是希望班长回来执掌大权。"

裴颖笑了下："这种活让责任心比较重的人来干，的确会比较累。"

她又问："清莹恢复得怎么样了？"

阮季星说："她这两天有好转，明天再去复查一次。"

"那就好，徐老师昨天还跟我聊起这事，让我多做做她的心理疏通工作，不过我感觉她心态挺稳的，刚刚我好像还看到她了。"

"嗯？班长也来了吗？"阮季星探出头，果然在观众席看到冯清莹和唐天和。

唐天和把死缠烂打的本领用到极致，一逮准机会就黏上冯清莹。

阮季星说："学长、学姐，我出去和他们打声招呼。"

"嗯，去吧。"

阮季星小跑过去，问：班长，你怎么来了？

落到别人耳里，大抵会误以为她不乐意，但冯清莹了解她的性子。

冯清莹的耳鸣症状已经消失，但不知为何，听力没有得到太大改善，所以，她只能看一场场"哑剧"。

阮季星是怕她待在这儿心里不舒服。

冯清莹笑笑，说："这算是你的第一部导演作品，我当然要来看啦。"

阮季星：万一我搞砸了怎么办？

"没关系，无论结果好坏，这也算是见证你成长中的一次历程了。"

冯清莹知道阮季星有不小的心理压力，根源不在于胜负欲，而是在她。

"现在你代理班长一职，不用考虑我的感受，你也不要担心，有人会拿你和我做比较。"

阮季星愣了下：你知道？

冯清莹摇了摇头："我没听说，但想必是有的。星星，山有山的崎岖，水有水的波折，没有尽善尽美的。你的努力，会开出不一样的花。"

阮季星眼眶一酸，倾身抱了抱她。

感激之情无须通过言语，她也能感受到。

主持人上台开场了，阮季星匆匆回到后台。

唐天和碰碰冯清莹的胳膊，手机上显示着一行字：原来你还有这么温柔的一面？

她乜斜他一眼："我平时很凶吗？"

唐天和：不是，不是。平时更像一个大家长，刚刚感觉是一位包容的母亲。

冯清莹说："你别看星星表面大大咧咧、没心没肺，但她很容易受伤，不过好好哄哄，就没多大事了，就跟小孩子似的。"

她知道背后有人托着她，就会有接受失败、非议的勇气，也会有再次尝试的斗志。

或许，从某种程度上来说，被爱包围着长大的孩子缺乏独自直面坎坷挫折的能力，但当源源不断的爱涌向她，她也可以慢慢茁壮、旺盛。

冯清莹不是。

她是被迫灌输“要优秀，要独立，要强大”的思想，才走到今天。

冯清莹到了今天，分辨不了各种成长模式孰好孰坏，可她打心底地希望，阮季星能更好。

她是一个，相处越久，会令人越喜欢的女孩子。

而冯清莹说话时，唐天和眼也不眨地盯着她，想的是，他好像也无药可救了。

她真是该死的好迷人啊！

大屏幕上只有场景图，没有字幕，唐天和一边听，一边记下概要，转述给冯清莹，认真劲堪比准备期末考试。

冯清莹明知道感动不等于喜欢，但有那么一瞬间，她确实被他吸引了。

她没有露出端倪，让他察觉。

在她看来，恋爱和读书学习、体育运动差不多，需要找到适合自己的模式，以提高效率。显然，他不属于其列。

但她也知道，为什么没判他死刑，反而给他留了一线生机。

大概，人天生容易屈从于被偏爱的吧。

阮季星和几个人布置好舞台，又匆忙跑到一旁的操控室，指导负责人切换场景，播放 BGM，调整灯光。

之前没有机会来礼堂彩排，她很担心出岔子。

天可怜见，这十几分钟她提心吊胆，手心都紧张出汗，得亏顺利地结束了。

阮季星到退场的位置去迎同学们，一个一个地说“谢谢，辛苦了”。

目光一转，看到一旁的黄嘉阳，她定了定，走过去，说：“也谢谢你。”

他双臂抱胸，讽道：“我怎么觉得，你这句话一点也不诚心诚意？”

阮季星说：“一码归一码，没有你，也就没有这出剧目。”

弦外之音像是，另一码的事，她看不上他。

黄嘉阳那天丢了面子，记到现在，便也不想让她好受。

他轻蔑一笑，说：“你了解沈轲吗？说不定你只是还没有看到他丑陋、粗鄙的样子而已。”

从别人口里听到关于他的坏话，她心生不悦，皱着眉说：“那也跟你没有干系。”

“廖盛豪你认识吗？三班的。前几天晚上篮球队训练，沈轲莫名其妙地拿球砸他，要不是有人劝和，他们就打起来了。”

“‘莫名其妙’？”阮季星挑出他话中的茬，反问，“所以你的意思是，沈轲犯狂犬病了，见个人就咬？”

黄嘉阳振振有词：“篮球本来就是对抗性运动，起冲突很正常，但谁会闹到动手的程度？”

阮季星听了心底发笑。她有那么蠢吗，能被他无凭无据的三言两语绕到坑里？

不仅是大学生活磨砺人，遇到的大学生里的奇葩种也锻炼人。

“为什么他从来没打过别人，偏偏是廖盛豪？你应该去问问他，怎么把沈轲惹毛了。”

她懒得和他继续纠缠，拉开门，准备离开，却看见门外的男生。

脚步一顿。

他什么时候来的？

沈轲像是猜出她心中所想，说：“你们班的表演结束，就过来找你了。”

那，他刚才都听到了？

他“嗯”了一声，侧过身，脑袋向旁边一歪，抵着墙，好整以暇地看着她，眼底染笑，故而姿势不显得轻佻浮浪，反而有种……暗自窃喜的萌感。

“没想到，你还挺维护我的。”

阮季星讶然道：“你是我肚子里的蛔虫啊？”

他捏了下她的脸，告诉她：“阮同学，心里想什么，不要都写在脸上。”

话音甫收，视线忽地向上移，站直了，海拔一下子高上去，神色没了与她调笑的不正经，气场瞬间就变了。

“她说得对，你不如去问问廖盛豪，他干了什么欠揍的事。”是冲她身后的黄嘉阳说的。

黄嘉阳依然嘴硬到底：“他不就说了几句玩笑话嘛，也没对阮季星造成任何损害，你至于那么上纲上线吗？”

沈轲将阮季星拨到后边，低声叮嘱：“捂着耳朵。”

“哦。”她乖乖照做。

他走到黄嘉阳面前，越发咄咄逼人：“所以，我现在当着别人的面，拿着偷拍你的照片，评价你屁股不翘、‘小米椒’大小、顶多两分钟，你也不会跟我计较，是吗？”

眼见已经有人躲在一旁看热闹了，黄嘉阳脸色红了又黑。

“玩笑话要当事人觉得好笑才叫玩笑，我看你好像也笑不出来，下次就没必要拿这种借口搪塞人了。”

话罢，沈轲拉着阮季星去了观众席，坐到最后一排。

后面的节目阮季星也看不进去了，时不时偷瞟他。

在她再一次瞟过来时，他索性按住她的脑袋：“我没跟你说，是不想给你添堵。”

今天的事远远脱离了他的预设。

至少，他的形象在唐天和与黄嘉阳口中的将截然不同。

但阮季星的反应也出乎他的意料。

她丝毫没有认为，是他犯了错，反而诘问黄嘉阳，是不是对方主动挑事。

或者，她的存在，本身就是一种惊喜。

阮季星说：“你猜错了，我震惊的是，你居然讲那么……脏的话。”

毕竟他这人即便算不得彬彬有礼，但从未口吐污言秽语。

“是你把男生想得太纯洁了。”

上至高知显贵，下至贩夫走卒，表面风光，背地龌龊的男性不计其数。

廖盛豪的原话要难听得多。

阮季星好奇："你呢？你私底下也会议论那些吗？"
"不会。"沈轲想也没想。
"那不就得了。"
"我也并非什么高尚之辈，我妈含辛茹苦把我养大，不求我有出息，只要我做一个堂堂正正、对得起道德良知的人。"他说着，"但我不说，不代表我说不了。"
他和她不一样，他的成长环境注定他接触的东西更杂、更乱。
但他纵使满身洗不掉的淤泥，也要掏出一颗干干净净的心去爱她。
阮季星沉吟片刻："要不然，我就装作没听到吧？"
给他留点面子。
沈轲："我确实不想让你知道我会动粗、会说不入流的话，但既然你已经听到了，你就该明白，沈轲没你想象中的那么纯粹。"
她抢白："你想多了，我没这么想过。"
他面露无奈，接着说："抑或者，比你目前已知的糟糕许多——"
停住。
她耐心地等待他的下文。
他沉了一口气。
"——你还要继续喜欢他吗？"

"轰隆隆！"
台上的戏已近尾声，他们分不出心神去关注角色的结局，重要的是，他们这幕戏该如何演下去。
阮季星抿了抿唇，睫羽轻扇几下，突然凑上前，浅浅清雅香气似大军压境般，顷刻间向他围拢、侵袭。
以至于他没法及时作出应对。
一枚吻印在他的唇角，蜻蜓点水般，随即撤开。
沈轲蒙了。
半晌，他反应过来，开口第一句却是："你干吗亲我？"
完蛋了。
说什么不好，浪漫的、温柔的，再不济，直接回吻……女生应该喜欢那样吧？结果他偏偏说，你干吗亲我？
然而阮季星的思维如野马脱缰，跑得没边了。
她说："你抱我，牵我的手，还捏我的脸，我怎么就不能亲你了？"
没有半点旖旎暧昧，像报复得逞。
他问了一个与之前一样的问题："我们现在算什么？"
她的脑子仍一片混沌，胡乱答道："肯定不是好朋友。没哪个好朋友会亲嘴。难怪他们说，男女之间没有纯友谊……哦，我们这叫'唇'友谊。"
…………
此时，帷幕落下，前排响起掌声，像是，既为台上喝彩，也为台下打掩护。
掩饰男生如擂鼓般的心跳，掩饰女生慌乱逃避的眼神。
比赛结束，主持人公布结果，一班拿了二等奖。
虽然没有进入校决赛，但这个成绩已经很不错了。

阮季星领了奖状下台，谢晓羽和戚蓝走过来，送给她一束花："星星，恭喜你！"

她一怔："你们怎么还给我买了花呀？"

"我们三个一起凑的，花小钱买点仪式感嘛。"

谢晓羽掏出提前准备好的本子和笔，故作花痴脸："我是你的忠实粉丝，能不能给我签个名？"

阮季星"扑哧"一笑。

"怎么样，有没有当明星的感觉？爽不爽？"

"嗯……有一点。"

阮季星让戚蓝帮她拿花，接过纸笔，谢晓羽一看，她写的是——

To 谢晓羽
祝你早日成为富婆，包养小白脸。

谢晓羽满意地咂嘴："还是你了解我。"

阮季星问："戚姐，你要吗？"

戚蓝"嗯"了一声，好奇会给她写什么。

阮季星思索片刻，落笔。

To 戚蓝
祝你独立于天地，你会令高山渺小，令江河缄默。

戚蓝默念了两遍，收下，半开玩笑地说："我会好好留着，等你功成名就，价值就上去了。"

阮季星皱着一张脸："不要吧，这不得成为我的黑历史啊。"

谢晓羽不满："这样衬得我很庸俗哎。"

"那不是你整天嚷着升官发财没老公嘛，如你的愿还不好？"

另一边，沈轲不远不近地看着她们说说笑笑，唐天和拍了下他的肩，说："哎，你知道你在论坛又火了吗？"

"我没那么闲，一天到晚刷论坛。"

唐天和努努嘴："你去看看呗。"

沈轲打开A大论坛，有人把不久前在后台的冲突当作八卦发了上去，绘声绘色地描述，吸引不少人前来围观。

帖主没有指名道姓，用经管院的S男、R女、H男代称，说是S男和R女应该是男女朋友，H男的朋友开黄腔编排R女，S男维护R女，打了H男的朋友，H男还想挑拨离间。

底下盖了很多层楼。

△S打人的时候我在场，他那架势真的很吓人，从来没见他发过这么大的脾气。

△为吃瓜吃不明白的解释一下，他们是工管专业大一的，S是沈轲，R是阮季星，H是黄嘉阳。

…………

△R长得这么漂亮吗？真是红颜祸水。

△楼上一眼鉴定为男，发言够刻薄的，男生的锅就这么甩给女生啦？

△R我知道，她不是跟很多男的关系不错吗？她不自尊自爱，也怪不得闹出这种事。

沈轲看到这里，蹙紧了眉，问唐天和：“能联系管理员删帖吗？”

唐天和也是才知道，他们如此非议阮季星，忙说：“应该能，我找人帮你问问。”

发信息太慢，他走到一边去打电话。

要是继续这么发酵下去，沈轲不得炸了啊。

过了几分钟，再想点进去，便显示帖子已不存在。

唐天和说：“管理员说论坛里是明令禁止扒个人私生活的，如果还有人发，他们看到了会直接删。”

“谢了。”

“兄弟之间客气啥，再说我看了也气。”他义愤填膺道，“一群心理阴暗的人躲在网线后就肆无忌惮了。”

沈轲没接话。

人群往往具有跟风性，喜欢一拥而上，将一个人捧上神坛，或将一个人踩至泥里。哪怕他们根本不知全貌。

流言可以埋藏，甚至杀死真相。

他不是也经历过嘛。

但正因为经历过，才不希望看到阮季星被卷进来。

论坛上卷起的风浪，没有溅湿现实中的阮季星，但她不是一无所知。

谢晓羽可是八卦雷达，哪会错过。她从其他群里看到有人在议论这事，转述给阮季星。

“……但是没多久就被管理员删了，不知道是不是有人举报，毕竟他们平时不怎么管事。”

谢晓羽想到一种可能：“会不会是沈轲？”

阮季星说：“他不看这种东西。”

但他曾在背地里做了那么多她不知道的事，也不是完全没可能。

谢晓羽又问：“话说你们俩刚刚咋了？从礼堂出来开始，你们就离得好远，一句话都没说，吵架了？”

呃……

自阮季星放出“唇友谊”的狂悖言论之后，两人便陷入了“薛定谔的猫”。

既似确定关系了，又似没有。彼此都不去揭开那个盖子，处于一个混沌状态，索性当着外人的面就避开了。

“不对，吵架的话，你不是应该生气吗，但我感觉你心情挺好的啊。”

阮季星一番欲言又止，双手捧住越来越烫的脸颊，小小声地说：“晓羽，我亲他了。”

“啊？啊啊啊！”谢晓羽的尖叫声几乎要掀翻天花板，“真的吗？”

“你别激动，我就是轻轻地亲了下他这里，你别脑补其他的。”

谢晓羽压根听不进去："小嘴都亲了，其他的还远吗？"

"……我不跟你说了。"

"别啊，你多跟我讲点细节呗。"

阮季星死活不肯，实在拗不过了，说："你看了那么多偶像剧、言情小说，干吗不自己去谈一个？"

"恋爱还是看别人谈才有意思，既享受得到暧昧期的心动、热恋期的甜蜜，又不需要我自己投入进去。"

谢晓羽说道："而且，每次我对一个男生感兴趣，用不了多久就会下头。"

阮季星迷惑："为什么？"

"可能是因为，我看了太多理想中的完美爱情，不太能接受不完美的男生。众所周知，'男人'和'男主'是两种生物。"

"我也有很多缺点，你对我会这样吗？"

谢晓羽摇头，说："友谊和爱情不一样，爱情本质是荷尔蒙的产物，有一句话说，至死不渝的爱情有违人性，但友谊更持续、恒久、坚固，我觉得爱情发展到最后，和友谊、亲情差不多。"

阮季星若有所思。

谢晓羽又说："但是你还年轻啊，想喜欢的时候就用力喜欢，只管自己开心就好，这个年纪的爱情多美好啊。"

这点倒是和阮季星的想法契合上了。

她亲沈轲，不过就是遵循了心里最真实的冲动。

只是不知道他怎么想的。

这个学期的体育课，阮季星报的是足球，期末要考查颠球和带球过障碍跑。上课的时间不够练习，这天下午没课，她叫了沈轲陪她去操场练球。

沈轲也不会足球，但他运动天赋比她这个肢体不协调的人高，练了两三遍，就比她强了。

阮季星一屁股坐在草坪上："我不想练了，腿都颠痛了。"

他绷着脚尖，颠了几下球，最后一下颠得太远，捞回来，问："你既然不擅长球类运动，为什么要选足球？"

"你当我想啊，谁知道居然还限额，我选课太晚，只剩足球了。"

"没事，混及格应该挺容易的。"

体育课成绩由几部分构成，足球只占60%，其他部分得高分不难。

"不，我想拿奖学金，班长说一等奖学金体育至少得评良。"

沈轲朝她伸手："那就接着练。"

阮季星扁了扁嘴："你怎么都不说点好听的话哄哄我。"

他一时失语。

"算了，你要是会说，你就不是沈轲了。"

她借着他的手站起来。

沈轲边帮她捡球，边教她："控制力度和角度，不要颠太高，对，就是这样。"

"啊啊啊，我会了！"她终于成功颠了九个球，高兴得直接抱住他。

今天天气很好，两个人身上被太阳晒得暖烘烘的。隔着薄薄的布料，她胸口的柔软抵住他，触感那么明显，他再心无旁骛，到底是血气方刚，年岁正好的男生，浑身顿时一僵。

阮季星好像也察觉到了，松开手，往后退，面色有些许尴尬。

习惯和室友搂搂抱抱，又和他太熟，忘了男女之别。

沈轲轻咳一声，尽量装得若无其事："还要继续练吗？"

"练……带球过障吧，得去借路锥。"

"行，我和你一起去。"

进了器材室，老师让他们自己去拿。

地方不大，摆着几个高架、大篮筐，堆满了各种体育器材，大多偏旧了，是以，周围充斥着金属混着劣质皮革，和说不清道不明的东西的味道。

路锥叠放着保存，阮季星抽了下，不知道怎的，卡得死，没抽动。

沈轲说："我来吧。"

她让了两步。

"要几个？"

"六个，每两米放一个。"

他照做，扭头对上她的目光："你干吗这么看着我？"

"我怎么看着你了？"

沈轲放下路锥，转过身，垂着眸，一眨不眨地看着她，像是要看穿她的灵魂："这样……像是想对我做什么。"

刚刚阮季星看着他的侧脸，的确鬼迷了心窍一般，动了点不太正经的念头。

但她没打算在此时此刻，在这个地方做。

奈何他一步步向她靠近，她只能一步步向后倒退，直到被他逼得无路可退。

后背抵住墙，上面开着一扇不大的窗口，日光照进来，照出空气中飘浮着的尘埃。

他一只手撑在她旁边，将她四面困住，俯低头，呼出的气息与她的口鼻前所未有的近，瞳色越发幽深，像一个自转中的庞大天体。

而若是达到洛希极限，她将被拉扯、撕裂，化为齑粉。

她很想移开视线，但过分近的距离，令她的余光里总有他的唇。

"阮季星，你是不是想亲我？"

他直接点破她的心思。

阮季星悄然攥紧了拳头，虚张声势："想，想亲你怎么了，不许吗？"

忽地，外面传来"哐当"一声响，是足球砸在球门框上的动静。

她心里正紧张，吓得条件反射地哆嗦了一下。

与此同时，沈轲的吻落下来。

任由脑海里刮起八级风暴，卷得世界一片白茫茫，阮季星人还呆呆地立在原地。

她像灵魂出了窍，旁观"自己"和他接吻。

在她的第三人视角里，男生也不通晓其中秘诀，唯一懂得的，便是该侧过脑袋，鼻子才不会发生碰撞。

他吻得很青涩，只是双唇相贴，连呼吸都是屏住的，仿佛怕泄气吹散她。紧接着，他似乎意识到，这顶多叫“亲亲”，而“接吻”不单单停留在唇的维度，稍稍向后撤走。

运动过后，两人的唇瓣皆因缺水而有些干燥，粘连着，舍不得分开似的。

沈轲的手沿着她的肩膀、手臂、手指滑下来，不知是故意还是不小心，勾了勾她的小拇指。

五指连心，阮季星终于六神归位，有了清晰的感知。

她心里酥酥麻麻的，有点难耐地想，他怎么停下来了……所以，在他的手离开时，有了个下意识去追的小动作。

没追到。

但他绕到她腰后，藤蔓一般地缠裹她、猎杀她。

这下她是彻彻底底无处可逃了。

他嗓音略微沙哑啁哳：“若我拿你当朋友，我不会送你玫瑰，不会推掉兼职陪你练球，更不会躲在器材室和你接吻。”

她眸子湿蒙蒙的：“那你觉得，你是我什么人？”

“我想当你男朋友。同意吗？给个准话。”

语气里带着恳切。

这段日子，他逐渐被磨得心气全无。

想正大光明地牵着她的手，走在春天落叶的石板路小道上，还想将她搂进怀里，挡开所有觊觎她的目光。

外边嘈杂万分，这一片被体育器材围住的小小空间，静得却可以听清彼此的心跳和呼吸声。

或许才流逝了两三分钟，乃至几十秒，阮季星却经历了几次大起大落。

传闻中那个很难拿下的沈轲，现在正希冀得到她的准许，成为她的男朋友。

但这姿势，怎么看，都有种逼迫的意味。

他压根没有预设被她拒绝的方案。

她始终没问，他是什么时候喜欢上她的，但以他的性子，他既然能藏到今天，一旦破了口子，便势必要如愿。

阮季星踮脚，圈住他的脖子：“我不是说过吗？好朋友不能亲嘴，这是男朋友的特权。”她凑近，对着他的耳朵，轻声说，“还有，你懂不懂啊，接吻要伸舌头的。”

沈轲心头那簇本就未平息的火被她加了这把柴，燃得更旺。她触到他眼底的暗色，脖子一缩，有害怕，有懊悔，也有隐隐的期待。

方才有了足够的时间感受，她得出了结论：他的嘴不硬，是软的。

而且，他不抽烟，极少饮酒，近期未食重口味食物，气息十分干净。

不知道深吻是什么感觉……

沈轲捏住她精巧的下巴，想续上那段半路中止的吻，但又被一道声音打断。

“同学，你们找好了没？”

他们磨蹭得太久，老师催了。

阮季星猛地推开他，他没有防备，脚下一绊，撞得旁边架子上一盒乒乓球翻倒，“乒乒乓乓”落了一地。

两人大眼瞪小眼，同时笑起来。

她憋回笑，扬声回答：“老师，不好意思，我们马上。”

两人蹲下身，边捡球，沈轲边说：“你力气还挺大的。”

阮季星小声道：“我那是应激反应，谁叫你在这里亲我。”

他模仿她的语气：“我那是情不自禁，谁叫你在这里勾引我。”

她瞪他：“到底谁勾引谁？”

“我什么也没做，怎么就勾引你了？”

“你这张脸就是在勾引我。”

沈轲瞥了一眼值班老师所在的方向，飞快地亲了下她的脸，耍无赖地说：“我也没办法了，我看见你就想亲你。”

她咬了下唇，掐他一把：“快捡。”

出了器材室，阮季星忽然将手机伸到他眼前，上面是锁屏界面。

沈轲抬了抬眉骨，看着她，迟疑着说：“壁纸……很好看？”

她扬起下巴：“今天是3月21日，春分，星期四，沈轲成为阮季星男朋友的日子，请你记住。”

“原来今天日子这么好。”他恍然，“买个蛋糕庆祝一下？”

阮季星以前常这样，冬日出太阳，她说天气好，想吃巧克力慕斯；梅雨季节，她说天天下雨，烦死了，想吃刚烤好的舒芙蕾。

没人能理解其中的因果联系。

其实也没有什么必然联系，只是她的突发奇想。

她大多数时候没有规划，当有空，并且有念头，她就直接做了。若被某些原因耽误，之后往往便将此事抛诸脑后。反倒有了明确计划之后，各种拖延，觉得晚一天再做也没什么，就开始“明日复明日”的循环。

所以沈轲总无法和她的节奏同步。

就像今天。

本来只是一个普通的练球的下午，她八成不会将确定关系的地点选在体育器材室的角落，不浪漫，还有点狼狈——她脱了外套，头发散乱，双颊热得红扑扑的，颈上有汗水干后留下的黏腻。

但让他猜猜，她或许愿意来一块填满奶油的、甜腻的蛋糕？

阮季星思索片刻，说：“瑞士卷和千层我都想吃，但是吃多了很腻。”

他听懂了：“你吃不完的归我。”

“回答正确。”她心安理得地享受着有男朋友的好处，“啊，对了对了，我还有个想吃的。”

她拉他：“走走走。”

沈轲千想万想，也想不到，居然是炸淀粉肠。

“一根三块，两根五块，班长和戚姐不吃，每次都是我跟晓羽在一起的时候才买。”

“你以前也不吃。”

她不是嫌不卫生不健康，而是那会儿自视清高，觉得几块钱的路边摊不配她。

“那时我年少轻狂，竟敢不敬重淀粉肠大王，现在我醒悟了，我要誓死追随效忠淀粉肠大王。”

沈轲好笑，对阿姨说：“要两根。”

“好嘞。”

阮季星眯眯笑。

能遇到一个，你喜欢他，他也恰好喜欢你的人，本就是小概率事件。又恰恰好，他懂你的奇奇怪怪，并且愿意无条件配合。

这该耗费多大的运气啊。

虽然交往了，但阮季星说平时得低调一点，尤其是在上课的时候。

沈轲本身就出名，受关注多，公共课和一些选修课是几个班一起上，她不想在那么多双眼睛底下谈恋爱。

再说，她和谢晓羽可是固定的上课、吃饭搭子，怎么能为了男人抛弃朋友呢。

所以刚开始，除了彼此的室友，几乎没人知道他们俩在一起了。

他们第一次正式约会，并上庆祝冯清莹的耳疾痊愈，最后成了两个宿舍的聚餐。

这是后话。

冯清莹一直积极配合医生治疗，那天早上，当她听到窗外的鸟雀啁啾，她反应了很久，听力的完全恢复令她有种如梦初醒的恍惚。

实际上，从发病到治愈，不过一周有余。

她销了假，回去上课。

这段时间的专业课，得益于阮季星她们整理的笔记，她倒是没落下多少，作业也都交了。

但是班上、学生会的事堆了不少。

最近需要开一个团支部班会，还得上交材料，阮季星和团支书黄嘉阳闹成那样，哪能再共事？得知冯清莹痊愈，她真是谢天谢地了。

冯清莹请了这么久的病假，同学们一见到她，纷纷问：“班长，你之前怎么了？”

她也就是笑笑，说：“一点小毛病，没事，已经好了。”

二班的人自然是高兴了，唐天和从起初的欣喜，变得五味杂陈。

她养病期间，逃避和太多熟人接触，话也减少了，几乎像一艘搁浅的船。

去医院，去逛动物园、公园……无论她去哪儿，是治病，还是放松心情，他都死乞白赖地跟着，靠趁她处于低谷，作为坚定不移的守卫者身份赖在她身边，以慢慢攻略她的心。

虽然或多或少有点趁火打劫的意思，但他又卑鄙地想，至少有起作用吧。

现在她痊愈了，重新扬帆远航，他那招失效了。

唐天和恹恹的，一整天唉声叹气。

徐玮问：“他这是……失恋了？”

沈轲一语破的：“单相思不算恋。”
“那冯清莹的病好了，他不应该高兴吗？”
“因为她没空搭理他了。”
徐玮啧啧称奇：“我怎么感觉，他很像失去皇帝宠爱，被打入冷宫的妃子？”
他们当着唐天和的面这么挖苦他，他都没半点反应。
两人面面相觑，沈轲是没辙了，他性子淡，没法开导别人的感情问题，徐玮则突然丢出一个重磅炸弹：“不过我是真的分手了。”
唐天和抬头看他：“你咋回事？”
“不合适呗，她抱怨我不理解她，回应不了她想要的，我说她矫情事多，就掰了。”
“你怎么不伤心？”
“之前大大小小吵了几次，感情早吵没了，分了我还清静一些。”
唐天和又看沈轲：“老沈你咋样？”
徐玮以一副过来人的口吻说：“他俩刚在一起，估计处于一个时刻想见面、见了面又尴尬不自在的阶段。”
“那你说错了。”沈轲语气冷冷淡淡，“她把我排在她的室友之后，不然，我现在也不会在这里听你们两个感情失败者交流经验。”
唐天和：“徐玮，揍他。”
徐玮：“虽然这话难听了点，但也没说错啊。”
唐天和噎住。
沈轲看了眼手机：“我去接我女朋友了，你们接着总结，吸取教训。”
唐天和的心情更糟糕了。
一个刚分手，一个正热恋，就他死活追不上，连恋爱的机会也没有是吧？

谢晓羽所在的社团今天晚上团建，但她属于在熟人面前放得开，在陌生人面前拘谨的类型，故而叫上阮季星陪她。
阮季星发消息叫他出来，她有东西要给他，所以他来地铁口等她。
原本沈轲以为只有她们两个女孩，没想到是一个男生走在阮季星旁边，在她看见沈轲，跑向他之前，和她说着话。
沈轲的眉心拧了拧，当怀里撞入一个小人儿，又不由自主地松开了。
她嘻嘻笑着，身上有淡淡的酒味。
他再度蹙眉，摸摸她的脸，看向那个男生：“谁让她喝酒了？你吗？谢晓羽呢？”
男生一阵莫名：“你是谁啊，管这么多？”
阮季星护在沈轲面前，鼓了鼓腮帮子，河豚一样：“他是我男朋友。”
男生说：“哦，你就是沈轲啊，听说过。我们几个人回来的路上，她跑去买东西，幸好我跟着她，其他人就先回学校了。”
沈轲的敌意丝毫不减：“谢了，我照顾她就行。”
男生走了。
沈轲揉了把阮季星的脑袋：“还看着他？嗯？”

她头向后仰，倒着看他：“你怎么谁的醋都吃啊？”

这个姿势容易头晕，她没站稳，晃了一下。

这样的女孩子，委实很难叫人生得起气。

他将她整个人转过来，故意说：“我女朋友大晚上喝了酒，和另一个男生单独待在一起，我不该吃醋吗？”

她拉开外套拉链，拿出一样东西，塞到他手里：“不吃醋，吃这个。我特地给你带的，还没凉。”

是一份用她的身体保着温的鲷鱼烧。

难怪刚刚她一直抱着肚子。

他好笑：“你跑去买的东西就是这个？”

阮季星说他是笨蛋。

“今天是你生日呀，你怎么给忘了？”她摇了摇头，“不对，严格地说，还有一个多小时。但是你从来不过生日，也不吃生日蛋糕，就拿这个给你庆祝，好不好？”

她接着又去翻包，像得到了什么宝物一样，拿出几支蜡烛，眼睛亮晶晶的。

“锵锵，我还买了这个。”

没有一点预兆，想来也是她一时兴起所为，谈不上是惊喜。

可沈轲还是狠狠地怔住了。

阮季星把沈轲拉去东苑附近的球场。

时间不早了，没什么人打球，只偶尔有一两个人经过。这一大片开阔的地方都属于他们。

她将蜡烛插在鲷鱼烧上，划亮一根火柴，依次点燃。又叫他先不要吹，翻哆啦A梦口袋似的，又拿出一个发光头箍，有皇冠，有“生日快乐”的字样。

很难想象，她怎么在喝醉的情况下准备这些的；更无法想象的是，他戴上它的样子。

沈轲浑身充满抗拒：“一定要戴吗？”

她一边给他戴，一边嘟囔：“晓羽说的，花小钱买仪式感嘛，反正这里只有我。”

他一脸无奈。

阮季星兀自鼓起掌，荒腔走板地唱：“祝你生日快乐，祝你生日快乐，祝沈轲每天都快乐。”

她眼中映着摇曳的烛光，苹果肌上如抹了胭脂，鬓边碎发被春风吹动，粘在唇边，他伸手勾到她耳后，动作自然。

她停下了。

他说：“我应该没跟你说，我为什么不过生日？”

她眨眨眼，表情有点呆呆的：“为什么？”

因为生日对他来说，并不值得纪念。

当年，沈长林不服一审判决而上诉，赵若华就是在那天，听到二审的当庭宣告：维持一审判决。

回家的路上，她强颜欢笑，说要去给他买个生日蛋糕。

他拉住她，说，妈妈，我不吃了。
此后沈轲就再没正儿八经地过过生日。
他不想让赵若华记起那两个将她拉入炼狱的男人，但事实上，无论她打工多忙，都会请假赶回家陪他吃顿饭。
彼此达成默契，饭桌上的话题往往绕到其他地方，只当是他们母子俩普普通通吃了顿饭。
这些年，唯一勉强能称得上过生日的一次，还是那次阮季星和阮正荣吵架，结果依然闹得不欢而散。
所以他从来不觉得，这是什么吉利、美好的日子。
甚至每到这天还会想，他的存在是不是真的不祥，他的命是不是真的就该如此，无力改变了。
无数次产生怀疑，又无数次打碎自我，从碎骸中重生，才走到今天。
他像蚌一样，在这个晴朗的夜晚，在这个空旷的球场，在这个心尖上的女孩面前，一点点敞露自己的不堪与丑陋。
这是以前的阮季星不曾见过的沈轲。
太颠覆她对他的认识了。
她前不久才说，他的脊梁很硬，不会被世界压垮。
原来是因为自己早已经经历过崩塌了吗？

蜡烛一截截烧短，蜡油往下滴落。
沈轲吹灭了火。
阮季星“呀”地惊呼一声：“你还没许愿。”
“我现在不会再等着命运降临，赏赐我或审判我，我想要的，我会靠自己挣来。”
她又疑惑：“那你为什么一直留着我送你的星星挂件？”
这一刻，她居然想不明白，他不是为了许愿。
“你到底喝了多少？”
阮季星歪头想了想，认真地说：“我没喝酒啊。”
他干脆利索地收了东西：“你还是早点回去睡觉吧。”
“喝了喝了，就一丢丢，我只是不小心倒了点酒在衣服上，我没醉，不信你看。”
她扭起秧歌来。
沈轲失笑，越发觉得她是喝了假酒，但转念一想，这事发生在她身上的话，好像也正常。
“好丢脸，还好没别人。”阮季星也笑，坐了回来，撕开鲷鱼烧，“喏，一人一半。”
他拿在手里，问：“我们交往的事……你是不是没和你爸妈说？”
她摇头：“先不说吧。”
“其实我知道他们不认可我——作为你的男朋友来说。”
“我成年了呀，我可以自己拿主意了。”
阮季星说：“可能脱离了他们的保护，我会栽跟头、吃亏，但我家那年破产，我就意识到了，他们连自己都不一定护得住，何况我。我终归是要独自出去碰壁，摔跤的。你不用顾虑。”

沈轲有些讶异于她说出的这番话。

她得意道：“对我改观吧，我也不是你当初认识的阮季星了。”

他笑了笑：“那我们今天就算是重新认识了。”

“那你也重新认识一下你自己。”

“嗯？”

阮季星正色道：“沈轲，幸与不幸都是人根据自己的标准划分的，鸟觉得鱼不幸，依赖水而活；人觉得草不幸，生来被践踏。可换种角度呢？鸟入水会溺毙，人为争夺资源而争斗。

“你善良、正直、进取、讲义气、有孝心，没人可以轻贱你，包括你自己。在赵阿姨、我、其他所有人之前，这个世界上，你最应该爱的是你自己。”

这也是她始终奉行的准则。

沈轲久久未作声，直到眼眶发酸、发涩，是落泪的前兆，是心向她投降的象征。

他张开手臂。

她略微倾过身，让他抱住了自己。

他低低地说：“谢谢你，星星。”

不仅谢谢她这么说，谢谢她给他过生日，更是谢谢她愿意向他分出她的爱。

虽然不是全部，她也不会把爱情当作生活的重心，但哪怕是千分之一、万分之一，就足以拯救他。

他忽然想亲她。

上次在器材室接吻，他方才感知到，嘴唇，薄薄的两片皮肉，接触时竟会令人头皮发麻、心口发热。

理性如他，也不再去分析是不是激素造成的，科学能解释生理现象，但解释不了他对她的欲望。

自青春期第一次梦遗，再到现在，他的幻想对象从来都是她。

当然，沈轲还没有想到那么近一步的亲密。

她又胆大又屃，到时肯定怕羞、怕疼，但大概不会抵触，她对未尝试过的事情通常具备强烈的好奇心。

他得多庆幸，时机不算晚，赶在她有男朋友之前回到她身边。

是的，回。

她身边就是他该在的地方，他只是短暂地离开了几年而已，终究是要回来的。

而现在，她的男朋友就是他，为什么不可以亲呢？

沈轲捧着她的脸，却被她的手挡住。

阮季星捂着嘴，闷闷地说：“刚吃了东西。”

他便一下一下地啄着她的额头和鼻尖，同时观察她的表情波动。如此近的距离，她躲无可躲。

然后又是她的手心、指腹。

太痒了，阮季星更受不了：“沈轲……”

沈轲嗅到了鲷鱼烧的香味，从她的指缝中。

他对这种小吃的兴趣素来不大，他的目标是她的唇。

“女朋友，不是你说，接吻要伸舌头的吗？”示弱的实则，是以退为进，“你教教我？”

阮季星哪懂什么吻技啊，她就亲过他一个人，连片子都没看过，但不知缘由地，她默默夹紧了腿。

他时刻注意着她的一举一动，哪会放过这个细节。在他的认知里就是，她也是想亲的。

沈轲不再和她拉扯，拉下她的手，毫不犹豫地吻了上去。

这回他径直将舌头抵了进去，找到她的，没有经验和技巧，只是屈从本能地与之勾缠、裹绞，有几分鲁莽。

她被迫张开了嘴巴，听到他吻出的细碎声响，没一会儿，又感觉有涎丝从唇角流出。

“唔……”她挣扎起来。

他分辨得出她是欲拒还迎，还是不舒服，立马放开了她，手足无措地看着她。

阮季星的唇被他亲得有些红肿，舌根也疼。她委委屈屈地说：“你亲得好凶。”

“对不起，我……”

她的耳根子红透了，攥着他的衣角，小声说：“你下次温柔一点。”

沈轲试探地吻了吻她，又慢又轻地吮咬她的唇瓣，含混不清地问：“这样吗？”

她“嗯”了一声。

他的头俯得愈来愈低，即便是坐着，她也矮他好一截。

亲着亲着，他索性抱她坐到腿上，舌头随之滑进去。

阮季星搂着他的脖子，手指情不自禁地蜷缩着，闭上眼睛，撇去视觉，得以更专注地去感知他。

少男少女断断续续地探索着彼此，有幸周围空荡，“啧啧”的水声传不开。

正值他们渐入佳境之际，球场的灯关了。

亲得太久，唇舌俱麻，但因为是菜鸟尝到了甜头，两人皆入迷上瘾，舍不得分离。

“接着亲？”他说话时，还在她唇上流连。

她想躲：“不亲了。”

“不亲了还搂着我不放？”

“明明是你抱着我。”

沈轲头回这么黏人，快到门禁时间，才把她放了。

开门前，阮季星对着手机前置摄像头照了下，脸红就不说了，嘴巴又肿又泛着水光，太明显了。

她做足被盘问的心理准备，正要插钥匙，门被人从里面拉开。

是谢晓羽。

阮季星做贼心虚似的，说话都磕巴了：“你、你要去哪儿？”

但谢晓羽完全没心思八卦，焦急地说：“星星，你终于回来了，你快去安慰安慰班长，我嘴笨，越说越不是。”

阮季星一愣：“她怎么了？”

“不知道啊，原本她在做表呢，突然哭了。”

冯清莹？哭？

阮季星忙进去。

冯清莹两只手捂着脸，肩膀一耸一耸的，桌上、地上，全是纸团，电脑待机黑屏，倒映着她。

“班长？班长？”

谢晓羽给阮季星递了几张纸巾，用口型说：给她擦擦。

阮季星什么也没问，抱住冯清莹，这时才发现，她原来这么纤瘦。他轻轻拍抚着她的背，重复地说：“没事，没事，我们陪着你呢。”

冯清莹哭了好一会儿，渐渐平静下来，开口时，嗓音都有些哑了：“我妈看到我和唐天和在一起。”

“阿姨怀疑你们谈恋爱，骂你了？”

冯清莹默了一会儿，说：“她前几天知道我请假，问我为什么，我没告诉她我耳朵的事，就说感冒。她今天突然问我，跟一个男生一起去医院干什么。”

谢晓羽瞠目结舌：“我去，你妈也太恐怖了吧。”

戚蓝暗暗地掐她一把，她立马噤声。

“她在我身上付出了很多，我都记得。我高三的时候，她在我学校旁边租了房子陪读；她教我为人处世，和同学、老师打好关系；我成绩落下来，她给我请家教；我未来的工作也不用发愁。”

哭得久，冯清莹声音齉齉的，不太清晰：“走好她给我安排的路，我就比很多人强了，我是不是该满足了？

“但我从小到大，每天在班里做了什么，老师会事无巨细地转告给我妈。大到我选什么专业、小到我吃什么，也都是她一手安排的。她说是为我好。”

冯清莹红着一双核桃眼，笑得像哭一样：“可我上大学了，她为什么还这样？我是一个人，我有我的自由意志，不是她的傀儡，不是吗？”

阮季星不合时宜地想到，总算知道，班长的性格是像谁了。

谢晓羽问：“那你跟她解释了你和唐天和的事了吗？”

冯清莹说：“我说了，可她还是警告我，要洁身自好，不要乱搞男女关系。”

警告？这个由权力衍生出来的词，为什么会出现在母女关系中？

关心里夹带着控制，这算不算母爱？算的吧。但是，为什么令她窒息？

戚蓝去接了一杯温水：“班长，喝点水。”

“谢谢戚姐。”冯清莹抹了抹眼角，“难为你们听我抱怨这么多，其实我知道，倒苦水没有意义，但我实在忍不住了，不好意思。”

阮季星佯怒：“你要是把我们当朋友，就别说这样的话了，好吗？”

“我想过，你和晓羽吵过架还能和好，戚姐习惯独来独往，我社交圈里的人那么多，反倒没有交心的朋友。”

“现在你不就有了嘛——我们啊。”

谢晓羽附和：“就是啊。平时是因为你忙，我们才没一块儿玩，但只有我们能见到互相的最多面啊。就像星星，别人哪知道她早上起床头发乱糟糟，裤腿缩到膝盖上。”

“喂！好端端的，你说我干吗？”

冯清莹笑了。

“班长，我们抱一下好不好？”

“我也要。”

四个女孩抱在一起。

可以预见地，若干年后，阮季星依然会回想起这个时候——

她的黄金时代，有喜欢的人，有几个好朋友，有她希冀着的未来，也有没被社会打击的志气。

也许到了三十岁、四十岁，她会拥有更好的人生，但无论如何，她的一生中，再也做不了第二场这样的梦。

第十一章 最好的你

冯清莹和母亲的关系，对目前的她而言，是一道无解题。

她的能力尚未强到抢夺父母的话语权，她口中的自由意志，依然被控制在母亲划定的范围里。

阮季星她们不得而知的是，有没有哪怕一瞬间，她曾为唐天和心动过。

但冯清莹已经和他划清界限，其后有相当长一段时间，他没有再那么热烈地追逐跟随她。

更具戏剧性的是，她最近和杜喆学长走得很近。

他们在同一个竞赛小组里，其他人都是大二大三，冯清莹资历不够，这个机会是她好不容易争取到的。

而组长正是杜喆。

在学术方面，杜喆毋庸置疑很优秀，而且他还担任学生会副会长，校团委的骨干职务，学院里的老师、领导基本都认识他。

所以他总是很忙，和沈轲他们完全不是一路人。

但谢晓羽是视觉动物，她挑剔他长得像《植物大战僵尸》里的倭瓜整了容，配不上冯清莹。

冯清莹说："也没有你说的那么夸张啦。"

"那你问过他的情史没？绝对要离渣男远一点。"

"我没和他聊过这些，事实上，我对他只停留在崇拜、欣赏的程度。"

阮季星插话道："其实我觉得唐天和挺好的啊，大方、重感情、开朗外向，对你也是一心一意的，你还是他初恋。"

冯清莹柔声说："星星，这么快你就胳膊肘往外拐啦？"

阮季星讪讪。

谢晓羽问："你今天不是要跟沈轲约会吗？这是你们第一次正式约会吧，你不打扮打扮？"

最近事情多，两个人都腾不出空，他俩平时的活动就是轧马路、吃饭、一块儿自习。

说是自习，也就只有阮季星学，而沈轲在旁边写稿——准确地说，是洗稿。

融合一些类型相似的稿子的内容，加以修改粉饰，再由人发到网上，明星八卦、怪谈诡闻，什么类型的都有。一篇普遍在一到两百，质量高的，也有破四位数的。

面不面子、道不道德的，在赚钱面前，也没那么重要了。

世间事不是非黑即白，他要上学，没有家里托着，上天更没有给他开金手指，他靠这种方式博一条生存之路，无可厚非。

所以阮季星没提要约会的事。

她也挺喜欢两人牵着手，在没什么人的小路上散步，偶尔接个吻。

今天沈轲找了一家评价很不错的餐厅，打算请她吃饭。

他这会儿发来消息，说可以叫上她室友一起。

谢晓羽一百个乐意去，还夸他懂礼数。

阮季星眼珠子一转，说服一贯不爱参与这类活动的戚蓝，自然而然地，冯清莹也不能说不了。

但冯清莹实在觉得她心大得离奇："你们俩的约会，叫我们几个电灯泡，你不介意吗？"

"吃顿饭而已，而且不是还没庆祝你的病痊愈嘛。"

到了地方，冯清莹的脚步陡然停下，瞥向阮季星。

后者立即举手自证清白："我发誓，我绝对没有和他们沆瀣一气，串通起来骗你。"

来都来了，总不能因为唐天和也在就甩脸走人。

沈轲拉过阮季星的手，让她坐在自己身边，又似嫌她离得太远，手臂一伸，拽着椅子腿，将她整个人带过来。

她一惊，小声说："你干吗呀，这么多人在呢。"

他眼皮一掀："我们是什么见不得人的关系吗？"

倒也不是，她就是……还不习惯在熟人面前和他亲昵。

偏偏谢晓羽爱看阮季星谈恋爱的样子，和戚蓝坐他俩对面。

这么一来二去，冯清莹和唐天和成了面对面的。

沈轲将菜单递给女生们："为免你们等餐太久，我点了几道星星爱吃的，你们可以再加。"

阮季星好奇地问："我都没来过这家店，你怎么知道我爱吃什么？"

"花里胡哨的、搭配新颖的、名字取得独特的。"

阮季星哑然。

好像还真是那么回事。

刚说完，服务员开始上餐。

阮季星的注意力却不在菜品上，她留意到，唐天和一直盯着冯清莹看。

她戳戳沈轲，示意他看手机。

寄星：是不是唐天和求你的？

R136a1：求算不上，威逼利诱吧。

寄星：他还真是不到黄河不死心。

冯清莹忽地起身，"我去下厕所。"

唐天和紧跟着说："那个，这里地方大，她方向感不好，我陪她去吧。"

几个人面面相觑着，好像也没大到上厕所会迷路的程度啊。

沈轲揉了下阮季星的头："我们先吃。"

走到拐角，冯清莹停下，转过身。

唐天和期期艾艾地看着她，甚至显得可怜巴巴："上次你说，我俩不合适，但我想了又想，这是你从客观条件分析得出的结论，那你的主观意愿呢？"

冯清莹理智且冷静，毫不犹豫地说道："你也不符合我的主观选择标准。"

唐天和失语半晌，见她要走，又叫住她。

她是个体面人，不会跟任何人撕破脸，给了他一句话的时间。

他问了个风马牛不相及的问题："你做过物理小车实验吧？"

"嗯，做过。"

"实际上，数据往往不能完美地套入公式，因为公式是无数次实验推导出来的，逆推就容易等式不成立。"

唐天和从来不是混子，他脑子是活泛的，他点出了其中的漏洞。

"你不先进行实验，怎么能推出我不符合你的标准的结论？你的标准未经试验，根本站不住脚。"

冯清莹因觉得荒诞而笑出声："你这不是要赖皮，让我先跟你尝试的意思吗？"

唐天和说："你就算知道你想买什么衣服，不上身怎么知道尺码合不合适？你就当试衣服，满意了就收下，不满意就退。"

冯清莹慢慢收住了笑，定定地看着他："你不觉得，这样对你很不公平吗？"

哪有人将自己比作衣服的？

"我没办法，谁叫我每次上课都忍不住往你的方向看，谁叫我整天魔怔了一样刷新我们的聊天界面，谁叫我看见你对杜喆笑就酸得要命……"

唐天和没有提前准备腹稿，即使准备了，面对她时也未必说得出来，有些颠三倒四地说着。

"除了这样，我不知道怎么做，才能让你向我回看。"

他几乎是在恳求了。

冯清莹仿佛有些承受不了他这么浓烈炽烈的感情，说不出话来。

在她的感情观里，爱情是互相欣赏的两个人并肩而行。

但他爱玩、不求上进、做事三分钟热度，他将来也不必为了事业苦苦奋斗，只要不乱造，家底足够他衣食无忧地混几十年。

很明显，他们不是同一条道上的人。

她一时间也分不清，究竟是心软，还是心动。

前者是同情，后者是爱情。

但她既不像谢晓羽读过许多爱情故事，也不像阮季星正徜徉在爱河，她所谓的爱情观，连纸上谈兵都称不上。

唐天和又说："你是喜欢上进的吗？学生会那些我不太喜欢，但学习我可以提上去……"

冯清莹打断他："等你这学期能考进专业前十再说吧。"

说完，她就懊恼了。

不管他做不做得到，她都不该拿这种事做赌注。

但唐天和一口应了下来："行，高中我都能为爱考年级前十，不就区区专业前十嘛。"

冯清莹揪住"为爱"两个字问："你不是号称我是你的初恋吗？"

"我奶奶那个时候生病，她想让我考个名牌大学，我为她考的。"

冯清莹没作声。

"不过她后来没等到我高考就去世了。"

只有他，才会令素来能言善辩的冯清莹语塞。

她想起阮季星说的，他重感情。

看他对沈轲他们的态度就能略知一二，但约莫是因为她从小被教育的是，须克己复礼，知进退，识大体，她反而越发认为他们不相称。

但话既然出口了，就没有随意变卦的道理。

冯清莹只得默默认下。

唐天和似乎也拿准了她的这点原则，回到座位时意气飞扬的，不知道的还以为他追到人了。

他对沈轲说："老沈，今天这顿归我请了。"

沈轲乜斜他一眼："我请我女朋友的室友吃饭，有你什么事？"

"得得得，孔雀开屏的机会让给你。"

沈轲哂笑道："不必，我不像你，我不用求偶。"

唐天和不屑地说道："不就是有对象嘛，有什么了不起的，瞧把你嘚瑟的。"

徐玮无力挡住脸，不想认识这两厮。

阮季星早已见怪不怪，朝她们撇了撇嘴，像在说：看吧，他们就是很幼稚。

饭后，阮季星单独和沈轲去看电影。

订票时，他问她要不要爆米花，她摸着小肚子："一点都吃不下了。"

他只要了一杯果汁，还说："麻烦帮忙热一下。"

阮季星瞪大眼："你丧心病狂，果汁就得喝冰的！"

他不为所动："你快到生理期了。"

"你又是怎么知道的？"

她没跟他说过吧？

"你拿卫生巾的时候，也没避过我。"

很合理，又得惊叹于他作为一个男生，居然拥有这样细致的观察和记忆。

她天天和谢晓羽待在一起，都不太记得她生理期是几号。

她不知从哪儿看到过一种说法，真正的爱藏在日常的细节之中，因为已经与生活融为一体，和呼吸一样自然。

然而，他似乎丝毫没有让她知道他有多在意她的意思，就这么轻描淡写地说出来。

阮季星看了他两眼，没说什么。

她想着，他确实不是那种张扬、恨不得举世皆知的人。

沈轲订的是情侣厅，座位之间有隔挡，她反而觉得欲盖弥彰。

搞得好像他们要做什么……

走也来不及了，她硬着头皮坐下。

但影片开场不久，她听到隔壁传来细细密密的咂吻声，余光一瞥，两条腿都交叠在一起了。

好吧。

他们不做，不代表别人不会做……

这是什么奇怪癖好？电影院不是公共场所吗？

沈轲察觉到她的坐立不安，低声问："怎么了？"

"我想上厕所。"

"我陪你。"

"不用，我认识路。"

虽然他不会用唐天和那么烂的借口，但他还是放她自己去了。

她走后，座椅微微震动了下，一道女声嗔道："老公……"

被电影音效盖住。

沈轲一顿，随即反应过来，阮季星为什么像落荒而逃。

早年他和赵若华刚到S市，住过群租房，隔音极差，邻居有一对情侣，年轻力盛，夜里动静颇大，他尚能心无旁骛地学习。

而阮季星被保护得太好，没怎么接触过社会上的三教九流之辈，这方面她的知识来源，估计还停留在书本。

说她脸皮厚，却听不得这些；说她脸皮薄呢，偏又敢调戏他。

阮季星从洗手间出来，看到沈轲，他手上拿着她没喝完的果汁和她的包。

她蒙："不看了吗？"

他说："困了，还不如去外面逛逛。"

她不疑有他："哦，行吧。"

出了电影院，她心疼起浪费掉的钱："拿去吃点好吃的也好啊。"

她碎碎嘀咕着，算他今天花了多少。

那顿饭就不便宜，还有车费、电影票，他还在路边给她买了个手工编织的星星摆件。

"我每次到月中生活费就花得差不多了，又不想找我爸妈要，下半个月就勒紧裤腰带过日子，但他们怕我没钱花，还是会给我打钱。你虽然有兼职吧，也不能这么给我瞎花啊，我们俩是不是得理理财？"

沈轲耐心地等她说完才开口："星星。"

她又说："当然，我只是建议，钱是你的，支配权全在你。"

怕他误会她对他的钱有占有欲似的。

他郑重其事地说："不管我的前半生过得如何，你跟我在一起，我就不会让你吃苦，受委屈。"

阮季星一怔。

他敛着眉眼，低低地问：“你信我吗？”
她“嗯”了一声。
在她这里，好像没有信与不信，因为下意识地认为，他这么说了，便会这么做。
后来，事实证明，沈轲这人，有诺必践。

两人回学校已经晚上了。
学校里有许多地方，是小情侣们晚上的约会圣地，人工池塘边的小凉亭，林荫道旁的长椅，还有女生宿舍楼门口的树下。尤以最后一种情况最甚。
阮季星在第N次匆匆从忘情接吻中的情侣身边走过后，和谢晓羽讨论：为什么男生宿舍楼下几乎没有情侣？
谢晓羽说是因为一般都是男生送女生回宿舍。
那为什么不是女生送男生呢？为了安全？彰显男方的浪漫体贴？
她忽然就这么想。
阮季星是一个性子比较外向的人，这点十来年没有太大变化，她倒想体验一下，送男朋友回宿舍的感觉。
沈轲又一次没跟上她的思路，但表示尊重。
她牵着他的手，低头走路，每一步必须跨过两个地砖，玩得不亦乐乎。
“话说，赵阿姨还记得我吗？”
“那几年她陪你的时间比陪我的还长，怎么会不记得。”
她有些感慨：“其实那会儿我难受不仅仅是因为家里没钱了，我还舍不得赵阿姨，她每次剥橘子，会把橘络都剥了，柚子也是又完整又干净，连我妈都没有那样的耐心。”
沈轲嘴角噙着笑意，目光自始至终在她身上，也就没注意到不远处，立在宿舍门口的身影。
直到那人叫他。
“沈轲。”
阮季星率先循声望去。
一个穿着深色夹克的中年男人，一米七五往上，但很瘦，双颊、眼窝微微凹陷，越发将鼻梁衬得高挺。
与年纪不相符的是，头发、胡子白了不少，加上近期未经修理的缘故，显得有几分落魄潦倒。
几乎是在第一眼，她就认出了对方是谁。
虽说沈轲的五官和他有五六分相像，尤其是眼睛、鼻子，但老话“相由心生”并非没有道理，沈轲的眼睛是通澈的，而男人盯着阮季星的眼神却混浊不堪。
自我防御机制被触发，阮季星下意识地往沈轲身后躲了躲。
沈长林咂了咂嘴：“哟，你小子好福气，挺漂亮一小姑娘啊。”
他的轻浮令沈轲皱了皱眉：“你那工作不是干得好好的嘛，一声不吭跑来找我做什么？”
那会儿沈长林来A市，说是投奔熟人，沈轲不信他会立即变好，但他确实已经有一段时间没再来要钱。

“你是我亲儿子，我来看看你也有错了？”

沈长林看着他们牵着的手，又说：“就是不知道你交女朋友了，没带点东西。”

沈轲的声线凉极了：“不用你假好心。”

他怕沈长林会对阮季星说些什么、做些什么，手上力气不禁大了几分。

阮季星被他攥得有些疼，但头一回见他以这种警惕提防的姿态对一个人，也就没有吭声。

沈长林一反常态，没有发怒，反而和声和气地说：“虎毒不食子，我就算没尽过什么父亲职责，也不可能希望你过得不好啊。”

“你费尽心思，打听到我住这栋，就是为了叙父子情？”沈轲自己说来都觉得荒诞，“从你出狱到现在，你找我，哪次不是为了钱？你当我会信吗？”

他一停，语气放软了些：“爸，你要是还念着血脉亲情，就不要再打扰我和我妈的生活，算我求你了，行不行？”

沈长林定定地看着他。

毫无疑问，这是苦肉计，连“爸”都叫出口了。

真陌生，上次听见这个字眼，好像还是他萝卜头大小的时候，一眨眼，都这么大了。

可沈长林也恨。

“若不是为了你妈、为了你，我怎么会锒铛入狱？”他的目光陡然狠厉，“你们本来就欠我的！”

“我妈才是受害者！”

“你妈受害？她一个有男人有儿子的女人，她不勾引男人，别人会碰她？这事如果传出去，我们一家人的脸都要丢尽了！”

沈轲哪听得了这种话，阮季星还没反应过来，就见他三两步上前，揪住沈长林的领子，冲着他的脸就是一拳。她甚至听到了骨肉碰撞的声音，心头悚然。

沈轲的模样宛如来自地狱，眼睛被怒火烧得通红，他咬牙切齿：“沈长林，你害我们害得还不够，凭什么将你犯的罪推到我妈身上？”

沈长林如今的体格已经比不上正青壮的沈轲，脑子“嗡嗡”一阵，过了一会儿反应过来，屈肘去顶沈轲的小腹。

沈轲躲开了，下一秒却被绊倒在地。

沈长林抹去唇边血迹，铆足劲去踹他：“白眼狼，养你那么多年，敢动手打老子，反了你了是不是？”

阮季星心中焦急不已，却也不敢上前拉架，颤着声音喊道：“我要报警了！”

沈轲原本想还手，听到这一声，硬生生忍下去了。

他不能跟沈长林变成一类人。

沈长林看向她，狠声道：“这是我们的家务事，你别多管闲事。”

这时，几个同专业的男生匆匆跑过来，一左一右将沈长林拖住。

阮季星忙扶起地上的沈轲，眼泪也是在那一刻落下的。

他的心像浸入了硫酸，血肉顿时腐烂，比身体上的疼痛要厉害千万倍。

他最不堪的一面终究让她看见了。

沈长林就是长在他身体上的一块恶疮，他没办法剜下来，也治愈不了，藏着、遮着，还是让她看见了。

还有，他骨子里遗传自沈长林的暴戾因子，此时此刻，也露出了端倪。

他骗谁也骗不了自己，有一瞬间，他真的想杀了沈长林。

他从未自诩是圣人，但为什么，在她面前变成这样？

沈轲看着面目越发狰狞扭曲的沈长林，闭了下眼。

派出所。

徐睿诚刚洗了澡，就接到警察电话，连忙换了衣服赶过来，警察问他：“你是沈轲的老师是吧？”

“对，我是他辅导员。”

“徐老师，沈轲平时在学校表现怎么样？”

“挺好的啊，我听说他兼了很多份职，长得帅嘛，很多女生喜欢他，但人品端正，没搞什么乱七八糟的。”

徐睿诚心慌：“他犯什么事了？”

警察简单解释了几句，又问：“你知道他父亲吗？”

“他是单亲家庭的孩子，档案里只有他母亲的信息，家里条件一般，学校对他有一些经济上的补助，我倒是没听过他父亲的事。”

警察也没再说什么，让他待会儿去办手续领走沈轲。

徐睿诚一转身，看到阮季星，她两只手绞在一起，盯着地板发呆。

“这女孩怎么也在这儿？”

警察说：“她是沈轲的女朋友，当时她也在场。哦，你的电话也是她提供给我们的。”

徐睿诚道了声谢，过去拍了拍阮季星。

她回过神，殷殷切切地问：“徐老师，学校会给沈轲处分吗？”

徐睿诚不置可否：“他是个头脑聪明的学生，做事之前应该想得到后果，他要是怕背处分的话，就不会动手。”

阮季星语气颓丧：“但对他来说，比起处分，更重要的是他妈妈。是我不希望他被处罚。我觉得他没做错什么。”

明明遭侵犯的是赵若华，承受流言蜚语的是沈轲，凭什么被水蛭一样吸他们血的沈长林出言诋毁？

徐睿诚说：“我也没说他会被处罚啊。”

她抬起头：“真的吗？”

“之前我找他填学生补助表，问过他家里的事，有的学生会自卑，不好意思说，但他很坦然地告诉我，他只有一个母亲，他的学费、生活费都是他自己赚的。

“他还说，名额可以让给其他人。我说学院里没有名额限制，达到条件就可以申请，他才填了。”

阮季星怔怔地听着。
这的确符合沈轲的作风。
“不是所有父母都配当父母，沈轲这孩子不容易，事情也不算严重，我会帮他和学校说情的。”
阮季星：“谢谢徐老师。”
徐睿诚笑了笑，说：“不过你俩也真是，之前摆摊被举报，这次又一起到派出所来了。”
阮季星不好意思地挠挠后脑勺。
从派出所出来时已经很晚了。
沈长林这会儿也安分了，啐了一声，走了。
徐睿诚看了眼时间，看向他们：“你们还能进宿舍吗？要不然，去我家歇一晚？”
阮季星瞟了瞟沈轲，说：“徐老师，不用啦，我们去学校附近开间房就行。”
徐睿诚：“行，你们俩在一起也安全些。沈轲，你那个伤……要不要请几天假？”
沈轲说：“没关系。”
徐睿诚开车送他们到学校，途中停了一次，去药店买了药油。
沈轲说：“徐老师，今天实在不好意思，麻烦您了。”
“你爸爸要是再来找你，你告诉我。”
沈轲没想到徐睿诚会这么说，毕竟处理学生的家事不属于辅导员的职责，一个学院一个年级几百号人，他哪管得了那么多。
徐睿诚说：“你们现在还是学生，老师的职责就是帮助清除你们学习路上的障碍，哪怕是父母。不过，沈轲，你做兼职也不要影响了课业，知道吗？”
“嗯。”
“好了，你们去休息吧，到了给老师发条信息。”
他们应下，目送徐睿诚的车开走。
阮季星今晚情绪敏感得不行，这会儿眼泪又开始打转。
沈轲伸臂，将她揽进怀里，轻轻拍着她的后脑勺，无奈地叹气：“你再哭的话，我就真的不知道该怎么办了。”
她说：“你别听你爸瞎说，赵阿姨是个很好的妈妈。”
“我知道。”
“徐老师是个很好的老师。”
“嗯。”
阮季星仰起脑袋看他，睫毛湿漉漉的：“我也是个很好的女朋友。”
他笑，轻轻地吻了下她的额头：“是，全世界最好的女朋友。”
她万分认真，且笃定地说：“所以，你遇到了这么多很好的人，你也会越来越好的。”

阮季星和沈轲站在酒店大厅，你看我，我看你。

偶像剧里的“只剩一间房”的情节并没有发生，甚至可以选择几种房型，但他们还是面临着订房困境。

到底订一间还是两间。

前台适时地提了个建议：“某团上有最后一间豪华大床房打折扣，比平时优惠很多，你们要不要考虑一下？”

阮季星头一回和男生来开房，本就不自在，还一直被盯着，说话一下子没过脑子：“行，就订那间吧。”

两个人同时看向她。

阮季星：……怎，怎么了吗？

沈轲没说什么，下了订单，将身份证递过去，又拍了拍她的脑袋。

“啊？什么？”

他提醒她：“身份证。”

“哦哦。”

她今天正好带了。

在酒店——还是大学附近的酒店——干前台，乱七八糟的事没少见，像他们这种，来开房还不好意思的小情侣也不是没有。

但男生的衣服有几处脏破，还提着药店的袋子，女生又才十九岁。前台不免多留了个心眼，她低声问阮季星：“小妹妹，你是自愿的吗？”

阮季星瞟了沈轲一眼。

他今晚心情不好，也就是和她单独在一起的时候，表情会放松一点，估计让人家误会了。

她面露窘色，牵起他的手：“他是我男朋友。”

听罢，前台这才将房卡递出，告诉他们房间和洗衣房的位置，早上可以凭房间号在一楼用自助早餐。

阮季星感激她的关切：“谢谢姐姐。”

其实A大附近廉价的招待所、宾馆居多，沈轲特地带她找了一家老牌连锁酒店，是以，房间干净又宽敞，设施一应俱全。

然而，当门一关，阮季星后知后觉地为“今夜要睡一间房”这桩事实感到不自在。

尽管她的想法很全面：一来，没必要多花一份钱；二来，他受了伤，肯定也没办法对她如何。但实践起来，还是有着超乎预料的难度。

尤其是在沈轲问出那句“你先还是我先”之后，阮季星更张皇失措了：“先干吗？”

他默了默，说：“这么晚了，洗了澡就睡觉吧。”

她像是松了口气：“你先吧。”

没一会儿，浴室里响起“哗哗”的水声。

阮季星在外面想借玩手机缓解尴尬，发现没电了，扬声问：“我可以用下你手机吗？”

沈轲关了水：“你说什么？”

她走到浴室门口，复述了一遍。

本意是为了让他听清，没想到他直接将门拉开了一道缝。

她吓得急忙转过身："你干吗呀？"

"浴袍应该在外面的衣柜里，你帮我拿一下。"

阮季星递交给他时，仍是背着他的，义正词严地说："沈轲，你如今是有女朋友的人了，以后在外面要守男德，不能随随便便让女孩子看你洗澡。"

她一时未听到他的应答，正要回头，猝不及防地被他拽住手腕。

沈轲将她拉近了些，几乎是贴着她的耳朵说话："女朋友，我是你的，我的手机也是你的，我们的支配权都归你所有。"

他接过浴袍，便关上了门，独留她看着手腕上的湿痕走神。

干吗说得那么令人浮想联翩……

阮季星打算登录自己的QQ，看看有没有遗漏的重要通知，意外地看到有一个陌生头像的号。

他居然有小号？

她想到谢晓羽曾八卦的，有个男生交着女朋友，开小号到处聊骚，被女朋友发现，挂到论坛上面。

沈轲不会也是这种渣男吧？

万一……她知人知面不知心，他真是呢？

那她肯定不能当被猪油糊了脑子的"恋爱脑"，直接跟他分手，及时止损。

下定决心，阮季星点进去。

列表却只有一个好友，而且是她再熟悉不过的人。

——她自己。

她加过这个号吗？

进入聊天框，上面留着高考前夕发的一句话：高考加油。

她更蒙了。

那会儿祝福加油短信如纸片般纷飞，但她可以肯定，其中没有沈轲。在她的记忆里，他们切切实实地断联了三年有余。

再往上翻，高考前两个月，他问她打算报考哪所学校。

她含糊其辞：A市吧。

他说：挺好的城市。

她回复：嗯。

继续翻，她就想起来了。

他顶着的身份是她的初中同学，何楚悦。

那个女生和阮季星完全不是一类人，甚至还发生过小摩擦，所以她对"何楚悦"的态度一直比较冷淡。

她无论如何也想不到，那个能聊起同学、老师的事的人，会是沈轲。

这么一想，就串得上了。

一个和她关系不怎么样的女生，为什么特意给她寄礼物。

全国这么多高校，就算他图离家近，S市也不是没有名校，为什么偏偏选择A市，选择A大。

以及，开学第一天，他的第一句话是问她躲他干什么，而不是惊讶她和他同校，因为他早知道……

季曼之前说，有个男生找彭老师打听她的高考志愿，那人是沈轲？

根本没有巧合，都是他的有意为之罢了。

阮季星发了好一会儿呆。

比起感动于他做了这么多，更多的是恍惚，竟然有一个人，在她一无所觉的时候，喜欢她那么久、那么深。

这是真实的吗？

将心比心，在喜欢得不到回应的情况下，她有毅力坚持下去吗？

别说几年，最多几周她就放弃了。

他怎么做到的？

直到听见沈轲出来。

她匆匆退了小号，说了一句“我去洗了”，擦着他的肩膀进了浴室。

他感觉她怪怪的，但也只当女孩子面皮薄，不好意思。

阮季星磨蹭了许久，终于整理好了情绪。

沈轲说：“你先睡吧，我把衣服拿去洗了。”

她说：“明天早上再去也来得及，现在太晚了。”

他应了一声，却向沙发走去。

她睁圆眼：“那么窄，你怎么睡啊？”

“没事，我随便将就一晚就行。”

“但是你有伤，会很难受的。床挺大的，你睡那边就是了。”

越说到后面，声音越小。

他看她一会儿，她对他大抵不会说客套话，出口的就是她心里想的，确认她不抵触后，他上了床。

“关灯吗？”

“嗯。”

阮季星一闭上眼，脑海里就浮现出他被沈长林拳打脚踢的画面，还有初次见他时，他瘦瘦小小的样子，反复闪回。

“怎么了，睡不着？”

她躺在他身边，他了无睡意，自然察觉得到她翻身的动静。

窗帘拉着，没有光照得进来，绝对的黑暗，看不见他的身形轮廓。

但她还是侧过身，望着他的方向：“要是没有那样的父亲，你现在会不会过得幸福得多？”

他没做过这样的假设，他大部分注意力都放在和自己拥有着同样香气的她身上，随口应：“或许吧。”

“但我们也就不会认识了。”

“不管我处于什么境地，我都会找到你。”

阮季星说：“骗人，喜欢需要天时地利与人和，不然我怎么以前对你没感觉？”

他低声：“说不定，上辈子我是你魂魄中的一缕，这辈子和你在一起，我才得以完整。”

她笑出声。
恋爱中的人，果然会变得肉麻，连沈轲也免不了俗。
床很大，原本两人中间隔着一臂宽的距离，在心慢慢靠近的时候，也渐渐趋于零了。
沈轲一条胳膊穿过她的颈下，另一只手搂着她。
她的脸顺理成章地埋进他怀里，吸了吸鼻子，发现不对劲，问："你没上药？"
"味道太大，怕熏着你。"
"你不会其实想的就是和我睡一张床，刚刚故意演苦肉计吧？"
他没回答。
她说中了。
阮季星恼羞成怒，掐他一把："好你个沈轲。"
她随便找的地儿，结果恰好是他的伤处，他生生忍下，单手扣住她的手，成年男性荷尔蒙赋予的磁哑声线，此时更具危险性——
"我是不是早就告诉过你，男生没有你想的那么纯洁。"
他用唇一点点在她脸上搜寻着什么，额头、眼皮、鼻梁，始终不是他想要的。
她感觉痒，缩了缩脖子，反而正好被他吻到唇。
平时两人碰碰嘴唇比较多，这次沈轲长驱直入，要的就是掠夺她的城池。
他牵引着她的手圈住他的腰，翻了个身，压着她。
亲吻之间，浴袍散乱。
急促的呼吸，肌肤的摩擦，催生出异常的潮热，在被窝里愈演愈烈，烘得人的意志也越来越薄弱。
沈轲情难自已，鼻尖蹭着女孩的颈动脉、锁骨、肩头，手指也探到了她的后腰，不断摩挲。
仿佛嗜血的狼嗅到了香甜的猎物，盘桓着，找机会下口。
意乱情迷中剥离出一丝慌乱，阮季星推搡着他的肩，说："我没做好准备……"
他又吻上来，含着她的小舌头，模糊地说："我的支配权归你所有的意思是，我会等到你要我。"
她越发面红耳赤，什么她要他的……
沈轲意犹未尽地啄了啄她的唇，替她拉上了浴袍衣襟，不用想也知道，她现在的样子该有多迷人。
她是他的诱捕器。
他生来就注定将被她引诱与捕杀。
"星星，"他捋着她的头发，"不要想太多，放空大脑，好好睡一觉。"
"嗯。"
阮季星尽力地照做，果然有用，没一会儿就入睡了。
但他却没了办法。纷乱的思绪如皮球里注满的水，从针孔大小的洞中漏出，滴滴答答，大有点滴到天明的趋势。

那是他的心跳，是他的欲念。

沈轲从未如此满足过。

他拥抱着他念念不忘了许多年的女孩，她的气息那么温暖，吹拂着他的心口处，一点点渗入他的骨血，形成一具全新的、完整的骨骼。

可他摆脱不了她对他的吸引力，他们已经突破了安全的最短距离，他感受到内部的急剧膨胀，那几乎是以燃烧生命为代价。

为了避免自我爆炸而毁灭，也为了避免撞击她，他决定远离她，回归正常运转的轨道。

阮季星早上醒来，床头已摆放着洗净烘干的衣物。

她自然以为他是大清早去了洗衣房，而不知道，他盯着洗衣机的滚筒，半宿未睡，拂晓时分才回到房间。

睡得太晚，阮季星这会儿还不太想动，卷了卷被子，眯起眼睛看沈轲。

他换了自己的衣服，坐在沙发上处理事情。

窗帘拉开一小半，地球昨天晚上发生的一切，皆不影响太阳照常升起，日光温柔，照着他的侧脸。

画面如同写真一般。

真是男大十八变，他现在可比小时候好看多了。

沈轲忽地向她瞥来："装睡就是为了偷看我？"

她理直气壮地反驳："我看我男朋友还用付费吗？"

他轻笑了一声，在床边坐下，低头看她。

她又往被子里缩了缩，只露一双明亮又漂亮的眼睛，像只小水獭。

"我问过了，早餐是十点结束供应，你想下楼吃，还是继续赖床，等我去给你买？"

阮季星骤然想起什么："完了，我报了个讲座听讲，就在今天早上。"

这会儿肯定赶不及了。

他说："我知道，我和谢晓羽说了，她替你签到。你手机我也帮你充好电了。"

"谢谢，你真好。"

"嗯，紧随我全世界最好的女朋友的脚步，努力变成一个更好的人。"

见她笑意软软，沈轲心头一动，俯身去吻她。

她忙捂嘴巴："我还没刷牙……"

"只亲亲。"

他们之间，默认亲亲为"啵"一下。

但不餍足的轮到了阮季星，她眨巴着眼睛望他，发丝凌乱，眼神勾人。

尽在不言中。

热恋中的少男少女，有了一次更亲密的接触，浅尝辄止的亲吻已经无法满足他们。

掌心触到那一团绵软，沈轲的呼吸瞬间就停了，目光不受理智所控地向衣领下的秘境探索。

前几个小时的忍耐与克制，在这一刻化为乌有。

看见他的喉结滚了下，她的脸、耳朵，还有脖子，整个人都像要烧起来了，红得快滴血，却也没有阻止他。

“星星，我想看看，可以吗？”

他的耳根也是红的。

阮季星不知道，其他情侣的进度是不是也这么快，交往不到一个月，就……但明确的是，她无法拒绝他的询问。

他脸红的样子好可爱，令人好想……欺负他。

她伸出一根手指勾了勾他的衣角，没作声。

沈轲心领神会，单膝跪在床上，两手交叉，兜头脱了上衣。

他的身材不错，她抱他时就感受得到，有一层薄肌，不会过分壮实或是瘦削，恰好长在她的审美上。

只是，现在上面分布着或青或紫的伤痕，触目惊心。

阮季星撑起身子，浴袍从她肩头滑落，底下什么也没穿。

她紧抿着唇，迎上他的目光。

没有审视，没有欲望，有的只是欣赏与爱怜。

沈轲拿起旁边的干净衣服，一一为她穿上，动作小心虔诚，仿佛是怕冒犯神灵。

他由衷地说：“星星，你的身体很美。”

阮季星红着脸。

“我帮你擦药。”

她光脚下床，仔细阅读药瓶上的说明，往手心倒了点药油，抹开，轻轻地搽在他的伤口上。这是徐睿诚推荐的，据说对跌打肿伤十分管用。

他说：“没关系，你可以重一点。”

上午的春光亮堂堂的，坦诚相对过的两人反倒安静了下来。

她心疼他，所以忍着眼泪；他也心疼她，故而没有喊一声疼。

彼此都没有直说，但彼此都知道。

回了宿舍，听谢晓羽说起，阮季星才知道，沈轲的事已经在学院里传开了。

看谢晓羽一副欲言又止的表情，她问：“除了这个，还有更糟的？你说吧，我能接受。”

“他们那些人还说，不知道你怎么倒贴找上的他，然后把黄嘉阳那次的事翻出来，讲你们俩真是‘郎才女貌’。”

这大概是她的委婉说法了。

阮季星默了默，谢晓羽忙说：“这个世界上有太多生活得不如意，就希望别人过得也不好的人了。哪怕你们什么也没做，他们也能给你们编出八百条罪状出来，你别往心里去。”

谢晓羽的确不太会说话，这么一句安慰还不如不说。

但阮季星明白她的意思。

“他们说就说吧，每天那么多新闻，哪怕玛雅人的末日预言再次来临，也就只掀得起一阵子风波。”

"星星，感觉你心理变强大了啊，要是搁之前，你肯定会难受。"

"我现在也难受啊，但你要是当一次班委，你就会发现，有些人都不值得你去生气。"

谢晓羽笑了，又恢复了她的八卦本性，朝她挤眉弄眼："哎，你昨晚是和沈轲住外面吧？"

阮季星想到今早的事，忙不迭道："我们什么也没干，你别瞎说！"

谢晓羽的神色愈加暧昧："你这不是此地无银三百两吗？我又没说你俩怎么了。"

阮季星找借口遁了："我作业还没写完，不跟你说了。"

如阮季星所说，关于他们的流言没两天就歇了。

但反正都知道他们在一起了，他们便不再刻意低调，经常在学校各个地方成双成对地出现，连许多老师也有所听闻。

有时上课其中一个被点名回答问题，老师还会叫旁边一个继续答。

他们成了经管学院有名的情侣。

后来，论坛搞了个"校园最佳 CP"评选活动，自主参与，公开投票，前三名有奖品。

谢晓羽把链接发过来时，阮季星猛然发觉，他们恋爱后，没拍过一张合照。

"报！我有现成的！"

有天正是日落后，天黑前的蓝调时刻，两人走在路上，女生似乎嫌书包重，男生拎着，帮她减轻重量，她转脸冲他笑。

下一张，不知说了什么，男生反倒成了女生的"书包"，从背后半挂在她身上，脸贴着她的脸，女生恼怒，又有几分不明显的纵容。

经过放大拍摄，图有些糊，但正是不刻意的抓拍，才突出两人热恋中的甜蜜。

尽管阮季星当时只嫌他讨厌。

她不由得感慨："你这技术，不去当站姐可惜了。"

"那是，我可是'两颗星'的头号大粉，等你们结婚了，我肯定得坐主桌。"

原本"两颗星"是他们逝去的小摊，这会儿倒成了他们的 CP 名。

本来阮季星没抱希望，结果得了第二名。

据谢晓羽说，第一名疯狂拉票，也就比他们高了一点点。

看吧，大多人是不记事的，舆论风向说变就变了。

可能当时觉得天要塌了的大事，在旁人那儿，不过是一嘴茶余饭后的闲话。

诋毁或吹捧，来来去去，海潮一般，一浪接一浪，阮季星也没在意。

一转眼，就到了五一小长假。

季曼一早就问阮季星回不回家，她说的是看情况。

阮季星虽然想念爸妈，但是好不容易有假期，她也想跟沈轲出去玩。

最后的取舍之下，她选择了男朋友。

她默默祈祷，希望他们原谅她，等到放暑假，她一定好好陪他们。

只是，临时出了个意外情况。

赵若华说要来A市玩。

沈轲自然需要过问女朋友的意见：“我妈知道我有喜欢的女生，但不知道是你，你想见她吗？”

阮季星其实没做好见家长的准备，不过——

“别说我是你女朋友就得了呗，你没空的话，我可以陪赵阿姨玩。”

“会不会太麻烦你了？”

她正色道：“我和赵阿姨相处的时间可比和你的长。”

这倒是。

沈轲捏捏她的手，浅浅笑了下：“那我给你报账。”

“你这么说，我可就不客气了。”她又好奇，“话说你攒多少钱了？”

他也不清楚具体数额。

两颗脑袋凑到一起，他一一点开账户。

他买了几支基金，金额不算多，整体来说目前是赚了，还有一笔定期存款，剩下的林林总总加起来也有大一万。

阮季星咋舌：“没想到我男朋友居然还挺有钱。”

搁家境还好的时候，她过年收到的压岁钱都不止这些，现在是知道钱难挣、屎难吃了。

“之前学校发的奖学金我都存起来了，幸亏我爸不知道，不然也早就被他要了去。”

他说着，给她转了一笔钱。

“你干吗？”

“你之前不是说要理财嘛，我留一点生活费就行，那笔定期到期之后我再给你。”

“你不怕我大手大脚花光啊？”

沈轲说：“我赚钱也只是想你和我妈过得好一点，我还觉得太少。”

他自己生活节省惯了，除了最基本的吃穿用度，别的也没什么开销。

“好吧。”她收了钱，笑得眼儿弯弯。

他好笑：“小财迷。”

“这不是钱的事。”阮季星摇着脑袋，“主要是我爸妈从来不告诉我家底有多少，我也不知道我爸怎么把家赔没了，我终于有掌握财政大权的感觉了。”

他突然懂她为什么学这个专业了。

“行，以后我薪水上交，你当家做主。”他语气无比自然。

她猝不及防，被口水呛到。

他们才大一啊，怎么就说到成家的事了……

沈轲像是知道她想什么，默了默，道：“也许进度是有些快，但和你在一起的第一天，我就想过我们的未来。”

“距离那个中秋节，快九年了。”

这几乎占去他们当前人生的二分之一，而他的想象里，未来的每一天都有她。

纵使当他们湮灭，化作尘埃，重新进入宇宙的物质循环，超越生死，超越时空，超越爱情，他也要和她成为两粒相挨着的原子。

阮季星想的是，用这么平淡的口吻说着近似于求婚的话，也就是他了。

走到女生宿舍楼下。

他怕给她造成心理压力，补了一句说："去日苦短，来日'仍'长，我们顺其自然就好。"

她"嗯"了一声，想，这狡猾的家伙绝对是以退为进，一点点引她入彀。

分别时照常吻了下，这里人来人往，他点到为止。

阮季星已经刷开门了，突然又折返。

他还没走，站在原地，接住小跑过来的她。

她踮起脚，在他唇上亲了一口，灯光下，双眸皎洁如皓月。

"你的支配权归我，我不管什么现实、命运，我们之间没有顺其自然，我一人说了算。"

大有一副霸总的气势。但沈轲还是笑着接受了她的霸王条款："行。"

五月一号早上，他们去高铁站接赵若华。

她今天特意打扮过，去隔壁宿舍借了卷发棒，精心化了个不艳不素的妆，白色小吊带配牛仔短裙，外面搭一件轻薄的藕粉色衬衫外套。

和沈轲站在那儿，回头率十分高。

S市离A市不远，交通方便，赵若华原本为了省钱想坐火车，沈轲替她改了签，高铁不过就一两个小时。

除了她，同行的还有一个女生。

沈轲说是和赵若华要好的阿姨的女儿，叫何双儿，刚上高中，跟来一块儿玩。

阮季星眼睛尖，一眼看到她们俩。

她高高地踮起脚，挥着胳膊："赵阿姨！"

赵若华出了闸机，走到他们面前来，打量着她："你是……"

阮季星卖关子："阿姨，您再看看？"

"哎哟，这不是星星嘛！几年没见，漂亮得阿姨都认不出啦。"

赵若华看向沈轲："星星就是你跟我说的'有个人'啊？我还以为你交女朋友了呢。"

他手握成拳，抵着唇，轻咳一声，没回答。

旁边的何双儿一时摸不清状况，看看沈轲，又看看阮季星，视线在后者身上多停留了几秒。

最会欣赏女生的，往往也是女生。大多数男生眼里，大概只有漂亮、身材好之类的特征。

就是这短短几秒，何双儿看到了更多东西。

她笑得大方、自信，身条直溜，虽然个子不很高，但比例好，不驼背，不含胸，仪态也上佳；没有佩戴过多花里胡哨的首饰，唯一一条项链，银色的，两颗星星交叠；衣着风格简洁，一般的料子，被她穿出了高级的感觉。

她被养得很好。

应该是一个家境平平，但得父母疼爱的女孩子。

她笑着跟何双儿打招呼："Hello！我叫阮季星，禾子季，一闪一闪的星，我跟沈轲是朋友。"

女生的直觉令何双儿感觉不对劲："朋友？但是据我所知，他从来不和女生当朋友。"

阮季星明知故问："那你和他是什么关系呢？"

何双儿老成地答："只是认识的关系。"

阮季星瞟了瞟沈轲，像是说：瞧你从小到大那副不好相处的臭样子，人家小姑娘都看不上。

旅程短，赵若华只背着一个书包，是沈轲淘汰下来的，装得鼓鼓囊囊的。

阮季星说："赵阿姨，让沈轲帮您背包吧。"

他顺势接话："妈，给我吧。"

赵若华脱下包，阮季星又张罗着，说："我找了一家A市有名的当地菜馆，然后去酒店办理入住，休息一个下午，晚上逛夜市，你们看可以吗？"

"我都行。"

何双儿不乐意："为什么是你替我们安排啊？"

阮季星从善如流："沈轲请我给赵阿姨当地陪，你可以选择自己做攻略自己游逛，不过最近A市人流量大，你要小心被骗哦。"

何双儿噘噘嘴，不情不愿地接受了。

等菜时，赵若华问："对了，星星，你爸爸妈妈过得还好吧？身体怎么样？"

"我爸有点三高，我妈的腰和颈椎不太好，我经常叮嘱他们注意身体，但也很难调理好。"

赵若华有些感慨："人嘛，就像台机器，进入社会这个工厂开始运转之后，难免出现瑕疵，幸运的话，修修补补还可以接着用。"

不幸运呢？那便只能报废了。

沈轲似有所觉，眉心拢起："妈，您是不是生什么病了？"

她平时不是这么多愁善感的人。

赵若华摆摆手："别大惊小怪的，小毛病而已。"又说，"你还年轻，等你到我这个年纪就知道了，连感冒都能折磨人好多天。"

阮季星说："阿姨，那是因为您走得太久，身体累了，告诉您现在可以歇歇了，停在原地看看风景也不错。"

赵若华笑了。

以前的阮季星被阮正荣和季曼捧在手心里，从来是别人顺着她的心意，她哪会宽慰别人。但看她和何双儿呛声，又有几分小时候的影子。

何双儿那小姑娘也是正处于青春期，在家老和她妈吵架，听说沈轲在A市上大学，趁着放假，求赵若华带她来。

这两个初识的女孩不知怎的，聊不了两句就拌嘴。

不过，阮季星一贯伶牙俐齿，也没落下风。

菜端上桌，阮季星殷勤地给赵若华夹菜，沈轲则戴着手套剥虾。

何双儿遭到冷落，不满道："我也是客人，你怎么不给我夹？"

阮季星眼珠轻轻一转，给她夹了一筷子辣椒，促狭地笑："来，双儿妹妹，尝尝看。"

沈轲好笑："星星，你别逗她了，不然待会儿她真跟你翻脸。"

"比起翻脸，我更怕她在这里翻跟斗。"

听着两人一唱一和，何双儿更气了。

她是供他们俩取乐的乐子吗？

阮季星早听说她叛逆了，自己经历过，自然知道，你越顺着她，她越觉得你好拿捏。

不过小女孩嘛，心也不坏，把她的毛惹奓了，还得捋下去。

阮季星伸出手："把你手机给我。"

"干吗？"

"弄坏了赔你个新的，可以吧？"

何双儿一脸狐疑，但还是给她了。

阮季星操作了一番，还给她："喏，我存了我的微信、电话号码，还有酒店地址，你有事但不想找我的话，找沈轲也行。"

"我没加他。"

"我没加她。"

两人异口同声。

何双儿翻了个白眼："我都说了我们只是认识的关系，沈轲对女生避之唯恐不及，搞得谁见了他就想追他似的。"

阮季星竟也搞不懂究竟是谁的问题了。

但何双儿口中对女生避之唯恐不及的沈轲，却默不作声地剥完虾，将小碗放到她手边。

赵若华看到这一幕，想起一桩旧事。

虾、蟹、腰果之类带壳的食物，要处理干净了，阮季星才吃，不是她嫌麻烦，是她总容易弄得狼狈。

季曼他们也不要求她改，纵着、惯着。

某一回，她把想吃的夹到一个盘子里，推到沈轲面前，叫他剥。

他没说什么，照做。

久而久之，阮季星使唤得越来越顺口。

但在她的理念里，这是要付报酬的，所以每次会分自己的零食给他。

有天，赵若华回家打扫卫生，看见书桌抽屉被零食塞满了，有些保质期短的都过期了。

她怕他吃坏肚子，想清理出来扔掉，他说什么也不让。

赵若华当时没往情情爱爱的方向想，毕竟他俩还小。现在突然觉得，以沈轲的性子，太不对劲。

他既不爱吃零食，也不是谁都能使唤得动他。

她决定再观察观察。

饭后，送她们去酒店入住。

这片地理位置不错，离A大、商业街皆不远，出门几十米就有地铁站。

沈轲说："妈，我下午还有事，到时星星再来陪你们逛。"

"行。"赵若华又问阮季星，"星星，你也要回学校吗？不如别折腾了，在这里休息吧。"

"我手机没电了，我回去充个电。"

"我有充电器啊，你应该能用吧。"

"呃……"

阮季星想不出借口了，沈轲适时说："就三四站地铁，挺方便的。"

赵若华也就没强求。

出了房间，去等电梯，沈轲牵起阮季星，她自然地往他身上靠，打了个哈欠："好困。"

"熬夜了？"

"隔壁宿舍昨晚叫我们去玩桌游，玩嗨了，十二点多才回。"

他"哦"了一声，淡淡地说："难怪你一直没回我消息。"

她仰脸，嬉皮笑脸地说："我没理你，你生气啦？"

他正要回答，身后突然传来一声"星星"。

阮季星吓得立马甩掉他的手，往声音源头看。

赵若华想起自己带了糕点，追出来，叫她拿回宿舍吃。

阮季星极力伪装得若无其事："谢谢赵阿姨，我前阵子还在想您做的好吃的呢。"

赵若华："这个得尽快吃完，我就没带多少，下次你还想吃的话，阿姨再给你寄。"

"好呀。"

"叮——"

电梯到了。

"妈，我们走了。"

赵若华应道："好，拜拜。"

进了轿厢，阮季星尚心有余悸："阿姨刚刚没看到吧？不然她应该会问的吧？"

沈轲："嗯。"

她拍了拍胸口，长吁一口气："吓死我了。"

两人没回学校，而是溜去看电影了。

这次沈轲订的是普通厅，但问题在于，人太多了，吵得慌，体验感很差。

结果他转过头，发现她睡着了。

昨晚真是玩累了，今天又起了个大早打扮，不怪她犯困。

他拉起中间的扶手，小心地扶着她的脑袋，让她靠住自己的肩膀。

阮季星自觉地找了个舒服的姿势，睡得更踏实了。

进场之前，她去上厕所，他点开赵若华的消息。
她问他，他是不是在和星星谈恋爱。
想必她是看到了，故意没点破。
他也就没隐瞒：是，您别让她知道您已经知道了。
赵若华：我就说，吃饭的时候，你又是帮她剥虾，又是给她倒水的，你怕不是故意做给我看的。
他若真的有意瞒天过海，自然能做得滴水不漏，哪能留这么多破绽让她发现。
沈轲：她不好意思直说，但您看在她是您儿子女朋友的份上，这两天多照顾着她一点。
赵若华：这还用你讲？阮季夫妇当初对我们母子俩多好，我又不是不记得了，而且星星也算我看着长大的。
赵若华：倒是你，星星是养在温室里的花朵，你得好好呵护她。
沈轲在心里回复那头的母亲：她不是需要旁人侍弄的花，她是自己的雨、自己的甘露、自己主宰的王国。

这两天，阮季星陪赵若华和何双儿在 A 市游逛，沈轲也尽量腾出空陪同。
值得一提的是，阮季星和何双儿嘴拌着拌着，竟也混熟了。
上一秒，何双儿抱怨阮季星带她们走错路，下一秒，给赵若华拍照时，两个人就有商有量的了。
一路上也不用担心她们俩产生矛盾而闹翻，阮季星总有办法把何双儿治服帖。
女生的友谊构建的方式，除了拥有共同话题、兴趣爱好，还有难以解释的磁场吸引力——这与外表，以及已获得的成就无关。
和她见的第一面、聊的第一句话，差不多就可以得出，能否发展成为朋友的结论。
具体地说，便是秉性相投。
关于阮季星这点本事，沈轲由衷佩服。
她就像一团塑性流体，你待她强硬她便刀枪不入，你待她温柔她便如水流动。她身上具有一种，脱离了由世俗定义的魅力。
而赵若华明显地感觉到阮季星变了，又说不上哪里不一样了。
但自己的儿子，她再了解不过。沈轲不爱将喜欢、关心挂在嘴边，更不爱将心里的想法直接地表达出来，表露在外的，往往是冷静、理智、自持。
这其实是他的性格缺陷。
可和阮季星在一起，他的行动足以代替言语。
她去上洗手间，他跟到门口等着。
她买东西，他主动接过来拎着。
走在路上，他自然而然地将她让到靠内一侧……
赵若华眼观鼻鼻观心，配合着演戏，装作不知道他们的恋情，但心里更踏实了。

怕就怕在，他因为他爸爸的事，内心的创伤迟迟不愈，行尸走肉一般地活在这个世上，没什么事能令他真正开心、幸福。

继而又内疚，怎么报得了阮家的恩啊。

这天，即将离开A市的前一晚，赵若华说要请阮季星吃饭，叫她选地方。

“不用替阿姨省钱，阿姨有积蓄的。”

阮季星说着俏皮话：“赵阿姨，您只请我吃饭才省钱呢，我又吃不了多少，哪像沈轲，食量至少抵两个我。”

沈轲抬了抬眉梢：“你这是暗示我吃得多，该我付钱的意思？”

“没有啊，赵阿姨请我，你付你和赵阿姨的嘛。”

阮季星算盘打得响。

赵若华好笑，这既给了她请客的名头，也不至于叫她破费。

何双儿插话进来：“什么意思，我不配和你们一起吃饭是吗？”

阮季星思索片刻，玩笑道：“我们吃剩的你来捡吧。”

何双儿气恼，伸手打她，阮季星灵活地一闪，躲到赵若华背后。

“阮季星，你真不怕臊，都多大了，还躲到大人屁股后面。”

“管用就行。”

赵若华笑着说：“好啦，不用争了。阿姨请客，你们随便点。”

何双儿朝阮季星做了个鬼脸。

五月小龙虾开始上市，阮季星带他们去了一家小店。

店内生意很好，已经坐满了，等了一会儿才有空桌。

服务员收拾得仓促，桌面还留有油印，沈轲用酒精湿巾熟练地擦着桌椅。

何双儿“啧啧”惊奇：“你怎么越来越有贤夫良父的范儿了。”

赵若华说：“以前我忙，洗衣做饭扫地基本都是小轲自己做的。”

“我妈早念叨得我耳朵都要起茧了，说什么，你看人家小轲啊，一个男孩子，那么勤奋能干，哪像你，碗都不会洗，以后没人要你。”何双儿模仿着她妈的语气，又说，“女生做家务为什么是理所应当的，男生做就会被夸呢？而且我又不是市场上待价而沽的商品，等着人来买，否则滞销了就要低价处理。”

阮季星说：“这不是你妈妈的问题，当然，也不是你的问题。”

何双儿问：“那是谁的问题？”

阮季星想想：“是社会传统分工机制的问题，不过幸好，我们处于一个革故鼎新的时代。”

得到她的肯定，何双儿说话的底气更足了：“所以嘛，以后我家里‘娶’一个沈轲这样的人夫，外面再包一个连的小白脸陪我玩。”

阮季星扬声道：“那不行！”

其他三个人同时看向她。

沈轲的唇角扬了扬，略低头掩去了。

但坐在他对面的赵若华没有错过。她笑而不语。

只有不知所以然的何双儿问：“怎么不行？”

阮季星摸摸鼻头，这是她不自然的象征。她说：“我是说，不能因为部分人烂，咱也干这种事。”

“……没想到你还挺有道德感的哈。”

何双儿很快就知道，阮季星并不是道德卫士，而是护食。

回酒店的地铁人潮拥挤，他们被冲散了。

何双儿没法腾出手玩手机，在地铁行进的呼啸声中，只好四处乱瞟，打发时间。

穿过人群的缝隙，她无意之中，扫到角落的沈轲和阮季星。这没什么。重点是，沈轲的一只手，搂着阮季星的腰！

何双儿瞪大双眼。

她没看错吧？

何双儿努力地换了个角度，终于得以看清他们的脸。

不知道他们在聊什么，沈轲忽然托高阮季星，低下头，亲了下她的唇。她瞟向周围，似乎在确认有没有被人看见。

何双儿连忙躲开她的视线，过了几秒，重新看过去。

两个人还在亲……

何双儿不由得轻声说了一句脏话，心里五味杂陈。

换作是她，必然也不乐意听到“我想‘娶’你男朋友”之类的诳语。

但她想不通了，沈轲光有一副好皮囊，性格那么烂，怎么找到阮季星当女朋友的？

这个时候的何双儿无法感同身受实属正常，原因大抵在于，她给“适宜做男朋友”的人群套了模板，其中离不了开朗、幽默、细致入微等形容词。

而沈轲总是一副冷脸。

世上的偏见无处不在，人人活在对别人的偏见当中，且因为偏见而不自知。

至于从阮季星的视角来看，恋爱之后的沈轲尤为黏人，与“冷淡”毫不相干。

一上来，他就把她拉到角落，以身体隔开了她和其他乘客。

她一时分不清，他是不愿陌生男人触碰她，还是仅仅担心她被挤得难受。车厢晃动着，人随之摇摆，沈轲手臂撑在她旁边，后面的人偶尔撞到他的背。

她贴着墙角，拽了下他的衣角：“你要不要再近点，这里挺宽的。”

“没事。”

不知是不是他个子高得多的缘故，阮季星感觉空气都稀薄了，尤其是还被他盯着。

她问：“你干吗一直看着我？”

他反问：“难不成我该看别人吗？你不吃醋？”

“我才不像你一样乱吃飞醋。”

她可记得清清楚楚，他怎么针对黄嘉阳的，甚至还因此生她的气。

“是吗？可我怎么觉得，你刚才说的‘不行’的真正含义是，包小白脸行，娶沈轲不行？”

地铁到站，下去一拨人，又进来更大的一拨人。

沈轲被迫向前一步，手臂揽住她的腰。

虽然他表现的是顺势而为，但凭动作的丝滑程度，她不得不怀疑，他早在伺机而动了。

在学校里就是这样，一有机会，他就牵她、抱她，甚至亲她，以至于越来越熟练。

阮季星疑惑：“你们男生不是听不得‘不行’这两个字吗？”

他失笑：“谁告诉你的？”

“晓羽。”

她又小心翼翼地问：“你那方面……应该行吧？”

那天之后，两人没有再在外面过过夜。

得益于谢晓羽的谆谆教诲：“这件事彰显男生人品，看他是否尊重女生的意愿。”阮季星的偏见就是，除了那次说他想看看，他没有任何明示或暗示，想与她发生关系，那他至少是不差的。

沈轲明知故问：“哪方面？”

既然如此，她也装傻充愣：“当然是学习能力。”

他摩挲着她的后腰，嗓音压低：“我‘那方面’的学习能力，应当不错，你想验证一下吗？”

“大庭广众之下，你耍流氓。”

控告他的人还不敢高声说话，怕叫旁人听了去。

他托着她向上，在她唇上啄了下，笑道：“这也叫耍流氓？”

阮季星没来得及追究他耍她的事，看了眼周遭，掐他的胳膊。

他不痛不痒地，又亲了她一口：“到学校之后，你就要回宿舍了，没亲够，怎么办？”

像大狗摇着尾巴，示意主人它还要吃。

沈轲早已学会在喧嚷的人群中忽视别人的目光，不过是顾及她的感受，才征求她的同意。

她的眸光波动着，有所犹豫。

犹豫，就包含着心动。

在地铁广播字正腔圆的报站声中，在低头玩手机的人们背后，在心上人灼灼如焰的目光下，她也想和他接吻。

阮季星小声地说：“就五秒……最多十秒。”

他没答应也没反对，含住她的唇，舌尖浅浅地勾勒着她饱满的唇形。

十秒。

沈轲在心里倒计时。

提心吊胆之余，她又期盼着，他吻得再深点，于是不由自主地仰了仰脖子，双眸渐渐失神。

七，六，五。

他调整着站姿，将她挡得更严实，与此同时，一只蠢蠢欲动的小舌探出来了。

四，三，二。

他在它想缩回去之前追上它，吸吮，裹绞，霸道至极，但也有她喜欢的缠绵婉转。

一。

他松开她。

到站了。

密集的乘客终于疏散了些，他往后退了退。

阮季星咬着下唇。

好吧，他的吻技确实进步得挺快的，短短几秒就能让她欲罢不能……

回到宿舍，阮季星累得趴倒在桌上，一动不动。

谢晓羽说："不愧是星星，这么快就伺候起未来婆婆了。"

"你还吃了沈轲妈妈做的红豆饼呢，别说'伺候'这么难听的词。"

"那你是没否认'未来婆婆'咯？"

阮季星张口结舌半晌，说："你居然套我话！"

谢晓羽得逞地笑，见冯清莹从浴室出来，她又问："班长，你今天活动开展得怎么样？"

冯清莹打开吹风机，声音淹没在噪声里："挺顺利的。"

阮季星问："班长也才回来吗？"

谢晓羽说："比你早个十几分钟吧。"

她们又聊起别的事了。

听得出来，阮季星虽身体疲惫，但经爱情的滋润，精神是丰盈的。

冯清莹走了神。

今天晚上学院里举办一场比赛，她所在的学生会部门是主办方，她得去干活。她在台上搬道具，很重，其他人忙得没空注意她，她也没叫人，自己推着慢慢挪。

唐天和大跨步上来，抬起另一边。

她怔了下，随即和他合力将道具摆好，搬完，手心留了红印。

他看着心疼，说："怎么不叫个男生帮你？"

"也没必要一遇到重物就想起求助男生。"

"……我不是那个意思。"他有点无力地辩解着。

冯清莹说："我知道，没到万不得已，我能做的就自己做了，再说，这里也没谁有空，就不麻烦他们了。"

唐天和指了指台下："我就在这里，你有事可以随时叫我。班长，你其实可以省下力气，做你认为更紧要的事。"

她顿了顿，思绪万千，只说："不是说好等你期末成绩嘛。"

"我有在努力学习啊，你没发现，我最近上课都很主动地回答问题吗？而且，你也没说，完成目标之前我不能见你。"

论耍赖这一方面，冯清莹的确比不过他。

活动结束，唐天和请她整个部门的人喝了奶茶。

有人问："冯清莹，这是你男朋友啊？"

她正要回答，唐天和坦然大方地说："暂时还不是，追求中，不过她比较难追。"

一众人开始起哄。

冯清莹不知道自己该为他这种言行生气还是感动，最后只是笑笑，没有做让他下不来台的事。

离场后，唐天和亦步亦趋地跟在她身后，说："我知道，就算我考到了年级第一，你也未必会答应做我女朋友。比我更优秀的男生，你一抓一大把，我绝对不是你的最优选。但我真的很喜欢你，我长这么大，第一次这么喜欢一个人。我可能做得还不够好，但我愿意为了你变得更好。"他管不了语言逻辑了，一心倾吐心思。

冯清莹骤然停下脚步。

他以为惹她不快了，紧张地看着她。

"试试吧。"她说，"我想知道，恋爱这门科目，我能不能修好。所以，唐天和，我可能会辜负你的喜欢，让你失望。"

唐天和傻了好一会儿。

他呆呆地说："班长，你掐我一下。"

冯清莹语气无奈："你没在做梦。"

唐天和喜难自禁地想一把抱住她，又在她的注视下收手，在原地手脚无处安放得快要手舞足蹈了。

缓过劲来，他认真地对她说："你是世上最大的宝物，没有东西比你珍贵，我就算失望，也只会失望于我配不上你。"

或许就是他的这句话，让冯清莹没有后悔草率做出决定。

第十二章 爱的原点

赵若华她们回了 S 市，假期也结束了。

日子没有什么太大变化，依然是上课、参加活动赚学分。

冯清莹和唐天和在一起的事，还是某天在路上，她们碰见他挽着她时才知道。

谢晓羽拊掌称快：女霸总和她的小娇夫，妙啊。

不过据冯清莹本人的说法是，他尚在试用期，不算正式的男朋友。

她习惯将事情划分为几个步骤，严格依次实施，哪个阶段该做什么，她有自己的节奏，如果被打乱，她会焦虑、不安。

恋爱也不例外。

虽然提出和唐天和试试，已经是脱离计划了。

不像阮季星。她完全是凭感觉，不管是确认关系，还是初吻，这二者甚至颠倒了常规顺序。

宿舍里两个人前后脱单，谢晓羽警铃大作，问戚蓝：“戚姐，你不会抛弃我吧？”

戚蓝面无表情：“我对男人没兴趣。”

谢晓羽捂住胸口，面露惊恐：“你不会对我有意思吧？”

阮季星拍拍她的肩：“戚姐是无 CP 文事业型大女主，尔等凡夫俗子只会影响她打怪升级的速度。”

戚蓝意味深长地看阮季星一眼，没作声。

谢晓羽咬牙切齿：“你也俗，你还挑了个又帅又高的当男朋友。”

阮季星耸耸肩，说：“我承认。我自认没办法得道升天，就安心享受当一个凡夫俗子咯。”

谢晓羽感慨：“我要是能学会你这样的豁达就好了。”

阮季星摇摇头：“断情绝爱是豁达，勇敢去爱也是豁达，不一定非得像我。随波逐流也好，特立独行也好，做你自己想做的就是豁达。”

谢晓羽向她抱拳：“报告鸡汤大师，我大彻大悟了。”

阮季星笑着说：“喝饱了？没喝饱的话，我再给你熬点。”

“你不如告诉我，上哪儿找完美男友。”

阮季星表示无能为力：“那抱歉，你还是去找纸片人吧。”

谢晓羽长长地喟叹一声，又问：“沈轲也有不好的吗？”

虽然心里知道，人类哪有十全十美，是人就有缺点，但他们这对羡煞了不少人，难免会潜意识地美化他们。

阮季星说：“谈不上不好吧，作为独立的个体，彼此之间有差异性——且有对方不太能容忍的差异性——也很正常。”

毕竟人难以脱离自我服务偏差，将自己包装得完美，而将责任归咎于对方，故而有了所谓的“缺点”。

不管是人类，还是自然界其他生物，皆有利己、自我保护的本能，从个体的角度出发，固然无可厚非。只是，爱情是一种与本能作对抗的情愫，在此过程中，会削弱差异性带来的影响。

换而言之，深陷爱河的他们，能够违背利己的本能，接受互相之间的差异性。

譬如，沈轲对阮季星的情绪不太能感同身受。

学校人工湖里养着几只天鹅，每天自由自在地凫水，她却觉得它们可怜：一辈子被困在这一片小小水域。

再譬如，阮季星对沈轲的冷淡颇有微词。

某天，遇到一个老奶奶挑摊卖水果，突然下雨，他们去帮忙收拾，她关心了几句，而他一言不发。

但很快，他们明白，爱情萌生的源头就是“差异”。

没必要强迫对方仿效自己，更没必要改变自己适从对方。

或许，友谊的本质也是如此。

阮季星和谢晓羽说的时候，冯清莹也在听，并且默默地记到心里。

眨眼，就快到“520”。

唐天和早早就约了冯清莹那天晚上去看电影，她原本有活要干，但还是决定推到第二天。总得给他留个转正的机会。

阮季星倒是另辟蹊径，她找沈轲一起去卖花。

“卖花？”

“对呀对呀，之前我们搭档摆摊就赚了一些，这次只要策略得当，肯定能小赚一笔。”

她又问：“之前你们班演话剧的服装还在吗？”

话剧比赛那会儿，一班的演出服是买的不知道几手的，比租要便宜，而且还可以卖给下一届。

她想着，能不能借来用一天。

既然她坚持，沈轲只好去问班长借。

班长问：“你借那玩意儿干吗？”

沈轲想了想，吐出个词：“街头表演？”

班长说：“你就算要赚钱，也不至于出卖色相吧。”

他家境好，加上擅长搞人际关系，在系里混得风生水起，只是成绩略逊冯清莹一筹。就想不明白，沈轲长得是公认的好看，考进经管学院的分也高，怎么至于一天到晚忙着兼职。上学期期末他的成绩虽不差，但也实属辜负开学时的盛名。

他又说：“到时候传到学校里，就算你自己对风言风语无所谓，但别人怎么看阮季星？”

沈轲的脸色冷了下来：“不方便借就算了。”

班长叫他：“哎，我跟你开玩笑的。”

沈轲不予理会，头也没回地走了。

班长嘀咕了声：“也不知道清高些什么。”

回去后，沈轲问了个其他专业还算熟的同学：“你有没有听说过学院里传我和阮季星的事？”

“你怎么会关心这些？哦，你主要问的是你女朋友是吧。”

“嗯。”

“虚虚实实，太多了，羡慕的，嫉妒的，传得乱七八糟的，你理他们做什么。”

沈轲道了谢，沉默良久。

阮季星收到的并不是一班的演出服，疑惑道：“嗯？没借到吗？”

沈轲随便找了个借口：“班长借给其他学院的人了，我就给你租了一套。”

“行吧。”她不觉有异，兴致勃勃地跟他说起自己的计划，“我们明天早上去批发玫瑰，后天上完课，再去商业街卖。”

他忽然问：“星星，你会不会担心，别人议论你？”

她眨巴着眼：“议论我什么？”

他没说话，只是看着她怀里的公主、王子服。

阮季星懂了，说：“我不偷不抢，议论我生活积极奋发上进吗？而且这事很有意思啊，有种将幸福传递出去的感觉。”

沈轲摸摸她的头发：“别人怎么说我都行，我只是不希望你被……”

“大哥，你拿的是什么苦情剧本？”她冲他翻了个白眼，捧着他的脸，严肃地说，“你没有错，我没有错，有错的是那些论人长短的人。”

其实她知道，他会这么说，肯定是听到了些什么。

这人被他亲爹打了，都能忍得下来，听到别人出言中伤她，却二话不说砸球过去。

他把她看得比自己还重。

阮季星说：“你可以配得感高一点，相信你值得被我喜欢，相信 you are the king。”

“那你就是 the queen ？”

她拎起衣服，狡黠地说：“马上就要是了。”

沈轲扬起一抹浅笑，倾身过去，啄了啄她的唇角，把她的手握进掌心，攥得很紧很紧，这辈子也不想松开似的。

第二天，天还没亮，两人就去了批发市场。

这是 A 市最大的花卉批发市场，花的种类多，质量好，许多花店都是从这里进货。

不知道阮季星从哪儿学的，跟沈轲唱起红白脸。

“我觉得这个不错，花开得好，才两块钱一枝。”

“你有没有算过成本？还有包装费、路费，万一卖不完，就要把我们两个的生活费都赔进去。”

她摇晃着他的胳膊，软软地撒着娇：“哎呀，那你说怎么办嘛。”

他一顿，险些没稳住，继续说：“一块五，不能再多了。”

“人家老板也要做生意的，他怎么赚钱嘛。”

他不为所动：“我们再去其他店看看。”

老板忙叫住他们，说：“小伙子，有句话叫‘爱妻者风生水起’，你看你女朋友这么喜欢，再考虑一下嘛？一块八，成不成？”

沈轲犹豫了下，阮季星望着他。

他说：“各退一步，一块七，不然就算了，你也不能闹了，好不好？”

她撇撇嘴：“好吧。”

老板一咬牙：“一块七就一块七，我差不多以成本价卖给你们了，就当交个朋友，以后再来照顾我生意。”

“行。”

订好花，阮季星美滋滋地说：“省了几十块钱呢。”

“既然帮你省了钱，我有报酬吗？”

她慷慨一挥手：“功臣必然有赏，沈爱卿，你要什么？朕许给你。”

他轻咳一声，说：“那个……你再跟我多撒几句娇。”

阮季星：“啊？”

她怎么不知道，他这么吃这套呢？

啧啧，原来沈轲也是这么俗气的男人啊。

阮季星心思一转，眸色随即软下来，娇得似能滴出水，咬了咬下唇，正要开口时，忽地变脸：“你想得美。”

花运回来还要自己修建枝叶、包装，谢晓羽她们都来帮忙，四个人很快就包好了。

下午的课结束后，阮季星和沈轲带着花赶往商业街。

卖花的人很多，若想在市场竞争中取得优势，要么靠产品本身，要么通过别的法子吸引注意力。

阮季星借衣服就是为了这个。

两人换了衣服，她还戴了顶金色假发，踩着白色高跟鞋，拎起裙摆时，颇具欧洲公主的范儿。不过当她看到沈轲，瞬间破功，笑得不行，说：“你知道你像哪个王子吗？”

“嗯？”

“游乐王子。”

沈轲沉默。

这个时候，行人陆陆续续多了起来。

阮季星一看到情侣就过去堵住路，微笑着说：“一朵玫瑰是唯一，两朵玫瑰是心心相印，九朵是长长久久，哥哥姐姐要买一朵吗？”

大部分图个好彩头，至少会买一朵，反正也就几块钱的事。

有个人走过来问：“可以和你拍张照吗？”

她灵光一闪：这不就是商机吗？

“买九朵玫瑰就可以拍一张合照！”她指指不远处的沈轲，“也可以和他拍。”

沈轲沉默。

真是被她出卖了色相。

能怎么办呢，自己的女朋友，顺着呗。

由于群聚效应，围观的人越来越多，阮季星吆喝着卖花和拍照。

靠着她这种法子，不到晚上九点，就全部卖完了。

刚刚精神头足没感觉，一歇下来，阮季星才发现嗓子都干得快冒烟了，脚也痛得很。

沈轲扶着她找地方坐下，蹲在她面前，脱下她的鞋。

小拇趾磨得发红，脚后跟甚至破皮了，渗出了血丝。

“你在这里等我一会儿。”

他去附近便利店买了创可贴，还有关东煮，责怪道：“只顾着赚钱，肚子也顾不上填。”

“嘿嘿，谁叫我有个好男朋友。”

阮季星一边吃，一边算账：“刨去花的成本、租衣服的钱、来回车费、吃饭……只赚了三百多。”

她蔫了。

前前后后忙了那么久，人均赚不到两百。

沈轲说：“已经很不错了，我记得我第一份兼职是发传单，一个下午就五十块钱，而且还有人盯着，只能一张一张发完。”

“那我赚钱还是小有天赋的。”

他笑着“嗯”了一声，眼底的温柔似能溺毙人。

阮季星看着他，说：“这算是我们在一起之后，过的第一个情人节，把你拉出来卖花，你会不会不开心？”

他摇头：“跟你在一起，干什么都行。”

她看了眼时间：“今天还没过去，我请你吃东西。”

一把拉着他站起来，结果忘了腿上的手机，“啪”地掉落在地。

阮季星捡起来，钢化膜裂了，内屏完好，正要庆幸，再一揭开手机壳，后屏碎了一角。

她哭丧着脸看他：“完了，不仅没赚到钱，还倒贴了。”

沈轲揉揉她的头，安慰道：“也是个很有意义的‘520’了，或许比我们去约会更令你印象深刻。”

两个人你看我，我看你，忍不住笑了起来。

阮季星从篮筐里拿出最后一枝玫瑰，扁扁嘴说：“我给你留的。‘520’快乐。”

她也想将幸福传递给他，尽管今晚有些倒霉。

沈轲接过，笑了下，说：“Thanks,Your Majesty.”

谢谢陛下。

他说，她是The Queen。

她把脸埋进他的怀里，圈着他的腰：“怎么办，沈轲，我好喜欢你。”

他吻吻她的发顶，在川流不息的人流中回答她："没有办法的话，就一直喜欢下去。因为我爱你。"

——统领玫瑰世界的女王，我是忠于你的臣，你的民，我将永远为你冲锋陷阵，也为你固守后方。

手机摔坏的后屏，去官方店问，更换要四位数。

阮季星想着反正不影响使用，套上手机壳也眼不见为净，便没换了。

六月是考试月。

阮季星有时候去图书馆复习，还会偶遇冯清莹和唐天和。

这俩给人的感觉就是奋斗型情侣。冯清莹给唐天和制订了复习计划，要求他严格按照执行，并且检验他的成果。

走在路上，都能听到他们讨论学习。

阮季星感到震惊："他怎么改性了？"

唐天和天性自由散漫，有时比沈轲还狂狷，若被人指指点点，就拽着一副"你管老子"的表情，甚至拍案而起。

这样的人，能心甘情愿被冯清莹管？

冯清莹说："他发过牢骚，但是当初他信誓旦旦立了flag，他如果没考进专业前十，不是打自己的脸嘛。"

"恶人自有恶人磨。"谢晓羽总结，"我不是说你们是恶人啊，就是这么个意思。"

阮季星纠正道："一物降一物。"

"啊，对对对。"

唐天和最近的确一门心思扑在复习上，连游戏、篮球都不怎么打了。

冯清莹想着，纵使是训狗，也要时不时给点甜头吃，它才有动力继续。

这天上午考完一门，再过两天又有一门，下午接着学。

冯清莹不爱吃放太多添加剂的食物，唐天和盯着店员做了份芒果冰沙，跑去送给女生宿舍楼下。

她准时下楼，一分不早，一分不晚。

"班长，快快快，要化了。"

冯清莹说："我不吃芒果。"

他"啊？"了声："你对芒果过敏吗？"

她摇头："我妈过敏，所以我们家不允许出现芒果，久而久之，我也就不吃了。"

"那是她的喜好，不是你的。你尝一口，你觉得好吃就吃，不好吃就算了。"

冯清莹望着这个一路跑过来满头大汗的男生，没说好与不好，忽地踮起脚，轻轻地印了下他的唇角。

他还没反应过来时，她拿走他手里的冰沙，挖起一勺，抿了口。

芒果的清甜瞬间从舌尖扩散到整个口腔，冰凉的口感似乎能将尴尬和不自然压下去。

但唐天和整个人犹愣在原地。

过去的一个多月，他们只牵过手，还是他犹豫半天之后，才主动的。这事没少被沈轲和徐玮两个人嘲笑为“小学生早恋”。

难道是他不想跟女朋友卿卿我我吗？

奈何他怕惹冯清莹不悦，实习期就被开了，一点矩也不敢逾。

冯清莹已经往前走了，他赶忙提步跟上去，“班长”“班长”地迭声叫她。

她睨他，也没有不耐烦，说：“你是鹦鹉学舌吗？”

唐天和有点忸怩：“之后……我是不是就可以亲你了？”

过了一会儿，他才听到她低低地“嗯”了一声。

她随即又说：“至少等你收拾干净。”

“不是吧，”他拎起衣领，低头嗅了嗅，“我出门前才洗过澡，这么快就有汗味了吗？”

冯清莹忍不住笑出了声。

他回过神：“你骗我啊？”

她说：“我是提醒你记得讲卫生。”

“那必须的，我每天洗两次澡、刷三次牙、洗一次头发……”

她脸上的笑容越扩越大。

唐天和抱住她的胳膊：“班长，你看，你还是挺喜欢吃芒果冰沙的，你喜欢什么、想做什么，就尽管去喜欢、去做，不要被别人影响。”

冯清莹怔了下。

她从小接受的教育是，作为子女，需要尊师敬长，不可悖逆父母。他们决定离婚时，她自知无权干涉，没有发表任何意见，只是选了跟母亲过。

从小到大，她听过无数句“不都是为了你”。单亲母亲努力工作是为她，替她抉择她的专业是为她，干涉她和男生的交往……从来没问过，她愿不愿意、喜不喜欢。

第一次有人教她“任性”。

冯清莹抿了抿唇，掩饰波动的情绪，抬肩，撇了撇他：“热啊。”

“没关系，我不怕热。”

“我是说，你身体很烫，我热。”

“那我也不松。”他“嘿嘿”一笑，“班长，我喜欢你，超级无敌喜欢你。”

唐天和将死乞白赖贯彻到底：“你不用说，我都知道，你也喜欢我。”

怎么会有人厚颜无耻到，替对方表白自己的？

或许，像她这种不懂爱，不会爱的人，确实需要一个赶也赶不走的爱人。

冯清莹甩不掉他，挂着个拖油瓶一路到图书馆。

最后一门课考完，已是七月初。

学校已经没什么人了，很多人买了当天下午的车票回家，谢晓羽和戚蓝也是。

“星星，你什么时候走啊？”

阮季星说：“我明天下午的车。”

谢晓羽一脸了然：“知道了，你要和沈轲约会嘛。”

“那倒不是。”

杜喆给沈轲介绍了一个学长，叫程世镜，妥妥的富二代，今年刚毕业，打算自己创业，问他有没有意愿加入。

他们已经见过面了，阮季星也想跟沈轲一块儿去程世镜的工作室看一看。

不过她没说。

按照玄学的说法，成功之前往外讲，容易黄，所谓“事以密成，言以泄败”。

不过，以她对沈轲的了解，他没告诉除她以外，包括唐天和在内的人，理由估计仅仅是：没落实的事，没什么好说的。

第二天上午，阮季星见到了程世镜。

他从头到脚一身大牌，但款式低调简洁，戴着一副金丝眼镜，长相优越，谈吐也颇为斯文。

家里还有钱时，她见过和阮正荣往来的一些“上流人士”，深知财富和气质、面相、见识等并不完全成正比。程世镜就属于三者兼得的一类。

据杜喆说，他不是那种纨绔子弟，原本拿到国外某名校的offer，最后推了。

这里位于A市的经开区，离A大不算远，租金便宜，地方还大。但还没有布置完，地上摆着许多装修材料。

程世镜领着他们参观了一圈，边走，边介绍他的创业计划——

在线教育平台。

近年来技术不断更迭进步，传统教育模式转型是大势所趋，目前国内市场规模还不大，未来几年，大有一番可为。

沈轲说：“其实我很好奇，以你的能力和背景，为什么找到我一个在校大学生。”

程世镜笑了笑：“因为你这样的人，有热情，有劲头，有破釜沉舟的勇气，会为了未来拼命。而且，比起给别人打工，你有掌握话语权的野心，不是吗？”

沈轲眼神一暗。

虽然在年纪上没差多少，甚至可以说是同龄人，但程世镜的笑里包含的东西复杂太多。

不得不承认，他不仅聪明，还很会识人。

“至于背景嘛，我不想依赖我父母的资源，我比较喜欢挑战。你愿意加入的话，我这里包吃包住，薪资待遇也不会差。”

沈轲看了一眼身边的阮季星。

她小声说：“你想做就做呗，我支持你，不用问我意见。”

他心下一定，朝程世镜伸出手，身姿笔挺，神色不卑不亢：“程总，合作愉快。”

“叫我学长就好。”

程世镜笑着，和他握了下手：“合作愉快。”

中午，程世镜请他们吃饭。
他选在一家日料店，店内环境清雅幽静，包厢的隐私保护做得也很好。
席间，程世镜问起阮季星感不感兴趣。
她说："比起拼搏事业，我可能对有趣的事情更感兴趣一点。"
"比如呢？"
她坦诚地道："不知道，看机缘吧。反正也没谁规定，人生必须找到明确的目标。"
程世镜微讶："你们俩的性格差异还挺大的，居然能走到一起。"
她指指了沈轲，说："其实是他朝着我的方向走了九十九步，最后一步，他犹豫了很久。"
"那是谁主动跨过去的？"
阮季星没作声。
沈轲淡笑了下，接过话茬："前面九十九步是为了让她看到我，最后一步，才是和她在一起。"
程世镜饶有兴致地支着下颌："没想到，你是这么……"
"'恋爱脑'的人？"
"可以这么说吧，不过爱情如果能化作动力，也不是一件坏事。"
阮季星好奇地问："学长，你现在有女朋友吗？"
沈轲在桌下撞了下她的腿，提醒她。
虽然他不热衷于探究别人的私事，但也多少听说过这位学长的恋爱传闻。总之，算是戳到他的痛处。
她秒懂，立马演起来："你干吗呀，我随口一问罢了，你就吃醋了？"
沈轲配合着："你确定要当着男朋友的面打听这个吗？"
程世镜说："你们的演技实在有些拙劣了。"
阮季星：……看破不点破，你都知道这是在圆场了，干吗还戳穿？
程世镜端起茶杯，啜了一口，缓声说："说有也有，她甩下我跑了，但我没答应分手。"
沈轲无语。
论"恋爱脑"，你也没强到哪儿去。

下午，沈轲送阮季星去高铁站。
两个人恋爱之后，就没分开过这么久，他看了眼站台大屏，说："要不然，再检查一遍有没有漏掉东西？"
"……就算漏了，现在离发车只有十五分钟，也赶不及了。"
"这会儿进站的人多，等人少点再检票吧。"
阮季星盯着他的脸，笑眯眯地说："你这么舍不得我走啊？"
他半开玩笑地说："我怕又有个什么张嘉阳，李嘉阳的。"
"为什么不是张轲，李轲呢？"
沈轲好气又好笑，捏捏她的脸："这么嫌一个男朋友少？"
她环抱住他的腰身，问："你记得《Her》吗？"
他"嗯"了一声："我们一起看的。"
不喜欢学习的年纪，出于探索未知事物的高度好奇心，她接触了许多超出当下心智的东西。这部电影就是其中之一。

当时被片名吸引，以为故事核心是女孩，看到最后，只觉索然无味。

现在却好似能从另一个维度读懂它。

爱情不仅是灵魂的相偎，更是肉体的互慰。

需要牵手、拥抱，需要真实可触的肌肤之亲，需要散发香味的一粥一饭。人依赖于这些活着。

她想和父母待在一起，也不想与他分开。

她说："但你不要太怕孤单，我会回到你身边的。"

沈轲喉结滚了滚，又是一声"嗯"，低头，气息落在她的人中上，鼻尖与她的轻轻蹭着，才慢慢地去吻她。

阮季星傍晚才到家。

季曼准备了一桌子菜，叫她洗手吃饭。

"嗯，好。"她应着，还在低头玩手机。

寄星：哎，我落了样东西在学校没带走，你帮我看看。

R136a1：什么？

寄星：我养的狗。1.87m 高、76kg 重的那只。

R136a1：行，我帮你盯着他好好吃饭、好好睡觉。

寄星：也不能咬人。

R136a1：放心，绳子系在你手上呢。

他发来一张被牵着狗绳的大金毛网图。

季曼看见她对着手机笑，有些疑心，又催了一声："星星？"

"噢！来了！"

饭半，季曼忽然问："星星，你是不是在和小轲谈恋爱啊？"

"咳……咳咳。"阮季星猝不及防呛到，还不忘否认，"没有啊。"

就是怕被他们知道，她没换情头，朋友圈也没发，有几次季曼打来视频时，她和沈轲在一起，也扯谎糊弄过去了。

怎么这么突然？

阮正荣给她倒了一杯水："慢点喝，别呛到呼吸道里了。"

季曼说："以前你一回家就黏着我们，刚刚一直捧着手机不肯撒手，还笑得春风拂面。"

阮季星故作镇定："哪有嘛，我是跟我室友聊天。"

季曼半信半疑："真的吗？"

阮季星点开宿舍群聊给她看，幸好她们现在还在聊天。

她又小心地试探："如果，我是说如果啊，我和沈轲在一起了，你们会打断我的腿吗？"

季曼慢悠悠地说："打也是打断他的腿。"

阮季星吓到了。

阮正荣说："你妈吓唬你呢，咱们家不做那种违法犯罪的事，最多把他轰出门。"

阮季星选择默默地吃饭。

晚上，阮季星熄了灯，吹着空调玩手机。
季曼他们估计以为她睡了，低低地说着话。这是套小房子，两个房间挨着，隔音一般，她隐约听到自己的名字。
她放下手机，赤脚下地，趴在主卧门板上竖起耳朵。
季曼："……还不够在A市付个首付的。"
阮正荣："你舍得星星留在A市啊？"
"那去S市吧，这点钱更买不了房。"
"他们才多大，你想得那么远。"
她叹了口气："就怕我想得不够远，到时候星星跟着小轲受苦。"
"小轲那孩子是个上进的，手脚利索，脑子又活络，不至于过得很差的。"
"这个时代最不缺金子，没有时运，金子等不到淘金人，就被大浪卷跑了。"
"时也，运也，命也，非吾之所能也。我不也是吗？走到过山顶，也掉落过谷底。年轻人还有大把撞南墙的机会，我们要做的，就是相信星星，尽好我们当父母应尽的责，余下的，是他们的命运。"
阮季星慢慢地退回房间，满脸泪水，一片冰凉。

阮季星放暑假也没有闲着，她找了两份家教的活，早上、下午各一个学生。
还接了Z市附近一个景区当志愿者的活，包吃包住，钱不多。
季曼一开始担心她被拐骗，阮正荣查了一下，确认是正规团队，让她放心地去。
很有意思，没什么游客的时候，一群人就随便玩；有旅行团来，就穿着民族服饰招待。
把自己的时间填满，就没有那么多闲空想沈轲了。
程世镜的公司这两个月慢慢步上了正轨，沈轲也忙了起来，晚上才有空和她通视频。
假期余额很快就用尽了。
阮季星订了提前几天返校的票，季曼猜得到她什么心思，也没有阻拦。当然，这是建立在不知道她没打算住宿舍的前提下。
沈轲在站口接到她。
她扑过来，不是扑到他怀里，而是揪着他的脸，东瞧瞧，西瞅瞅："我检查一下，我男朋友缺斤少两没。"
他站在原地，任由像只布偶一样被她折腾。
阮季星满意地点点头："嗯，还行，没瘦没胖，也没变丑。"
他仔细地看着她："我怎么觉得，我女朋友好像黑了点？"
她垮下脸，说："每天太阳最大的时候在外面跑，能不晒黑嘛，天天吃番茄、喝柠檬水也没什么用。"
沈轲说："或许不用费尽心思去改变，不管你什么样子，都很漂亮。"
她惊讶："你居然会说情话了？"
"这也算吗？"他笑，"我想的是，定义'漂亮'的，从来不是白、瘦，或者别的什么词，‘你’是什么样，‘漂亮’就是什么样。”

阮季星十分受用，亲了亲他的唇角，咂了下，似在品味他的味道，结论是：“抹了蜜吗？甜的。”

见她开心，他的心情不由得像一颗烤箱里的泡芙胚，迅速地膨大起来。

令她喜悦带给他的满足感，实际上远胜于和她肢体接触，以及她试图讨他欢心。

这与从前他毫无怨言地满足她的要求类似。

大抵是因为，他总是将自己置于一个更低的位置。

自卑有之，不安有之，她所说的“低配得感”亦有之。

曾经是为了赵若华，如今陷入爱情的层层围困，同样将更多的主体意识附加给阮季星，而自己成了客体。

所以，他倾向于照顾她的感受，而非自己的。

沈轲并非意识不到这点，但明知阮季星不缺爱，他若不能奉上自己的全部，她又凭什么稀罕呢？

他们之间，从来就是他更离不开她。

他不清楚她是不是有所察觉，他在这段关系里的自我意识失衡，才会经常主动给他回馈积极的、鲜活的、饱满的情绪。

她是个很会爱自己，也很会爱人的女孩。

这样一种与生俱来的天赋，实在叫人望尘莫及。

沈轲将阮季星带到自己居住的单身公寓。

在经开区的科创园附近，房间面积很小，但设施齐全，楼下还有泳池、健身房、咖啡厅等。楼层高，站在落地窗边眺望，视野没有什么阻挡，风景极佳。

看得出来，程世镜是个颇为大方的老板。

沈轲生活方面十分简约，除了必备的洗漱用品，几套换洗衣服，几乎再无别的个人用品。一是小时候随着赵若华搬过好几次家，养成了精简的习惯，二是他觉得自己过得糙点也无所谓。

他眼看着阮季星打开行李箱，把自己的衣服挂在他的旁边，然后是牙刷、毛巾。

屋内的颜色也一下子丰富起来。

让他有些恍惚，仿佛真的和她过起了日子——如此温馨而生活化的动词。

“还差什么，你列个清单，我帮你去买。”

“这附近有超市吗？”

“有。”

“那我们一起去吧，我还要买卫生巾，你估计挑不来我惯用的。”

沈轲一顿。

阮季星好像有那么点悟出他这反应的深意来，补了一句：“——以备不时之需。”

这是隐晦地告诉他，现在还没来，可以做那事。

他不知懂没懂，随意“嗯”了一声。

超市。

沈轲推着购物车，跟在阮季星后面，她一边走，一边往里面丢东西，唯一与小时候的风格不同的是，她会看价格了。

到卫生用品区域，他特地留意了下她买的卫生巾牌子和规格。

她问："你又用不着，看这个干什么？"

"以备你的不时之需。"

结账时，阮季星一直往收银台旁边的货架瞥，上面摆着各种花花绿绿的小盒子。

他扭过她的脑袋："你在看什么？"

她咳了声："我们要不要……再备一下你的不时之需？"

沈轲沉默了。

她戳戳他，极小声地问："你用多大尺码的？好像就三个尺码，我看中号比较多，你够吗？"

他索性抓起两盒，丢到收银台上，说："一起。"

阮季星的嘴巴张成了"O"形，目光控制不住地，有意无意地向他下面瞟。

他穿宽松的运动型、休闲类的裤子比较多，又都是深色，瞧不大出来。

没想到啊没想到。

触到她的眼神，他真想把她脑子里乱七八糟的东西都晃出来。

最终结果是，出于"以备不时之需"的目的，两人买了一大袋子东西。

从超市出来，路过一家服装店，阮季星指着一件 T 恤问："你知道这是什么意思吗？"

沈轲扫了眼，上面印着一句"Per Aspera Ad Astra"。

很有影响力的一句拉丁语格言。

他说："循此苦旅，以达天际。"

"我更喜欢另一个翻译：穿越逆境，抵达繁星。就好像，星空能给绝境中的人带来希望。"

沈轲走进店里，问店员，那件有没有小码的。

"是给您女朋友买吗？有 XS 码的，我给您拿来试试。"

"不用了，直接帮我包起来。"

阮季星咂了咂嘴，还挺有霸总那范儿，一挥手，轻轻松松包下整间店，然而，事实是——

"等等，买两件可以打折吗？"

店员微笑着说："可以的，两件八八折。"

"那你再帮我拿件他的码吧，我来付。"

阮季星无论如何也要自己买单，她说她想享受一把当富婆包养男大的滋味。

沈轲倒没跟她抢，反正他的钱大部分在她的小金库里。

晚上，阮季星从浴室出来，看见沈轲对着电脑忙工作。

之前她还调侃他说，等他毕业，就是有四年工作经验的应届生。

他其实看得很透彻，他拼不了家庭资源，与其兢兢业业学习、拿奖学金、提升学历，不如靠这种方式往上走。

程世镜估计也是看中他这点。

这个世上，聪明的人、勤奋的人，都有很多，但二者特性集于一身的终究是少数。

不知道是灯光烘托的作用，抑或别的什么，阮季星觉得这一刻，他格外好看。

她慢慢地接近，想捂住他的眼。

沈轲却早已发觉，转过身，擒住她的腕子，眼底带笑："鬼鬼祟祟的，又要整什么幺蛾子？"

"我有样东西给你，你闭上眼。"

"正好，我也有东西送你。"

"那，一起？"

这件事，也就是"默契"二字能解释得了。

一部手机、一台笔记本电脑，同一个品牌，都是最新款的。

阮季星"噗"地笑了："好了，我给你换电脑，你给我换手机，咱们谁也别说谁浪费钱。"

他无可奈何，也笑。

气氛无端地有些凝滞，像是被糖浆黏住了，彼此相看一眼，牵连起纤细的丝，某一刻，终于崩断。

沈轲把她手里的东西拿走，放到一边，低下头吻她。

两人身上穿的是新买的同款 T 恤，XS 码还是宽松了点，他的手轻而易举地从下摆伸了进去，来到她的心口。

空的。

她不喜欢被那块布料束缚，洗完澡后不会再穿。

阮季星在他侵略性极强的吻下，不断倒退着，手没有落处，只好攥住他的衣服。

一片褶皱。

分明开着空调，都像被盛夏午后的阳光烘着，体温一点点上升，手心沁出汗来。

直到腿弯抵到床，人受惯性向后倒。

宽敞的、富有弹性的床垫稳稳当当地接住两个成年人的重量。

一阵天旋地转，上方的沈轲撑起自己，单膝跪在床沿，看着她的身体。他好像有些不解，又有些震撼："硬的？"

原本是平平的，现在可以搓捻成一小粒了，还没小拇指指甲盖大。

他不合时宜地想到，她小时候有顶白色的毛线帽，顶端缀着一颗红色的毛球。

和这一幕像极了。

阮季星自己也不明白。

当下的一切，对她都是陌生而新奇的，只有眼前人熟悉的面庞，能在浪潮冲岸般的刺激中，给予她安全感。
她的手指一点点蜷起来，双腿也不由自主地并拢。

接下来的步骤呢？
她茫然，也紧张，但没有抗拒。
她的认知没有辨析过婚前要不要性行为，如果到了该发生的时候，如果它能让彼此快乐，那就坦然地迎接它，把每一次崭新的体验当作命运馈赠的礼物。
没必要去赶什么新潮，但也不会刻意因循守旧。
她尊重内心真实的想法，没有该不该，只有她想不想。
阮季星等待着他予以她极乐，或者，一个反客为主的时机。
初吻那次，算是沈轲人生中的一个滑铁卢。事后，他找唐天和要了资源“补课”，但里面有太多夸张渲染的成分。
譬如，现实中的她咬着唇，没有发出任何声音。
他的眼睛代替他的手，将她一寸寸剥光。
纯白如茉莉的床单，如溪水一般，沿着她的肌肤流淌，她的眼神，仿似深林里的鹿撞见误闯的生人。
他俯低上半身，以身祭祀，献奉他的神明。
而她若是长篇诗，他的吻则是一道道顿笔。
阮季星想的是，她好像一颗破口的椰子，一只被冲上沙滩的水母。
她快要流干汁液，快要蒸发殆尽了。
…………

阮季星像从热汤里捞出来的，红扑扑、汗涔涔的。
近一个小时的折腾，大致经历了三个阶段：瞎子摸象、信马由缰、猛虎出山。
因此，她对两人的体力差有了更直观的认知。
到了后半程，她提不起一点力气，腰酸膝软，渐渐上道的沈轲将她的腿架在腰间，将她托成了半悬空状。
她只想感慨，不愧是“男大”，精力真旺盛。
但留了一片狼藉等着收拾。
沈轲套上一条外裤，拿了块浴巾将她裹着，放到单人沙发上，换下脏床单和被套，塞到洗衣机里，再套上干净的。
她舒舒服服地窝在那儿，像监工：“话说唐天和挺厉害啊，上学期期末真考进专业前十了，就是综测落下一大截。”
专业成绩和综测是分开排名的，两者相差大也正常。冯清莹那种全面发展的，属于凤毛麟角了。
“我还听晓羽说，程世镜学长那个女朋友——或者说前女友——倒追的他。两个人分分合合好多次，大家都觉得他们不合适，你说，这回算不算真分了？”
阮季星以为他没在听，就当碎碎念，结果他回了句：“八成分不了。”
“为什么？”

“程世镜这人看着温和，实际骨子里挺偏执自我的，他认准的东西，除非你能拿出强有力的证据，否则很难动摇他——感情方面只会更甚。”

工作可以条分缕析、有依有据，感情呢？感情本身就是很自我的东西。

他之前说，他没答应分手。

那就是要继续纠缠下去的意思了？

她咂了下嘴，还没来得及深思，人被整个抱起。

“对别的男生那么感兴趣做什么？”语气隐隐不满。

阮季星瞥了眼床脚的垃圾桶，心说，男人也得哄着啊，要是他再来，她明天都得下不了床。

她索性甩锅给他：“我要是提女生，我还怕你感兴趣呢。”

沈轲淡声说：“我的兴趣用来研究你一个都不够。”

说清楚点，哪方面的研究？

接下来的几天，白天沈轲忙工作，阮季星吃喝睡，晚上两人再一起研究那档子事。

说是研究也不为过。

风华正茂的年纪，尝到了禁果的滋味，难免食髓知味，一个眼神、一次不经意的接触，都仿佛是烈性的春药，足以令对方发情。

于是，他们遵循着对彼此的欲望，不断在对方身上探索，哪怕是白天。

因公寓用的是单向玻璃，她也曾于半睡半醒间被他压在上面，冰凉的触感唤醒她部分神思，睁眼，迎着东方旭日，往下俯瞰城市车水马龙。

上、下、前、后，依次试了个遍。

放纵过后，她又开始怀疑他背着她看了不少片，不然他怎么知道那么多花里胡哨的玩法？

不过，她也是五十步笑百步。

有了第一次之后，她在他面前就解放自我了，还敢捏他的屁股，叫他危险又迷人的小妖精。

沈轲语塞好一阵，憋出一句“别用水洗澡了，水油不相容，洗了也没用”，挨她好几下掐。

好巧不巧，回校前一晚，阮季星来了大姨妈。

不知道是不是激素波动的缘故，比以往推迟了几天。

沈轲给她买了止痛药，说缓释胶囊得在开始痛之前吃，这个起效更快，还给她备了红枣和红糖粉。

她说：“你怎么比我一个女生还懂？”

“我问了药房的药师。”

“不过我痛经程度比较轻，有时候小腹坠坠的，不太舒服，我妈就用红糖煮鸡蛋红枣给我吃。不知道是不是心理作用，感觉会好一点。”

“那也没关系，你可以放在宿舍里，以备不时之需。”

阮季星：“……我不想再听到这句话了。”

不然，她就自动会联想起，他在她身上用完的那两盒“不时之需”。

洗完澡，阮季星窝在床上，百无聊赖地刷论坛，新生求助着各种各样的问题，诸如宿舍环境、军训必需品、校园网等。

她忽然想起什么，放下手机，问沈轲："当初我校园网出问题，不会是你搞的鬼吧？"

他没想到她翻一年前的旧账，顿了几秒，"嗯"了一声。

"我那个时候还以为你故意针对我，晓羽她们的都好好的。"

"因为你一直没加我。"

她"啧"了一声："你这法子也太烂了。"

她又问："军训我装病，你说要我给钱，但你也没收，不是忘了？"

沈轲有些不自然地摸了摸鼻子："那时很久没见，突然关心你，会显得很奇怪。"

然而现在无疑成了回旋镖，尽数扎在他自己身上。

阮季星越往深挖，越忍不住发笑。

待人接物从小就比同龄男生成熟得多的他，在感情方面，比中学生还傻。哦不，小学才兴"欺负喜欢的女生，以博取她的注意力"这一套。

但较真地算，他也就是口头上惹她，从来没叫她受过委屈。

她问："你有没有想过，你做的这些，要是我一直不知道，你不就白做了？"

沈轲说："我没想过让你感动，然后喜欢上我。只是出于喜欢你，才这么做。仅此而已。"

爱不是归宿，而是源头。

目的可以改变，起点却是唯一的。

若他的所作所为有所图谋，在他看来，是一件很卑鄙的事。

"那你不告诉我，是准备一辈子瞒着吗？"

他沉默了一会儿，对爱人坦诚自己的怯懦，同样需要莫大的勇气，但他还是说了。

"我只是觉得，我还没有资格光明正大地追求你。"

阮季星摇了摇头："喜欢就是喜欢，与身份、地位、财富没有关系。我过去不喜欢你，不是因为你妈妈是保姆；现在喜欢你，也不是因为我家道中落。"

随着成长，彼此都有变化，外貌、思想、三观……如今的他刚好吸引了如今的她，仅此而已。

沈轲走过来，掀被上床。

床不大，她往旁边挪了挪，却被他搂住腰，拉近。

他黏着她，啄她的嘴巴，撤开，一双黝黑的眸子盯着她瞧。

阮季星正欲说什么，他再度吻上来，腻腻乎乎的，她便忘了要说的话。

直到不知是被吻得，还是被压得，她快喘不上气，动手搡他："你那个……硌到我了。"

沈轲把脸埋在她肩头，低低地笑着，肩膀小幅度地颤抖。

这对他来说，已经是属于情绪的高度外放了。

她莫名受到他的感染，也笑了，轻轻地捏了下他的耳垂，说："这么高兴啊？"

像触电一般，220伏的电流蹿过周身，大脑都空白了一瞬。

她太知道如何攻他的命门了。

沈轲侧过头，咬了下她的颈皮，她“嘶”地吸了口冷气：“你属狗啊？”

她怕痛，但他其实压根没怎么用力。

“别随便勾我。”

“明明是你定力太薄弱。”

“嗯。”他承认了，“受不了你碰我耳朵，受不了你用那双眼睛看我，也受不了你字字句句都是喜欢我。”

“……真不要脸。”

为了防止事态进一步恶化，这会儿又睡不着，阮季星说找部电影看，于是他将笔记本电脑搬上床。

她翻找着片库，推荐页的第一部就是《星际穿越》。

“再看一遍？”她问他。

沈轲平时不太有空看电影，对此兴趣一般，无可无不可：“行。”

阮季星调整了下姿势，靠在他怀里，不知道多少次重温这部科幻影史的经典。

“好像是我们一起去影院看的？刚在国内上映的时候，A市还只有一家影院有IMAX厅，上映的都是好莱坞之类的欧美片。”

“我记得，是阮叔叔买的票，他很喜欢搞一些票和兑换券叫我们去玩。”

阮正荣从小就这么养她，不然也不至于她以前那么不爱学习。

她的思维又跳跃到其他地方：“哎，你头像就是电影里的黑洞，你是不是故意的？”

“你才发现吗？”

“那R136a1有什么特殊含义吗？”

他说：“字面意思。”

她“喊”了一声。

剧情、台词阮季星再熟悉不过了，接近三个小时的影片，他们就这么有一搭没一搭地聊着。

没看到结局，她就困了。

沈轲合上电脑，放到床头柜上，吻了吻她的额头，抱着她入睡。

返校后，谢晓羽得知阮季星和沈轲同居，感觉怪别扭的。虽然阅小说无数，但她有点不太能将身边亲近的朋友代入进去。

阮季星：“……你还是别代入了。”

谢晓羽又问：“那你们之后呢？”

“我还住宿舍啊。”

谢晓羽感动地抱住她：“我就知道，你肯定不是重色轻友，为了男人抛弃姐妹的人。”

阮季星实话实说：“主要是为了上课方便。”

大二的课倒是少了一些，但每周四节早八，连星期六都排了选修课，没法住外面。

说话间，有人开门。

她俩看过去，一下子没敢认。

谢晓羽震惊道："我的天，戚姐，你受什么刺激了？"

戚蓝本就是干练中性的造型，这会儿把头发剃成寸头，越发雌雄莫辨。

"我跟我家里大吵了一架，他们觉得我一个女孩子要温柔娴静，不然不好嫁出去，甚至还想给我安排相亲。"她摸了把精短的发茬，"这是我晚来的叛逆期的象征吧。"

谢晓羽越发不可置信："你才多大啊，就相亲？你不是北方人吗？"

"重男轻女的家庭哪里都有，不分南方、北方。"

戚蓝耸耸肩，语气像是释怀了："虽然有时候会被人当成男生，我爸妈也骂我，但剪了之后其实挺轻松的，我总不能连自己头发的控制权都没有了。"

"戚姐，别管别人怎么想，你现在很好看。"

阮季星由衷地钦佩："你好有勇气，做了很多人不敢做的事。"

谢晓羽附和道："对啊，我以前嫌洗头发洗得烦，我一气之下说要剃光头，我妈还骂我发神经，最后我也没敢剪，怕太丑了被同学笑话。"

戚蓝笑了笑。

阮季星又说："没有人能够规定女生该怎么怎么样，你不违法犯罪，也不违背伦理道德，你想怎样都可以。"

她想到，沈轲跟她说的，你是什么样，漂亮就是什么样。

她也这么告诉戚蓝："你是什么样，女生就是什么样。"

"本来我挺不开心的，但是回来就有你们，我好像也没那么讨厌开学了。"

谢晓羽："不开心？等班长回来，我们吃火锅去，没有什么烦心事能撑完一顿火锅的，如果有——"

阮季星从善如流地接："就再吃一顿。"

"星星，话说，你是不是胖了？上大学之后吃多了？我记得刚开学的时候，你还装模作样地说：'我比较挑食。'"

阮季星故意冷脸："绝交。"

"别别别，我这就赏我自己一个大嘴巴子……吃辣条。"

三个女生笑成一团，冯清莹还没进门就听见她们的笑声。

谢晓羽立马问："班长，你跟唐天和有约吗？没约的话，我们去吃火锅呗。"

阮季星说："有约的话，就'鸽'了他。"

戚蓝调侃道："星星，你真是近墨者黑啊。"

谢晓羽一听就不乐意了："你说谁黑呢？"

"你干吗对号入座？"

"我帮沈轲打抱不平不行吗？"

除了她，就是沈轲和阮季星走得最近。

听着她们斗嘴，冯清莹也笑了，说："行啊，等我收拾一下。"

开学后的第一节体育课，大家自觉到球馆集合。

阮季星吃一堑长一智，开放选课的第一时间，她就立马进教务系统选了羽毛球。

上学期她受够足球的苦了，深深地明白，她注定和大球类运动无缘。

一起上课的，还有其他专业的学生，她和相熟的同学打招呼。

最近秋老虎势头仍盛，阮季星将头发扎成高马尾，T恤下摆扎进裤腰，脚上一双运动鞋，双腿不似竹竿般细，有肉但匀称，笔直笔直的。脸上不施半点脂粉，但肤色白里透着红，加之一双灵动的眼睛，显得鲜妍明媚。

有个男生走过来搭讪："同学，请问你是工管班的吗？"

对方长相不错，有些忸怩，都不太好意思直视她，至少不会令人产生反感。于是，她点了点头："对啊。"

"那个，"他眼神飘忽了下，"你球打得怎么样？"

阮季星挥了挥球拍："一般般吧，我不太擅长运动。"

她不会当着陌生人的面袒露自己的缺点，在她的语言体系里，"不擅长"就等同于"我不喜欢""我不想费大力气去提升"。

但对方显然不懂，甚至误认为有继续往下聊的机会。男生说："这个老师考核挺严的，你要是没搭子的话，可以和我一起。"

旁边大概是他的同学，搭腔道："他学过羽毛球，找他当陪练的话，包你能过。"

阮季星笑了笑。

余光里，某个人已经臭了脸。

她说："不好意思啊，我找好搭子了。"

男生的同学说："没关系啊，你可以叫来一起嘛，我们打男女混双。"

那男生屈肘顶了同学一记，眼神警告他别胡说八道。

"你们那边还有女生吗？"

她的笑容越扩越大，熟悉她的人一眼就知道，她越这么笑，越有鬼。

男生心神一晃，紧接着，又听到她说："我是跟我男朋友一起。"

因为她刚刚都是和女生聊天，他们万万没想到，她不仅有男朋友，人还在这儿。

她这么一说，男生后知后觉地意识到，有道目光一直落在自己身上，他循着源头望去——

一个男生坐在休息区，两腿分开，一下一下地抛着瓶矿泉水，姿态慵懒，神色淡淡地注视着他们。

哨声起。

体育老师在召集他们。

他讲解完本学期的考核要求后，找了那个搭讪阮季星的男生，先做示范。

其他人退到场外。

阮季星站到沈轲旁边，笑着打招呼："沈同学，好巧啊。"

不知道谁给体育课安排在早八，他这会儿还一脸困顿："不巧，某人强制性操作我的教务系统给我选的。"

“某人”有理有据：“乒乓球你没有发挥能力的空间，足球多危险，你摔伤怎么办，肢体僵硬的你跳健美操，林正英看了都得自叹不如。综上所述，羽毛球最适合你。”

“是吗？”沈轲冷笑一声，“难道不是因为你打得不好，让我陪你练球吗？”

“练球”两个字眼，咬得格外重。

阮季星两手捧着他的脸，犯了可爱侵略症，狠狠地揉了把：“嗷呜，我的醋精男朋友好可爱啊。”

沈轲：“哈？”

他的跳脱女朋友的脑回路为什么是这样的？

说到“醋精”这个称号，还得追溯到两天前。

去上课的途中，谢晓羽突然想起手机没拿，她说书可以不带，手机必须在，于是急匆匆跑回宿舍拿。

阮季星和戚蓝先去教室占座。

她俩并肩而行，挨得很近，有说有笑，从背后看，像极了一对情侣。

沈轲看见了，沈轲吃醋了。

他没作声，径直走到她们背后，拽住阮季星的书包，她受惯性的作用向后倒，他圈着她的腰，稳稳接住。

戚蓝走出两步，发现人没了，回头看。

阮季星站直身子，打了沈轲一下：“你干什么啊？吓死我了。”

他这才看清是戚蓝。饶是冷静如他，也蒙了几秒，憋出一句：“不好意思。”

两个女生都反应过来。

阮季星边笑边说：“你以为戚姐是男生？你不认识戚姐的书包挂饰吗？我们宿舍一人有一个哎。”

她们室友之间关系好，不少东西用的是同款，和他交往之前，她跟谢晓羽的手机壳还是情侣款。

这些他知道，但从来没在意过。也正因为不经心，所以刚刚满脑子都是“她在和别的男生说说笑笑”的他，哪能注意到这个细节。

沈轲自知理亏，被她嘲笑了一路也没反抗。

谢晓羽知道后说：“没看出来啊，沈轲居然是个大醋缸子。”

“醋缸成精了都。”

沈轲并非不允许她和男生搭话，毕竟她是班委，总要和班里、学院里的男生打交道，而且她和唐天和的关系也不错。

但作为同类，他再清楚不过，哪些人光明磊落，哪些人别有用心。

他见不得她对后者笑得那么好看。

她却说他吃醋的样子很可爱？

他气也不是，笑也不是，一个人气笑不得，完了，还要陪她练球。

阮季星的脾气一般人真吃不住，明明她给他选的课，结果又嫌打久了胳膊酸、跑得累，把拍子一扔，坐到一边休息了。

他捡起球拍，走过去，她先发制人："不许骂我。"

沈轲拧开水瓶，递给她："阮大小姐，谁敢骂您啊。"

"不许阴阳怪气地说话。"

沈轲气本就没喘匀，一口气差点卡在肺里出不来。他定了定，直呼她的名字："阮季星。"

她有眼力见极了，马上说："不许凶我。"

"你犯什么错了，这么怕我说你？"

"我是为了防止你惹我生气，不然还得你来哄。"

他更是哭笑不得。

阮季星瞅着他："还有情绪吗？没有的话你再开口。"

世上只有她训他跟驯狗一样轻巧了。

沈轲老老实实地举双手投降："不敢有了。"

她拍了拍旁边："坐。"

他一坐下，她就放松身子靠着他，小声地说："他们知道你是我男朋友，就不会再有人以'练球'的借口找我了。"

训完他，再给颗甜枣，让他服服帖帖的。

他却不知足："这哪够？"

她偏过头看他："那你还想怎样？"

沈轲飞快地在她唇上啄了下作答复，又趁她未发作，身形灵巧地起身，几步拉远距离。

球馆人多，老师也在，不知道多少人刚刚看到那一幕。

阮季星想掐他，手刚伸出去，落了个空。

他小步倒退着走，眉梢高高地挑起，眼里盛着满满当当的，尽是飞扬得快要冲出来的笑意。

很帅，也很气人。

她气恼，奈何逮不住罪魁祸首，正好打下课铃，直接甩脸走人。

沈轲将她丢下的球拍装进球拍套，挎在肩上。他腿长步子大，很快跟上她："阮大小姐，有情绪了？"

她不予理会。

他能屈能伸："我错了。"

她斜着眼睛看他："错哪儿了？"

"不该乱吃醋。"

"还有呢？"

"不该当着那么多同学的面亲你。"

"鉴于你认错态度良好，这次……"

阮季星本来想板着脸说完，没憋住，笑了，又抿着唇，把笑收回去，但眼角还是弯的。

他故意逗她："没情绪的话，再开口。"

"沈轲！"她连打他好几下，"你好烦啊。"

他不敢还手，只能躲开："星星，你现在怎么越来越爱打我了？"

"谁叫你这么讨人嫌。"

两个人在路上打闹着。

此时的阮季星完全没有意识到，和她在一起之后，沈轲明显开朗许多，不单单是笑容变多，人也活泼了。

或许是因为生活在慢慢转好，或许是爱的力量远胜于痛苦，总之，她坚信他们的未来会越来越好。

初秋的上午，阳光越发灼热。

路过操场，看见军训中的大一新生。

当她有了“成长”的感觉时，时间流逝的速度仿佛也在加快。

实际上，时间仍是一如既往地、平等地对待所有人，只不过，她的生命里装载的东西越来越多了，学业、朋友、恋人……致使她行进的步伐渐渐落后于时间。

沈轲一只手拎着东西，另一只手去牵她，似乎读懂她心中所想，说：“我们重逢一年了。”

“嗯。”

“我还是很喜欢你。”

她笑了笑：“嗯。”

阮季星原本以为，他们两个会这样谈恋爱到毕业，没想到班主任常巍然开了个班会，说下学期院里有境外交换生项目，免除学费，书本费、住宿费等费用自理，让他们提前做准备。

常巍然平日出面不如徐睿诚多，但他对学生的学习更了解，他私下联系了几个成绩比较好的，其中就包括阮季星。

她说她再考虑考虑。

宿舍里聊起这件事时，冯清莹说：“我拒绝了。本校的学分还是要修，而且交换项目对履历的加成不大。”

她的想法很功利，但也很现实。

选择出国当交换生的，大多家境不错，出去长长见识，或者未来有留学意向。

阮季星有点纠结。

季曼他们之前就有送她出国读本科的想法，只是后来受限于经济条件，没走通这条路，但交换项目则实惠得多。

谢晓羽说道：“沈轲肯定不会跟你一起吧，那你们岂不是就要异国恋了？异地恋‘十有九分’，更何况异国。”

这也是阮季星纠结的主要原因。

一个学期无法见面，对热恋中的两人而言，无异于灭顶的冲击。

冯清莹说：“晓羽，你别吓星星，其实这次机会还是很值得的。”

戚蓝问她：“假如你现在没和沈轲在一起，你会去吗？”

阮季星点点头，又摇头：“不一定，不知道我家有没有钱。”

“那你先问问你爸妈呗。”

结果如她所料，阮正荣和季曼表示鼎力支持。

这下她更纠结了，而且她不知道怎么跟沈轲说。

谢晓羽根据自己看过的诸多言情小说和偶像剧做出猜测：“沈轲从别人口里听说这件事，生气你不告诉他，你们吵架、分手，而后你毅然决然飞去国外，等你再回来，他身边已有别的女生。”

阮季星无语：“我俩才不会这么狗血。”

“也是，沈轲不像会无理取闹的人。”

阮季星：“不，他不可能同意分手，也不可能喜欢其他女生。”

轮到谢晓羽无语了：“好了，知道你们恩爱了。”

阮季星心里明白，爱情不是金子，它不是保值的东西，性质也不具有稳定性。

沈轲有时理智得几近淡薄，所以在外人看来，也许会认为主要是她提供情绪价值，但其实是他为稳固这段感情付出得更多。

即使因此吵架，他也不可能与她赌气。

阮季星找常巍然领了一张申请表，夹在笔记本里，打算“无意”地被沈轲发现。

后来他的确看见了，但他的反应出乎她意料。

沈轲在“霓·世”算是兼职，学业和工作把他的时间占得满满当当。

阮季星则主攻学习，还要准备考证，周末都泡在图书馆。

所以，都忙的两个人相处的时间并不多。

这学期初做了综测汇算，她八成能拿校一等奖学金。虽说名单没下来，不宜半路开香槟，但她还是以此为理由，周六晚上请他吃饭。

饭后，彼此达成默契，逛了圈便利店，再去他在经开区的公寓。

阮季星先去洗澡，公寓小，浴室里一丁点儿动静都会传出来，她在喊他，让他帮她拿护发精油。

他应声，打开她的包。

很小一瓶，沈轲打开闻了闻，带有迷迭香气。

弄明白女孩子的用品是门学问，他迄今仍分不清护发素与护发精油，以及洁面慕斯与洗面奶的区别。

包里还装着一个笔记本。

这就怪了，今晚她还有学习计划不成？

不过，随便翻她的东西，大概率会被她控告，他便没碰。

洗完出来，阮季星见他岿然不动，又瞄了瞄包所在的位置。

是他太沉得住气，还是没看见？

做那事沈轲很讲究卫生，指甲缝都得是干净的。

他出来时没穿上衣，颈上挂着一块毛巾，几滴水自额前碎发的发尖滴落，沿着胸口、紧致的腰线缓缓向下滑落，热气蒸过的皮肤微微透着粉。

画面十分令人面红耳赤。

然而，他的女孩不知道在想什么，咬着食指指节，呆呆地发怔，连过于宽松的领口泄露了一片春光也无知无觉。

沈轲草草地擦了把湿发，将毛巾甩到一边。

他一手拆出一枚锡纸包装的物什，一手揽过她的腰，低下头，双唇精准地找到她的。

阮季星回过神来时，小舌已经被他裹挟了。

不对啊，事情发展的走向不该是这样的。

她抵着他的肩，费劲地推开这个铁砣般的男人：“等，等一下，我今天的单词打卡任务还没完成。”

沈轲一头问号。

谁家女朋友会在上床之前叫停男朋友，打开学英语 App ？

阮季星指指包：“笔记本。”

他轻“啧”了声，面上难得地露出些不耐之色，但还是伸手捞了过来。

一张纸飘落。

她呼吸骤然一停，紧张于他接下来的反应。

结果他看都没看，塞回去了。

阮季星问号脸。

她倒是很想直接告诉他她想出国交换，可她既怕他挽留，又怕他反对。

对一个遇软则更柔、遇硬则更刚的人而言，这实在不是一件容易开得了口的事。

但他怎么对她的东西一点好奇心也没有？

再是——

他对她的人却具有强烈的求知欲。

阮季星喜欢边学边写写画画，她的书上有三种以上颜色的笔迹，花哨且满。不像他，就那么几条线，总让人误以为他没学，所以，一开始她觉得他学习不好也是有依据的。

沈轲看着她背单词。

因心里挂着事，一个个字母从她脑中流淌过去，不留任何痕迹。勉强记完，本子和笔被他抽走，几乎是粗鲁地丢到床头柜上。

“哎，你这人——”

“你得庆幸，”他咬着她的唇瓣，含混地说，“我愿意等你那么久。”

他刚才的气定神闲全是装的。

那块三角布料卷成一长条，挂在脚踝上，阮季星被他抬起腰，贴上他结实的小腹，唇舌相接，似缠绵，亦似缠斗。

动静像极了小狗吃东西咂巴嘴。

沈轲短暂地离开她的唇，是为了脱去她的睡裙。

她不用想也知道他这段时间储存了多少量，势必要尽数交代给她的，情欲迅速占领上风，压倒性地战胜纠结已久的事。

爱时用力地爱，愁是明日的愁。

某一刻，她的眼角流下生理性泪水。

他背上有数道凌乱的挠痕，却浑然失去痛感似的，弓着身，细致地、一点点地吻去泪珠。

她不禁想，世上怎么会有如此集野性和柔情于一体的人？

中间，沈轲扶她起来，喂她喝了两次水。

“星星，”他拨开她颊边汗黏住的发丝，“你得多锻炼锻炼了。”

阮季星瞪他，在这样潮湿暧昧的氛围下，也失去了应有的杀伤力：“你一个天天熬夜的人，到底为什么精力这么足？”

“熬夜也不影响。”

休息不了几分钟，沈轲又来了。

他说，这次我们一起。

身娇腰软的阮季星的体力在他面前不堪一击，最后只有被吃干抹净的结局。

但沈轲也没能落着好。

对着盥洗台的镜子一照，他方晓得后背被她挠成了什么样，舌尖舔了下唇角，那里也被她咬破了。

他笑出声，低喃了一句：“真是只猫，牙尖爪利的。”

回到床边，女孩侧躺着，身子微蜷，长发一半盖住了脸，一半铺在枕上。

大抵是命运的驱使，让他再一次看到那个笔记本。

纸张探出一角。

他终于打开了它。

阮季星注意到他的沉默，翻过身。

她张了张口，发生得太突然了。她原本打好的腹稿，在一场激烈的欢情后，这会儿仅剩下只言片语。

沈轲看完，叠好，归于原位。他关了灯，钻进被窝搂住她，吻了吻她的头顶：“睡吧。”

她这下根本睡不着了，抬头看他。

拉紧窗帘，没有光线透进来的屋内，连最亲近的人也看不清。

“……你没有什么要问的吗？”

他声音平静：“你这么一个藏不住心事的人，既然不想告诉我，我就当作没看见。”

阮季星再迟钝，也发现他的语气不对劲了：“我只是没想好怎么和你说，因为不管你的态度是什么，我都可能不舒服。”

沈轲反问：“不管我的态度是什么，你都想去，是吗？”

她没打算骗他，点了点头。

“那你就不要管我的态度，做你想做的事，去你想去的地方。”

阮季星彻底从他的怀里出来，带着情绪，“啪”地按亮灯。

她那双清澈漂亮的眸子里写满了不可置信：“你是觉得我不顾及你的感受，在和我赌气吗？”

他也坐起身，解释：“我的意思是，你不用顾及我。我所做的一切，不过是希望我能成为你的后盾，能成为你对抗世界的底气，你不懂吗？”

“不行，沈轲，你不能这么想。”她蹙着秀眉，“我爱你，所以我在乎你的感受，你不可以替我忽略你自己。”

沈轲顿了顿，没有控制好语气，直板板地说：“你再说一遍。”

她一听就来气了：“你是非要跟我吵架吗？”

“我说——”他刻意放慢语速，几乎是一字一顿，“那三个字，你再说一遍。”

阮季星哑了。

刚蹿起的火苗在这一刻就被他浇熄了。

她深吸一口气，说："你可以说你舍不得我，希望我别去；你也可以说你支持我，鼓励我去，而不是将决定权推给我一个人。我没有那么独立，我很依赖你们，我想在我做出重大决策的时候，有你的参与。"

季曼和阮正荣在她的人生中占比太重，她的人格无法完全与他们剥离。

现在，又多了一个沈轲。

这并不意味着她失去了自我，正是因为她的情感分给了他们，才要将他们的意见纳入她权衡的因素之内。

想不想是她的主观判断，要不要是她综合各种客观条件做出的决定。她想，但不要，不代表她不爱自己；她不想，但偏要，也不是她爱自己的手段。

她既然有爱的能力，多爱一个沈轲又何妨呢？

沈轲定定看着她，眼波漾了漾，再开口时，嗓音有些哑："如果我说，我离不开你，你会去吗？"

"也许不会。"阮季星坦诚地说，"但我可能会将此当作逃避的借口——我就不用学英语，不用花我爸妈那么多钱，也不用承担独自去异国他乡的压力。"

最困难的永远是下决心的那刻，之后，无论回答 Yes 还是 No，终归是松了口气，而且会下意识地找到其合理性，让自己不后悔。

"那就去吧。"他笑了笑，说，"我相信，女王陛下能克服这些，我也能克服你不在身边的思念。"

她也笑了，张开双臂，不知为什么，有点委屈："想抱抱。"

沈轲抱住她，紧紧的。

撇去日常的拌嘴，这应该算是他们交往之后，第一次真正的吵架。

所幸，没有演化为冷战，甚至分手。

或许是因为，不够成熟的彼此，认真地对待、经营他们的感情，便能拥有抗衡风雨雷电的力量。

阮季星靠着他的心口："我以为我变强大了，是能够独当一面的大人了，可还是会脆弱、胆怯、犹豫、郁闷……但是，我选择接受我的不完美。这些缺点也构成了我，独一无二的阮季星，不是吗？"

他抚着她的头发，低低地"嗯"了一声，又说："没人要求你当顶天立地的大人，如果世上一定要有勇敢的、坚强的人，我希望你是最快乐、最幸福的那个。"

她摸到他的手，一点点扣住，亲了下他的嘴巴，说："为了庆祝我们化解一次感情危机，我告诉你一个秘密。"

他故意冷脸："好啊，阮季星，看来你瞒了我不少事。"

"我发现你的 QQ 小号了，何、楚、悦同学。"她弯着眼，"这句话该我说才是，你瞒了我多少事？"

比起被揭老底的慌张无措，他更多的是尴尬。

暗恋她的那几年，他做了太多中二得难以启齿的事。

沈轲答不上来，索性堵住她的嘴，让她无法再刨根问底。

次日早晨，阮季星醒来，第一时间拿起手机刷。

上面有一条未读消息，来自沈轲那个小号——

我眼中的某颗星，是宇宙所有绚烂的原点。

他没有明说，但她突然明白 R136a1 的含义了。

宇宙里有数以万亿计的星球，而 R136a1 是目前人类已知的最大最亮的恒星。

意思是，她出现之后，他再也看不到其他星星。

这时，背后的男生贴上来，搂着她的腰，蹭了蹭她的头发，带着浓浓的睡意说："今天没什么事，可以多睡一会儿。"

阮季星放下手机，转过身，在他怀里拱了拱，找到舒服的位置。

没有任何前兆地，她说："我爱你，沈轲。"

他一时没反应。

她刚想看他是不是又睡过去了，脑袋就被他扣回去。

"听到了。"他说，"我也爱你。"

第十三章 灿烂行星

没过多久，各类奖项的名单就下来了。

如阮季星所料，她拿了校一等奖学金，而冯清莹还拿到了国家奖学金、优秀学生干部等。

众人羡慕，但也没什么可酸的。

全班谁不知道，班长的工作内容繁重而琐碎，她还活跃于各类校级竞赛，没给自己留一点休息时间。这些是名副其实的。

但冯清莹自己并没有什么喜悦的情绪。

她和唐天和的事被她母亲知道了。

冯母甚至联系上阮季星她们，话里话外的意思是，希望她们劝冯清莹分手。

“其实我不明白，”阮季星犹豫着问，“你妈妈为什么看不上唐天和。”

“她看不上的不是他，是我的眼光。”冯清莹说，“我现在的样子，就是她按照她眼里的‘完美女儿’打造的。”

她父亲是国贸系教授兼主任，她们曾见过，一个斯文儒雅的中年男人，没有发福，身材保养极佳。而她母亲没有当老师，但也从事学术研究方面的工作，在业内也颇具声望。

可以说，她带着优秀的基因出生，又接受良好的教育长大，似乎理所应当变得“优秀”。

然而，这些不过是外人眼里的她。

早有冯清莹自己知道，她承受的压力有多大。不然，之前也不至于得突发性耳聋。

她没有征得母亲的同意，和一个男生交往这么长时间，令她母亲有了一种女儿脱离自己掌控的愤怒，于是要干涉、要阻拦。

她能够理解，世上有许多种母女关系，也尝试着平和地接受。但结果是，她也潜移默化地受到了母亲的影响。

她会管唐天和的学习，管他的生活，比如，她不允许他打游戏到凌晨，以免第二天上课打瞌睡。

以“希望他进步”的理由要求他，和她母亲的所作所为，又有何区别呢？

其实想到这里时，冯清莹心里已然有了定夺，可她才意识到，她完全没办法做到无动于衷，像倾倒垃圾一样清理这段感情。

几个月的相处，不是没有温馨幸福的时候。

他很爱搞怪逗她笑，他说，看着她笑他就高兴。

他也很爱“班长”“班长”地唤她，不管她在干什么，都像朵向日葵似的围着她转。

从前、现在，从来没人向她献上火山喷发一般的热情与爱。

她终于得以确认，她很喜欢他。

也正是因为喜欢，她才提分手。

唐天和这人心大得很，冯清莹说出那句“我们分手吧”之前，他还一无所觉，甚至在畅想，有空了一起去旅行。

网上不是常说嘛，检验男女是否合适只需要一次旅行。他心中始终认定，他和她是天作之合，但被爱情冲昏头脑的人，往往愿意借助迷信、巧合、缘分等说辞来佐证这一点。

他的直率里，有几分不为尘俗玷污的纯粹，那副模样既天真得有些幼稚，又珍稀得叫人艳羡。

冯清莹害怕自己心软，突兀地打断他：“唐天和，在损失不可挽回前，我们分手吧。”

他一蒙，好似没听清她的话，又以为她在开玩笑。

但他没办法自我欺骗——他听清了，她也不会开这样的玩笑。

他开口都有些困难：“什么……损失？”

没有问为什么分手，他在乎的是，和他在一起，她为什么有损失？

她字字清晰得无异于凌迟：“感情、时间、精力、金钱，所有的一切。”

比起不解、茫然，唐天和更感到痛苦。

“我对你来说，没有半点价值，以至于你白白浪费这么多东西吗？”

他希冀得到一颗镇痛药，是她的哄慰也好，拥抱也罢，他会重新活过来的。

然而，冯清莹忽视了他眼里的渴求，继续说下去：“现在的我，没有和我妈抗衡的力量和决心，也没有完全掌控我自己人生的权利。原本我需要的就是‘恋爱经历’，不是‘爱情’。你可以认为我冷漠薄情，我就是这样的，我早和你说过，我可能会令你失望。”

“你的人生是程序吗？为什么非要按照设定的框架运行？”怒气并不是冲着她，而是她那狗屁倒灶的原则。

“因为安全。”她说，“我没有那么多的试错机会，也许是我害怕，我接受不了挫折，没有重整旗鼓的勇气，所以我逼自己做到最好。”

唐天和的眸光像即将熄灭的火苗，垂死挣扎着：“我可以陪你面对啊，你的荣耀、窘迫，我都见过的啊。你不信我对你的喜欢有那么坚定，是吗？”

她摇头：“假如将来遇到别的矛盾，需要我放弃你时，我也会像现在一样毫不犹豫。对我来说，不是你没有价值，而是走我自己的路比你更重要。”

火光彻底暗下来了。

“班长，你真的很好强。”他说到后面，声音越来越轻，“我一直很听你的话，这是最后一次了。”

他转身走了，冯清莹一句挽留的话也没说。

后来阮季星听沈轲说，唐天和那天喝了个烂醉如泥，抱着楼底下的电线杆子疯言乱语。

“如果不是怕被人找到宿舍来，我们宁愿装不认识他，把他丢那儿。”

沈轲说归说，那晚还是和徐玮一左一右地架着他架进宿舍，等他将胃吐空，又给他打了地铺——实在没办法把他弄上床了。

她有些迟疑地说：“你身边人怎么接二连三地经历分手和被分手？”

先是徐玮，再是程世镜，接着又轮到唐天和。像是陷入了某种诅咒。

沈轲说：“你不如算算，你们班一年下来分手的有几个，还在谈的又有几个。”

她一想也是。

“世上的人大多聚了又散，要么关系淡了，要么撕破脸，一刀两断，失恋的痛苦也就这一阵子，唐天和会走出来的。”

也不知道徐玮那俩的互相消耗，和唐天和这个断崖式分手，哪种更令人难受些。

沈轲看着她，“说得像是你体会过失恋的痛苦似的。”

“没吃过猪肉，还没见过猪跑吗？再说，没分过手，也跟好朋友绝过交。”她说，“但我后来释然了，乐极易生悲，苦中也能作乐，悲伤、快乐都是一时的，生活才是永恒的。所以我挺能跟班长感同身受的。”

他说：“你先别感同身受，我怕你也想跟我分手。”

阮季星笑着亲亲他：“还怕吗？”

他面无表情地点头。

她又亲了一下：“这样呢？”再亲一下，小鸡啄米似的，“这样呢？”

沈轲干脆按着她的后脑勺，和她深吻。

她主动地迎合，小声哄着这个幼稚又没安全感的男生：“我要爱情，我要在无常的人世里和你庸俗地相爱。”

现实里的故事，往往不会到“公主和王子幸福地生活在一起”，或是“彼此走向分岔路口”就结束了。

都是同专业的，阮季星又在和沈轲谈恋爱，冯清莹跟唐天和碰见的机会多得超乎他们自己的预料。

若是正面遇上冯清莹，唐天和要么装视而不见，要么……除了躲，他也没别的应对法子了。

更叫他伤心的是，冯清莹似乎半点没有受失恋的影响，依然漂亮，依然耀眼。

他最近深夜总是辗转反侧，严重影响了徐玮和沈轲的睡眠。

徐玮对沈轲说：“你要不叫阮季星劝劝他，她不是和冯清莹是室友嘛，让他俩复合也行。”

沈轲淡声说：“唐天和的烂摊子，凭什么让我女朋友帮忙收拾？”

徐玮濒临抓狂："那随便你想个办法，反正别再折磨我了！"

当时沈轲没应声。

第二天上午，他把唐天和从床上拖下来，抄起他的篮球，丢到他怀里。"你不是喜欢打球嘛，去打，打到你累吐，打到你不想再碰球为止。"

唐天和一屁股瘫坐在椅子上，恹恹地说："我不想打。"

"我不是在征询你的意见。"沈轲用了力气去拽他，"起来，跟我走。"

唐天和拧不过他。

运动强度不大，但半刻没歇，唐天和本就提不起劲，很快就吃不消了，精疲力竭地倒在球场上，胸膛起伏着。

沈轲在他旁边坐下。

唐天和张开四肢，在阳光下摊晒着，他眯起眼望着天空，问："老沈，你很喜欢阮季星吗？"

"嗯。"

很喜欢很喜欢，喜欢到认定这辈子就她了。但沈轲没这么说，太酸了。

"假如有一天，她为了某种原因要离开你，你会放手吗？"

"你没必要从我这里征求共鸣。"沈轲说，"她和冯清莹不一样，我和你也不一样。"

"可我就是想不通，她为什么能那么干脆地把我甩掉，我也没做错什么啊。"

"想不通就不要想了。"

"你就是站着说话不腰疼。"

唐天和嗤道："要是你分手也能这么风轻云淡，我叫你'爹'。"

沈轲弹了一下他的脑袋："我跟你说认真的。我和她当年分开，我不敢去找她，除了强迫自己不要去想她，我能改变什么？"

唐天和突然翻身，把他压在底下，恶狠狠地瞪着他："装什么情圣，你很了不起是吗？"

沈轲神色平静，说："反正我不会发疯、颓废，我会争取成为与她相配的人。"

"你嘲讽我？"唐天和揪住他的衣领，"她让我学习，我好好学；她不喜欢我打游戏，我就不打。我努力了，你看不到吗？"

沈轲反问："你以为，她要的是一只对她言听计从、只会摇尾逗乐的宠物吗？那你又有什么独特性？"

他声线寒凉："现在的你，确实不配。"

一字一句，似淬了毒液的冰针，往唐天和心上射。

唐天和仿佛断了线的风筝，被沈轲不费吹灰之力地推开。

他侧躺着，慢慢地蜷起身子，眼泪一大滴一大滴地落下，混着灰尘，在地面画出一个个失落的圆。

沈轲拎起之前脱掉的外套，盖住他的脑袋，不发一言地陪着。

失恋的伤口就像一颗大脓疮，不挑破，只会逐渐恶化。眼泪就是他放出的脓液。

篮球场的人来来往往，有人好奇，有人同情，但没人不识相地上前打扰。

唐天和哭了个尽兴，哭到没有眼泪可流，已经不知道过去了多久。

沈轲对这件事没作任何评价，只说："记得把我的衣服洗了。"

"老沈，谢谢你。"

唐天和低着头，瓮声说："我确实挺不成熟的，仗着家里有钱，脑子也不差，以为所有事只要我付出一点，就能如我所愿；以为我做不到的，都是我不想。但是不是的。"

沈轲问："所以，你想清楚要放弃了？"

唐天和沉默了一会儿，语气变得格外坚定："分开不意味着永别，地球是个圆，只要我走的方向正确，终有一天会和她重逢的。"

沈轲轻笑一声，深有同感："是。"

不是都说，分别是为了下次更好的相遇嘛。

沈轲兜了那么大一个圈子才和阮季星在一起，唐天和就不信，他和冯清莹彻底没戏了。

那时，阮季星出国的材料都准备好了，由于特殊原因，计划流产，但依然和沈轲分隔两地，见不到面。

与此同时，国内在线教育需求激增，"霓•世"算是乘上了"东风"，迅速拓展。

大二下学年，他们上了一整学期网课，连大四的毕业答辩也在线上进行。

那几个月，日子过得格外恍惚，没有实感。

大三后，生活重回正轨，课程、活动皆少了许多，沈轲在校外附近租了间房，搬出宿舍。一是方便工作，二自然是为了阮季星。

等一切布置好，他才告诉她。

那天，他将她带到门口，蒙住她的眼睛。

阮季星嘀咕："不就是个房子嘛，神神秘秘的，你不会准备了一地花瓣和蜡烛吧？"

"你喜欢这挂？"他故意说，"那明天再来吧。"

"还是别了，有安全隐患。"

她果然耐不住性子，巴不得现在就知道他到底搞什么鬼。

沈轲开了门，缓缓地放下手。

待她看清眼前景象时，猛地愣住。

"硬装没办法了，只能在软装上下功夫，尽量贴近了。"

一室一厅的小格局，比那套公寓大点儿，一眼就能望到底。但，他居然将整间屋子布置成了她以前卧室的样子。窗帘、书桌、懒人沙发、模型展示柜……连桌上的小摆件都那么相似。

阮季星拿起一套积木模型，以前她向往星空，买过不少载人火箭、载人飞船、空间站等模型，后来搬家没能带走，随着别墅一起拍卖掉了，这套"嫦娥二号"就是其中之一。

她回头看他，眼里隐隐泛着泪花，带着哭腔说："这些好贵的，你怎么花那么多钱。”

沈轲好笑，大拇指指腹轻轻擦拭她的眼角，低声说：“看在我好不容易收到的份上，不要哭，嗯？”

她吸了吸鼻子：“我现在又不玩这个了，好浪费钱。”

动作却出卖了她，手指摩挲着，舍不得放。

“如果现在的阮季星不再做畅游宇宙的梦，那将她童年的梦以这种形式保存下来，也很值。”

“但是——”她指指粉色的窗帘，“这也太嫩了吧。”又指向卧室，“你愿意睡这种床？”

他为失策后悔似的“啧”了一声：“确实，为了给你造梦，我需要牺牲不少。”

阮季星“噗”地笑了，她抱住他，说：“我的梦里还有一样必不可少的东西。”

她踮脚，亲了下他的嘴巴，笑眼弯弯：“——你。”

整个宇宙像是凝缩于她眼中。

沈轲忽地托起她的臀，一把抱起她。她脚下悬空，下意识地惊呼一声，两腿盘住他的腰。

他转身朝卧室走：“试一下新床。”

“大白天的，”她挣扎着，“你是禽兽吗？”

“星星，二十来岁的男人，面对自己喜欢的女孩没有欲望，只能证明他不行。”

他如今已经不再惮于在她面前袒露自己的阴暗、卑劣的一面。

有时她为“孺子可教也”而感到欣慰，有时则被他猝不及防的荤话惊得心颤——就像现在。

“是不是很想我？”沈轲咬住她的耳垂。

他的强占有欲、小气、爱吃醋、坏心眼……被他外表的淡然掩饰得太好。

至少，到目前为止，除了阮季星，没人清楚。

明明是怕她哭的人，到了床上，偏要恶劣地惹得她哭喊。

最后衣服怎么脱完的，她也不记得了，只是趴在他胸口缓神，像只慵懒地偎着人的猫主子。

手心里忽然被塞了枚冰凉的东西，她一看，是钥匙。

“想过来就过来，不想过来你住宿舍也好，有人陪你聊天。”

她应了“好”，又想起什么，找来手机，打开她存钱的账户：“你看，我们的‘未来基金’攒这么多了。”

那里面有她做兼职赚的，有她的奖学金，大头是他有事没事给她打的钱。她叫它“未来基金”，是想给他们谋划一个看得见的未来。

沈轲惊讶的是，她居然攒了这么多。

“以前我只顾自己开心，现在我要考虑你啦，你还没出过国，等疫情结束，我们去看极光好不好？”

她认真地盘算着："毕业再给你买两身西装，便宜的不合身……"

他蹭了蹭她的头发："那你想要什么？"

"到时候这就是我的聘礼，"她半开玩笑地说，"用来'娶'你。"

他自有一套针对阮季星的语言体系，大脑自动将这句话转换翻译成：她想和他有一个家。

前十几年的人生，若要用一个词形容，大概是"飘着"。赵若华是一根纤弱的线，连接着他和世界。

她似乎是在告诉他，从今往后，多了她，他这一叶浮萍，便不会再随水波四处漂散了。

沈轲缓缓地眨了眨眼，任心潮澎湃，任爱意翻涌。

但他异常的沉默引起她的疑惑。

阮季星抬头，伸手，从他脸上揩走一滴晶莹。她似反应慢半拍地问："你流鼻涕啦？"

他将脸埋进她的发间，笑了一声，很闷，是刻意压住哭音的效果。

她拍拍他的背，问："你知道OOC吗？"

"……是什么？"

"就是角色崩坏的意思。你跟我过去认识的沈轲太不一样了。"

她曾经熟悉的沈轲，没有柔软的情绪，不像黏人的性格，更不会因为一句话而哭。

她莫名有一种，他OOC了的感觉。

但其实是，越相处，越能接触到完整的、真实的他。

他给自己套了太厚的壳了。

阮季星饿得前胸贴后背，沈轲边穿衣服边问："你想吃什么？"

"你这里有食材吗？"

"有。"

"你随便搞点吧，我快饿死了，"她冲他龇牙咧嘴，"不然我要啃你了。"

他动作干净利落，很快做出一碗肉酱面，上面还盖了一个荷包蛋和两片青菜。

明明有餐桌，两人非要挤在懒人沙发上吃同一碗。

阮季星突然有了想法："我们做个账号，发一些我们的日常，要是号能起来，可以接广告赚点钱，起不来就当记录，你觉得行不行？"

沈轲的第一反应是："互联网上，关注度和负面的声音几乎是成正比的，我怕你接受不了。"

"那是之后该忧虑的事，我现在想做这个，有条件去做，先试试，又何尝不可呢。"

他们性格的巨大差异在此显现出来。

她做事凭感觉，没有什么章法，有时会蹦出许多奇思妙想，她脑中的世界往往抽象得别具一格；而他更多靠理智，做重要决策之前，须得详尽周密地分析利弊、考虑后果。

但沈轲的原则到了阮季星这儿，则自动地退让了。

她不喜欢被人过多管束，大一刚开学那会儿，也为冯清莹的强势而受过委屈，但一旦对她好点儿，她又会忍不住心软。

所以她很难真正厌恶什么人。
他不想做“打个巴掌再给甜枣”的恶人。

两天后，阮季星发了“两颗星”的第一条视频。
沈轲是第一个关注她的人。
他当着她的面没说什么，转头发到宿舍群。
唐天和：[？]
徐玮：[？]
唐天和：有你这么明目张胆秀恩爱的？
R136a1：她要做账号，给点个赞，你们那种几百人的游戏聊天群也可以发一下。
唐天和：[省略号]
唐天和：你牛。[微笑]
阮季星是需要正向激励的人，得到的回馈越多，她越有动力。
沈轲虽然担心她受网络流言蜚语影响，但既然她选择远航，那就当助她破浪的东风。

没想到的是，她的号还没起来，季曼就刷到她了，在三人家庭群里疯狂 @ 她。
季曼：星星，这是你吗？
寄星：为什么大数据会把我推给你？[衰]
阮正荣：可能是因为你妈天天刷 A 大的视频。
寄星：好吧，我承认，是我。
季曼：你……唉，记得保护好自己，别的你开心就好。
阮季星直觉，季曼是做了好一番心理建设才说出这句话，毕竟已经到这份上了，总不可能棒打鸳鸯。
她试探道：要不，我把沈轲拉进来？
阮正荣：这么快就拿他当我们一家人了？真是女大不中留啊。[撇嘴]
寄星邀请 R136a1 进群。
寄星：沈同学，给季女士和阮先生打个招呼。@R136a1
R136a1：叔叔阿姨好。
阮正荣：小轲你好。[微笑][握手]
季曼：小轲你好。[微笑][握手]
沈轲哑然。
他怎么感觉，他们在阴阳他？
R136a1：叔叔阿姨，我跟星星谈恋爱瞒着你们，是因为我们对恋爱没有经验，想要等到感情更稳定之后，再告知父母。这一年我们经历了很多，也共同成长了很多。唯恳切地希望你们相信，我对星星的感情是万分真挚的。
季曼：说实话，我之前的确不同意星星和你在一起，那是出于一个母亲爱孩子的心，也希望你能理解。
R136a1：我明白的。

季曼：但是，好孩子，你们往后就好好过吧。

看到她这句话，阮季星又泪目了。

寄星：我又不是要离开你和爸爸了，说得这么煽情干吗？［流泪］

季曼：我要去做饭了，没空跟你说了。

阮季星平时住宿舍，周末就到校外的出租房和沈轲待一块儿，她的账号粉丝慢慢涨起来，有商务合作找上来，报价不高，但也算一份副业收入。

冯清莹如今已经是院学生会主席，参加各种竞赛；谢晓羽打算考研，早起晚归，整天泡在图书馆；戚蓝则找了份实习，打算积累工作经验。

大家已经不像大一那会儿，东一棒槌西一榔头地忙活，而是有了更为明确的目标和方向。

但这一年经历的事也格外多。

冯清莹竞选主席，另一位与她有私怨的竞选者怀疑有黑幕，举报上去，无果，又以跳湖相要挟，最后被人救上来。为了降低这件事的影响，学校和稀泥，让冯清莹道歉，也告诫与此事相关的人不要再往外透露。

院里风言风语传得乱七八糟的，大多对冯清莹不利。

那段时间，她陷入情绪低谷。

唐天和一度想找她，但又没有合适的身份和立场，只好托阮季星多陪陪她。

阮季星说："她是我朋友，不用你说，我当然会陪她啊。"

"也是。"

她又问："你干吗不自己去关心她？"

"她应该也不需要我的关心吧。"

"需不需要是她的事，你去不去是你的态度，你以前也不是这么磨叽的人啊。"

阮季星不知道他有没有去，但这件事并未成为他们复合的契机，冯清莹仍是独自顽强地伫立在那儿，短暂的暴风雨击垮不了她。

还有谢晓羽。

她被电信诈骗了好几千块，立马报警也没什么用，钱大概率已经流到海外，追不回来了。

谢晓羽的家庭条件一般，那是她全部积蓄，稀里糊涂就没了，她连父母都不敢告诉，在宿舍外的走廊尽头崩溃大哭。

还是戚蓝发觉不对劲，把阮季星和冯清莹叫醒。

凌晨时分，三个女孩把她安慰好了，才拖着冻僵的身子回宿舍，边走边聊。

"你看你，鼻涕糊得到处都是，丑死了。"

"全糊你衣服上。"

"声音小点，别吵到别人。"

…………

徐睿诚再三在年级大群里强调，谨防电信诈骗时，谢晓羽还能自嘲两句。

后来阮季星想，尽管住在同一屋檐下，不可避免地会产生摩擦、矛盾，但幸好四个人一直在一起。

欢乐是真的，遇到困难时，其他人给予的安慰和陪伴也是真的。

可，赵若华去世时，阮季星却没有陪在沈轲身边。

到了大四上学期，班里的人大致分为三批：备考、实习、闲着。

谢晓羽在备考，戚蓝在实习，反倒是得到推免资格的冯清莹闲下来了。

而阮季星找了一家离学校不远的公司的实习，也就是打打杂，任务不重，只是早晚挤地铁很痛苦。

沈轲仍留在“霓·世”，这两年线上教育规模扩大不少，他特别忙，经常加班，有时甚至到晚上十点多。

阮季星去给他送过几次晚餐，老被程世镜带头调侃为“弟妹”，她就不去了，在家等他。

这天他又加班，她买了食材，叫谢晓羽她们来吃饭。

谢晓羽看着一桌子菜，惊奇不已：“星星，你居然深藏不露啊，我小看你了。”

“别，我不会做饭，我们今天吃火锅。”

阮季星端着锅出来，放入火锅底料，又凭感觉加入调料。

谢晓羽一脸一言难尽：“……班长，食物中毒能报保险吗？”

阮季星瞪她：“有这么不信任我吗？”

“不是我不信任你啊，我说星星，你放那么多冰糖干什么？”

“我看教程上写的，适当糖可以提鲜啊。”

“重点是——那、么、多！”

阮季星想了想，又往里加了一把小米辣，想以辣盖过甜味。

这下连戚蓝也看不下去了，她适时阻止道：“算了，星星，你别忙了，我来吧。”

她脱了外套，挽起袖子：“我可以用厨房吗？”

“尽管用，麻烦戚姐了。”

阮季星“嘿嘿”一笑，自动让贤，打开冰箱，问：“班长、晓羽，你们喝什么？有酸奶、橙汁、可乐，还有椰子水。”

冯清莹说：“我喝温水就行。”

“我要可乐。”

“戚姐，你呢？”

“我都行。”

忙活好一阵才开饭。

阮季星殷勤地给戚蓝捏肩捶背：“我们的大功臣，辛苦啦。”

“菜是你买的，我就处理了一下，”戚蓝有点不太自然地躲开，“没什么麻烦的。”

谢晓羽问：“你跟沈轲在校外住了这么久，都点外卖吗？”

“他做饭啊。”阮季星往锅里加粉条，“他周末加班的话，早上会做好再走，我中午用微波炉‘叮’一下就行。”

谢晓羽感慨道：“啧啧啧，真是当代贤夫良父典范。”

“哼，但卫生都是我打扫的好不好。”

谢晓羽从善如流地夸道：“你也很不错，当代三好女人楷模。”

阮季星以手作话筒，递到她面前：“请问是哪三好？”

谢晓羽卡了一会儿壳，憋出一句：“你好我好大家好。”

“嘁！”

冯清莹笑了笑，说：“两个人生活在一起，互相扶持，才走得长远。”

“班长，你怎么这么有感悟？”

冯清莹：“因为我爸妈就是太自我，都不愿意迁就，也改变不了对方，才离婚的。”

阮季星颇有同感：“确实，谈恋爱和过日子不一样，风花雪月过渡到柴米油盐，我也适应了很久。”

谢晓羽又问：“阮同学，请问你又有什么感悟？”

阮季星压低声音：“比如，他居然也会放屁。”

“啊啊啊！”谢晓羽失声尖叫，“你让我怎么想象沈轲顶着那么帅的一张脸放屁的样子？”

冯清莹说：“原谅她吧，她脑子里的帅哥美女都是喝露水的。”

戚蓝始终没怎么搭腔，不过她本就话少，也就没引起她们的疑虑。

约莫九点，沈轲回来。

冯清莹识趣地率先起身：“星星，我们先回去了。”

“好，拜拜。”

阮季星送她们出门，转头见沈轲在弯腰收拾她们剩下的垃圾。她从背后抱住他，笑眯眯地说：“我男朋友可真贤惠。”

沈轲将垃圾袋拎出来，又套了一层，想放到门外，明天再丢，但被抱着，行动受限。

他无奈地道：“小树袋熊，能让我先干完活吗？”

阮季星乖乖放开他：“你吃过饭了吗？我给你下碗面？”

她的厨艺也就到把面条、饺子煮熟的水平为止。

他晚餐随便垫了点东西，但还是应了一声“好”。

等阮季星煮好面，他也收拾得差不多了。

“我还给你加了点剩的肉和丸子。”她将一大碗面放到他面前。

沈轲坐下，在她满怀期待的目光下搅了一筷子。

他沉默片刻，委婉地提醒她煮多了：“星星，下次如果你觉得下的面少了，那就是刚刚好。”

她听出来了，懊恼道：“唉，我真的每次都控制不好量。”

“你还吃点吗？”

她摇头：“我吃不下了。”

但见他吃得香，她又有点馋，让他喂她一口。

沈轲边喂她边说：“不是说要拍视频，不能再胖了吗？”

和他住在一起，他经常琢磨各种好吃的投喂她，本来她还挺挑食的，逐渐演变成他做什么她都吃。

然后……足足胖了七斤。

阮季星咽下才说："反正不吃这一口也不会瘦。"
他笑着看她："还吃吗？"
她干脆走开了："坚决不吃了。"

沈轲吃完，洗了碗，回了个工作电话。进房间，见阮季星换了身瑜伽服，在跟视频练哑铃，满脸通红。
她看了他一眼，说："你先去洗澡吧。"
他倚着门，像耐心的猎人蹲守猎物，待她练完，一把将她横抱起。
"你干吗？"
"练完无氧再紧接着练有氧，效果会更好。"
要不是同居这么久，已经见识过他犬皮底下的狼性，阮季星也没法秒懂。
她微微喘着气说："我还没洗澡。"
他满无所谓："一起洗不就好了？"
…………
阮季星最后连抬手指的力气也没了，懒懒地趴在床上。
沈轲手洗了她的贴身衣物，晾晒在阳台——那里还挂着他的衣物。
时至今日，他依然为"他们生活在一起"这件事实而恍惚。
终于能够理解，"生活"是一个连续动词，而其连接的主、宾语是"他"和"她"，加上一切日常零碎，构成了一篇完整的、专属于他们的诗章。
或许是因为，他从小没有真正感受过长久的幸福，内心还有恐惧、焦躁，担心这样的日子转瞬即逝。
人世的确无常，那他们庸俗的相爱，又能持续多久？
突如其来的悲观念头令沈轲迅速地从方才的欢愉中抽离，他开始没来由地感到心慌。像是过去经历的苦、受的痛，一同涌了上来。
像是为了确认她存在的真实性，他紧紧地拥住床上的女孩，将脸埋进她的肩窝里："星星，我爱你。"
阮季星掀开眼皮，抚了抚他的脑袋，头发还有点湿润，显得他格外柔软，甚至还有点儿可怜。她不禁问："怎么了？"
他自己也不知道，只是摇了摇头。
后来他想，也许是母子之间某种奇异的心灵感应。

凌晨时，沈轲接到电话，医院打来的，要给赵若华下病危通知书。
"病危？"他半晌没回神，"我妈什么病？"
"你先尽快过来吧。"
沈轲等不及白天的高铁了，他找程世镜借了车，打算自己开回 S 市。
被吵醒的阮季星听完了全程，她忧心地道："你一个人可以吗？我陪你吧。"
"不用，你明天还要上班。"他没有往最坏的方向想，尚能保持理智，"如果需要照顾，你跟着东奔西跑也很累。"
她握了握他的手："那你开车千万注意安全。"
"嗯。"

他走时慌忙得忘了给她道别吻，往常他去上班前都要和她亲一下的。

白天上班的时候，阮季星有点心不在焉，一直刷手机。

沈轲回了一句“安全到了”之后，就再没有发新的消息来。

同事揶揄道：“这才多久，就想你男朋友了啊？”

因为她漂亮，又年轻，从她进公司起，她的感情状况颇受关注。后来她干脆把她和沈轲的合照摆在工位上，他们就都懂了，对她还有想法的也断了心思。

她不太想解释过多，敷衍地“嗯”了一声。

“真羡慕，还在学校的不用考虑生计，感情是最美好的，等一出社会，感情就迅速贬值，成了最不值钱的东西了。不然怎么说，毕业季即分手季。”

阮季星笑了下：“你这么事业有成，瞧不上不值钱的玩意儿也正常，不然怎么会到现在都没对象。”

同事一噎，没有再跟她回呛。

阮季星接到谢晓羽的语音通话时，刚煮好一份泡面，盘腿坐在地上吃。

她从小就不像其他千金大小姐，要接受礼仪方面的培训，她一贯自在随心得很，不受什么拘束。

沈轲特意在矮几前铺了质地柔软的地毯，让她能舒舒服服地坐。

“怎么，沈轲还没回来？”

“嗯。”最近天气转凉，阮季星有点感冒，鼻子堵了，声音也齉齉的，“估计是他妈妈病情比较重。”

“那你要不然回宿舍住呗，你一个人住那儿，多不安全啊。”

“上班方便一点，睡前我都会锁好门窗的，放心吧。”

谢晓羽也没强求，只说：“行吧，要是你有什么事给我们打电话，反正离得近。”

“那你更加放一百个心，我是一点也不担心麻烦你们的。”

谢晓羽笑骂她两句，才挂了线。

阮季星脸上的笑意慢慢转淡，叹了口气。

这两天沈轲不在，她的伙食质量水平直线下滑，幸亏他在冰箱里冻了些速食，能供她将就果腹。

至于安全方面，这个小区的人员流动虽大，但大多数是 A 大的学生或职工。

主要令她忧心的，是赵若华的病。

沈轲说，她得的是癌症，已经是晚期了。

关于更多的细节，他大抵没心思详说，阮季星也没好追问，只能苍白无力地安慰他，赵阿姨会好起来的。

阮季星很想去陪他，刚好部门内有位同事姐姐休产假，工作分摊给他们，又有个大项目下来，她一下子走不了。

她打算等这两天忙完，再和分管领导提请假的事。

而糟心事往往堆在一起发生。

阮季星在生活上，实在不是一个自理能力强的人，在家有父母，在宿舍有室友，后来和沈轲同居，大多数事也是他解决的。要不然她也不会有了感冒迹象，才想起换被子。

她费劲地换下床单、被套，塞到洗衣机里，她启动后便没管，等她再去看，地板被水漫了个透。

是洗衣机底下漏水了。

阮季星手忙脚乱地按停，拖干水，打电话找人来修理。

大概过了一个小时，有人敲门，她从猫眼里看见是一个拎着工具箱的中年男人。

她打开门，他问："是你叫的修洗衣机的吗？"

"对。"

阮季星让他进屋，同时攥紧了手里的手机和辣椒水。

师傅蹲下身检查洗衣机，她还刻意与他拉开了一段距离。

也不能说她是被害妄想症。

有太多单身女生被骚扰侵犯的新闻了，在她没有别的倚仗，面对陌生男人的时候，这是最基本的防身武器。

当然，她涉世未深，加上被保护得太好，的确有些草木皆兵了。

师傅拧着螺丝，闲聊似的问了一句："妹子，你还是学生吧？"

她随口答："毕业上班几年了，就是长得显嫩。"

"你一个人住？"

"没有，和我男朋友，他待会儿回来。"

屋里明显有许多男性生活用品，这句话真假参半的，对方也听不出来。

师傅拎着工具箱起身，重新启动洗衣机，见没再漏水，跟阮季星说："可以了，你给我一百就行。"

她瞪大眼："你就这么搞了两下，收我一百块？"

"妹子，我来回这么远的路，一百已经是最低价了。"

阮季星不想纠缠，付了钱，还客客气气地道了谢。

人身安全没事，钱包倒是大出了血。

她踹了一脚洗衣机，暗啐：败家子。

之前清理漏水，拖鞋连带着袜子都湿了，她本就容易手脚冰凉，这会儿更是跟冰块似的。或许就是因为这样，第二天醒来，她脑袋昏昏沉沉的，后脑勺还钻子搅动般地疼。

拿体温计一测，三十八度多。

家里有沈轲准备的药箱，她对着说明吃了粒退烧药，强撑着去上班。

分管领导见阮季星一直戴着口罩，状态还不太好的样子，问："小阮，你不舒服啊？"

"嗯，发烧了。"

像是怕被她传染似的，他忙说："既然身体不舒服，先回家休息吧。"

"那工作……"

"能带回去做的就带回去，其他的我让他们做。"

这种特殊时期，发烧患者仿佛一颗装载病毒的炸弹，一碰就会爆。

虽然她很想解释，她只是感冒了，但他们脸上已然露出了某种微妙的、类似于忌惮的神情。

她不合时宜地想到以前看的丧尸片，反而有些想笑。若她感染的是丧尸病毒，他们得多恐慌啊。

阮季星不太记得自己是怎么收拾东西、走回去的了。她勉强收发了几份材料文件，午饭也没吃，倒头就睡，一觉到天色近暮。

她打开手机，忽视了一些无关紧要的消息，看向置顶联系人。

只有寥寥几个字。

R136a1：星星，我没有妈妈了。

小孩子在年幼无知时，最善，也是最恶，他们能脱口而出“你妈死了”，

他们或许是知道，这句话具有多强的杀伤力，才以此攻击对方，但语气却那么不以为意。

沈轲小时候长得并不难看，只是发育晚，比同龄的男生要瘦小一圈，但一开始他其实挺野的，跟同学打架还被老师叫过家长。

沈长林基本不管他，赵若华忙着工作和家务，也顾不上关心他在学校的表现。

他被周遭人带坏，和人对骂时，不知说过多少句“你妈死了”。

可能，人犯下的罪愆的恶果，终有一日，会由未来的自己咽下。

这几个月来，赵若华饱受病痛的折磨，但她已知无药可救，只吃药治疗，没有动手术。

不告诉沈轲，是不希望还有漫长人生路的他也跟着痛苦。

要不是她被好心路人送去医院，得到及时的抢救，他连她最后一面都见不上。

沈轲从A市赶回S市，陪着她做治疗，劝她接受手术：“我攒了些钱，要是还不够，我再去借。”

赵若华不同意：“小轲，你不要拿你的后半生赌一个20%的可能。”

手术成功率20%，将来依然有概率复发。

“难道您要让我眼睁睁地看着您死吗？”

他双目通红，是因为情绪激动，也是因为连续几日陪床没睡过一个完整觉。

“你千万别觉得，我的不幸是你造成的。其实我一直很愧疚，我把你带到这个世界上，让你经历这些痛苦。”

她看着窗外：“我还记得，有一年我们搬进了一间一楼的房子，很潮湿，阳光照不进来。外面的小孩子在玩闹，我问你为什么不去，你说，你要学习，考好大学，带我住宽敞亮堂、可以看江景的大房子。”

比起前段日子，她今天说的话多太多，他很怕这是回光返照。

她告诉他，衣柜底下的抽屉里放着银行卡，密码是他生日，里面存了些钱，本来想留给他结婚用的。

她又说，她唯一的遗憾，就是没能看见他过上幸福的日子。

遗言一样的交代，令沈轲心如刀绞。

“妈……”他将脸埋在她的手心里，“别说了，求您别说了……”

“对不起啊小轲，妈真的对不起你，但是我撑了这么多年，太累了。”

赵若华抚了抚他的脑袋，“如果可以，我希望你能带着妈对你的念想，好好生活。”

沈轲跟着赵若华从家乡辗转来到S市，就再没有哭成这样过。

短短数日，她的手瘦成了皮包骨头，掌心尽是经年累月工作留下的糙茧，掌纹被他的泪水填满。

阮季星费了好一番功夫赶到S市。

她在住院楼的花坛前看见沈轲。

他一身黑，眼神空洞地坐在那儿，一动也不动，几乎与黑夜融为一体，而背后炽亮的白光在初冬的夜里，越发多了几分萧索寒凉。

一黑，一白，像生与死的边界。

“沈轲！”她小跑到他面前，“你怎么穿得这么少？不冷吗？”

沈轲的眼睛缓缓聚焦，看清女孩的样貌。他开口，嗓音嘶哑滞涩：“没感觉。”

阮季星用手捂着他的脸、他的手，但效果微乎其微。

她看着他的眼睛，轻声问：“阿姨的遗体呢？”

他机械地回答：“暂时放置在太平间，等家属联系了殡仪馆，再转运过去火化。”

阮季星心里很难受，她要是再崩溃，他又该怎么办？

两个人不能同时垮了。

“沈轲，我们先回家，好不好？”

沈轲坐得太久，寒冷加上血液不流畅，半边身子都僵了。她拉他起身，他没站住，往前跪倒。

她下意识地去接他，奈何他太重，她力量太小，被他带得膝盖猛地磕在地面。

她本就怕痛，脸顿时扭曲了。

他双手撑地，咬着牙，慢慢地站起来，再伸手去扶她。

回到家里，沈轲让她脱裤子。她知道他没别的心思，乖乖照做。

膝盖红了一片，还渗出血丝，看着骇人。

他蹲在她面前给她上药。

这时她才看清，他的状态有多糟糕：眼底满是红血丝，黑眼圈浓重，下巴生了青茬，嘴唇发白起皮，脸瘦了一圈。

他的力气一下子没把握好，阮季星疼得“嘶”了声。

他立马道歉：“对不起，我轻点。”

“没事，你继续。”

上完药，沈轲给她拿洗漱用品。

她来得匆忙，只带了证件、手机和几件换洗衣物，也是随手塞进包里的。

两人睡同一张床，但他背朝着她，没有晚安吻，也没有拥抱。

阮季星的头越发疼了，浑身发热，翻来覆去地无法入睡。她听见他呼吸匀长，小心地下床，想去找药。

灯突然亮了。

“你还没睡啊？”

他“嗯”了一声，问：“你去哪儿？”

她随口扯：“我上个厕所。”

沈轲注意到她的脸红得异常，摸了摸，也烫得惊人，随即果断给她套上外套。

“我带你去医院。”

虽然理智上知道，如果她感染了，就不会安然出现在这儿，但还是怕。

阮季星拽住他：“不用了，我吃点感冒药就行。”

他敏锐地捕捉到她话中的细节，眉心蹙得更紧，问：“你来之前就发烧了？”

她只得承认。

沈轲翻遍家里的药，要么过期了，要么不对症。他抓起钥匙：“星星，你在家等我会儿，我去外面药店买。”

慌乱、焦虑的模样，都不像他了。

“沈轲，”她叫住他的声音隐隐带着哭腔，“你别这样。”

他的动作骤然停了，胸口微微起伏着。

失去母亲的痛苦，理应不该殃及她，但他连她发烧了都迟迟没察觉。

是，她是得责怪他。

沈轲闭了闭眼，袖下的手指几不可见地颤抖着，等待她的怨言、怒火，或是别的什么。

阮季星轻轻地抱住他，将脸贴上他的背，似叹息地说：“我心疼你。”

阮季星就水吃下布洛芬，睡着已是凌晨。

她有个小习惯，沈轲前不久才发现，天气冷时，她喜欢侧卧，下半张脸缩在被子里，身子微微蜷着。像一朵喜温怕冷的花。

她没有像往常那般喋喋不休地说话，安慰他，逗他乐，仅仅是以陪伴的方式，默默地待在他身边。

他反而更害怕失去她。

沈轲心里明白，阮季星不是他的所有物，她愿意付出这么多，只是因为现在她是爱他的。

正是因为清醒地认识到这点，才有所畏惧。

哪天她不爱了，或是被他伤到了，她也许会离开。

深夜人容易犯点矫情的毛病，跌入情绪的深渊，仿佛被全世界丢弃，悲伤、痛苦、纠结……齐齐涌了上来。

可当他再睁开眼，却隐约听到女生的说话声。

沈轲下床，趿起拖鞋，走出房间。

“好啦，妈，我知道了，我跟领导请了一周假……我早就不是需要人处处照顾的小女孩啦，我可以成为他的倚靠——如果他愿意的话。”

阮季星一面搅动锅里的粥，一面和季曼打电话，没有注意他醒了。

家里许久没人，冰箱里没什么东西，她勉强找出些能吃的食材，向季曼求教。

比起果腹的目的，更主要的是提供情绪价值。她虽不擅长做饭，好歹能为沈轲做点什么。

沈轲望着厨房里的她，在被巨大的悲伤淹没过后，在这个早晨，她展示的鲜活的生命力，仿佛给予了他重生。

他忽然意识到，她平时对身边人的依赖，其实是她爱人的一种手段。

不管男人或女人，不管在何种关系里，都享受被需要的感觉，但亦不可过甚，否则就像蛭虫，令人厌烦。而她展露出来的则刚刚好。

爱上她几乎是他的宿命。

阮季星盛了两碗粥，一转身，被悄无声息出现在那儿的沈轲吓了一跳。

他走过来："还难受吗？"

"烧应该退了，"她仰起脑袋，"你摸摸。"

他低头，用额头试她的额温。

她眨了眨眼。

没有什么旖旎暧昧的氛围，他们就像两只尚未长到能独自面对丛林法则的幼鹿，被迫丢进森林，只能相互依偎取暖。

药效强，一夜过去，不像昨夜那么烫了。

饭后，他盯着她又吃了一次药。

阮季星忽地提议说："沈轲，我帮你刮胡子吧？"

他的胡子长得不快，这几天顾不上清理，生出来短短的茬，摸着有点扎手，因为长相周正，倒也不会显得邋遢。

他个子高她许多，只能坐下，眉眼垂着，由她摆弄。

她很少从这个视角看他，所以也是第一次发现，他原来也有这么脆弱的一面。

她往手心挤出泡沫，打湿他唇周一圈，拿剃须刀慢慢地刮，最后再用毛巾擦干净："好了，你看看，我剃得干净吧。"

沈轲照了照镜子，"嗯"了一声。

阮季星和他并肩站在镜子前，眉眼柔静，还有几分神爱世人般的悲悯："有个说法是，人死后会变成天上的星星陪着我们。其实都知道是假的，但相信，是为了更好地活下去。"

"你知道吗？我昨天还在埋怨我妈，为什么不多撑一会儿，至少等到我有能力回报她的养育之恩。"他说着，眼尾又红了，"但她说，她撑不下去了。她生下我后，何曾快乐过，又何曾为自己活过。"

"不是的。"她摇头，抓住他的手，用力地扣紧，"赵阿姨以前经常和我妈提起你，所以你来我家之前我就知道你了。她说到你的时候，她总是在笑的。你仔细想想，你没有给她带来过快乐吗？

"也许你懊悔、愧疚，但世间事不是非此即彼的抉择题，也没有谁来给你我的一生评分。对赵阿姨，对我来说，你是万分重要、不可替代的，没有人可以否定你的存在，包括你自己。

"沈轲，没了任何人，哪怕没了我，你依然要像 R136a1 星球一样灿烂，耀眼。我也是。"

宇宙亘古不变的本质就是孤独。

大多星星都是独自在真空中流浪、运转。
人也是。
星体的形成、爆发、陨落，自有它的定数，她想告诉他的是，除了要接受另一个天体的消失，也要抵御它带来的能量波动，然后继续完成自己的生命周期。
沈轲怎会想不明白这些，但他将脆弱袒露给她，便表明，他在向她求救。
他需要她的爱。
而阮季星再一次将他于暗渊里拉上来。

沈轲本就不是活泼开朗的性子，经历母亲逝世，更是沉默。
但他也没空沉湎于悲伤，他要办很多手续证明。中国人讲究落叶归根，他还要带赵若华的骨灰回家乡，举办丧礼。
他们离乡多年，赵若华的亲人很少，这些年也不怎么走动，更别提那些远方亲戚，见到沈轲都十分惊讶。
“你都这么大了？跟你妈妈长得还真挺像。”
“你讨媳妇了？怎么没叫我们去吃喜酒？”
…………
沈轲每天要应付的，就是四方八面的八卦、寒暄、慰藉，还有他全然不了解的当地丧葬习俗。
阮季星也还是个未毕业的学生，她哪应付得了。
幸好他有个姨婆搭了把手。
姨婆是赵若华的小姨，她年轻时与沈轲外婆的关系很好，但随着长大后各自成家，渐渐地，来往便少了。她念着姐妹旧情，收拾了一间客房给他们，还帮着沈轲操持赵若华的丧礼。
连着好几天，沈轲每日都没睡足四个小时。
下葬日，寒流离去，天放了晴，他绷着的一股劲松下来，人倦极，靠着阮季星睡过去。
她与他没有结婚，算不得他的家人，但她陪着他，没少忙活。
知道他累，她没叫醒他，握着他的手，合上眼，不知不觉地也睡着了。
其他人见两个小年轻如此，不约而同地默默离开，为他们留出一片无人打扰的空间。

阮季星醒来，沈轲不在旁边。
她浑身酸痛不已，边活络筋骨，边寻他。
没想到，看见他和沈长林面对面坐着。
正好姨婆也在，阮季星问她：“沈轲爸爸怎么来了？”
姨婆冷哼一声，道：“一日夫妻百日恩，人都下葬了才想起过来，有什么用。”
“他爸爸以前人就不好吗？”
“若华婚礼我是去了的，那时人人称赞他工作好、老实本分，后来谁想得到，他爱上打牌、喝酒，性情大变，结果就闹出那事。”

阮季星知道她指的哪件事。

姨婆说："人啊，刚认识几年，怎么看怎么好，等到他不愿意装了，就暴露本性了。"她压低音量，"小阮，你还年轻，多考量考量，万一小轲跟他爸一路货色……"

点到即止。

阮季星沉默了一会儿，笑了笑："我知道人心易变才是世上唯一不变，也许我变心在他前头，又或者有别的变故拆散我们。"

姨婆愣了下，跟着笑了："也是，你们现在的年轻人主意大得很，我们这些老太婆是跟不上趟咯。"

"但姨婆您为什么不向着沈轲？"

她对他们才是实打实的外人。

这姑娘心思灵巧，大方不怕生，长得又漂亮，姨婆跟她颇为投缘，跟她聊起旧时的事。

待沈轲他们结束，阮季星也听完了故事。

"姨婆，这几天辛苦您了，我和星星先走了，往后有机会再拜访您。"

"等一等。"

姨婆收拾了两大袋吃食，叫他们拿回去。

她对沈轲还是有作为长辈的心疼，天南海北的，说是等有机会，到她百年之前，也未必能再见着面了。

他们推诿不掉，带上车。

阮季星回头望了一眼，问沈轲："你爸和你说什么了？他是不是还想找你麻烦？"

"他来看我妈的。"

沈轲没有说的是，他还打听了赵若华的遗产。

沈长林这几年不知在做什么生意，赚过，也赔过，人却一下子像老了七八岁。

他还做着东山再起的梦。

"若你死后无人收尸，我便替你埋骨。除此之外，今后你再别联系我。"

沈轲没有心存唤醒他良知的幻想，一个已被酒精、贪欲伤了脑子和精神的人，没法救。

"从我妈咽气的那一刻起，我纵是做这世上的孤魂野鬼，也不会认你作父亲。"

沈长林的生死，沈轲丝毫不在意，这几年断断续续给他的钱，足以买断他们的父子关系。

"你如果不想拿你的残生赔我妈的命，就当没我这个儿子。"

他很平静，而出乎意料的是，沈长林也格外安分。

或许是他意识到，赵若华没了，他和沈轲之间唯一的纽带也断了。

相较于亲耳听到医生宣告死亡时间时的钝痛，沈轲现在的心像是被抽空了，什么感觉都没了。

而阮季星的声音唤回了他的神魄，叫他不至于成了木偶人。

她牵着他的手，一下一下地摩挲着，和他说起姨婆这些年的遭遇。

姨婆二十岁结婚，没过几年，丈夫死了，带着女儿改嫁，又生下一儿一女。后来，她无法忍受第二任丈夫的脾气，决定离婚，独自把孩子抚养大。

“姨婆告诉我，结婚、生育面临的风险不亚于赌博，幸好她的孩子比较争气。”

阮季星说：“我觉得吧，有阳面，就得有阴面，反之亦然。因为经历过苦痛、落魄、悲伤，才会珍惜幸福，否则幸福将一文不值。”

他看着她，一如既往地目不转睛。

也许，他们的人生还将遇到很多别离、错过、落败……就像天气，像潮汐，像日升月落，一切都是交替变化的，但你知道，台风会离开，潮水会退下，太阳也会升起。

她说，沈轲，未来有很多幸福在等着你。

第十四章 毕业快乐

回A市后，还是继续上班，顺便准备论文开题。

闲暇时间，两人一块儿逛超市，在家看电影，偶尔去外面餐厅吃饭。

“两颗星”有一段时间没更新，阮季星一登上去，不少人私信问：星星，你们是不是分手了？

她想了想，发了一张两人牵手散步的照片，说前不久他亲人离世，他心情不好，就没有拍视频。

他后来刷到她这个帖子，说：“你可以继续拍。”

她摇摇头：“没关系，这个号只是我心血来潮的产物，专注现实生活更重要。”

其实就是顾及他。

沈轲现在格外黏她，黏到什么程度呢？如果她一个上午没回他消息，他中午一定会拨个电话过来，晚上也要等她上床，他才睡。像是得了分离焦虑症。

阮季星所在的部门人员不多，实习生加上她一共就两个人，也是个女生，叫小郭。那天，领导应酬带上了她俩，说是带她们长长见识。

她和沈轲说了这事，让他晚上吃饭不用等她。

R136a1：好，别喝酒，注意安全。

寄星：好的，乖乖在家等我，记得好好吃饭，打扫卫生，我回来检查。[亲亲]

R136a1：Yes，sir！

小郭看她笑着发消息，问：“你男朋友啊？”

阮季星收起手机：“嗯。”

小郭好奇地问：“你们谈了多久呀，感情还这么好。”

“到明年三月就满三年了。”

不说还不觉得，阮季星才发现，他们居然恋爱这么久了。

“久处不厌”这个词，放在他们身上其实不太合适。

她烦过沈轲，也生过他的气，因为两人的性格实在南辕北辙，或许，主要是靠惯性维持着感情。

和他／她在一起的惯性，想和他／她分享喜怒哀乐的惯性，和他／她牵手、拥抱、亲吻的惯性……

不知不觉，就快三年了。

小郭听罢，露出羡慕的神情：“真好。”

阮季星笑了笑，又说：“我记得，你之前说你是不婚不孕主义来着。”

“不想谈恋爱和不想结婚是两码事，我还想尝尝跟男人亲嘴啥滋味呢，我有时候都恨自己是个直女。”小郭碰碰她，“哎，你初吻有什么感觉？”

阮季星小声和她交流经验：“毫不夸张，像被电了，浑身麻麻的，但是现在就没有了。”

“跟我喝楼下那家卡美罗拿铁一样，第一次惊为天人，后面觉得也就那样。”

阮季星得出结论：“所以，得时不时换个新口味。”

小郭接话：“你也可以换个新男朋友。”

两人笑完，又聊起今晚的应酬。

她们没经验，不知道会碰到什么事，最后商量出一句废话：到时见机行事吧。

部门一个副经理、两个业务骨干，捎带她们俩，先去吃饭，对方也有好几号人，虽在闲侃，但对她们这种新人的压力也很大，尤其是上酒之后。

一个颇为滑头的男人拎着酒瓶，倒了一圈，来到阮季星这儿。

她想也没想，直接说：“不好意思，我喝不了酒。”

“哪有出来应酬不喝酒的？”男人将手搭在她肩上，“不过你们小姑娘嘛，初出茅庐，少喝点也行。”

话落，他不给阮季星拒绝的机会，兀自往她杯里倒了半杯。

“就这么点儿，能喝吧？”

其他人大概也觉得没什么，无人帮她说话。

阮季星往内收了收肩，避开他的手，说：“对不起啊，我一杯倒的酒量，我还是喝饮料吧，谢谢。”

此话一落，场上瞬间安静了两秒。

旁边的杨副经理飞来一记眼刀，像是怪她不识相。

一个同事姐姐打圆场说：“小阮还是没毕业的学生，刚出来实习，喝不了也正常。陈总，您别跟小姑娘计较，我陪您喝。”

被叫“陈总”的男人冷哼一声，就坡下驴，否则他再揪着不放，就是斤斤计较了。

饭毕，去 KTV 续摊。

阮季星腹诽：一群这总那总的，居然还喜欢 K 歌啊。

很快，她发现自己错了。

包厢十分豪华，坐十几个人绰绰有余，酒水饮料一打一打地送上来，与此同时，还有几个身形曼妙的女人。

阮季星瞪大眼：这么明目张胆的吗？

她和谢晓羽她们来过这家 KTV，因为环境干净，处处贴着禁黄禁毒的标识，以为是正规经营的场所。

原来不是没有，只是藏在水下。

当然，他们不敢做什么太过分的事，但那画面实在算不得雅观，甚至有种《西游记》里，一群妖怪兴奋地围着被抓来的唐僧的感觉。

阮季星和小郭面面相觑，不约而同地在对方眼里看到了三观受到冲击的震撼。

她越发如坐针毡。在她思忖着如何找借口脱身的时候，那个陈总又盯上了她。

他喝了不少酒，脸红得像花果山猴子的屁股，还惦记着被她拂面子的事，叫她唱一首。

“你不是大学生嘛，喝酒喝不了，歌总唱得了吧？”

阮季星依然不为所动：“我唱歌跑调，太难听了，就不献丑了。”

男人猛地将话筒往桌上一砸，声音尖锐刺耳：“还大学生呢，喝酒喝酒不会，唱歌唱歌不会，你当自己是千金大小姐？”

“陈总，您醉了吧，这么大火气。”

“不过我说，杨经理，你们公司招的什么人啊，这么不通人情世故。”

杨副经理赔笑说：“是是是，回去我就好好教育她。”

“不好意思，”阮季星站起身，“我身体有点不太舒服，先走了。”

小郭见阮季星都走了，更不知所措，一狠心，收了包跟上她，说：“你不会真像电视里演的，大小姐来体验生活吧？”

阮季星好笑：“什么啊，我就一普通人。”

“那你也太刚了吧，你不怕丢工作啊？我在旁边看着都心惊胆战的。”

小郭说的时候还心有余悸。

阮季星反问道：“你怕的话，怎么还跟着我一起走？”

小郭也不傻：“就我们两个软柿子，你走了，我不就惨了？”

阮季星说：“你看吧，连你都知道软柿子好捏，他们那些人更是了。”

“就是没想到把你捏爆，溅自己一身汁。”

“我妈跟我说，你不拒绝，别人就以为你好欺负；你不争取，机会就会落到别人手里。我明确说了我不要，他非逼我，就是他的问题，我凭什么为他的错买单？”

小郭说：“冲你这番话，我就觉得你一点儿也不‘普通’。”

阮季星想到很多，最后浓缩成一句：“可能是因为我幸运在，爱我的人给了我不讨好的勇气。”

从 KTV 出来，小郭问阮季星怎么回去。

阮季星搜着路线，听到一声：“星星。”

她抬头，还以为幻听了，却真真切切地看见沈轲走过来。

“你怎么来了？”

她没让他来接她啊。

“想早点见你。”

他对她身上的味道很熟悉，多出一丝烟酒气他都能察觉得到：“你喝酒了？”

阮季星皱着脸：“别提了，里面乌烟瘴气的，我受不了就走了。”

她挽着他，为他们互相介绍：“这是我男朋友，这是我同事。”
沈轲略一颔首示意。
小郭说：“星星，你男朋友本人比照片更帅哎。”
阮季星：“还行还行，就是我养得好，皮毛顺滑、膘肥体壮的。”
沈轲斜着眼睛睨向女友，揉了把她的脑袋，算是对她形容他是狗的抗议。
小郭走后，沈轲牵着阮季星去他停车的地方。
她张望了下：“你骑你的小电驴来的？”
“你想被风吹歪脸？”
她有点遗憾：“就是突然怀念在学校的时候，你载着我转悠。”
沈轲一顿，看着她：“刚刚受委屈了？”
她咋舌：“你这都能听得出来？”
“不然我凭什么当你男朋友？”
嘁，还挺骄傲的。

阮季星把晚上的事说了，总结陈词：“我可能要被开了。”
“开就开吧。”他语气不以为意，“你实习证明已经盖完章了，再找新的，或者专注写论文，都随你便。”
“我要是毕业之后丢工作，又找不到合适的呢？你养我啊？”
“你想让我养你吗？”
她掐了他一把：“是我问你。”
“我说养，你肯定嗤之以鼻——‘嘁，我这么有本事，才不要你养呢。’我说不养吧，你估计就会说，”沈轲模仿她的语气，“‘连句好听的话都不说，男人果然靠不住。’”
她瞪他：“我有这么作吗？”
他拉开车门：“你可以更作一点，你知道的，我的荣誉，就是得到女王陛下的青睐。”
阮季星十分受用，坐上去后，才发觉不对劲：“这不是程世镜学长的车吗？你怎么还开着？”
“他送我了。”
程世镜的车多得开不过来，这辆都没上过几回路。
她咂了下嘴：“用一辆车换你给他卖命，不知道该说他太大方，还是太会算计。”
“反正我们有辆车会更方便点。”
“你决定好了，毕业后留在 A 市？”
沈轲淡声说道：“没有，你去哪儿我去哪儿。”
他已经没有家了，他要去的，就是她在的地方。
阮季星心念一动，凑过去，“吧唧”了他一下，软声说：“等以后我有钱了，我养你。”
“渣女，”他笑骂，“你可没少跟谢晓羽说这种话。”
他也不是偷翻她聊天记录，她喜欢靠着他玩手机，他多少会瞥到几句。
她随口说：“我变富婆之后要娶几房，我自有打算，你别管。”

沈轲解了刚系上的安全带，单手扶住方向盘，另一只手钳着她的下巴，不叫她有逃的可能，不由分说地吻住她的唇。

她被亲得晕晕乎乎，想不起几不几房的，反而回忆起“新花样”的事。

在密闭狭窄的车厢内接吻，倒是第一次……

毋庸置疑，阮季星挨骂了。

虽然她的脑海里过了无数遍“摘下工牌，砸在经理脸上”的泄愤动作，但最后也只是为自己辩解了一句没什么力度的话：“我没错。”

“你没错？”

杨副经理的声音骤然拔高，似乎在企图用音量震慑她，但显然，这是一个很无能的做法。至少，阮季星没有如他所愿，露出怯懦惭愧的神情。

“客户至上没人教你吗？你一个实习生，叫你做什么你都不做，请你来供着的吗？规则不是你说了算的，你要真这么有本事，去坐CEO的位置啊。”

杨副经理并不算她的直辖领导，负责带她的，是昨晚帮她圆场的同事姐姐。但他似乎认为，她驳的是整个公司部门的面子，今天她一到公司，就把她叫到办公室。

隔着玻璃墙，外面的同事都听到了。众人心思各异，但大多数选择明哲保身。

在他四处喷射的唾沫星子里，阮季星咬了咬下唇，说：“我是新人，但我也是个女生，凭什么被那姓陈的摸肩、灌酒？

“这不是规则，是你们用来PUA的话术，没有任何一条法律条例里写‘应酬必须陪酒作乐’，相反，强迫他人饮酒违反《民法典》第一千一百七十九条的规定。”

昨晚她就打好腹稿，她那么个性子，怎么可能老老实实等着挨骂。

她一口气说完：“我的本职工作从来都按时按质地完成，工资是公司发给我的，不是你，现在也是我自己不干了，不是我被你开除。”

杨副经理眼睁睁地看着她摔门出去。

阮季星跟同事姐姐说：“姐，我会完成手头上的工作再走。”

同事姐姐神色复杂，把她叫到没人的地方，问：“小阮，你有没有想过，职场不是你可以由着性子来的地方？”

“我知道，人走出社会，会有很多无奈，不得不忍气吞声，甚至忍辱负重，但‘忍’字是心上一把刃，我不想让我的心受委屈。”

“果然是年轻人，想法总归有些理想主义。”同事姐姐笑了下，“我生完孩子再出来工作，碰到傻×领导，想辞职，我婆婆不让，结果就干到了现在，我孩子今年都上幼儿园了。”

阮季星小声问：“是杨副经理？”

“那倒不是。你别看他好像没什么能耐，他最会向上管理，不然也不会被提拔上去。”

这几个月，同事姐姐教了阮季星不少东西，昨晚也只有她出面说话。

可她这番话，并不代表她支持阮季星。

阮季星的语气低了下来：“人在这样的大环境下，终究没办法做自己吗？”

人是适应性动物，无可避免，会受环境影响。

是不是也就意味着，她未出象牙塔的想法，真的只是“理想主义”？

她有点怀疑长大的意义了。

“你看过《熔炉》吗？里面有一句台词是，我们一路奋战，不是为了改变世界，而是为了不让世界改变我们。”同事姐姐拍了拍她，“不是不能，但是很难，或许要付出多几倍的努力和代价，我倒是希望你能做到。”

那样就能证明，这个世界也没那么“操蛋”。

阮季星下午办理完手续，收拾了东西回她和沈轲的小家。

她睡了一觉，醒来时屋子里一片黑。她摸到手机，看了眼时间。

他还没下班吗？

她披上外套，去厨房给自己倒了一杯水，看他给她留的言。

R136a1：今晚和程世镜有饭局，如果很晚回，你就先睡，不用等我。

R136a1：给你点了饭，预计 18:30 到。

现在恰好是六点半。

阮季星正要回消息，外卖电话就进来了。

她拿到餐，是那种很精致的小分量菜，都是她爱吃的。

寄星：醒来就有饭吃，我男朋友真好。[亲亲]

R136a1：[吃饭中.jpg]

寄星：你们吃的什么？

R136a1：[图片]

寄星：好丰盛哇。

寄星：昨天晚上我都没胃口吃饭，白瞎一桌大餐，你今晚替我吃回来。

R136a1：我再去借个胃，多打包点。

寄星：噫！你好恶心。

R136a1：那回家给你吃别的。

寄星：你不要脸！！！

三个感叹号才足以表达她的愤怒。

R136a1：[？]

R136a1：你以为我说什么吃的？嗯？

三个问号，像是真无辜。

阮季星自知想歪了，但也不可能告诉他，发了句“我吃饭去了”，就没再理他。

饭后，她去 A 大操场散步。

校园是永远不缺新鲜血液的地方，打球的，夜跑的，唱歌的……灯光之下，是一张张陌生而年轻的脸。

分明还没毕业，她莫名生出离开之后才有的缅怀之感。

听见有人叫她，阮季星回头。

“嗯？戚姐。”

早已过了立冬，戚蓝却只穿着薄款冲锋衣，敞着，没拉拉链，里面是件T恤，脸颊有点红。

“你刚跑完步吗？”

“嗯，随便跑两圈。”戚蓝手里拎着水瓶，朝阮季星走近，“你一个人？沈轲呢？”

“他在忙。”

很自然地，两人并肩而行。

戚蓝问：“你实习怎么样？”

“还行，事情不算多，但我今天辞职了。”

“如果有人让你不舒服，辞了也好。”

阮季星惊讶：“你怎么知道？”

谢晓羽正值最后的冲刺阶段，她们最近很少聊天，这事她就只和沈轲说了。

戚蓝说：“猜的。”

阮季星撇撇嘴：“你们一个两个的，搞得我很容易没隐私啊。”

“毕竟在一起生活了那么久。”

“可我感觉，晓羽还没你了解我呢。”

女生的友谊虽不分高低贵贱，也有亲疏之别。四人经常有集体活动，但平日里，戚蓝很边缘化，而阮季星和谢晓羽走得最近。

奇就奇在，戚蓝经常能精确地猜中她的行为逻辑。

沈轲就算了，他是喜欢她，在她身上花心思多，戚蓝怎么这么了解她？

戚蓝说：“因为我总是旁观，没参与你们。”

阮季星想想觉得也是，旁观者清。

“所以是谁惹你了？”

阮季星将这两天的迷茫说了：“其实我也不知道我想成为什么样的人，我只说得出来，我不想这样、不想那样，事到临头了才想着解决，而不是未雨绸缪，会不会显得我太没主意了？”

戚蓝反问：“你以为每个人都有很明确的人生规划吗？”

“沈轲、班长、你，你们都清楚要往哪个方向走。”

戚蓝：“你自己说，那些所谓的‘规则’是PUA你的话术，你怎么还会这么想？”

阮季星不解地眨了眨眼。

“要不要有方向、该不该有规划，是那些鸡汤大师考虑的事，你按照自己想的做就好，比如把鸡汤倒了。”

阮季星突然笑了。

戚蓝问：“你笑什么？”

“就第一次发现，原来你还会一本正经地玩冷幽默。”

往日认识的她，只有“冷”。

阮季星又有些遗憾：“但我还没来得及认识你更多面，就要毕业了。”

戚蓝默了默，说：“会有机会的。”

阮季星笑道：“那毕业以后，你可得多联系我。”

戚蓝"嗯"了一声。

"可能是因为离毕业越来越近，和同学的关系越来越远，我对未来有点茫然，也怀疑自己。不过你说得对，即使情随事迁，最最要紧的，是爱我自己。不喝别人灌的酒，只唱自己点的歌。"

戚蓝看着她独自激昂，像热血少年漫画里的角色，淡淡地笑着，没有说话。

阮季星回了家，洗漱完，又看了会儿论文文献，一转眼就十一点多了。

沈轲第一次这么晚还没回家。

刚想问他，门口响起插钥匙的声音。

门外那人似乎一直插不进钥匙，带着一点急躁的力度。

她听得浑身发毛，拿上辣椒水和晾衣杆，小心走到门口，踮起脚从猫眼往外看。

竟是沈轲。

她连忙拉开门。

门外的男生愣了一下，扑到她怀里，蹭着她，喃喃低语："星星……"

他背后的程世镜说："我说我来帮他开，他非不肯，也不让我敲门，说会打扰你睡觉。"

阮季星抱着赖着自己的人，费力地说："谢谢学长送他回来。"

程世镜说："也不知道他今天怎么了，替我把酒都挡了，我开玩笑问他是不是缺钱要找我借，他说他只想多赚点。"

阮季星一怔。

沈轲没有酗酒的毛病，甚至因为他父亲的事，平时滴酒不沾。

她忽地想到她昨天说"你养我啊"。

他当时打马虎眼，没给正面答复，结果现在又不跟她说，把自己喝成这样。

他不是谈恋爱会说甜言蜜语，把女孩子唬得心花怒放的性格，他永远是行动大于言语的人。"我养你"太像一张空头支票，他的行动就是拼命赚钱。

真是……

阮季星又道了一遍谢。

程世镜走前笑着提醒了她一句："这小子醉酒之后格外黏人。"

很快，阮季星就知道他什么意思了。

没见沈轲喝醉过，她不太清楚怎么照顾他，试探地问他要不要喝醒酒汤，他摇头。

"有没有哪里不舒服？"

他摇头。

"你先去洗澡，早点睡觉，好不好？"

他还是摇头。

她的太阳穴突突地跳，渐渐没了哄人的耐心："那你要干吗？"

怕她走了似的，沈轲收紧胳膊，搂住她的腰不放："我要和你在一起。”

阮季星去给他热牛奶，开火的时候，他还提醒她：“小心烫。”

看来他也没完全醉糊涂，只是被酒精放大了潜意识。

她扶他去房间，扒了他的衣服，才准他躺上床。

一时不察，他的头“嘭”的一声撞到床头。

她忙扶着他的脑袋查看：“没事吧？”

沈轲含糊地应：“嗯。”

男生眸子蒙蒙眬眬的，似有水光，倒映着暖黄灯光，像上等金曜石，漂亮极了。

大抵因为她趴在他身上，盯着他的时间有些长了，他忽然开口：“星星，你是想睡我吗？”

阮季星又气又好笑，打了他一下：“人撞傻的我可不要。”

她起身，想去拿毛巾给他擦脸，又被他拉住。

他的气息有些粗重：“我给你睡，你别不要我，我只有你了。”

自他母亲去世后，他心底的不安，她感受得到。她以为他是需要人陪，没想到他居然害怕被抛弃。

她大概很难对他的无助感同身受，她的朋友、亲人都还在身边，没有到失去谁活不下去的地步。

但他不一样。

这个世上，他最爱的、最爱他的，只有她了。

在白头偕老已成传说，爱情至上遭人唾弃的时代，爱她，是维持他生命体征的事。

阮季星亲亲他的唇角，给颗甜枣再打巴掌：“睡什么睡，你现在能行吗？我不走，你老实点，等我回来。”

他身体沉甸甸的，提不起力气，只能看着她离开房间。

她拿了热毛巾和漱口水来，他强撑着配合她，之后彻底昏睡过去。

每次做完，都是他给她清理身子，她躺着，心安理得地享受他的伺候。角色互换，她才知道这么累人。

也亏得他无数次的不厌其烦。

阮季星给他盖好被子，熄灯睡下。

第二天，半睡半醒间，阮季星感觉有人在亲她。

她睁开眼，男生像只幼狗崽，伏在她身前舔来咬去。

“大早上的，你发什么情？”

“你不是说我不行吗？”他用牙齿不轻不重地厮磨着，控制在叫她动情而不伤她的力度范围内，“让你看看我行不行。”

…………

于是，她被迫接受他的自证，还是两遍。

沈轲洗了个澡，倒是神清气爽了，累得不想动的人变成她了。

他在床边蹲下，叫她：“星星。”

她没好气：“干吗？”

阮季星小时候有不小的起床气，轻则不耐烦，重则发脾气。他周末要给她辅导功课，但她一直赖床，不得不叫她，没少挨她骂。

她这毛病被高中生活磨平不少，主要是今天他折腾得太狠，没气也有气了。

“你转过来。”

在他的坚持下，她不情不愿地翻身，面朝他，眼睛掀开一条缝。

“昨晚就要给你的，结果忘记了。”

沈轲手里拿着冷透了的鲷鱼烧。

很廉价的小吃，但并不常见，只能是他特意去寻的。也只有他们彼此知道这玩意儿的特殊意义。

刚谈恋爱那会儿，她明明没喝酒，但人玩得醉乎乎的，用衣服包着带回来，当作生日蛋糕为他庆祝。

阮季星问：“是不是那个时候我给你过生日，你就对我死心塌地了？”

他摇头，但也没说具体时间。

她又问：“你知道我对你是什么时候吗？”

他猜：“‘520’卖花，把手机摔了那天？”

“早一点点。”她比了个手势，“你穿着王子服和路人拍照，人很多，有个小孩撞到你，你把他扶正，说‘小心点，别戳到自己了’，因为他手上拿着糖葫芦。”

他都没印象了：“就这么一件小事？”

“我不是男生对我好，只对我一个人好，我就喜欢他啊。”

她说：“我喜欢的，是本来就很好的你。”

沈轲摸了摸她的头发，没说话，改蹲为半跪，手肘撑着自己，低下头和她接吻。

别人单膝跪地是求婚，而他是为了吻她。

她想到一段歌词，网上用到滥俗，但太符合当下的他们——

> 他们住在高楼
> 我们淌在洪流
> 不为日子皱眉头
> 答应你
> 只为吻你才低头
> …………

阮季星半边脸压着枕面，闭上眼，圈着他的脖子，耳边有轻微的、唾液交换的声响。

他最后在她唇上啄了几下，低低地问：“继续睡还是起床？”

“想吃鲷鱼烧，热一下还能吃吗？”

“吃一点应该没关系。”

她张开手臂，他笑了笑，将她从被窝里抱起来。

阳光从窗户照进来，在地面投下两个交叠着的人影。

谢晓羽考完研，恰巧阮季星也辞了职，叫上冯清莹、戚蓝一起去旅游。

谢晓羽惊奇：“戚姐答应了？”

阮季星说：“对呀，她说她可以请几天假，再凑上元旦假。”

戚蓝在一家大厂实习，待遇不错，薪资按工作天数计，少上几天班，便少赚几天钱。

为了摆脱原生家庭的束缚，她前三年都是靠做家教挣生活费和学费，虽谈不上拮据，但也因此对娱乐兴致缺缺。

出门旅行，不仅得扣钱，还得花钱，怎么也不像戚蓝会做的事。

谢晓羽咂了咂嘴，若有所思，没说什么。

这次行程路线由冯清莹定，她们习惯宿舍里的事由她主导了。但转变的是，她现在会听她们的意见，而不是独裁。

群里，谢晓羽和冯清莹讨论得热火朝天，戚蓝只发了一句“我随意”。

而阮季星正在一件件挑衣服。

沈轲坐在床尾的春凳上，看着她丢了满床衣服：“明早再收拾不是也来得及嘛。”

她们是后天一早的火车，她明天回宿舍住，好一块儿出门。

关于这件事，他有不小的怨气——她为什么不带他一起？

阮季星的理由是：“我们四个女生，你一个大男人，你在不方便，叫上唐天和的话更不方便。”

“有必要去十天吗？”

“路上就得花两三天，等到毕业时去，景点都是人，还不如趁现在是淡季玩个尽兴。”

“那为什么不坐飞机？坐将近一整天的火车会很难受。”

他坐过，所以他知道，不理解她为什么愿意受这种苦，他们又不是没钱。

“飞机票得提前订才划得来，我们也就是这两天决定的，晓羽和戚姐预算不够嘛。”

沈轲彻底偃旗息鼓。

她“抛夫弃家”和室友去旅游的事已板上钉钉，结果临行前两人独处的最后一晚，她又忙于收拾东西。

“你帮我拿一下我抽屉里那串小花项链。”

阮季星在镜子前试穿搭，色调鲜亮的裙子，得配浮夸点的首饰。

他找出来，递给她。她比了比，颇为满意，这才想起没回他的话：“你刚刚问我什么来着？”

像是无可奈何了，沈轲恹恹地耷拉着眼皮，唇角也是向下的：“算了，没事。”

阮季星放下东西，坐过来，挠挠他的下巴：“小轲轲有情绪了？跟我说说，怎么了呀？”

“……你逗狗呢？”

“哎呀，以后就很难和班长她们聚了，但我们不是会一直在一起嘛，几天而已，很快就过去了，不要不开心，嗯？”

听吧，只要她想，她还是很会哄人的。

他不得不怀疑，假如她哪天做了对不起他的事，她说几句软话，他就会无底线、无原则地原谅她。

见他脸色稍霁，阮季星将挑出来的衣服塞到他手里：“帮我叠好。”

得寸进尺才是她的本性。

沈轲很小就迫于生活，学会自己照顾自己，又受勤劳的赵若华影响，做家务方面的能力远胜于她。

叠衣服这种小事，他都能做得令她赞叹不已。整齐不说，同样多的东西，他收拾出来的，就是比她硬塞的占地小。

他还将她买的维生素、钙片、鱼油等分装了十天的量，她去陌生地方容易睡不好，褪黑素他也准备了，提醒她放在包里，记得吃。

在别人看来，伺候她估计是一件极其烦琐的事，但他仍旧跟小时候一样，把她当主家大小姐，耐心且周到地做这一切。

阮季星以前情窍未开，现在真觉得，他就跟她的童养夫似的。

还是个很帅的童养夫。

啧，她赚大发了。

坐在床尾凳上旁观的人成了她，眼看他将行李箱的边边角角都塞满，说：“我提不动怎么办？”

旅行当然轻便一点更好，但他这架势，是恨不得把自己也塞进去。

她狐疑道：“你别是在报复我不带你去的仇吧？”

沈轲人还蹲着，矮了她一截，睨向她的气场却不弱：“我有那么小心眼？”

“谁知道呢。”她无所谓地耸耸肩，“毕竟某人之前有很多拈酸吃醋的前科。”

他双眸一眯，未出一言，带给人的压迫感已成倍增长。

“我错了，我错了。”

阮季星这会儿倒有眼力见了，忙不迭往床上爬。

沈轲攥住她的脚踝，起身，单膝压着她的腿，控制她如按住案板上的鱼一样轻巧。

半个小时后，她咬牙切齿地说：“你就是在报复我！”

“是，又怎样？”他慢条斯理地吻她微微汗湿的颈后，指腹流连在她的腰窝，声缓音低，“你报复回来？”

她忘记了，沈轲讨人厌的时候，也是分分钟让人想撕烂他的嘴。

一直没有得到回复的冯清莹在群里问：星星呢？要有意见的话，还来得及改。

谢晓羽：春宵苦短，我们别打扰她了。

寄星：已阅，批准。

谢晓羽：年轻就是好，这么久才完事哦。

寄星：啰唆，赏一丈红。

冯清莹：行，那就暂时这么定了，到时再根据实际情况调整。

谢晓羽：OK！

戚蓝：好。

阮季星又没了动静。

旅行途中，阮季星拍了很多视频和照片发在家庭群里。

季曼和阮正荣特别捧场，夸她会拍，夸她漂亮，又问她吃的什么、到哪儿玩，情绪价值给足。

为了省钱，她们四个人只订一间标间。在宿舍里，谢晓羽就和阮季星挤过一张床，在熄灯后看电影，她俩当然不介意，倒是戚蓝，用谢晓羽的话来说就是："戚姐，你的样子像嫁给一个陌生男人，第一天同房。"

拘束且不自然。

阮季星已经洗完澡，掀开被子钻进去："戚姐，我跟你睡吧。"

戚蓝没说好与不好，余光瞥到她躺着玩手机，似正在给谁发消息。

"沈轲？"

阮季星随口应："嗯哪。"

她这个恋爱谈得很有边界感，几个女孩子待在一块儿的时候，她不会跟他通语音、视频。要不是谢晓羽喜欢八卦，她们也很少从她口里听到有关他的事。

她长得有一种可远观而不可亵玩的疏离感，与她交谈又会发现她不端什么架子，仿佛很好相处，待时间稍长，和她能够建立稳定、亲密关系的人却寥寥无几。

至热情至冷淡，至亲至疏，奇异地集于她一身。

戚蓝几乎没有主动打听过她和沈轲恋情的细节，只是谢晓羽爱在宿舍里咋呼，很难不听到。

一开始，她以为，沈轲那种桃花运旺的人，与阮季星无法长久，哪料想一晃到今天。

阮季星打了个哈欠，眼睛有点睁不开了。谢晓羽在隔壁洗手间叫她："星星，我忘带洗面奶了，用你的可以不？"

"你用呗，白色那支旅行装。"

趁此机会，戚蓝不动声色地往旁边挪了点。

可能是因为习惯挨着人睡了，阮季星又往她那边靠。

直到把戚蓝逼得快掉下床。

戚蓝忍不住开口："你干吗非要贴着我？"

"你身上暖和。"阮季星吸了吸鼻子，"还香香的。"

她说这话的时候，像只没有攻击性的、憨萌的小动物，令人担忧，她进了大自然多么危险。

所以显得戚蓝格外狠心："别和我睡得太近。"

阮季星撇撇嘴："行吧。"

明明在外面玩了一天，都困得不行，关了灯之后又聊得火热。

第二天早上起不来，然后为了赶行程，路上变得仓促。

这种情况在之后的旅程发生了几次，她们还因此起了摩擦，一度要吵起来。

谢晓羽嫌太累，冯清莹说她们睡得太晚、太磨蹭，阮季星抱怨旅行跟做任务一样。戚蓝因置身事外，也被吐槽事不关己高高挂起。

回 A 市时，四个人都不愉快。

阮季星一面想，为了省钱坐火车，何必呢；一面又想，要是她有钱，直接帮她们包了。

越想越不高兴。

沈轲开车来车站接她们，见她们一路没说话，回了家，问："你们吵架了？"

阮季星用脚脱掉鞋，把自己丢到沙发上，说了这些天的事。

"我就不当判官了，说不定你们过两天又和好了。"

"你还说风凉话。"她朝他扔了个抱枕。

他单手接住，放到一边，走过去，将她抱到腿上，理性地分析："友谊走向终点，往往不是大吵大闹，而是无声无息地淡了、断了。这些矛盾的根源在之前就存在，不过是因为一次旅游爆发罢了，但本质上是脾性不合，而不是原则性问题，如果你们愿意，想修复的话也很容易。"

她赌气地说："我怎么知道她们愿不愿意。"

沈轲拿她手机，挑了一张合照发朋友圈，配文四个女孩的 emoji 表情。

"不 P 图发朋友圈是死刑你知道吗？"

阮季星夺回手机，结果发现他设置了仅她们可见，吐槽道："你可真土。"

这时，冯清莹她们都点赞了。

"这不是愿意吗？"沈轲掰过她的脸，"你的友谊危机解决了，是不是该处理一下这个了？"

他牵着她的手往下摸。

她无语："什么都没做你就……"

"太想你了。"他含着她的唇，啧啧有声，边拉下她的外套拉链。

她分神瞥了眼消息界面，尽职尽责的班长才结束旅行，便在群里转发了学校通知。

他不满："手机比和我接吻有趣？"

阮季星这才回过神，胸衣搭扣不知何时被他解了，肩带松松垮垮地挂在肩上。

"以前我有个朋友家里养了一只狗，每次她回家，它就跑过去冲她摇尾巴，转圈圈，非要她摸脑袋，你就跟那狗似的。"

被她说是狗他认了，但她也得承担养"狗"的责任，喂饱他，抚慰他的情绪。

在客厅沙发这次结束得比较快，沈轲给她留了空当回消息，再抱她回卧室。

这年过年，阮季星带沈轲回了家。

前两年，一家小厂经营不善，濒临倒闭，阮正荣接了手。没想到，这是在经济下滑期间，做得最对的决定。

——这家厂子原本生产的是医护用品，包括医用口罩。

赵若华去世时，季曼和阮正荣在忙生意，走不开。

现在大概是将对她的感情转移到沈轲身上，拿他当半个亲儿子对待，当然，更多的是看到他的可靠之处。

聊天时，季曼说道："我们再工作几年，多攒点钱，给你们在A市买套房。"

沈轲说："阿姨，不用，程世镜打算慢慢将霓·世教育交给我，你们的钱留给自己养老就好。"

阮季星惊讶："我怎么不知道？"

"原本只是他的初步想法，但他已经筹划好年后去做MCN，"他解释给季曼他们听，"就是打造网红的机构——所以我现在才说。"

"网红啊，是不是就是星星你那样的？"

"形式差不多，但我还不红。"

她没设计剧本，拍的都是日常，缺少爆的视频，"两颗星"迄今也就小几万粉，离"网红"还远着呢。

阮正荣感叹："实体经济才是一国经济的立身之本，现在都搞网络媒体去了，那哪能行哟。"

"是。"沈轲说，"如果将数字媒体和实体经济结合发展会更有效。"

他们从经济聊到政治又聊到民生。

季曼笑说："你爸总算是找到同道中人了。"

阮正荣平时就爱看各类新闻，但没人陪他聊，年纪轻轻的沈轲倒也不精通，但能附和几句。

两人一下子相见恨晚了。

到了做饭的时候，沈轲进厨房帮他们打下手。

切菜技术能侧面反映做饭水平，是不是假把式，一看就知道。

他那不是一天两天能练出来的。

季曼乐呵呵地说："在家我们连鸡蛋都不让她煎，怕她被油溅，但家里总得有个会做饭的人，过日子才有烟火气嘛。"

阮季星总算知道，那句"丈母娘看女婿，越看越喜欢"怎么来的了。

季曼都笑得合不拢嘴了。

之前是谁说不同意他们谈恋爱来着？

大四下学期，春招开始。

大厂、银行，很多都要笔试加几轮面试，中间还要等消息，论文那边也要交初稿了。阮季星一边投简历、面试，一边写论文，忙得晕头转向。

到了四月份，她手里已有几份offer，但没有想好最终签哪家。

"这家大小休，感觉没什么属于自己的时间；这家双休，但听说加班严重；这家太远，通勤得一个半小时……"

她认真地和沈轲分析利弊，想要得到他中肯的意见。

他问："你更偏向于哪家，犹豫的点是什么？"

她思忖片刻，说："远的那家吧，HR给我的感觉不错，但这么远，跟异地恋没区别了。"

"正好，我们也该换套大点的房子，找个离你公司近点的就好。"

但她舍不得这儿。

他起初布置时就费了很多心思，后来她又断断续续添了不少物件，没法尽数带走。

“回忆是很珍贵，可只要我们在一起，就能继续创造新的，不是吗？”

随着交往的时间增长，两个人的感情已稳定下来，交流趋于理性，考虑的东西也更现实。

用网上的话说，沈轲属于引导型恋人。

她犯公主病时，他配合她；她情绪不稳时，他安慰她；就在抉择工作的难题上，她也是第一时间想到他。

他像是源源不断地滋养她的肥料。

而她回馈给他的，是四时明媚光景，人间烟火气。至少，就她看来，他比以前有人情味多了。

沈轲环顾一圈，又说“这房子太小，要是有家庭新成员，就住不下了。”

阮季星耳根子红了，掐他一下：“婚都没结，你就想到生孩子了？”

沈轲问号脸：“你之前不是说，想养一只狗或者猫吗？”

“哦。”她松了口气，“我就随口一提，养宠物要投入很多精力，我怕我负不了责，让它受委屈。”

她知道自己总是三分钟热度，热情来得快，消退得也快。

宠物不是娱己的工具，养宠物也不是浪费点钱就能作罢的兴趣爱好。

“而且，如果我们分手，都不知道它得跟谁。”

闻言，沈轲脸色一黑：“孩子都没要，你就想到抚养权了？”

她“噗”地笑了，情侣生活久了，说话风格也会越来越像吗？

他的脸更黑了，气她的不以为意：“在我这里，只有丧偶，没有分手。”

“沈轲，你好恶毒，你居然咒我死。”

“谁让你说分手？”

她撇撇嘴：“我还这么年轻，这辈子只谈一个男朋友，总感觉体验感不足。”

“那没办法。”他冷笑一声，“上了贼船就别想下了。”

最后综合了许多方面因素，她还是选了那家办公地点远的公司，签下三方协议，之后她就安心修改论文，准备答辩。

拍摄毕业照定在五月二十号。

阮季星一大早起来化妆，学士帽上粘了几朵鲜花和珠穗等做装饰，用黑色发卡别在头上，学士服下则搭着白色旗袍。

沈轲平时不太会拾掇自己的脸，更别提化妆。她摁住他，替他修眉、打粉底、修容。

他一开始还不乐意：“我一个男生有什么好化的？”

“男生怎么就不要化了？”她喝止他，让他脑袋别乱动，“你没听说过‘丈夫的美貌，妻子的荣耀’吗？”

无论怎么说，理都是她占了的，他便不与她辩驳。

这是和她认识后，他最先学会的与她的和平相处之道。

阮季星又给他抓了抓发型，喷上定型喷雾，对自己的手艺颇为满意地点点头。
“我们现在要去拍毕业照啦。”
她和他脸挨着脸，举着手机录视频：“学院领导还挺有创意的，挑在‘520’这天拍。”
沈轲看着屏幕里的自己：“我的脸真的不会太白吗？”
“在户外就不明显了。”她拉着他，“走啦走啦。”

大四之后，这还是系里同学第一次聚得这么齐。
大家三三两两地在拍照，不少女生手里捧着花束，不远处的地上，还摆着一大堆没人认领的鲜花外卖。
谢晓羽问阮季星：“沈轲没送你花吗？他不会这么小气吧？”
“送了啊，”她指指头顶，“这儿呢。”
“……你真乃奇女子也，搞得跟祺贵人似的。”谢晓羽说，“那你拍照拿什么？”
阮季星正要应答，手机响了。
是外卖小哥来送花。
“谁送的？”
谢晓羽拿起贺卡，翻开。

我别无其他的星星，你复制了不断繁衍的宇宙。
而紧握你的手，我即拥有一整个宇宙。
毕业快乐。

From：两颗星的“轲”

“噫——沈轲这么肉麻的吗？”
阮季星往沈轲那边看去。
一班先拍班级合照，他个子高，被分配到后排，帽檐一角贴着枚星星贴纸。
待摄影师说“OK”，他的第一反应是，转头寻她的身影。正好和她的目光对上，朝她笑了下。
旁观全程的谢晓羽浑身一哆嗦：“得，你俩都肉麻，我怎么忍受被你们喂了三年狗粮的？”
“你之前还说嗑 CP 的糖。”
谢晓羽面无表情：“糖吃多了会腻得想吐的，你知不知道？”

这时，冯清莹喊道：“二班的同学过来集合啦！”
徐睿诚一看到阮季星，就说：“哟，你这帽子搞得挺好看的。”
谢晓羽抢白道：“还散发着爱情的芬芳。”
徐睿诚笑道：“记得你俩大一的时候摆摊，被我叫到办公室，现在你们也谈了几年了吧？”
被辅导员问恋情，阮季星有点脸红地“嗯”了一声。
“你们的工作都落在 A 市，以后要是结婚摆酒，记得叫老师啊。”

旁边一个老师听岔了，凑过来打听道："谁结婚了？我们工管班的？"

"一班的沈轲和二班的阮季星，我们院有名的情侣，我说我等着喝他们的喜酒了。"

"噢噢，我知道。他们太显眼了，都翘不了课，一抓一个准。"

徐睿诚和冯清莹开玩笑说："小冯，要不叫沈轲一块儿来拍，他不是二班编外人员嘛。"

没想到老师也这么八卦，阮季星更不好意思了。

当然没有叫沈轲来，但他们和徐睿诚单独拍了一张合照。

冯清莹之前私底下告诉她们，徐睿诚带完他们这届，就要跳槽去其他学校，为了和他老婆离得近点。

拍完全系大合照，人群还没散去。

冯清莹在学院里的好人缘，从接连不断找她拍照的人流便可见一斑。

学士帽戴着又重又热，阮季星叫沈轲帮她取下来，余光瞥到唐天和朝冯清莹走过去。她问："唐天和现在还喜欢班长啊？"

他专注于小小发卡，免得勾乱她编了辫的头发："是吧。"

"他看着吊儿郎当的，没想到居然这么长情。"

她正感慨着，突然惊讶地瞪圆眼，捂住嘴："我的天。"

沈轲摘下全部发卡，才往那边望去。

唐天和捧住冯清莹的脸，在来来往往的人潮中，低头亲她。虽然她事后推了他一下，但显然不是真的生气。

那些对她有企图之心的男生纷纷止步不前。

阮季星迫不及待地拉住谢晓羽："他们复合了？"

谢晓羽也蒙："我也想知道啊。"

这俩什么时候重新勾搭到一块儿的？

太劲爆了。

她们把冯清莹拖到一边："班长，你藏得也太深了吧，一点风声没透露给我们啊。"

她轻咳一声："说来话长。"

"所以你们真复合了吗？"

"嗯。"

阮季星"啧啧"摇头："当初你说大学要谈两段恋爱，结果都跟同一个人谈了啊。"

冯清莹哑然。

这个事，真是三言两语解释不清，但确实如阮季星所说。

不过也好，他们两个宿舍的人可以一起拍照了。

校园里到处是穿着学士服的毕业生，相较于离别的伤感，此时此刻，更多的或许是喜悦。

像是一桩见证四年成长的仪式。

阮季星她们跑到操场的主席台上，并肩趴在栏杆上，几个男生在台下给她们拍照。

阮季星忽然两手围在嘴边，大喊：“我们毕业啦！”
谢晓羽跟着喊：“我考上研究生啦！”
“沈轲，我喜欢你！”
“导师，对我好一点！”
不少人向她们看去，但他们的目光并未打断她们。
“我以后会很了不起，我会得到我想要的所有东西。”
“再没有人会轻视我们，对我们指指点点。”
阮季星和谢晓羽对视一眼：“我希望世界和平。”
“不要战争、暴力、饥饿、贫穷，”谢晓羽咬牙切齿，“还有电信诈骗！”
“我要爱，要鲜花，要繁星，要很多很多钱。”
“你好俗啊，阮季星。”
“我就是俗人，我没空爱人类，我只想爱我的人，我爱的人都过得好。”
底下，唐天和用肩膀撞了撞沈轲，不解地问：“哎，你老婆喝假酒了？”
后者笑而不语。

一连串喊完，阮季星已气喘吁吁，说：“班长、戚姐，你们别光看着嘛，我们最后一起中二一次。”
冯清莹踌躇片刻，怔怔地看着跑道，远处的教学楼，熟稔的一切，由它们编织的记忆在脑海中闪回。
最重要的是，身边三个不可替代的女孩，以及无法重来的青春。
“毕业快乐！”她也喊，“我们都要活成闪闪发光的自己！”
阮季星：“像星星一样！”
谢晓羽吐槽：“你真臭美。”
戚蓝笑着说：“对，像星星一样。”
阮季星朝谢晓羽吐了吐舌头：“还是戚姐捧我场。”
她又问戚蓝：“戚姐，你有什么毕业愿望吗？”
戚蓝定了定，转过头，没看她：“祝我未来，成为启明星、海洋，以及天空一样蓝的戚蓝。”
这段话，是很久之前，阮季星写给被困于原生家庭牢笼的她的。
阮季星意外，她竟记到现在。
沈轲将这一段从头到尾，完完整整地录了下来。

尽管拍照的这一天很热血激昂，但最后一个接一个地清空宿舍里的东西，寄回家，再离开，过程却极为平淡。
阮季星留在宿舍的东西不多，不需要带走的，要么扔了，要么送给同楼的学妹们，剩下的东西一个行李箱就能装满。
沈轲在楼下等她，她和她们告别，将钥匙交还给宿管阿姨，离开东苑。
谢晓羽看着阮季星空荡荡的床位，后知后觉地伤感起来：“时间怎么过得这么快呢，感觉前两天才刚来学校报到，结果现在就要各奔东西了。”
戚蓝破天荒地附和了一句：“是啊。”
谢晓羽话音一转：“戚姐，你不打算和星星坦白吗？”
戚蓝一顿，问得有些被识破心思的慌张：“什么？”

“星星心大，对感情又有点钝，肯定想不到那方面，我早就怀疑了，但又不好问。”

戚蓝沉默了下，说：“没必要告诉她，她现在过得开心就好。”

谢晓羽欲言又止了一会儿，到底没说什么。

最后离开宿舍的人是冯清莹，毕竟她身担重责，要配合辅导员做好毕业生离校工作。

门一落锁，彻底告别四年光阴。

阮季星无从得知她当时的心情，但当她踏出宿舍楼的那一刻，眼眶就已湿润。

那些日子，单薄得就像她拿走的毕业证书、学位证书，操场的晚风，上早课前看到的日出，突然下起来的将人困在图书馆的暴雨，暴雨后倒映着彩虹的地面积水……

这一程尽管伴随着疼痛，但也算，尽兴一场。

她明白的，她还没有强大到学会不喊痛、不流泪，受苦了就咽下。

当一个成年人很难的吧，抗拒还要迎头赶上，懒怠还要振作精神，绝望还要等待逢生。

不会再有安慰的糖果，要自己去打麻醉剂。

沈轲牵着她的手，另一只手拖着她的行李箱，见她有要哭的趋势，改牵为搂，轻轻擦拭她的眼角。

她回拥他，静静地将脸埋在他的胸口，过了会儿，轻声说：“走吧。”

毕业快乐，阮季星。

你要去另一个轨道继续航行了。

不过，你不是一颗孤零零的单星。

番外一 唯一答案

沈轲在从老家辗转到S市，又几度搬家的过程中，渐渐学会了不抱怨、不质疑、不耍脾气。

他的话越来越少，性子越来越沉，喜怒哀乐都不显露于面上。

当赵若华告诉他，她找到一份住家阿姨的工作，薪资不菲，但没法在家陪他时，他也无甚情绪波动。

他只应说：“好的，妈妈，我会照顾好自己。”

赵若华当晚即收拾行李，一边说：“他们家有个女儿，和你差不多大。哦，因为你转学来S市，留了一级，现在正好同级……”

沈轲对那个女孩不感兴趣，问了一句：“她好相处吗？”

他不希望赵若华去那儿，要日日受人白眼——过去不是没有经历过。

赵若华说：“不清楚，不过雇主季女士人非常温和善良，她的孩子肯定不会差。”

他便稍稍放了心。

后来中秋，季曼邀请他和他们一同过节。

沈轲想换一身好一点的衣衫，但挑来拣去，继而想到，恐怕无论他怎么穿，在他们眼里，也是穷酸的。最后只图了个干净整洁。

那是第一次见阮季星。

她一看就是富养大的女孩子，皮肤白皙，脸蛋有点婴儿肥，透着红润，是气色好的象征，头发亦是柔顺有光泽。

但她对他的态度并不好。

沈轲习惯了被人轻视，乃至歧视，默默忍下。

季曼拉着他的手，和蔼地说：“小轲，你和星星年纪相仿，以后可以做伴一块儿玩。”

阮季星不大乐意的样子，从鼻孔里哼出一声。

季曼朝她皱眉：“星星，我怎么对你说的？不可以对客人没礼貌。”

“知道啦——”

阮季星扬起下巴，冲他说：“我允许你来我家玩了。”

沈轲心道，这是什么值得郑重宣布的事吗？

她又说：“但是你不可以玩我的模型，除非我给你玩；你也不可以来我房间，除非我让你进。其他随便你。”

他“嗯”了一声，实则想的是，我不会再来你家的。

但这个念头没能成真。

季曼很顾惜他，有时买了零食，也会让赵若华带回家给他。

如此一来，她叫他去阮家玩，他便拒绝不了。

有一回周末，沈轲一进别墅，一段钢琴乐传来，纵使他没学过，也听得出是乱弹的。

客厅一角放着一台三角钢琴，阮季星面前架着谱子，她却不认真看，随心所欲。

见他来了，她跳下钢琴凳，异常热情地拉着他：“妈，我不练了，我带沈轲出去逛逛。”

季曼无奈地失笑：“你啊。”她摆摆手，“去吧，好好玩。”

阮季星请他吃了雪糕，问他：“你会弹钢琴吗？”

“我没钱学。”

“会不会弹”是个人能力，“能不能学”是客观条件。

也许是那个年纪的自尊心作祟，沈轲赌气似的和她呛——你是大小姐，我是保姆的儿子，怎么相提并论？

她却没听出来，不以为意地说：“哦，好吧。”

他发觉自己小人之心，找补了一句：“你如果不想学，季阿姨应该也不会逼你。”

“是我说要学的，但是练琴好累。”

他又说：“生活本来就累。”

阮季星怪异地看他一眼，说：“你才多大年纪，说得像你饱经沧桑了一样。”

不知谁家庭院伸出来的花枝，上面停着一只白粉蝶。她指给他看：“蝴蝶飞来停去，不也累嘛，累归累，但它能见到很多漂亮的花朵，能享受自由的风，它就不会觉得生活累。”

沈轲：“你不用忙着寻花采蜜，你爸妈把你养在温室里，你当然不懂。”

她气愤地跺了跺脚，说：“你这人好没意思，我安慰你，你还和我唱反调。”

沈轲没作声，暗自懊恼着，不该和她说太多的。

反倒暴露了他的狭隘、阴暗。

“你别吃我家的蜜，你自己找去。”阮季星越说越气，走在前面。

他默默地、亦步亦趋地跟着她。

回了阮家，他踌躇了许久，想找机会和她道歉，却怎么也开不了口。

那边的季曼叫他：“小轲，过来吃饭呀。”

沈轲看着用后脑勺对着他的阮季星，犹豫不前。

季曼问：“星星，你又惹小轲生气啦？”

“我才没有！是他讨厌！”阮季星高声反驳，“妈妈，你也讨厌，你怎么老向着他？”

"对不起。"他怕矛盾再次升级，话脱口而出。

"哼，我原谅你，但是因为赵阿姨榨的西瓜汁很好喝，我不想为了你影响我喝西瓜汁的心情。"

沈轲真信了这个理由。

可季曼却笑着捏捏阮季星的脸："嘴硬心软的姑娘。"

当时他并不太懂，她心软在哪儿？只觉得她骄纵任性、肆意妄为。

后来相处久了，他渐渐意识到，父母的宠爱不一定会把孩子养废，也可能把她教得善良、大方、活泼、开朗。

——和他截然相反的一种人。

原本他以为，阮、季夫妇是同情可怜他，偶然一次得知，他们每个月都捐钱给乡村孩子、流浪动物。

阮季星受他们的影响，娇蛮归娇蛮，却从来没真正刁难过他。

但他总是无法及时、积极地回应她的好，表现得像一个按设定好的程序行事的机器人。

他从来没有遇到过她这样的女孩子，所以失措、呆板。

不过，他心里明白，她待他没有任何特殊之处，她不会喜欢他这样的人的。

当他第一次产生这个念头的时候，还意识不到他少年人的心已经萌动，只是偶尔在写作业时，脑海中浮现出她的样子，偶尔和她待在一起时，望着她的脸失神，偶尔在和她分开后，回味她说的话、她的笑容……

他不懂那就是男女间的喜欢，更愿意将其称之为——她攻陷了他的理智堡垒。

初三那一年，沈轲发狠地学习。

若他的成绩足够好，阮季星所就读的国际中学高中部可以免掉他的学费，而且还会发一笔足以覆盖他生活费的奖学金。

他想和她上同一所学校。

赵若华负担不起那么高昂的学费，他就必须考进全市前列。

他用了孤注一掷的劲头去学。

他没有告诉阮季星这件事，以他的性格，要有十拿九稳的把握才会说。

然而，阮家出事了。

具体的细节沈轲无从得知，赵若华说，他们的房产都得卖掉抵债，家里的家政人员也全部遣散了。

后来他学到一个词，中产返贫危机，形容的就是阮家这种情况。可在当时他的眼里，是一夕之间，大厦倾塌。

他们要搬走了，意味着，他和阮季星之间的联系也要断了。

他才知道，连接他们的那根线那么脆弱。

沈轲去阮家别墅接赵若华回家，其实她可以自己搬行李、叫车，他是为了见阮季星。

可他停在门口，脚却僵住了。

她哭了。

是啊，她得多难过。

她从小无忧无虑，没经历过大风大浪，哪经得起这样的打击？

他本就不会安慰人，他怕到了她面前，一句话也说不出来；也怕看清她的样子，因为他无力改变这一切。

他只敢远远地看着她。

多懦弱，多卑怯。

他却还存着一丝希望，她向他道个别，挥挥手也好。

好歹认识了那么多年，不是吗？

但她没有，甚至没有再多看他一眼，便扭头回了屋子。

沈轲的心脏像一瞬间跌入寒潭，被四面八方涌来的冷水浸透，骤然收缩，失去了搏动的力量，不断地下沉。

他中考发挥失常，上了一所公立中学。

也没有那么遗憾，因为阮季星离开 S 市了。她不在，他在哪儿读都无所谓。

他连自己也搞不懂，为什么失去她，他就像被抽去了一根脊骨，浑身提不起劲来。

赵若华说要奖励他，问他想不想出去旅游。

他摇头。

“那给你买一双新球鞋？或者，给你买一台电脑？”

还是摇头。

“小轲，你想要什么？跟妈妈说，妈妈尽量满足你。”

他的第一个念头是，想见阮季星。最后他说，他什么也不要。

沈轲曾偷偷溜到昔日的阮家附近，那栋别墅空置了不到半年后，搬入了一户新的人家。

也是一对父母，一个女儿。

思念像海啸，霎时铺天盖地，将他淹没。他疯狂地想她，心脏一度发疼。

那是他第一次反应过来，这种情绪叫“喜欢”。

赵若华还是给他买了部智能手机作为升学礼物，他心念一动，申请了个 QQ 号，去加阮季星。

她同意了。

他和她聊天，给她寄礼物，特意开通了会员，隐藏访问她空间的记录，如饥似渴地偷窥她的心情、她的生活日常。

得知她过得很好，他反而更难受。

他可能再也见不到她了。

有一回，班主任在班上放了一部学习励志电影，本意是激励他们好好学习，沈轲却猛地想到，他可以想办法打听到她的高考志愿，和她考同一所大学，甚至同一个专业啊。

在再次见到她之前，他得变得更好，否则他凭什么追她。

于是他打篮球、跑步，两年长高了近三十厘米；他考到年级第一，这样就是他挑学校，而不是学校挑他；他抽空做兼职赚钱，企图改变现在的处境……

他心无旁骛，旁的一切皆无法撼动他的意志。

有很多女生喜欢他，给他送情书、送礼物，他全然不在乎。

就像R136a1出现后，它的光芒足以掩盖掉其他的恒星，他也只看得见她。

高考出分，开始填志愿，沈轲没有去找老师，而是买了一张前往Z市的车票。

他知道她在哪所学校。

进了校园，在公告栏看到她的照片。

那是高三最后一次模考，她考了理科英语单科第一。

照片上的她微微笑着，脸上的婴儿肥褪去，五官长开了，眼睛很亮。

漂亮极了。

他莫名有一种，与有荣焉的感觉。

那是他深深喜欢着的女孩。

尽管她从来都不知道。

沈轲辗转找到了她的班主任，拿出他和她小时候的合照，表明了来意。

对方问："你为什么不自己去问她呢？"

他默了默，说："我们几年没有见过了，我做出了很大的努力，想重新和她认识，希望您能满足我这个愿望。"

"这是学生的隐私，我作为老师，不能随便告诉一个外人。"

说不失望是不可能的，但他还是诚恳地道谢。

"不过，"对方话音一转，笑道，"你既然都大老远跑来了，如果你愿意的话，我可以帮你参考参考你的志愿。"

没过多久，大家纷纷在空间晒录取结果，包括阮季星。

沈轲松了口气。

星星，偌大的宇宙，我终于找准驶向你的航线了。

沈轲一旦立下目标，纵使会牺牲掉许多东西，也势必要达到。

比如，以他的成绩。他可以去更好的大学，读更好的专业，为了和阮季星当同学，他的志愿上除了A大工商管理，其他都空着。

用自己前途做赌，自然很蠢。

万一她有喜欢的男生了呢？万一她滑档了呢？万一……那么多种将他击离原轨道的可能性。

但迫切见到她的心压倒了这些顾虑。

他怎么想也想不到，对他的幻想最大的冲击，来自自己的亲生父亲，沈长林。

沈长林出狱后，不知道从哪里打听到他们如今的住址，拎着空啤酒瓶，醉醺醺地上门找赵若华要钱。

样子像极了多年前出事那日，不同的是，他面容老了许多。

沈轲将母亲护在身后，说："你们已经离婚了，她没有义务负担你的生活。"

“那你呢？”沈长林两眼猩红，“你姓沈，你是我沈长林的种，我养了你那么多年，你良心喂狗了？”

争执之间，沈长林气愤，推扯着沈轲，扬手将酒瓶砸向他。

一切发生在瞬息。

鲜血溅满沈轲的脸。

他顿时大脑空白、意识恍惚，余光里，赵若华从厨房里抄起一把刀，刀尖对向沈长林。

沈长林跑了。

伤口传开的痛意来得很慢，沈轲捂着头，被赵若华搀起来。

“小轲，没事的，没事的，妈送你去医院。”

也许她的声音里带着哽咽，也许没有。他听不大清了。

沈轲勉强撑着下了楼，还没等到车，浑身的劲骤然卸空，赵若华扶不住他，他向下跌倒。

一阵天旋地转，视野里最后一幕画面，是顶楼延伸出来的绿植。

缝了针，又住了几天院，伤口结痂之后，他继续做兼职。

赵若华不同意。

他坚持：“没有钱，我们连反抗的能力都没有。”

而且，也没有追喜欢的女生的底气。

这句话他没有说出口。

直到开学，在营业厅意外见到阮季星。

女生发育早，她的个子和分开前差不多，但挤在人群里，他却觉得她娇小了许多。

沈轲岿然不动，装作没看到她，人太多，打算等她过来，再和她打招呼。

没想到她溜了。

他好笑，她是做了什么亏心事，这么怕他？

他丢下一句“稍等”，起身跟住她，扯住她的衣领。

他现在得低头看她了，感觉她哪儿都缩小了几个码，脑袋、脸、手……像是，能被他完整地笼住。

拼命压抑住强烈的、想拥抱她的冲动，他揶揄：“躲我干什么？”

第一天军训，中午下了训，她独自回宿舍。

沈轲远远地跟着她，踌躇着，该怎么和她聊聊，又忆起她之前的反应。

或许是因为太久不见了，她觉得尴尬。

他想，那还是不要惊到她了。

目送她进了宿舍楼后，他便走了。

后来，他故意装得冷淡，偶尔却忍不住逗她。

小时候惹她生气，是因为他不懂得和女生相处；现在他其实也不太懂，但他了解阮季星。

他知道她当下会闹小脾气，但不会真的放在心上。

以这种方式和她拉近距离也不错。气他总比忘记他、忽略他好。

很快，唐天和告诉他，学校论坛上都在讨论他有没有女朋友。

沈轲一贯不关注、不在意这些，只是突然想到，她或许也会刷。他特意登上去，回复那条帖子说没有。

阮季星刷没刷到他不知道，倒是招惹来一堆女生的表白，包括那个艺院院花庄卉冬。

她长得的确漂亮，但他实在无感，他也不喜欢将此当作标榜男性魅力的象征，反而烦不胜烦。

阮季星那个笨蛋！

居然还帮别的女生代送礼物。

后来和二班联谊，真心话被问到有没有喜欢的女生，沈轲斩钉截铁地说没有。

她还不喜欢他，他要是说有，既不会让她吃醋，还会招人八卦。

他演得到位，没人怀疑。

一句不识破的谎言，那就是“真心话”。

可她还是为了她的室友和他避嫌。

她就那么不在乎他吗？

沈轲一度想破罐子破摔，向她袒露心意。他一直留着她送的东西，他喝珍珠奶茶只是因为她曾经喜欢过，他没有哪一天不想她……

最终仍心有忧虑，没能开口。

表白了，然后呢？

如果她拒绝，甚至将他推得更远，他又当如何？如果她愿意接受，他给得了她什么？

她八成是不会喜欢他自我感动式的暗恋的。

他高中时作出的那些努力，还是不够多。

再等等，再等等。

只要她没喜欢上别人，他就有机会。

但围在她身边的，觊觎她的男生太多了。

到她生日那天，沈轲按捺不住了。

他得主动。

他准备了她小时候喜欢的洛神玫瑰，虽然不确定她现在还会不会喜欢，以及她出生那年的纪念币——其实是她十八岁那年收的，一直没有找到机会送给她。

到了Z市，在原地等她之际，正巧遇到出门的季曼和阮正荣。

原本以为，她父母不看好他，他们之间又要多一层阻碍，却意外和她走得更近了。

饭后，她陪他散步，他大起胆子，牵了她的手。

也不是没有过这种程度的身体接触，她小时候就常常拉他，可这不一样。

她对他是有感觉的。或许，比好感还要再多一点。

沈轲越来越抑制不了他的感情，它就像一头久困在笼中的野兽，一旦窥见逃脱而出的机会，便开始疯狂挣扎。

结果先表白的是她。

她也许无法理解他那一瞬间的感情。

惊诧、欣喜，还有一种夙愿即将达成的不确定感和不安，怕一眨眼，她就消失了，只有他自己停留在原地。

毕竟他以前做过无数回这样的梦。

上楼时，沈轲狠狠拧了一把自己的胳膊，半点力气不留。

以前看到电视剧里的角色这么做，觉得荒诞，轮到自己，只想得到用这种方式证明身处现实，刚刚经历的一切都是真的。

尽管她说，他们现在还是“好朋友”。

那也无所谓了。在他心里，他的女朋友只会是她。时间问题而已。

后来，在一起很久，她问他，他对她死心塌地的时间点。

她以为是她买鲷鱼烧给他过生日，他们第一次真正地接吻，不只是嘴唇与嘴唇的接触。

其实没有具体的哪一天，哪一刻，这是一个漫长的过程。

但在她宣告春分日是他们恋爱的第一天时，他已笃定，从今往后，除了她，他不会再和任何一个人谈恋爱。

人生有数十个春天，独有这一个春分，横亘他余生。

才恋爱没几个月，徐玮有次看到他脖子上的蚊子包，神色暧昧。

他骂道：“去你的，在操场散步被咬的。”

徐玮不信：“都是成年人了，没必要跟哥们儿遮遮掩掩吧。”

他沉默了一下：“真没有。”

言下之意是，他们没有发生过关系。

徐玮惊诧：“你喜欢她那么久了，你居然忍得住？”

他皱眉：“你当我也是用下半身思考的俗人吗？她还小。”

徐玮嗤了一声：“得，是我以小人之心度君子之腹了，不过你最好到时候别打脸。”

沈轲当然不会承认，他梦到过和她欢好，因为知道是梦，所以肆无忌惮。

一觉醒来，裤子都微湿了。

打脸来得很快。

大一暑假刚结束，阮季星带着行李住进他的公寓。

去超市采购，他原本想，她生理期快来了，要给她准备卫生巾，结果她色胆包天，看起了套。

他心里一阵酥痒。

腹下有点热，表面还端着正人君子的模样。

回了公寓，沈轲从她眼里看到了想得到他的欲望——她毫不掩饰。

他不再克制。

脑海里被乱七八糟的想法侵占——弄哭她，听她咿咿呀呀地求饶，将她拆碎了，揉进骨血里，不，不能弄疼她。

她臀下有一颗很小很小的痣，她自己大概也不知道，他是将她翻过面来时看到的。

他用唇贴上去，她如风中的蒲苇，整个人直哆嗦。

他一点点吻她的脊骨、肩胛骨、后颈，再掰过她的脸，和她接吻，让她尝尝自己的味道。

她好软，也好香，像一块……做成小熊形状的白色棉花糖。

他不爱吃甜食，唯独对她上瘾。

两人皆有些食髓知味，后来的几天，沈轲将梦里所有的姿势在现实中都试了一遍。

幸而他们十分合拍。

嗯，是观念，不是尺寸——她吐槽他太大了。他反问，你不喜欢吗？她小声说，那倒也没有。

事后，他从背后抱着她，有一下没一下地抚摩着她的无名指指根，在想，以后向她求婚，买颗多大的钻石。

女孩在他怀里转了个身，改为搂他的腰，喃喃地唤他的名字。

“嗯？”

“没什么，就叫叫你。”

他想好了，买两枚，一枚大点，一枚日常佩戴。

到了大三大四，要同时兼顾工作、学业和她，是一件很累的事。

沈轲感觉精神和体力消耗得很快。

只是他不能在她面前暴露。

他希望她觉得他是可靠的、值得依赖的，能够当她的后盾，她的避风港。

他将疲惫、冷漠，一切负面情绪都留在了公司，没有带回家。

程世镜应该是察觉了，不然也不会忽然问他，假如有一份薪资更高、前途更好的职业摆在他面前，但需要和阮季星分开，他选择爱情还是事业。

他没有犹豫：“选她。”

“你不再考虑一下吗？你就不怕，我可能会认为你不是一个好员工，把你炒了？”

“我进‘霓·世’就是为了她，为了我们的未来，如果你因为这点炒我，你也算不得一个好老板。”

程世镜笑了：“你别仗着是我学弟就对我说话这么不客气。”

沈轲说：“爱情不一定是绊脚石，也可能是助力。”

程世镜感慨道：“你就当我是羡慕，甚至嫉妒你们，至少从头到尾，你们都坚定地选择对方。”

和程世镜这段对话点醒了沈轲。

为什么要同时兼顾？

他最重要的，不是只有她吗？

工作、钱，不过是助益他们生活变得更好的工具，他何必当大野心家，费心劳力，苦苦追求不属于他的东西？

后来赵若华离世，他自己也意识得到，那段时间他的心理出了问题。

消极痛苦的情绪令他丧失食欲、夜不能寐，但也无法通过哭泣来发泄掉。

如果没有阮季星在身边，他不知道该怎么熬过去。

他越来越离不开她。

晚上要抱着她才睡得着，有时半夜醒来，也得确认她在不在身边，将她搂紧，再进入睡眠。

有时不在她身边，他也要打开她拍的那些视频或照片。

这几乎是一种病态的执念，他极力想改，然而无济于事。

是她用一颗温柔且温暖的心包容了他。

毕业离校那天，沈轲陪她去搬行李，她扑到他怀里，很难过的样子。

他说，我永远是你的卫星，绕你而行，你不会孤单。

他的人生里没有多选题。

答案自始至终都是她。

番外二 再次相爱

冯清莹从小就被母亲寄予了很高的期望，从学习，到生活，再到为人处世。就连她的高考志愿、未来的工作，都由母亲一手规划。

她也在潜移默化中养成了目标性极强的性子，她厌恶不确定，反感脱离掌控的变量。

所有老师都很喜欢她，因为她在大多数同龄人偷偷早恋、泡网吧打游戏……的时候，不被任何诱惑所打扰，一心学习。

而且，她这个班长也当得十分出色，每一任班主任都夸她是最得力的助手。

上大学前，她并没有意识到她的人生多受桎梏。

直到遇到了阮季星和唐天和他们。

他们皆是活得自由随性的人，不同的是，唐天和没心没肺、咋咋呼呼的，不如阮季星那般细腻，却热烈外向得多。

还没认识多久，他就一口一个“班长”喊得亲热。

后来他追她的时候，叫她看他比赛，陪她去医院，帮她搬东西……算得上是无所不用其极、来势汹汹地侵占她的世界。

但他很多地方都不符合她对未来男朋友的预设。

他一看就是那种，被家中长辈宠爱，任何事情有家庭给他兜底的人，所以上了大学就松懈了。

冯清莹经常听到他和人讨论游戏，分析英雄、技能、战术头头是道的；一问他法约尔、泰勒、韦伯，他瞬间就哑巴了。

一到下课，男厕所那边总有人在抽烟，有时聚集的人多了，烟味还会飘到女厕所门口。她见过他和人说说笑笑，手里夹着烟。

他们不合适的观念在她脑海里根深蒂固。

但作为同系同学，沈轲和阮季星走得近，唐天和又是沈轲的室友，她避无可避。

他像只馋了许久的狗看见吃食，彻底赖上她了，赶也赶不走。

他从阮季星那儿套来她的喜好，越发对她献殷勤。

冯清莹索性故意透露她不喜欢烟味，没想到他真戒了，改而吃各种小零食。

他在一群抽烟的男生中，叼着一片猪肉脯，怎么看，怎么违和。

她从来没有被这样明目张胆地偏爱过。

她所接触到的一切都是理智的、克制的、内敛的、含蓄的。

独唐天和是一个异类。

阮季星和沈轲的暧昧期间，她和谢晓羽在宿舍里聊感情问题。

冯清莹忙着整理表格，顺便听了几耳朵。

谢晓羽问："你和沈轲认识那么多年，以前一点感觉都没有，现在怎么又看上了？"

阮季星想想说："不能说没感觉吧，在意也是一种感觉，只是不能称为'喜欢'。现在？心态，相处模式什么的变了……"

后面的话，冯清莹就没大听进去了，她抓住一句话反复咀嚼、反复品味——

在意也是一种感觉。

或许是他死缠烂打的方法起效了，她的确在意他。

学校里发下需要填的表格，她会第一眼注意到他的名字；专业大群里，他偶尔发言，她也会看他说了什么。

那种朦朦胧胧的思绪在她心头盘桓许久，在一场活动结束后，她决定和他试试。

她不习惯谈恋爱黏糊糊的，除了有事，一般不会找他。

所以他们之间，他主动得更多。

走在路上，他帮她拎书包；一起去食堂吃饭，他替她打饭端餐盘；睡前她没有给他发消息，他就跟她说晚安……

冯清莹习惯以班长的身份关照同学，也习惯得到老师的青眼相加，却从来没有投入到一段排他的感情关系中，自如地享受被爱和去爱。

难得地，她感到无所适从。

唐天和知道心急吃不了热豆腐的道理，第一次牵手都等了一段时间。

当时，他兴致勃勃地筹备了他们的第一次约会。

但在她看来，过程非常不尽如人意。

他选的餐厅人太多，等位、等上餐花了很长时间，以至于他们只能一刻不歇地赶去电影院，接着出来漫无目的地逛街。

"你想玩剧本杀吗？我们可以找人拼本。"

她摇头："动辄四五个小时，我没有那么长时间去玩。"

他又提议："那边的清吧晚上有乐队驻唱，你想去看看吗？"

"现在离晚上还早吧。"

又走了一会儿，冯清莹忍不住问："这段时间你没有安排吗？"

"没啊，我就打算随便逛逛，然后晚上去吃饭。"

"吃完就回学校吗？"

唐天和说："看你还想不想在外面玩，你累的话我们就回，不累我们可以去夜市逛逛。"

她喉咙里堵着一口气，发不出，咽不下。

她每天的计划详尽到以小时为单位，如无意外，她会严格执行。

可这一天下来，除了吃饭、看电影，他没有一样做了明确安排。

冯清莹这么想，也就这么说了。她将在工作中直接表达想法的作风挪到了谈恋爱一事上。

唐天和蒙了一会儿，说："约会又不是赶通告，当然是怎么开心怎么来啊。"

他有点委屈："而且我在网上选了好久适合约会的餐厅呢。"

她蹙着眉，静静地看着他。他受不了她眼神的严肃，率先败下阵来："好吧，班长，下次我听你的。"

她有一种"孺子可教也"的欣慰感，与此同时，脑海中又闪过另一个念头：

看吧，他们如此不相配。

冯清莹忽然失了兴致，变得意兴阑珊。他挑糖葫芦的时候，她还走神了，不知道在想什么。

一道"嘀"的刺耳喇叭声响起。

唐天和抓住她的手，将她拽向自己，提醒她："车。"

路面窄，两侧的小摊贩又多，挤占供人、车通行的空间，一辆电动车几乎是贴着她的背后驶过去。

她回神："谢谢。"

"对不起。"他忽然说，声音低低的，"今天让你不高兴了。"

冯清莹张了张口，欲解释，又觉得无可辩驳。

她表现出来的，不就是对他的不满吗？

"班长大人，"唐天和很快又笑起来，手向前一递，带着讨好的语气，"向你献上我的赔罪礼。不要生我气了，好不好？"

草莓的、葡萄的、山楂的、橘子的……薄薄地裹着一层透亮的糖壳，越发显得鲜甜可口。

他买了一整盒。

她其实不喜欢吃这些东西，但还是挑了一串，表示接受他的道歉。

回学校的地铁上很多人，唐天和先行通过安检，从传送带上拎起她的包，空出的另一只手，待她出来，牵住她的手。动作做得行云流水，表情却不太自然。

冯清莹一愣。

他解释说："这样我们就不会走散。"

她没说什么，目视前方，顺着人流而行，默默地回握。

他的唇角肉眼可见地扬了扬。

唐天和的手比她的大得多，很干净，也很温暖。

没一会儿，彼此的掌心都闷出了汗，她松了些，他觉察到，立马又攥紧了。

"已经上了地铁，还要牵着吗？"她低声问。

他有理有据："万一别人把你挤走了呢。"

她无奈地作罢。

为了约会，冯清莹特意穿了一双带跟的鞋，谁知道陪他逛了那么久的街，脚底板酸痛不已，她不停地换着重心。

唐天和忽然拿出一份带给沈轲他们的小吃，跟一个男生说："哥们儿，跟你换个座位行不？"

她拉了下他的衣角："你干吗呀？"

"你不是脚累吗？离学校还有好几站呢。早说打车了。"

"路上堵车的工夫，还不如挤一挤地铁。"

比起舒适度，她更看重效率。

她对那男生说："不用了，谢谢啊。"

刚刚他松了手，她重新牵住他，他看了她一眼，她若无其事地反问："怎么了？"

他笑得志得意满："班长，你真好。"

冯清莹心道，他还真容易满足。

后来两人在一起久了，她慢慢意识到，她对他过于强势了。

她不允许他做令她不舒服的事，包括在床上。

不像阮季星和沈轲，他们同是A市人，暑假见面方便得多，但事实上，冯清莹被母亲要求在家练琴，出门也没那么容易。

有一次，她说要参加同学聚会，可能得晚点回家。

她极力粉饰着表情，幸好，没叫母亲起疑。她得了"晚归赦令"。

这件事令唐天和费解：早已成年了，还设门禁吗？

"我妈怕我一个女孩子在外面不安全。"

这个理由连她自己都不太能说服，但他也没追问。

唐天和在四星级酒店开了间豪华情侣套间，进去后，她不免咋舌："你花这么多钱干吗呀？"

"第一次嘛，要有点仪式感。"

床上铺着玫瑰花瓣，桌上放着一大束玫瑰，各处点着粉色心形蜡烛。又俗又奢侈的仪式。

她一时失语。

两人前后洗过澡，在床上脱了浴袍。

唐天和又青涩又莽撞，还没完全进去，弄得她疼得直发颤。

冯清莹把他推开，泄气地说："算了，别做了。"

他露出可怜巴巴的神情，祈求得到她的心软，但她不为所动。他放弃了，亲了亲她，给她穿上衣服，退房送她回家。

四位数的房间，就这么浪费了。

后来唐天和隐晦地提过几次，想再试试，都被她拒绝了，他就缄口了。

开学之后的一次部门聚餐，冯清莹喝了点酒，发消息叫唐天和来接。

他气喘吁吁地赶到，见她脸颊红扑扑的，关心地问道："班长，你喝醉了？"

她摇头："我们去开房。"

"啊？"

他呆呆的样子惹得她气恼："去不去？"

"去去去。"他忙不迭地回答，"我我……我订酒店。"

"我订好了，措施我也买好了。"她不容置喙地拉着他，"走吧。"

冯清莹主导了整个过程，她的学习能力在这方面用得淋漓尽致，像学霸在学渣还没反应明白的时候，就解完题了。

唐天和很是意犹未尽，可她说要睡了。

挨到第二天早上，他想再来一次，她又推开他，起床穿衣服，说她得赶回学校开会。

她怎么那么忙？

他双手撑着床面，看了一眼自己，认输似的说道："等我一会儿，我送你。"

"不用了，你……平复一下，我先走了。"

类似这样的事，她做过很多回。

下定决心分手时，她脑子里过了无数遍。

一直都是他听她的，一直都是他牺牲自己的感受来迁就她，一直都是他喜欢得更多、付出得更多。

她仿佛是得到了一只对她言听计从的宠物，时不时给他一点甜头奖励他，不高兴了就训斥他，而忘记了，男女朋友不是控制与听从的关系。

除了母亲不同意的原因，她自己也认为，这段感情并没有让他们变得更好。

他明明可以谈一次平等且健全的恋爱，不是吗？

冯清莹抽身得果断、干脆，毫不拖泥带水。

可自目送他转身离开后，她总是梦到他，梦到他喊她班长，梦到他像只树懒一样抱着她，醒来脸上有干透的泪痕。

她才知道，她原来喜欢他喜欢得那么深。

可惜，他们不合适。

冯清莹的生活没有太多改变，她也不允许自己沉湎于已逝的感情。

她原本以为，情侣分手后不是成为陌生人就是仇敌，但唐天和仍会笑着和她打招呼，仿佛从未被她伤害，也从未因她喝得酩酊大醉。不过，只有一句不咸不淡的"Hi"或是点头示意。

他不再叫她"班长"了。

本该如此的。

看似是同专业同学，实际上，如果没有阮季星和沈轲那层关系，他们可能整个大学四年都不会有什么交集。

可不知为何，冯清莹总觉得心里不痛快。

有时她会点进他的头像，几乎是逐字逐句地分析他发的朋友圈，看他有没有交新女朋友，看他没有她之后，是不是依然过得很潇洒快活。

有时她看到他出现在点赞列表里，又会想，他也没有当初表现得那么喜欢她嘛，这不是已经完全放下她了嘛。

她反思过，判定是自己的控制欲作祟。

到了大三再见到他，冯清莹发现他的体格似乎结实了点，身形挺拔，显得人高了，精神也好了。长相没变，气质却因此大变样。

应该是去健身了，她想，他也知道上进了。

他得了一辆车，和他人一样热烈的红色，停在教学楼附近，便于他一下课就开走。

综合多方因素，追他的女生也逐渐多了起来，大多是学妹。

她亲眼见到的，从阮季星口中听说的，至少就有五个。

唐天和条件不差，的确没必要等她回心转意，再交女朋友也无可厚非。

理智归理智，现实是，无意中碰到他和别的女生说说笑笑，她还是会下意识地避而不见。

有一次走在路上，她低头回复消息，忽然被人拽了一把。

“有这么忙吗，路都不看？”

前面是下坡的台阶。

拉她的是唐天和。

冯清莹朝他的背后望去，几个人正看着他们，有男有女，其中有的穿着篮球服，估计是篮球队的。

她抽回手，撇清关系似的，往后退了半步。

她知道有楼梯，但没回答他，只说：“同学，谢谢你。”

说罢，她走了下去，隐约听到一道女声喊他的名字，她不由得加快了步子。

而唐天和还站在原地，心里很不是滋味。

有这么不待见他吗？

几米的距离，他却觉得，跟她隔了好远、好远。他陷入迷茫，到底怎样才能追上她的步伐。

他因失恋而萎靡不振时，沈轲把他拖到篮球场，一番话点醒了他。

冯清莹甩掉他，不是因为不喜欢他了，是游手好闲、不求进取的他没资格和她并肩而立。

之后，他拼命提升自己，健身、学习、社交，想变得成熟、稳重。

父母本想让他接管家中生意，可他就喜欢玩，他们拿他没办法，由着他去了。分手后，他向他们提出想跟着学。

他们最初当他三分钟热度，没想到他不仅坚持下来，还去基层实习了一个暑假，所以奖了他一辆车。

一年过去，沈轲都说他变化很大，但她的眼里为什么还是没有他？

他收回视线，和同伴一起去篮球场。

他们八卦了冯清莹一路。

“据说她能力也不怎么强，但是将前任主席和校团委的老师蒙得团团转。”

“怎么的？”

“罗锦跳湖的事你知道吗？说冯清莹搞潜规则，不然轮不到她来当，就以死求一个公平。”

“我的天，那个人没事吧？”

“被捞上来了，现在还在医院呢。”

“啧啧，人不可貌相啊，看着文静、温柔，谁知道她私底下是什么样的人。”

有个人见他们越说越过分，忍不住小声提醒：“哎，别说了，你们不知道冯清莹是队长前女友吗？”

唐天和的声音一下跌至冰点：“继续啊，顾忌我做什么？说得这么有板有眼的，你们是被她潜过，还是目睹她潜谁了？我倒是想听听，一个你们完全不认识的女生，是怎么被你们编排、造谣的。”

他们顿时噤若寒蝉。

他找阮季星问冯清莹的情况，想着她们女生互相陪伴，她的心情或许会好点。

阮季星说，你担心她就自己去关心她啊。

然而，他以什么立场去关心分手这么久的前女友呢？

他去教学楼、行政楼、食堂转了一圈，没找到她，继而骂自己，偌大一个校园，这样找人，傻得可以。

结果真让他找到了。

学校人工湖养着数只天鹅，它们有时会上岸觅食。这些家伙看着温和，攻击性不低，一般没人主动接近它们。

冯清莹站在不远处看它们。

唐天和的印象里，她一直是忙碌的、紧绷的，很少见她这般发呆神游的样子。

她连他走近都没注意。

“你害怕行差踏错，辜负别人对你的期待，但你有没有想过，你只需要对你自己的人生负责。”

冯清莹看了他一眼，又移开视线，说：“难道像你一样，做事只凭自己心意吗？”

“如果你想，为什么不可以？”

“我不想，我不喜欢那样的人生。”

“所以你就拿我们的感情献祭，助你得道飞升？”唐天和点点头，“也是，你很清醒，有明确的目标和坚定的原则。”

她皱眉，他是来和她算账的吗？

他话音一转，又说：“既然你每一步都走得端端正正，为什么还会陷入自我怀疑？”

她一怔。

他捧着她的脸，让她转过来，凝视着她的眼睛：“你做不好所有事，你不是神，你照拂不了众生。”

她的心跳骤然乱了，撇开他的手，似乎是恼羞成怒，反驳道：“我知道我能力有限，也免不了遭人诟病，我不用你安慰我。”

唐天和笑了：“班长，你也有这么情绪化的一面。”

她被他笑得更恼：“不是你说的？我作为人，怎么就不能情绪化了？”

“可是你从来没有因为我这样过。”他低低地说，“分手之后，你难过吗，伤心吗？哪怕一点点？”

冯清莹语塞，干脆冷着脸走了。

在他看来，跟落荒而逃没区别。

“班长，你只管往前走，不要停留，不要回头。”他追上她，顿了一下，继续道，“我都会像这样，紧紧跟随你，见证你走上巅峰。”

冯清莹以为唐天和要重新追她，但那天之后，两人的相处模式没有任何变化。

无法否认，她心里有隐约的期待，又在他对待普通同学的态度中渐渐消隐了。

人是健忘的，新的八卦会盖住旧的流言。

那次的风波很快就过去了。

待推免公示出来，冯清莹松了口气。

母亲得知后，只说了一句“不错，再接再厉”；父亲给她转了一笔钱，当作奖励。

努力得到了回报，她好像也没有想象中的开心。

这会儿已经大四了，大家忙着找工作、考试，也有一小部分有赖于家底的殷实而优哉游哉。

唐天和就属于后者。

她不知道他有什么打算，只听说他没有升学或出国的意愿。

——当然，是唐天和故意透露给她的。

他们两人之间有阮季星和沈轲这条斩不断的联系，这是他的底气之一。

她仍是单身，无论她对他还有没有感觉，他就有机会。

不过，即使她有男朋友了，他想，那又怎样，也不是不能撬墙脚。

冯清莹很想为自己庆祝一下，喝酒也好，购物也好，总之想做点什么，放纵一回，无端地，想起了他。

她给他发了条消息，就三个字：唐天和。

唐天和几乎是秒回：你在哪儿？我来找你。

他们那天喝过酒，便去开房，在床上从晚上厮混到次日下午。

冯清莹在他怀里醒来，发现他没睡，盯着她看。

她问：“你干吗？”

他说：“我怕你到时又把我一个人丢在这里。多看看你，免得之后太想你。”

她嗓音有点哑：“这种东西还能提前攒的吗？”

“没办法，你总有太多比我重要的事。”

她说：“爱情本来就不是生命中最重要的。”

“可能对你来说不是，对我不是第一也是第二。”

“那第一是什么？”

“亲人——如果你成为我的亲人，你也会是第一。”

冯清莹没接话。

世俗的标准里，亲人是高于爱人一级的存在，它与血缘、爱的多少无关，是人存在于社会，最密不可分的一部分。

可她从来没这么想过他。

她突兀地转移了话题：“你为什么都不问我什么事，就过来找我？”

“我知道，你想见我。我之前和你说过，你想见我的时候，你只要叫我，我就会出现在你面前。”

她窝在他胸口处，安静了一会儿，然后起身下床。

唐天和看着她穿衣服，一副“我早就知道”的表情，但还是有点被伤到。

她说：“你不饿吗？我们去吃点东西。”

他蒙了下，立马喜笑颜开，从床上跳下来，抱着她亲了一口，光着屁股跑去浴室：“我先洗个澡，等等我。”

冯清莹：……简直没眼看。

那段时间，两个人没提复不复合的事，就是很自然而然地见面、吃饭、接吻，频率不高。

冯清莹才知道，他是把仅有的时间都用来在她面前晃荡了。

她想了很久，和他说，等互相稳定一点，再将他们的事告知身边的朋友。

主要是，她不想再经历一次被母亲棒打鸳鸯了。

她学着和他沟通、商量，而不是一个人拍板做决定。

“我知道，这两年你改变了很多，这一次，我们都更理智、成熟地维系感情，好不好？”

当年他们不擅长爱人，太鲁莽、太笨拙，也太自以为是，才导致了分开。

他们之间的那些问题或许还存在，抑或者，将来会产生其他的矛盾，但他们如今该懂得如何去清除障碍。

因为依旧互相喜欢，因为舍不得分开。

唐天和感动得稀里哗啦的，像只大狗往她怀里拱：“班长，我好喜欢你。”

她摸摸他后颈的头发，无奈地道：“你就不能换个称呼吗？”

“老婆。”他闷着声，“想叫你老婆，叫你宝宝，但你肯定不喜欢。”

冯清莹：“……随便你吧。”

唐天和抬头，发现她耳根子有点红，倾过去咬了咬她的耳垂软肉，又附在她耳郭边，迭声叫“老婆”。

她掐他的腰：“当着熟人的面不许这么肉麻。”

“得嘞，都听你的。”

冯清莹定了下，反省道：“我总是被习惯裹挟，对你发号施令。情侣间不该是这样的，可我可能一时半会儿改不掉。”

“你不用改，我乐意听你的。等你毕业了，不当班长了，你就当一家之长。我永远听从你的号令。”他扣住她的手，有点儿委屈，“只是，你能不能多爱我，多在意我一点。”

她亲了亲他，微微笑着：“好。”

一转眼就到毕业。

唐天和当着无数同学的面亲她，他说，他忍不住了，想让所有人知道她是他女朋友。

阮季星调侃冯清莹，说她当初计划大学期间谈两段恋爱，结果谈了同一个人。

倒也没错。

可是，世上只有唐天和这样真挚又炽烈的人，才能有愚公移山般的毅力，打动她如顽石般的心吧。

阮季星她们接二连三地离校了，冯清莹是最后离开宿舍的。

唐天和则留在学校等她，他告诉她，老沈和阮季星回阮家了，看这架势，估计没两年就要结婚了。

“不一定。”她摇头，“星星不喜欢受拘束，她享受谈恋爱，未必会早早结婚。”

他说：“没事儿，他们结，我就包个大红包给他们；他们不结，反正按老沈那性子，也是不可能分手的。”

她瞅着他：“那你对婚姻的想法呢？”

“我啊——”他拖长音，故意卖关子似的，过了会儿才说，“听你的呗。”

冯清莹笑了。

这个炙热的夏天，只是他们漫长人生的一个短暂的节点，却足以在心上烙下永远不可磨灭的印记。

有友情，有师生情，还有爱情。

兜兜转转，他们终不能幸免，再度相爱了。

番外三　此刻圆满

ji wo mou ke xing

这是阮季星和沈轲在一起之后过的第五个情人节。

阮季星前不久刚将驾照拿到手，就晒在朋友圈广而告之，欢迎搭她的车兜风。

车是沈轲买给她的，季曼原本不同意，认为他们如今还没有结婚，财产方面最好算得清楚点。她还不知道，早在大学时，他的钱便归阮季星管了。

沈轲说，现在流行一种说法，“渣男的钱都是给女生看的，‘舔狗’的钱才是给女生花的”，这可以认为是一种管理学问题，但我和星星都一致觉得，我们这个小经济体发展的最终目的，是提高生活幸福指数，而非权力的制衡。如果钱投进去，能让她开心，那它就是用在了实处。

由此说服了季曼和阮正荣。

但迄今为止，阮季星这辆爱车还没上过路。哪怕她发出诚挚邀请，也没人敢坐她的副驾。

于是，情人节这天，她把沈轲推了上去。

上车前，阮季星绕车走了一圈，一边脑海里过着驾校学的，一边念念有词：“安全带，启动，挂挡……”

沈轲没有出声打断她。

她开得中规中矩，车速始终保持在三四十公里每小时。当然，市中心也开不快。

新手倒车入库通常是个老大难问题，商场的停车场又停得满满当当，她折腾了半天也没能停进去。

她想作罢：“沈轲，你帮我停得了。”

他扬手一指，说：“那边有辆车开出来，你去试试。”

那个车位更宽，阮季星终于倒进去了。

锁了车，她犹有些不满：“莫不是恋爱谈久了，感情淡了，叫你帮个忙都不肯。”

沈轲将掌心轻搭在她腰后，眼尾含着笑，意有所指：“如果你怀疑，你可以等回家再亲自验一验。”

她捂住耳朵：“男狐狸精，别妄图乱我心神。”

“言归正传，假如我不在你身边，你找谁帮你倒？”

她忽然有了危机感：“以前我意识到太依赖我爸妈，我就强迫自己独立，现在又不由自主地依赖你了。像是恶性循环。”
沈轲问：“你觉得什么才叫独立？”
这么宽泛的问题，她还真没认真想过，思忖片刻，说：“遇事不乱？经济自主？”
沈轲：“实际上，我妈也会遇到处理不来的事，叫我帮她；钱更不用说，直到她去世前，还在担心住院费。人是群居动物，生活、工作，难免对旁人有所倚仗，最重要的是人格。”
“你的意思是，依赖不等于依附？”
“可以这么理解。”
阮季星若有所思。

两人同居的时间越长，矛盾越多。生活、工作方面的压力，也接踵而来。实习期间经历过的事，在真正踏出校门的那刻，便不值一提了。她的心态到底有所转变，不再一受到委屈就打电话与人倾诉，慢慢学会自己消化、纾解。
相伴相随的情况是，她确实感觉，她和沈轲不像在学校时那样……恩爱了？
纵使他依然每晚搂着她入睡，纵使他依然无条件地付出他所有，但她就是觉得，恋爱谈得不同往昔了。
谢晓羽给出她的理解：情侣嘛，处太久了，就没新鲜感了。
这人还是没有找对象，但还是热衷于替人解决感情问题。不过这话的确一针见血。
平时白天工作，回了家吃饭、休息，然后睡觉。有时连顿饭都没法一起吃。日子过得太平淡了。
所以，阮季星想在情人节这天搞点新花样。
在商场买完需要的物品，然后回家，沈轲眼睁睁看着她搭起一个帐篷。
他忍不住说：“如果你想露营，我们可以周末去。”
她摇头：“你经常只有一天假，时间都花在路上，太赶了，在家也是一样的。”
他没作声，帮着她一块儿摆。
忙完已经很晚了，阮季星叫他关灯拉窗帘，然后打开一盏星空投影仪。
她抱着双膝，拍拍身边的位置，“过来坐。”
两人仰头，同望天花板那片人造的星空。正因为太梦幻，让活在都市里的人难以有代入感。
静默了会儿，沈轲说：“我起初赚钱是为了你和我妈，但是她不在了，又忽视了你。”
“我知道你已经尽力地多花时间陪我了，但两个人待在一起太久了，也会腻的。”
他滚了滚喉结，神情复杂：“你……”
阮季星自觉说错了话，忙解释：“我不是厌弃你的意思，我是说……”
她一时词穷，不知道该怎么描述。
“你还年轻，图新鲜感很正常。”他垂下眼帘，轻声说，“估计你公司里也有不少男人向你献殷勤吧，上个星期你们部门团建，就是一个男同事送你回家的。”

阮季星被说得张口结舌，话都对，但她为什么觉得不对劲？

他的语气越发软：“我要是哪儿做得不好，你直接和我说，好不好？”

她一阵毛骨悚然，盯着他问：“我们俩哪天在一起的？”

沈轲问号脸。

“以防你是被什么脏东西附身了。”

他无力地搓了把脸：“我真信了唐天和的邪了。”

唐天和和冯清莹复合后，一直瞒着家里。

她还没毕业，他也拿不出和她母亲对峙的筹码，总之在他看来，名不正言不顺。

不过，他爸妈心里估计对他谈恋爱的事有数，早跟他说了他们能给的彩礼，非常丰厚，像是为了定女方的心似的。

他求名分而不得，心情郁闷，前两天晚上，把沈轲叫出来喝酒。

说是喝酒，沈轲喝的却是橙汁。

唐天和嗤道：“没种，这么怕老婆。”

沈轲睨了眼他的杯子：“你又多有种？”

这种果酒一般是提供给不会喝酒的人，度数很低，酒精味也不浓。冯清莹讨厌喝得醉醺醺的男人。

唐天和叹了口气：“我们这辈子就被她俩吃死了。”

沈轲犹豫了下，问：“你和冯清莹有吵过架吗？”

“怎么，你们这对人见人羡的情侣吵架了？”

“那倒没有，只是她最近对那事不感兴趣，我亲她她也很敷衍。”

唐天和压低声音：“你们一般频率多少？”

沈轲说：“之前除去她生理期，一周三到五次，最近就两次。”

唐天和“啧”了一声：“我和我媳妇儿能有两次就不错了。”

冯清莹读研比他还忙，如果他不找她，这两次都怕是没有。

“结婚了嘛你就叫。”

“……你再戳我痛处就绝交。”

见他实在为情所困，唐天和大度，不和他计较，还好心地为他出谋划策：“人都是喜新厌旧的，青梅竹马的坏处就在这儿，太熟了，热恋期过了，处得跟朋友、家人似的，你自然就对她没有性吸引力了。”

沈轲皱着眉：“你是让我搔首弄姿去勾引她？”

“怎么能叫勾引呢？情侣之间适当搞点 play 呀，情趣嘛。”

聊到这个，唐天和就来兴致了：“你得换副面孔，什么‘绿茶男二’‘强制爱霸总’‘摇尾乞怜年下’。”

沈轲一时语塞：“……你最近都在看什么乱七八糟的东西？”

“这你就别管，试试不就知道效果了。”

听完，阮季星失语了好半晌，然后问：“你觉得我会喜欢这些？”

沈轲说：“他的话不无道理，太熟了，容易没新鲜感。”

她哭笑不得，她觉得日子寡淡乏味，他却觉得是他对她没吸引力了。
阮季星跨开腿，他自发地搂住她的腰，让她在他腿上坐稳。这种习惯成自然的默契，她并不腻烦，反而因此感到熨帖安心。
她小声地，像说秘密似的，和他说："你这么没自信吗？我喜欢你呀，你什么样子我都喜欢。"
沈轲轻哼一声："好听的话谁都会说。"
她探身，捞来一只盒子。看盒身上的标志就知道，是劳力士。
阮季星撇撇嘴："不喜欢你的女人才不会花半年工资给你买'劳'呢。"
他笑了。
"戴上看看。"她拿出来，"我爸说，手表是给男人撑场面的。虽然你不在乎，但我想让别人知道，阮季星可疼男人了。"
沈轲笑说："那以后我逢人便说，是我女朋友送的。"
阮季星摇头晃脑："别太高调，我怕招人嫉妒。"
他亲亲她的嘴巴，借着点点星光，望进她的眼睛："谢谢。"
她朝他伸手："我的情人节礼物呢？"
"在你包里。"
"嗯？我怎么不知道？"
阮季星正要去翻，又被他捞回去。沈轲咬住她的唇，手灵活如蛇，游入她的衣服底下，含混地说："晚点再看。"
她倒在气垫上，像被五指山镇压的孙悟空，动弹不得。
唇舌交缠之际，他熟门熟路地解了她的内衣，抽出来，甩到一边。
隐隐约约地，她似乎听到他说："你这具身子很认我啊。"
…………

等到阮季星喘息平复，已近零点。她忙拍拍他："我的礼物。"
温香软玉在怀，沈轲本不想动，奈何她有当天拆礼物的执着，尽管他一早就放进去了。
一只粉色小锦袋，里面是一张卡券，写着"冰岛极光七日游"。
她左看右看："你不会被什么野鸡旅行公司骗了吧？"
"……我自己做的，很劣质吗？"
"噗！"阮季星笑喷了，"不是，只是没想到你还挺有创意。"
再看那张小小卡券，便多了几分趣味，她又问："为什么是冰岛？"
沈轲说："你不是想去冰岛看极光吗？"
她回忆了下，她是提过一嘴："你还不知道我嘛，我就是一时兴起。"
冰天雪地去追极光，听起来固然浪漫，可也折腾。她没有此生必看的执念。
"既然你有兴致，我就想满足你。"
比起自己得到想要的，他更满足于她的愿望实现。
"如果你准备好使用它，签证和行程我来安排。"
听起来很美好，但——
阮季星看着他："你能有假吗？"
"给程世镜打了这么久的工，他不想放我离开'霓·世'，当然会愿意满足我。”

她窝进他怀里，亲了口他的下巴，“吧唧”一声，叫他：“沈轲。”

“嗯？”

尽管她是连名带姓地唤，但在他听来，无异于撒娇。

“人很矛盾的，喜新厌旧的同时，又会很念旧。爱会分散、会淡化，但给你了，就是给你了，收不回来。”

这像是另一种程度的表白，不管过去多少年，她对他的爱，永远在心上留痕。

沈轲一只胳膊撑起自己，俯瞰她：“可惜我贪得无厌。最初想着，待在你身边就好，慢慢地，就想你也喜欢我，再后来，想要你的爱，你全部的，永久性的爱。星星，那我该怎么办？”

阮季星眨眨眼：“不怎么办，沈轲，你只管爱我。”她拉他躺倒，附到他耳边轻轻呵气，“再做一次吗？趁我今天有兴致。”

身体骤然绷紧，呼吸变快，他便忘了和她争辩爱不爱的事。

诚然，深陷在爱情里的人，明知誓言的效力或许转瞬即逝，仍求一个回答，无非是爱得太多，欲望又太重。

和她生活在一起，幸福是真的；看到她从车上下来时，身后跟着一个男人，醋意是真的；向她求爱，她嘟囔着翻身避开，难过也是真的。

沈轲到底变成了一个曾经自己都看不起的、小心眼的男人。

可是她还是爱他的。她像藤蔓紧紧地缠绕他，自他身上如饥似渴地吸取养分，直到和他成为不可分割的一个共生体。

次日是周末，两人很心安理得地厮混到半夜。

身上出了薄薄一层汗，因为相拥而紧密相贴的肌肤过于烫，汗意蒸发干也不算冷。

他们近来已经鲜有这样的交心，要么是工作太忙没有空，要么是日子波澜不惊，无甚好谈。

所以当阮季星看到手机显示时间是五点时，感到无比恍惚。

她的口舌已经被有一搭没一搭的天聊干了，沈轲拿起一旁的水杯喂她，她咽下一口，说：“要是真露营，能赶上看日出。”

他将下巴搁在她头顶，身体疲惫的缘故，声音格外低沉，带着倦懒的性感：“下次去山顶或者海边看。”

“不过日出没什么好看的，每次都要赶大早。”

“嗯，好看的是和你一起看日出的人。”

阮季星“嘁”了声：“不知道你在夸我还是夸你自己。”

他笑了笑，说：“睡吧。”

两人是被门铃吵醒的。

她困意浓重：“谁啊？你去开门。”

沈轲爬起来，套上衣服，拉下帐篷拉链，看清门外的人时，瞬间清醒了。

“季阿姨，您怎么来了？”

“元宵节你俩没回来，我想着来A市看看你们。昨天是情人节，不好打扰你们，就挑了今天。”季曼一边进屋，一边说，“这么晚了，星星呢，还没起吗？”

沈轲还未作答，她先看到客厅那顶显眼的大帐篷。

他一时有点尴尬，不知道该怎么解释这番怪异行径。

岂料，季曼乐笑了：“是星星搞的把戏吧？小轲，你也真是，纵着她胡闹。”

口头是怪他，话外却是满意的意思。准女婿宠惯自己女儿，做母亲的，当然乐见其成。

沈轲肯定就顺着她的话往下说了：“她想闹就让她闹吧，反正是自家人。”

结婚证是没领，也没改口，但双方早就默认成一家人了。

阮季星睡到快中午才起，她打着哈欠出帐篷，冷不丁看到季曼，人傻了。

“妈，你来了怎么不叫我？”

“前两天有人送了我们几盒补品，我和你爸也吃不完，你们现在加班多，就给你们带过来。”

阮季星扑到她怀里：“你是世上最好的妈妈。”

三言两语，她已经读懂季曼的意思——东西是次要，就是想多见见她；不叫她，是为了让她多睡会儿。

阮季星回忆起小时候，一个亲戚带小孩来她家玩，小孩看中她的模型，亲戚说：“星星，你送一个给弟弟吧。”

她很果断地说：“不要。”

对方用开玩笑的语气说：“你们家这么有钱，叫你爸爸妈妈再给你买呗。”

“那你为什么不给他买？”

亲戚的脸色有点难看，看向季曼，似乎是希望她帮他们说话。

季曼说：“星星喜欢的东西，连我们都不能动，她说不送我也不会强迫她。”

后来他们再没来阮家，背地里编排他们小气抠门的话，还传到了阮季星耳里。

她很不服气：“我妈还给他包了个大红包呢。”

再到她摔坏阮正荣送给沈轲的生日礼物，季曼也只劝她别生爸爸的气，下楼吃饭，没有责骂她。

阮季星忽然想到，或许就是因为她从小被宠得厉害，找男朋友的眼光才高，一般的追求者压根看不上。

她和妈妈说了她的想法，季曼说：“你爸有个表姐，她上面一个姐姐，下面一个弟弟，她在家最不受待见，原本考上了大学，被她爸爸撕了录取通知书，说没钱供。有个男人给她一点好，她就跟着人跑了，后来那男的赌博、家暴，她想不开，自尽了。我怀你的时候，你爸就说，如果生个女孩，一定要对她好，哪怕她在外面受欺负了，也会知道往家跑，知道爸妈是她的依靠。”

“那如果是男孩呢？”

“他说男孩容易叛逆，得打得骂。”

阮季星笑了：“我小时候还让你们给我生个哥哥。”

“我们是生不了了。”季曼笑着觑向沈轲，“你后来不是有沈轲哥哥了嘛。”

“呿，他——”

只开了个头，余下一大片留白，由他们自行理解。

沈轲以前见到阮家人其乐融融，心里不可能不羡慕。现在懂得他们的可贵，无比感恩。

季曼没有待太久，下午便返回 Z 市了。

他们原本还挽留她多玩两天，她说：“我也是谈过恋爱的，知道小两口不喜欢老太婆在面前碍眼。”

阮季星吹胡子瞪眼，说：“谁敢说我妈是老太婆，明明是二十多岁小姑娘。”

季曼亲亲她：“星星，妈妈走了，不然你爸要催了。”

阮季星追上去：“我送你进站。”

目送季曼过了检票口，她才折返。

沈轲牵起她的手，慢慢地说：“我想，我是用前十几年吃的苦，才换来遇见你们。”

“你听说过‘爱妻者风生水起’吗？”她拍了拍他，“更好的日子在未来等着你呢。”

他笑着应：“嗯。”

她都没有意识到，这是承认要当他的妻子了。所以她就以为，他笑是因为余生可待。

其实她还没有想过要结婚，光是婚礼的筹备就够她头大。但她已经开始设想，如果他们有一个孩子会怎样。

“遗传我的眼睛和你的鼻子、脸型，就很完美了。智商希望不要正正得负。反正肯定是个讨人喜的小孩，毕竟 Ta 也有个全世界最好的妈妈。”

她一顿，问：“你想当爸爸吗？”

他坦诚地道：“我害怕。”

童年经历使然，沈轲并不想要孩子，怕自身性格的缺陷影响孩子。

阮季星：“没事，以后的事以后再说。”

“我还以为你要安慰我。”

她忽地跳到他前面，挡住他的路，耍俏皮，倒退着走路。

高铁站人来人往，沈轲怕她被人绊倒，伸手拉住她，就像她牵引着他往前走。

她巧笑嫣然：“才不呢，我还没谈够恋爱。”

如帕斯捷尔纳克写的，一日长于百年，拥抱无止无终。

她是及时行乐的人，如果可以，她想和他谈一辈子恋爱。当然，这只是她当下的想法，未来嘛，交给未来的她去决断。

她说：“‘星星应该哈哈大笑，反正宇宙是个荒芜的地方’，不是吗？”

沈轲也笑。

是啊。

宇宙是个荒芜的地方，但终究还是有一道光，走过数亿光年，照彻他所处的黑暗。

从此，漫天星辰，他眼里只有某颗星。